Principibus celsis Badensis orta JACOBE,
Cliuensis quondam prima marita Ducis.
Si formam spectes, si cetera: Femina, dicas,
Digna hac fortuna pol meliore fuit.

Verena

SABINE KLEWE

Die schwarzseidene Dame

TÖDLICHES GEHEIMNIS Düsseldorf, November 1819. Die Leiche des Tagelöhners und Gelegenheitsgauners Dietrich Lohner wird tot aus dem Rhein gefischt. Die Obduktion ergibt, dass er ermordet wurde.

Am selben Tag beginnt in der ehemaligen Kreuzherrenkirche unter der Leitung von Konsistorialrat Bracht die Suche nach der Gruft der Herzogin Jakobe von Baden, die 1597 von ihren Widersachern im Schlaf erdrosselt und heimlich verscharrt wurde. Die junge Isolde Heinrich, die als Schreibkraft für Bracht arbeitet, protokolliert die Grabungen. Als sie am Abend nach Hause geht, steht plötzlich eine schwarz verschleierte Frau vor ihr, die sich als Geist der Herzogin Jakobe ausgibt und verlangt, ihre Gebeine in Frieden ruhen zu lassen. Ein großes Unglück drohe sonst der Stadt.

Während die Polizei nach dem Mörder von Dietrich Lohner fahndet, versucht Isolde, das Geheimnis um die mysteriöse Dame in Schwarz zu lösen. Bis sie merkt, dass beide Fälle zusammenhängen …

Sabine Klewe, Jahrgang 1966, ist freiberufliche Literaturübersetzerin, Autorin und Dozentin an der Heinrich-Heine-Universität in Düsseldorf. 2004 startete sie ihre Krimiserie um die charismatische Düsseldorfer Detektivin Katrin Sandmann, für die sie 2006 mit dem Förderpreis für Literatur der Stadt Düsseldorf ausgezeichnet wurde. Im selben Jahr erhielt sie den Kärntner Krimipreis. »Die schwarzseidene Dame« ist Sabine Klewes erster historischer Kriminalroman im Gmeiner-Verlag.

Bisherige Veröffentlichungen im Gmeiner-Verlag:
Blutsonne (2008)
Wintermärchen (2006)
Kinderspiel (2005)
Schattenriss (2004)

SABINE KLEWE

Die schwarzseidene Dame

Historischer Roman

Original

GMEINER

Besuchen Sie uns im Internet:
www.gmeiner-verlag.de

Im Ehnried 5, 88605 Meßkirch
Telefon 07575/2095-0
info@gmeiner-verlag.de

1. Auflage 2009

Lektorat: Claudia Senghaas, Kirchardt
Herstellung / Korrekturen: Doreen Fröhlich /
Susanne Tachlinski, Doreen Fröhlich
Umschlaggestaltung: U.O.R.G. Lutz Eberle, Stuttgart,
unter Verwendung des Bildes »Porträt der Mariana de Austria«
von Diego Velazquez, http://www.zeno.org
Druck: Fuldaer Verlagsanstalt, Fulda
Printed in Germany
ISBN 978-3-8392-1007-9

›Der schlimmste Fehler von Frauen
ist ihr Mangel an Größenwahn.‹
Irmtraud Morgner (1933-1990),
deutsche Schriftstellerin

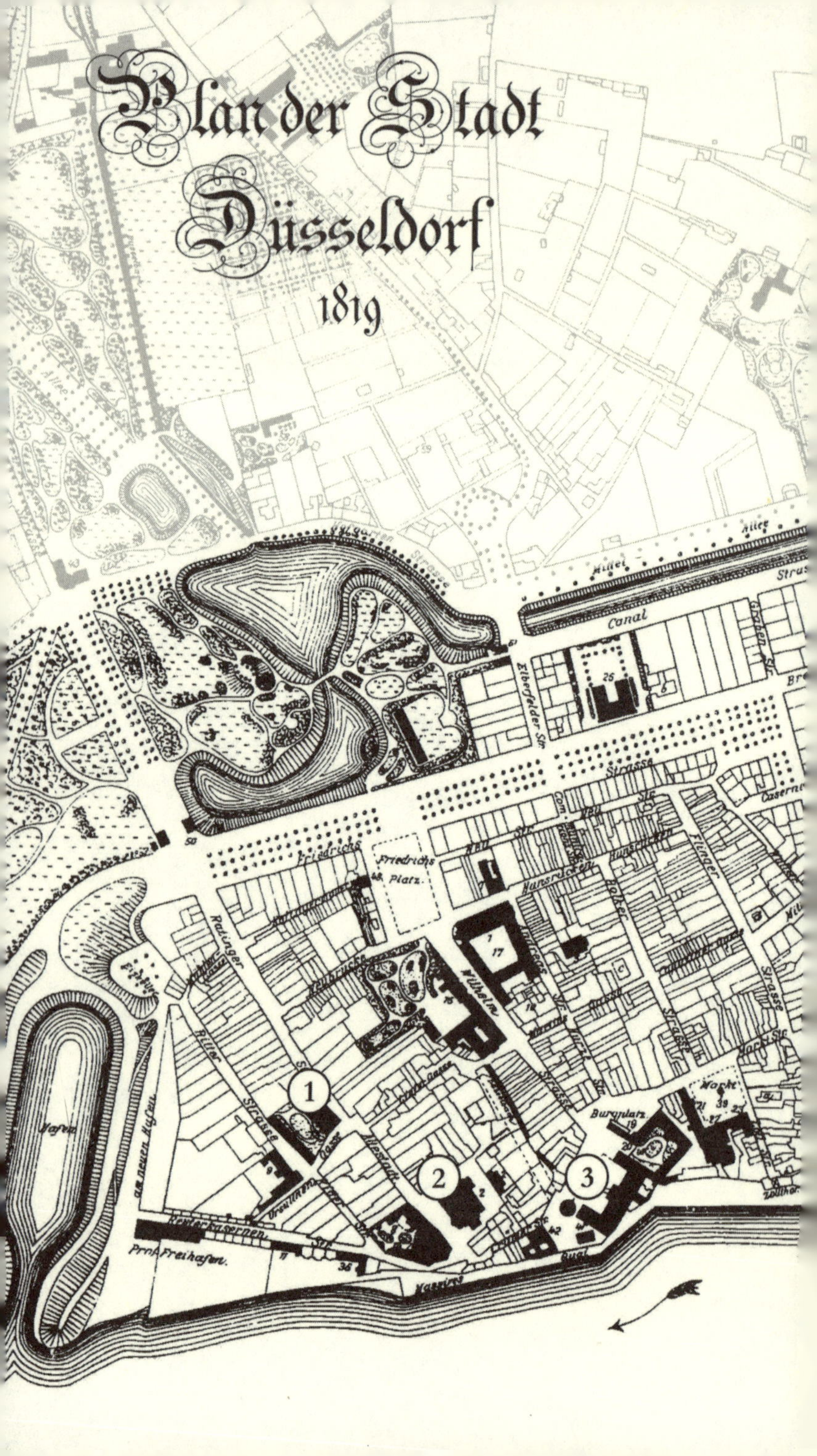
Plan der Stadt
Düsseldorf
1819
Canal
Elberfelder Str.
Strasse
Friedrichs Platz
Hafen
Burgplatz
Markt
Rhein
Zollhof
Flinger
Hunsrücken
Wilhelm
Ritter
Ratinger
Altestadt
Mühlen Str.
Pr. Freihafen.
Allee
Mittel
1
2
3

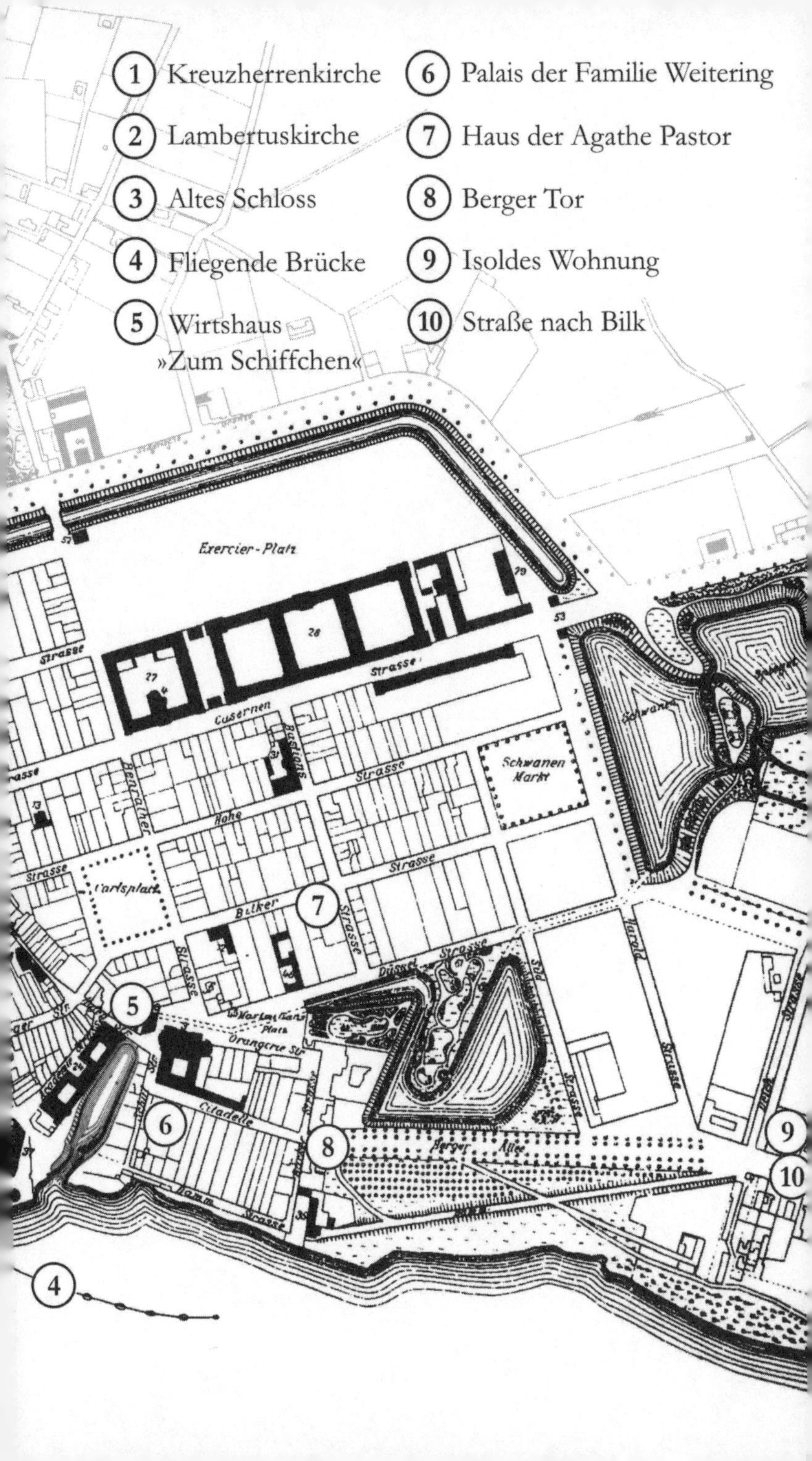

1 Kreuzherrenkirche
2 Lambertuskirche
3 Altes Schloss
4 Fliegende Brücke
5 Wirtshaus »Zum Schiffchen«
6 Palais der Familie Weitering
7 Haus der Agathe Pastor
8 Berger Tor
9 Isoldes Wohnung
10 Straße nach Bilk
Exercier-Platz
Schwanen Markt
Strasse
Casernen
Hohe
Bilker
Citadelle
Berger Allee

KAPITEL I

DIE NACHT SPANNTE SICH sternklar über den Rhein. Eine schwache, eisige Brise kräuselte das Wasser und spaltete das Spiegelbild des Mondes in Abertausende winzige Lichtpunkte. Fast lautlos glitt ein hölzerner Nachen durch den glitzernden Fluss. Er war mit Eichenfässern beladen und hing so tief im Wasser, dass die Bootskante nur zwei Fingerbreit über der Oberfläche lag. Zwei Männer hockten zwischen der Ladung, dunkel gekleidete Gestalten, die Mützen tief in die bärtigen Gesichter gezogen, sodass man kaum mehr von ihnen erkennen konnte als ihren weißen, dampfenden Atem. Mit gleichmäßigen, kräftigen Bewegungen steuerten sie das Fahrzeug flussabwärts. Nichts war zu hören außer dem leisen, regelmäßigen Schmatzen der Ruder, wenn sie sich nach jedem Stoß tropfend aus dem Wasser lösten.

Geschwind näherte sich der Nachen dem Düsseldorfer Ufer. Einer der Männer hielt inne und ließ seinen Blick wachsam über die schwach beleuchteten Konturen der Stadt gleiten, über den hohen, ein wenig gekrümmten Turm der Kirche zum heiligen Lambertus, die ausgebrannte Schlossruine und den runden, gemauerten Verladekran, der an der Einfahrt zum alten Sicherheitshafen aufragte. Alles schien still, lediglich gedämpft war das übermütige Grölen einiger Betrunkener zu vernehmen, die aus einem der Wirtshäuser nach Hause torkelten.

Die Männer ließen das Boot bis dicht ans Ufer gleiten und ruderten dann in seinem Schatten nordwärts, bis sie die südwestliche Ecke der Schlossruine erreichten. Aufmerksam studierten sie die Kaimauer, bis sie entdeckten, was sie suchten: ein schwaches, kaum merkliches Licht, das dreimal hintereinander kurz aufblinkte und dann erlosch. Rasch tauchten sie ein letztes Mal die Ruder ins Wasser und hielten auf die Stelle zu, an der das Signal aufgeleuchtet war.

Kaum zweihundert Schritte weiter südwärts, wo das Becken des alten Sicherheitshafens an die Hafenstraße stieß, riss ein junger Mann die Tür des Wirtshauses ›Zum Schiffchen‹ auf, trat in den Schankraum und blickte sich neugierig um. Fast alle Tische waren belegt, über den blank gewienerten Holzplatten pendelten rußgeschwärzte Petroleumlampen, deren Flammen in dem Windzug flackerten, den der Neuankömmling mit hereinbrachte. Süßlicher Pfeifenrauch stand in der Luft. In der Napoleon-Ecke, in der der französische Kaiser einst mit seinen Generälen gespeist hatte, steckten einige fremde Herren in dunkelblauem Frack die Köpfe zusammen, Zylinder und Handschuhe waren sorgsam vor ihnen auf dem Tisch abgelegt. Womöglich handelte es sich um preußische Beamte aus Berlin. An der Theke, direkt neben dem Bierfass, schwatzte ein magerer Herr mit Zwicker und struppigem Bart mit Schorn, dem Wirt, wobei sein linkes Auge bei jedem Wort kurz zuckte, so als bereite ihm seine eigene Sprache körperliche Schmerzen. Über den beiden hing der schwach bittere Geruch seit Tagen ungewaschener Kleidung, der jedoch vom Tabakqualm und den Ausdünstungen der übrigen Gäste fast vollkommen überdeckt wurde.

An einem Tisch dicht bei der Eingangstür leerten drei Tagelöhner bereits den fünften Krug Bier. Zwei von ihnen, Cornelius Fröhlich, ein muskulöser blonder Mann mit Bart und kräftigen Händen, denen man ansah, dass sie gut zupacken konnten, und Jakob Brügelmann, ein sehniger Kerl mit scharfkantigem Gesicht und wachsamem Blick, waren besonders guter Dinge. Der Konsistorialrat Bracht hatte ihnen für die nächsten Tage Arbeit verschafft, morgen in aller Frühe würde es losgehen. Dann durften sie in der ehemaligen Kirche des Kreuzherren-Klosters nach den Gebeinen der schwarzseidenen Dame graben, der Herzogin Jakobe von Baden, die dort nach ihrem rätselhaften Tod vor über zweihundert Jahren in aller Heimlichkeit verscharrt worden war. Wo genau sich die Gruft mit ihren sterblichen Überresten befand, wusste niemand. Wenn die beiden Glück hatten, lagen die Gebeine der Gräfin gut versteckt unter dem alten Gotteshaus und sicherten ihnen für die nächste Zeit ihr Auskommen.

Der dritte Tagelöhner, Dietrich Lohner, starrte mit glasigen Augen auf die Tischplatte. Sein dunkles, halblanges Haar klebte ihm am Schädel, sein Hemd war schmutzig und an den Ellbogen durchgescheuert. Schon seit Wochen hatte er kein Geld mehr verdient. Tagsüber lungerte er beim Freihafen herum, in der Hoffnung, jemand brauche ein Paar kräftige Hände beim Entladen von Kaffee oder Kohle, und wenn es dann gegen Nachmittag wieder nichts geworden war, schlich er heim zu seiner Frau, der er von dem, was sie mit Näharbeiten verdiente, ein paar Stüber abschwatzte, um diese sofort im ›Schiffchen‹ oder in einem der anderen Wirtshäuser zu versaufen. Hin und wieder wurde er angeheuert, um bei mehr oder weniger dunklen Geschäften Botendienste oder Handlangerarbeiten zu versehen, musste geheimnisvolle Päckchen nach Gerresheim oder Kaiserswerth bringen oder des Nachts Hehlerware abladen. Doch sein letzter derartiger Auftrag lag schon eine Weile zurück. Seine ehemaligen Spießgesellen misstrauten ihm, er galt als unzuverlässig, da er bereits mehrmals volltrunken zu viel geplaudert hatte. Heute allerdings war ihm ganz und gar nicht nach Plaudern zumute, er missgönnte Jakob und Cornelius die Arbeit, haderte mit dem Schicksal, das es aus unerfindlichen Gründen überhaupt nicht gut mit ihm meinte.

Der Neuankömmling, ein hochgewachsener Jüngling mit schlanken, langen Fingern und einem weiten Mantel, unter dem ein hoher weißer Hemdkragen und eine modisch geknotete weinrote Halsbinde hervorblitzten, begab sich zur Theke und bestellte ein Bier. Franz Schorn, der dicke Wirt und Braumeister mit dem orangerot gekräuselten Backenbart, zapfte ihm eins aus dem Fass und stellte es wortlos vor ihm ab. Dann füllte er drei weitere Humpen und trug sie an den Tisch mit den drei Arbeitern. Seine lederne Schürze spannte sich speckig glänzend über seinen kugelrunden Bauch, seine kleinen Augen glitten wachsam durch den Schankraum. Kaum merklich nickte er Jakob Brügelmann zu. Es war Zeit.

Die drei Männer nahmen ihre frischen Bierkrüge in Empfang und setzten sie durstig an die Lippen, während der Wirt mit seinen schwieligen Fingern nach den drei leeren Trinkgefäßen griff, an deren Innenseite noch der weiße würzige Schaum klebte, und zurück zur Theke stapfte.

»Was guckst du so finster, Dietrich?«, stieß Jakob Brügelmann unvermittelt hervor, setzte den Krug ab und musterte sein Gegenüber herausfordernd. »Haben wir dir was getan?«

»Lass mich in Ruhe, Großmaul«, schnauzte Lohner zurück und wischte sich mit einer ruckartigen Handbewegung den Schaum von den Lippen. Die Worte quollen holprig aus seinem Mund, so als wäre ihm die Zunge dabei im Weg. Er hatte bereits nachmittags in einem der Brauhäuser auf der Bolkerstraße die ersten Biere geschluckt und war inzwischen gut abgefüllt. »Nur weil du morgen für den Pfaffen Steine und Sand schleppen darfst, brauchst du hier nicht den großen Mann zu spielen. Wir wissen doch beide, dass du die Arbeit nur deinem feinen Herrn Schwager zu verdanken hast. Wegen deiner kräftigen Arme hat er dich wohl kaum angeheuert.«

»Was soll das heißen?«, schrie Jakob kampflustig. »Willst du mich etwa beleidigen?« Er sprang auf.

Dietrich erhob sich ebenfalls, sein Stuhl schabte über die unebenen Steinfliesen und erzeugte dabei ein hässliches Quietschen. Schwankend machte er einen Schritt auf Jakob zu und knallte gegen die Tischplatte. Die Humpen erzitterten, Bier schwappte auf das helle Holz. »Mit dir nehm ich es jederzeit auf, du Jammerlappen! Sei froh, dass du deinen Bierkrug überhaupt heben kannst mit deinen dürren Breiärmchen.«

»Das nimmst du zurück, du nutzloser Säufer!« Jakob beugte sich vor und packte Dietrich am Kragen, der erschrocken rülpste.

Cornelius Fröhlich sprang nun ebenfalls auf. Sein Blick huschte zum Wirt, der sich hinter der Theke hervorwälzte und auf die beiden Streithähne zumarschierte. Bei ihnen angekommen, stemmte er die Hände in die Hüften.

»Meinetwegen könnt ihr euch prügeln, bis nur noch ein Haufen Fleisch und Knochen übrig ist«, erklärte er. »Aber nicht in meinem Wirtshaus. Raus!«

Er zerrte den verdatterten Dietrich Lohner am Ärmel und schob ihn Richtung Tür. Der blinzelte irritiert und wankte auf die Straße. Zusammenhanglose Gedanken schossen durch sein benebeltes Hirn, bis er schließlich einen fand, der ihm gefiel. Er hatte die Zeche noch nicht gezahlt, das war eine wunderbare Gelegenheit, einfach zu verschwinden. Zwar würde der dicke Schorn seine Schulden am nächsten Tag gnadenlos eintreiben, aber für heute Nacht hätte er noch ein paar Pfennige übrig, um woanders in Ruhe weiterzutrinken. Sollten dieser dämliche Jakob Brügelmann und sein Busenfreund Cornelius Fröhlich doch denken, was sie wollten. Was wussten die schon, die erbärmlichen Hosenscheißer? Wer war denn an der Seite des französischen Kaisers durch das tief verschneite, jämmerlich kalte Russland marschiert, bis ihm die Socken in die blau gefrorenen Füße gewachsen waren? Er war sich sicher, dass die beiden Jammerlappen, die sich wie die Schneekönige freuten, weil sie morgen für einen arroganten Pfaffen ein paar alte Knochen ausgraben durften, beim Ausheben eines Schützengrabens bei Dauerfrost nach spätestens fünf Minuten vor Erschöpfung umfallen würden.

Wütend torkelte Dietrich ein paar Schritte auf das alte Hafenbecken zu, das nach Abfällen und Fäkalien stank. Jakob und Cornelius folgten. Auch der Wirt und eine Reihe anderer Gäste wollten sich das Schauspiel nicht entgehen lassen, und so hatte sich bald eine kleine Menschenmenge auf der Hafenstraße versammelt. Im unruhigen Licht der Laternen, die in der eisigen Herbstbrise sacht hin und herschaukelten, wirkten ihre Gesichter merkwürdig verzerrt.

Dietrich war ein paar Schritte von der Eingangstür entfernt stehen geblieben und fluchte erbost vor sich hin, ohne dass einer der Umstehenden seinen Worten Beachtung schenkte. Nur mühsam hielt er sich auf den Beinen, sein Magen rebellierte gegen die giftige Mischung aus Alkohol und Wut. Jakob Brügelmann schwieg abwartend, ein kaum wahrnehmbares, spöttisches Lächeln spielte um seine Mundwinkel. Die Menge johlte und feuerte die beiden an. Lediglich der junge Mann, der erst kurz zuvor das Wirtshaus betreten hatte, beteiligte sich nicht an dem allgemeinen Aufruhr, abwartend stand er bei der Tür, sein Gesicht verriet nicht, was er dachte.

Da hob Dietrich die Faust und ließ sie mit aller Kraft auf Jakobs Gesicht zufahren. Der jedoch war auf den Angriff des Betrunkenen vorbereitet und wich geschickt aus. Dietrich taumelte vorwärts und fluchte erneut. Die Menge schrie und applaudierte. Auf der anderen Straßenseite öffnete sich ein Fenster im ersten Stock. Das verschlafene Gesicht einer Frau tauchte auf, von Locken gekränzt, die unter einer weißen Schlafhaube hervorlugten.

»Was soll der Lärm da unten?«, zeterte sie, doch niemand schenkte ihr Beachtung.

Jakob holte zum Schlag aus, und seine Faust verfehlte ihr Ziel nicht. Sie traf Dietrich am Kinn, ein leises Knirschen war zu hören, der Getroffene kippte nach hinten. Cornelius fing den schweren Körper auf, bevor er zu Boden ging. Die Zuschauer klatschten wild in die Hände und verlangten grölend nach mehr.

Da gellte eine schrille Stimme durch die Straße. »Was ist denn das für ein Aufruhr?«

Mit knallenden Absätzen stolzierte eine hagere Gestalt in Uniform auf die Gruppe zu. Ferdinand Stübben, Polizeisergeant im Dienst der preußischen Regierung, bahnte sich einen Weg durch die Menge und musterte streng ein Gesicht nach dem anderen.

»Das ist Ruhestörung!«, verkündete er, wobei sein Schnurrbart vor Empörung zitterte. »Wer ist für diesen Lärm verantwortlich?«

Der dicke Wirt tauschte einen kurzen Blick mit Jakob Brügelmann. »Zwei meiner Gäste sind aneinandergeraten«, erklärte er. »Ich wollte nicht, dass sie den Streit in meinem Wirtshaus austragen. Deshalb habe ich sie auf die Straße geschickt.«

»Und wer sind die beiden?«

»Ich, der Jakob Brügelmann«, sagte Brügelmann scheinbar kleinlaut, »und der hier, der Dietrich Lohner.« Er deutete auf sein Gegenüber, das immer noch benommen in Cornelius' Armen hing. »Aber die Sache ist geklärt, Herr Sergeant.« Er feixte.

»Ich muss Sie verwarnen, meine Herren. Sie haben sich der nächtlichen Ruhestörung schuldig gemacht. Vielleicht sollte ich Sie beide für den Rest der Nacht ins Berger Tor sperren lassen. Dort hätten Sie genug Muße, um über Ihr ungebührliches Verhalten nachzudenken.« Abschätzend musterte er die Streithähne.

»Aber, Herr Sergeant«, mischte sich der Wirt ein. »Es ist doch nichts passiert. Kommen Sie herein und trinken

Sie einen Humpen Bier mit uns. Der geht natürlich aufs Haus.«

Der Sergeant zog die Augenbrauen hoch, seine Gesichtsmuskeln zuckten. »Ich bin im Dienst, meine Herren«, wandte er halbherzig ein.

»Selbstverständlich, Sergeant. Wir werden Sie auch nicht lange aufhalten. Aber ein Gläschen zur Stärkung kann wohl kaum schaden, oder? Schließlich haben Sie eine verantwortungsvolle Aufgabe zu erfüllen.«

Der Polizist zögerte noch einen kurzen Augenblick, dann zuckte er ergeben mit den Schultern und ließ sich von Schorn zur Eingangstür führen. Auf der Schwelle drehte er sich noch einmal um.

»Ab sofort herrscht absolute Ruhe hier draußen!«, mahnte er mit erhobenem Finger. »Sollte ich auch nur den kleinsten Pieps hören, kenne ich kein Pardon mehr.«

Er warf einen letzten drohenden Blick in die Runde, danach verschwand er im Inneren des ›Schiffchens‹. Die übrigen Gäste folgten. Cornelius stellte Lohner, so gut es ging, wieder auf seine eigenen, wackeligen Beine und schloss sich zusammen mit Jakob den anderen an. Die Tür zum ›Schiffchen‹ fiel zu. Dietrich Lohner blieb allein draußen zurück. Sein Kinn brannte mit seinem Magen um die Wette. Er zögerte kurz, dann setzte er sich schwerfällig in Bewegung. Unsicher stolperte er die Straße entlang, umkurvte das Hafenbecken, schritt über den Maxplatz und bog in die Benrather Straße ein. An der Ecke zur Bilker Straße blieb er stehen und kratzte sich nachdenklich am Hinterkopf. Fast alle Häuser lagen im Dunkeln, hier gab es nur vereinzelt

Straßenbeleuchtung und die meisten Bewohner waren schon zu Bett gegangen. In einem Fenster im Parterre brannte ein schwaches Licht. Dietrich kannte das Haus, er wusste, wer dort wohnte, und er erinnerte sich plötzlich, was man sich über diese Person erzählte. Der Gedanke machte ihn schlagartig nüchtern. Was für eine großartige Idee! Er würde es ihnen zeigen, diesen Hohlköpfen! Schon morgen würde er ein reicher Mann sein und über die paar erbärmlichen Groschen lächeln, die diese Taugenichtse bei dem Pfaffen Bracht verdienten!

Der Nachen legte im Freihafen an, der Kaimauer vor den Überresten des alten Schlosses im Herzen der Altstadt, dort, wo die Düssel in den Rhein mündete. Die letzten Meter des kleinen Flüsschens verliefen unter dem Burgplatz her durch einen jahrhundertealten überwölbten Kanal, an dessen Seiten ein schmaler Vorsprung es ermöglichte, bei Niedrigwasser trockenen Fußes hindurchzulaufen.

Bei der Düsselmündung warteten eine Handvoll Männer. Sie halfen, den Nachen festzumachen. Schweigend hievten sie die schwere Fracht, massive Eichenfässer gefüllt mit wertvollem französischen Wein, auf den schmalen Vorsprung. Ihre Gesichter glänzten vor Schweiß im Licht der Fackeln, waren starr und konzentriert. Lediglich als der Lärm der Prügelei vor dem ›Schiffchen‹ durch die nächtlich stillen Gassen der Stadt bis zu ihnen drang, grinsten sie triumphierend.

»Auf den dicken Schorn ist Verlass«, rief einer. »Der wird Sergeant Stübben eine Weile auf Trab halten.«

Schließlich wurde das letzte Fass auf dem Vorsprung abgesetzt. Ein Kerl mit Hut und einer kalten Tonpfeife im Mund rollte es neben die anderen.

»Nicht rollen, du elender Nichtsnutz! Willst du, dass die Fässer undicht werden?«, fuhr ihn ein schlaksiger Bursche an.

Der mit dem Hut hielt inne. »Wie soll ich's denn sonst machen?«, schnauzte er zurück. »Ich bin doch kein Schröder!«

Der Dünne deutete auf einen kleinen Handwagen, der ein Stück tiefer im Tunnel wartete und nur mit Mühe auf dem schmalen Grat oberhalb der leise plätschernden Düssel Platz hatte. »Aufladen! Aber vorsichtig!«

Der Hut gehorchte. Seine Kumpane halfen ihm. Zwei Fässer hatten auf dem Wagen Platz. Die zogen sie mit vereinten Kräften tiefer in den Tunnel hinein. Nach wenigen Schritten tauchte linker Hand ein kleiner Durchschlupf in der gemauerten Wand auf. Sie zerrten den Wagen hindurch und waren verschwunden.

Einer der beiden Bootsleute gab seinem Kumpel ein Zeichen. Der machte den Nachen los und warf das Tau auf die nassen Planken. Gemeinsam stießen sich die Männer von der Mauer ab und begannen die Rückfahrt über den Rhein. Ihre Komplizen waren viel zu sehr mit ihrer Arbeit beschäftigt, um von ihnen Notiz zu nehmen, lediglich der schmächtige Anführer starrte mit gerunzelter Stirn auf den gewaltigen Fluss, bis das leise Plätschern der Ruder verklungen war.

Inzwischen waren Wolken heraufgezogen, der Mond war verschwunden und der Rhein hatte sich schwarz gefärbt wie ein Band aus dunklem Samt. Die Männer kannten den Strom besser als sich selbst, sonst wären sie in der finsteren Nacht verloren gewesen. Langsam schnitt sich der Nachen einen Weg stromaufwärts. Alles war still. Das Gefährt passierte die Einfahrt des alten Hafens, doch die Prügelei, die noch kurz zuvor für viel Aufruhr gesorgt hatte, war kaum mehr als eine vage Erinnerung.

Ein leises Quietschen zerriss die Stille der Nacht. Erschrocken hielten die Männer inne und blickten zur Anlegestelle, die Ruder verharrten reglos in der Luft, Wasser tropfte von dem nassen Holz. Allmählich schwoll das Quietschen an, jeden Augenblick musste in dem milchigen Licht, das durch die Fenster des ›Schiffchens‹ auf die Gasse geworfen wurde, die Quelle des monotonen Geräuschs auftauchen.

Die Männer sahen sich an. Die Spur Helligkeit, die von der anderen Seite des Hafenbeckens herübergeworfen wurde, reichte kaum aus, um das Gesicht des anderen zu erkennen, doch ein Blick genügte. Mit ruhigen, fast lautlosen Ruderbewegungen hielten sie den Nachen so auf dem Wasser, dass sie das Hafenbecken gut im Blick hatten, selbst jedoch durch die schmale Einfahrt vor den Augen anderer geschützt waren.

Zu dem Quietschen gesellten sich jetzt ein Stöhnen und das Klappern von hölzernen Rädern auf dem Pflaster. Wer fuhr zu dieser nächtlichen Stunde mit einem Karren durch die Stadt? Eine Gestalt tauchte an der Kaimauer auf, eine Person, die in gebückter Haltung einen Wagen zog, der offenbar mit einer schweren Last beladen war. Jetzt blieb sie stehen, sah sich hastig nach allen Seiten um und machte sich danach an der Ladung zu schaffen. Unter großer Anstrengung zerrte sie ein schweres Bündel vom Karren, ließ es auf den Boden fallen und rollte es auf die Kaimauer zu. Mit einem Schubs stieß sie es schließlich hinunter ins Wasser. Erneut schaute die Gestalt sich um, wähnte sich unbeobachtet und beugte sich vor, um das Resultat ihrer Bemühungen zu begutachten. Offenbar zufrieden mit dem, was sie sah, richtete sie sich wieder auf, packte den Karren und hastete in Richtung Benrather Straße davon.

Die beiden Männer warteten, bis das quietschende Geräusch verklungen war. Kaum war die Stille zurückgekehrt, packten sie die Ruder und stemmten sich mit aller Kraft in die Riemen. So schnell es ging, machten sie sich davon. Das Bündel, das unterhalb der Hafenstraße im Wasser dümpelte, würdigten sie keines Blickes. Sie hatten nur eins im Sinn. Möglichst rasch ans weiter südlich gelegene Neußer Ufer zu gelangen, ohne von irgendwem bemerkt zu werden.

Es war stockdunkel, als Isolde die Bettdecke zur Seite schlug und sich aufsetzte. Fröstelnd streckte sie sich, schlüpfte in ihre Pantoffeln aus Filz und tastete sich ans Fenster. Sie öffnete den Laden und blickte hinaus. Der Himmel hatte sich bereits grau verfärbt, war hell genug, um ein wenig Dämmerlicht in Isoldes kleine Schlafkammer zu werfen und die Konturen der Gebäude auf der anderen Seite des Hofs erkennbar zu machen. Die Rückfronten der Vorderhäuser lagen still und schwarz da, in keinem der Fenster brannte Licht. Außer einer struppigen Katze, die müde über das Pflaster schlich, war nichts zu sehen. Isolde lief zur Kommode und griff nach der Öllampe, die neben der Waschschüssel stand. Sie öffnete die Tür, schlich durch den kalten Flur in die Küche. Im Herd glomm ein Rest Glut. Sie hielt einen Span hinein, bis er brannte, und entzündete damit die Lampe. Rasch lief sie mit dem Licht zurück in ihre Kammer und setzte es erneut neben der Waschschüssel ab. Mit der Spitze ihres Zeigefingers zerstach sie die zarte Haut aus Eis, die sich über Nacht auf dem Wasser gebildet hatte, fuhr dann mit den Händen in die Schüssel und wusch sich hastig das Gesicht. Sie ergriff das Handtuch, rubbelte sich damit trocken und zog ihr dunkelblaues Wollkleid über. Dann setzte sie sich aufs Bett, fuhr in ihre Strümpfe und band sie am Oberschenkel fest. Nachdem sie ihr langes braunes Haar ordentlich durchgekämmt hatte, flocht sie es zu einem Zopf, den sie zu einer Schnecke rollte und mit ein paar Nadeln am Hinterkopf feststeckte.

Einen Augenblick lang betrachtete sie ihr Ebenbild in dem kleinen runden Spiegel, der über der Kommode hing. Das ovale, blasse Gesicht mit den hohen Wangenknochen, die großen, fast schwarzen Augen, die schmalen Lippen.

»Isolde Corte«, murmelte sie. »Isolde Heinrich, Isolde Corte, Isolde Heinrich.« Immer wieder, als wenn der Klang der Worte ihr dabei helfen würde, eine Entscheidung zu treffen, die doch längst getroffen war. Sie hieß Isolde Heinrich, und schon bald, lieber heute als morgen, wenn es nach ihrem Verlobten Albert ging, würde sie Isolde Corte heißen und die Gattin des Apothekersohns aus Solingen sein, mit dem sie seit fast zwei Jahren verlobt war. Sie würde Düsseldorf verlassen und in seine Heimatstadt ziehen, ihm den Haushalt machen, ihm Kinder gebären, vielleicht auch in der Apotheke aushelfen. Noch gestern Nachmittag hatte Albert sie und ihre Mutter besucht, sanft, aber nachdrücklich darauf gedrängt, endlich einen Termin für die Hochzeit festzusetzen, doch Isolde hatte ihn wieder einmal vertröstet. Die Mutter, es ging ihr zu schlecht, Isolde musste sich um sie kümmern, und das konnte sie nur hier in Düsseldorf. Einen Umzug in eine fremde Stadt würde die kranke Frau nicht verkraften.

Isolde legte ihrem Spiegelbild den Finger auf die blassen Lippen, so als wolle sie es vom Sprechen abhalten, dann machte sie kehrt und verließ die Kammer. So leise wie möglich schlich sie erneut in die Küche, stellte die Lampe auf dem Tisch ab und wandte sich dem Herd zu. Mit ein paar Holzscheiten entfachte sie ein Feuer aus der Glut. Danach nahm sie einen Topf vom Regal, holte die Milchkanne aus der Speisekammer und schüttete etwas davon in den Topf, den sie daraufhin auf den Herd stellte. Sie schnitt eine Scheibe Brot ab, bestrich sie dünn mit Schmalz und legte sie auf einen Teller. Die Milch war inzwischen heiß. Isolde rührte einen Löffel Honig in das Getränk und nahm den Topf vom Herd. Behutsam füllte sie eine Tasse. Sie stellte Tasse und Teller sowie eine Kerze auf ein Tablett und trug es in den schmalen Flur.

Dort klopfte sie an die Schlafzimmertür ihrer Mutter und trat ein. »Guten Morgen!«

Säuerlich-muffiger Geruch schlug ihr entgegen. Rasch stellte sie das Tablett auf dem Nachttisch ab und öffnete das Fenster, von dem aus man die Gärten sehen konnte, die sich entlang der Deichstraße erstreckten. Ein winziges Stück davon, das kaum größer war als der Küchentisch, durfte Isolde nutzen. Im Sommer zog sie darin ein paar Kräuter und Blumen heran. Jetzt jedoch waren das winzige Beet und die Töpfe kahl, eine dünne Reifschicht lag wie ein Seidentuch auf der nackten Erde.

»Guten Morgen, Isolde«, hörte sie die verschlafene Stimme ihrer Mutter. »Musst du die kalte Luft hereinlassen?«

»Nur einen Moment, Mutter. Es ist wunderbar frisch draußen. Riechst du es nicht?«

»Ich rieche nur Rauch und den nahenden Winter«, antwortete die Mutter und zog sich die Decke bis zur Nasenspitze.

Isolde schloss seufzend das Fenster, nahm die Kerze vom Tablett und stellte sie auf den Nachttisch. Dann setzte sie sich auf die Bettkante. »Ich habe dir dein Frühstück gebracht. Wie geht es dir heute?«

Die Mutter schloss die Augen. »Ich fühle mich entsetzlich schwach. Meine Glieder schmerzen. Und Appetit habe ich auch nicht.«

»Aber du solltest essen. Oder wenigstens die Milch trinken. Sie ist heiß und süß und wird dir guttun.«

Die Mutter nickte. »Ja, Kind.« Doch sie machte keine Anstalten, nach der Tasse zu greifen.

Isolde seufzte. »Komm«, sagte sie, »ich bringe dich zuerst auf den Abtritt, der kurze Weg über den Hof wird dir Appetit machen, du wirst sehen.«

Die Mutter stöhnte leise, doch sie ließ sich willig von Isolde aus dem Bett helfen, die ihr eine wollene Stola um die Schultern legte, ihr die Haube gut festband und sie dann hinaus vor die Tür führte, zu dem hölzernen Verschlag im Hof, in dem sich der Abtritt befand. Erschöpft und mit von der Kälte geröteten Wangen ließ sich Elisabeth Heinrich wenig später wieder in die Kissen sinken.

Eine Weile schwiegen beide.

»Ich muss gleich fort«, sagte Isolde schließlich. »Der Konsistorialrat Bracht legt Wert auf Pünktlichkeit.«

»Du solltest endlich heiraten«, erwiderte die Mutter. »Du solltest keine Rücksicht auf mich nehmen. Du bist jung und hast dein eigenes Leben. Und der Albert wartet schon so lange.«

Isolde senkte den Kopf.

»Was ist mit dir, Kind?«

»Ach, nichts.« Isolde lächelte ihre Mutter an.

Elisabeth Heinrich griff nach der Hand ihrer Tochter. »Glaub nicht, dass ich es nicht merke. Es ist nicht nur meinetwegen, dass du die Hochzeit immer wieder verschiebst, nicht wahr?«

Isolde starrte schweigend auf die Milch, auf der sich inzwischen eine hässliche, faltige Haut gebildet hatte.

»Hast du Angst vor der Ehe, mein Kind?«

Wieder antwortete Isolde nicht.

»Ich hatte auch Angst«, erzählte Elisabeth mit einem schwachen Lächeln. »Angst vor den vielen Pflichten, die mich erwarteten und von denen ich nicht wusste, ob ich sie würde erfüllen können. Vor deinem Vater, den ich kaum kannte. Vor dem Leben mit ihm. Vor seinem Körper.« Sie brach ab. Die letzten Worte hatte sie kaum hörbar geflüstert.

Isolde blickte von der Milch auf. So viele Fragen brannten in ihr, so viele verwirrende Gedanken, doch sie wagte nicht, sie ihrer Mutter gegenüber auszusprechen.

Elisabeth drückte erneut ihre Hand. »Es ist halb so schlimm, mein Kind. Du wirst sehen. Albert ist ein guter Mann. Es gibt nichts, wovor du dich fürchten müsstest. Im Gegenteil, du kannst dich glücklich schätzen. Die Familie Corte ist angesehen und wohlhabend. Albert hätte ganz anderen Frauen den Hof machen können. Es ist ein Geschenk des Schicksals, dass er dich gewählt hat. Du bringst schließlich keine große Mitgift in die Ehe, bist die Tochter eines einfachen Schuhmachers. Früher hatte ich oft Angst, du würdest vielleicht gar keinen anständigen Ehemann finden, würdest als Näherin oder Dienstmagd in einem fremden Haushalt enden. Oder, mit etwas mehr Glück, vielleicht eine Stelle als Hauslehrerin bekommen. Du hättest keine eigene Familie gehabt, nirgendwo richtig dazugehört und ein trauriges, einsames Leben geführt. Die Leute hätten auf dich herabgeblickt. Du hast selbst schon gehört, wie hässlich sie reden über Frauen, die niemand hat heiraten wollen. Es hätte mir das Herz zerrissen, wenn sie so über dich gesprochen hätten.«

Isolde blickte an ihrer Mutter vorbei zur Wand, wo ein kleines hölzernes Kruzifix hing.

»Ich weiß, mein Liebes, dass du manchmal seltsame Ideen hast«, fuhr Elisabeth fort. »Schwärmerische Flausen, die vielen jungen Mädchen im Kopf herumspuken. Oder meinst du, ich wüsste nicht, was für Bücher die Witwe Weissenberg dir borgt? Ich gebe zu, ich selbst war auch nicht ganz frei davon.« Wieder huschte ein kaum merkliches Lächeln über ihr Gesicht. »Doch ich hoffe, du vergisst nicht, dass die Ehe der einzig schickliche Weg für eine junge Frau ist, die ihr Ansehen in der Gesellschaft nicht gefährden will. Der Mann zieht hinaus in die Welt, die Frau hütet für ihn das Heim. So ist es gut und richtig. Dass du für den Konsistorialrat arbeitest, nehmen die Leute hin, weil du eine kranke Mutter hast. Und ich bin ihm wirklich sehr dankbar, dass er sich deiner angenommen hat. Er ist ein gütiger Mann und er hat es mir zuliebe getan, das weiß ich. Aber du kannst nicht ewig bei ihm bleiben, langsam wird es Zeit für deine Hochzeit. Die Leute wundern sich sicherlich schon, fragen sich, ob der junge Herr Corte seine romantische Entscheidung womöglich bereits bereut.«

Isolde nickte, den Blick auf das Kruzifix geheftet. »Ja, ich weiß, Mutter.« Abrupt stand sie auf. »Ich muss jetzt los. Heute Mittag kommt Jungfer Katarine und sieht nach dir. Sie bringt dir eine heiße Brühe und Brot. Bitte versuch, etwas zu essen. Bis heute Abend.« Sie drückte ihrer Mutter einen Kuss auf die Stirn und verließ hastig das Krankenzimmer.

In der Küche schmierte sie sich ein Schmalzbrot, aß es im Stehen, die Augen gedankenverloren auf das warme Herdfeuer gerichtet. Danach trank sie eine Tasse von der heißen Milch. Als sie das Frühstück beendet hatte, stellte sie das schmutzige Geschirr in den Spülstein, zog sich ihren Mantel und ihren Hut über, schlüpfte in ihre Stiefel und ging aus dem Haus.

Sie lief über den Hinterhof durch das Tor und gelangte auf die Neusser Straße. Das Vorderhaus bildete die Ecke zur Deichstraße, die nach rechts abzweigte, vor ihr erstreckte sich die Berger Allee, die auf das Berger Tor zuführte, das die Neustadt von der Altstadt trennte. Inzwischen dämmerte es, in der Straße waren die Geräusche der erwachenden Stadt zu hören, das Klappern eines Karrens, mit dem ein Bauer aus Hamm Kohl zum Marktplatz transportierte, das Plätschern von Wasser und das Gekicher junger Mädchen, die bei der Pumpe Eimer füllten.

Isolde eilte in Richtung Altstadt, den Kopf gesenkt, in Gedanken immer noch bei dem Gespräch mit der Mutter, dem seltsamen Lächeln, das deren Lippen umspielt hatte, als sie von ihrer Angst vor der Ehe gesprochen hatte. Sie lief durch das Berger Tor und die Citadelle entlang, ohne nach rechts oder links zu schauen. Als sie in die Nähe des alten Sicherheitshafens kam, wurde sie von lauten Rufen und Stimmengewirr zurück in die Gegenwart gerissen. Offenbar hatte sich dort, wo die Schulstraße auf die Hafenstraße stieß, eine große Menschenmenge versammelt. Sie zögerte kurz, dann siegte die Neugier und sie drängte sich zwischen den Arbeitern und Marktfrauen hindurch, bis sie erkennen konnte, dass ganz dicht an der Kaimauer jemand reglos auf dem Pflaster lag.

Es handelte sich um einen Mann, der Kleidung nach war es ein armer Bauer oder einer der zahlreichen Tagelöhner. Ein anderer Mann, der einen langen dunklen Mantel und teure Lederstiefel trug, hockte neben dem Liegenden. Gerade als Isolde sich bis zu den beiden vorgeschoben hatte, schloss der elegante Herr eine schmale Ledertasche und richtete sich auf. Isolde erkannte den Kreisphysikus Dr. Servaes, dessen silbrige Schläfen im fahlen Morgenlicht schimmerten. Neben ihm stand ein Polizeisergeant in Uniform, der sich vergeblich bemühte, die Schaulustigen fernzuhalten.

Isolde sah wieder hinunter zu der reglosen Gestalt am Boden. Jetzt war der Blick auf das Gesicht des Mannes frei. Es war schneeweiß und aufgedunsen. Ein merkwürdig geformter, blaurot unterlaufener Fleck prangte auf der linken Schläfe. Der Mann lebte nicht mehr und hatte offenbar in den letzten Augenblicken seiner irdischen Existenz furchtbare Qualen durchlitten. Sein

Mund stand offen wie zu einem stummen Schrei, seine Züge waren seltsam verzerrt. Trotzdem erkannte Isolde ihn. Und der Schreck fuhr ihr bis ins Mark. Denn sie erinnerte sich gut an den Tag, an dem sie ihm den Tod gewünscht hatte.

Vereinzelte Stimmen drangen an ihr Ohr.

»Sicher hat er wieder einen über den Durst getrunken und ist ins Hafenbecken gestürzt.«

»War doch abzusehen, dass es eines Tages auf diese Art mit ihm enden würde.«

»Hat seiner Frau nichts als Kummer bereitet, dieser Taugenichts.«

»Zügle deine Zunge, Weib, redet man so über einen Toten?«

»Man wird ja wohl noch die Wahrheit sagen dürfen!«

Isolde vernahm auch den Namen des Mannes. Dietrich Lohner. Sie kannte ihn, obgleich sie bestrebt gewesen war, ihn aus ihrem Gedächtnis zu löschen. Ihr fiel ein, dass sie auch von seiner Frau gehört hatte. Sie verrichtete Näh- und Stopfarbeiten für einige Bürgerfrauen der Stadt, auch für Greta Weissenberg, die Isolde jeden Sonntag besuchte, um ihr eine Stunde lang etwas vorzulesen. Die alte Dame hatte ihr erzählt, wie oft sich Frau Lohner darüber beklagte, dass ihr Mann das ganze Geld, das sie verdiente, in die Brauhäuser trage und ihr kaum etwas zum Leben übrig lasse. Isolde stellte sich vor, wie erleichtert Frau Lohner jetzt sein müsse, und erschrak im gleichen Augenblick angesichts dieses gottlosen Gedankens.

Beschämt senkte sie den Kopf. Als sie wieder aufschaute, fiel ihr ein junger Mann auf, der vor dem Toten stand und eifrig etwas auf einen kleinen Block kritzelte. Er war groß und schlank, mochte etwa genauso alt sein wie Isolde und stammte der Kleidung nach offenbar aus gutem Hause. Seine gepflegten Finger hielten den Bleistift mit der gleichen Selbstverständlichkeit, mit der ein Schuhmacher den Hammer oder ein Bauer den Spaten führte. Eine Strähne seines gewellten rotblonden Haares fiel ihm in die vor Konzentration gefurchte Stirn.

Ein gellender Pfiff ließ Isolde zusammenfahren, suchend blickte sie sich um. Dort, wo das kleine Hafenbecken vom Rhein abzweigte, herrschte geschäftiges Treiben. Ein Handelsschiff hatte am Werft angelegt, die Segel waren bereits eingezogen. Über hölzerne Planken schleppten Träger schwere Säcke auf ihrem Rücken an Land. Weiter hinten trieb die fliegende Brücke auf das Oberkassler Ufer zu. Isolde erkannte ein paar schemenhafte Gestalten, einige Männer, eine Frau mit einem Kind und ein Pferd, das der Transport auf dem wackeligen Gefährt offenbar nervös machte. Unruhig trippelte es hin und her, ein Mann in Uniform hielt es fest am Zügel und tätschelte ihm besänftigend den Hals.

»Platz machen für den Polizeiinspektor!«, bellte eine durchdringende Stimme ganz in Isoldes Nähe. Sie fuhr herum. Zwei uniformierte Männer, ein jüngerer mit hochrotem Kopf und vom Rufen schon leicht heiser, und ein älterer mit sorgsam gestutztem Schnurrbart, drängten sich durch die Menge, die ehrfurchtsvoll zur Seite wich. Ihnen folgte ein Fuhrknecht mit einem Gaul am Zügel, der einen Leiterwagen zog. Vor dem toten Lohner blieb der kleine Zug stehen.

Der Schnurrbärtige blickte fragend zu Dr. Servaes. »Wer ist der Mann?«

»Dietrich Lohner. Tagelöhner aus der Ritterstraße.«

»Ist er ertrunken?«

Der Arzt ließ seinen Blick über die Menge gleiten, die erwartungsvoll an seinen Lippen hing. Nahezu alle Gespräche waren verstummt.

»Ich würde gern eine Sektion durchführen«, erklärte er ausweichend. »Aber nicht hier. Wir sollten ihn an einen Ort schaffen, wo ich in Ruhe arbeiten kann.«

Die Mundwinkel des Polizeiinspektors verzogen sich kurz, für eine Sekunde flammte Missbilligung in seinem Gesicht auf, dann hatte er sich wieder im Griff.

»Legt ihn auf den Wagen!«, befahl er dem Sergeanten und dem Fuhrknecht. »Und schafft ihn …« Fragend schaute er den Arzt an.

»Ins St. Hubertus Hospital!«, ergänzte dieser.

Während die beiden Männer den Toten auf den Wagen hievten, wandte sich der Inspektor an die Menge. »Wer hat den Mann gefunden?«

Ein schmächtiger Junge von etwa vierzehn Jahren wurde nach vorn geschubst. Hastig nahm er die Mütze vom Kopf. »Ich, Herr Inspektor«, sagte er. »Ich sah etwas auf dem Wasser schwimmen. Es hatte sich da vorn im Gestrüpp verfangen.« Er deutete auf eine Stelle am Ufer, etwa zwanzig Fuß weiter die Kaimauer entlang, an der ein paar kahle Büsche zwischen den Steinen der Uferbefestigung hervorwucherten. »Zuerst dachte ich, es sei ein Sack Getreide, der von einem Kahn gefallen ist. Ich habe meinen Vater geholt, gemeinsam haben wir ihn aus dem Wasser gezogen.«

Ein Mann in einfacher, aber sauberer Kleidung trat vor. »Gestatten, Jeremias Köhler, Fassbinder. Das ist mein Sohn, der Theodor. Ich kann bestätigen, was der Junge erzählt hat. Sobald ich gemerkt habe, dass es sich bei dem Bündel um einen Menschen handelt, habe ich Theodor nach Dr. Servaes geschickt.«

Der Inspektor nickte. Er blickte zu dem Leiterwagen, auf dem der Tote inzwischen lag. Gerade warf der Fuhrknecht eine alte Decke über den Mann.

»Kann sonst irgendjemand etwas dazu sagen?«, fragte der Polizist und sah forschend von einem zum anderen.

Der Mann, der noch kurz zuvor eifrig gezeichnet hatte, trat vor. »Robert Weitering mein Name, Herr Polizeiinspektor. Ich bin Reporter bei der Bergischen Zeitung. Gestern Abend war ich zufällig Zeuge einer kleinen Schlägerei, gleich hier vorn vor dem ›Schiffchen‹.« Er drehte sich um und deutete auf ein Haus, über dessen Eingangstür ein eisernes Wirtshausschild pendelte, das einen Dreimaster zeigte. »Der Tote war daran beteiligt.«

Der Polizist zog die Augenbrauen hoch, sein Schnurrbart wackelte. »So?«

»Die Männer saßen zu dritt an einem Tisch bei der Tür. Plötzlich begannen sie zu streiten. Ich stand an der Theke und konnte leider nicht verstehen, worum es ging. Bevor einer von ihnen handgreiflich werden konnte, schickte der Wirt sie auf die Straße. Als ich hinzukam, hing der Verstorbene, der Lohner, halb benommen in den Armen einer seiner Kumpane. Wir sind dann alle wieder hineingegangen, es war ja bitterkalt draußen, nur der Lohner kam nicht mit. Das ist mir aber erst später aufgefallen.«

»Lebte er noch, als Sie wieder in die Gaststube gingen?«

»Ja, ganz sicher. Ich weiß noch, wie ihn der Mann, der ihn die ganze Zeit gehalten hat, vorsichtig aufrichtete und dann losließ. Es gibt übrigens einen weiteren Zeugen, einen ihrer Beamten. Der ist wegen des Lärms hinzugekommen. Er hat sich als Sergeant Stübben vorgestellt.«

Der Inspektor riss überrascht die Augen auf, dann nickte er, warf sich in Positur und rief: »Sergeant Peters! Suchen Sie das Ufer und die Straße ab. Vielleicht finden Sie noch etwas, das uns weiterhilft.« Er scheuchte die Menge mit einer Armbewegung fort. »Treten Sie zurück! Es gibt nichts mehr zu sehen!«

Der junge Reporter wurde von den zurückweichenden Menschen gestoßen, stolperte über einen Stein und trat Isolde auf den Fuß, die vor Schmerz laut aufschrie.

»Oh, verzeihen Sie bitte!« Er lüftete den Hut und verneigte sich.

»Es ist nichts geschehen.« Isolde wagte ein Lächeln, aber ihr Zeh brannte, sodass es ihr nicht recht gelingen wollte. »Schreckliche Geschichte«, fügte sie hinzu, um sich selbst von ihrem Schmerz abzulenken.

Robert Weitering nickte. »Ja. Was für ein tragischer Tod. Der Alkohol ist ein Teufel, von dem man besser die Finger lassen sollte.«

»Sie glauben, dass es der Alkohol war?«

Weitering sah Isolde an. In seinen grauen Augen lag ehrliche Überraschung. »Sie etwa nicht?«

Isoldes Blick wanderte zu dem Leiterwagen, den der Fuhrknecht gerade gewendet hatte. »Haben Sie den seltsam geformten Bluterguss auf seiner Schläfe gesehen? Er war fast dreieckig.«

»Ach ja? Sie haben aber scharfe Augen.« Er verzog skeptisch das Gesicht.

Isolde zuckte mit den Schultern. »War doch nicht zu übersehen, oder? Ich dachte, Sie hätten eine Skizze davon gemacht?«

Robert Weitering legte nachdenklich den Kopf schräg. »Ich bin davon ausgegangen, dass die blauen Flecken von der Prügelei stammen. Da war ja auch noch ein weiterer unten am Kinn.«

»Hatte einer der Männer dreieckige Fäuste?«, hakte Isolde mit einem spöttischen Lächeln nach.

Robert schnitt eine Grimasse. »Lohner kann gestürzt und mit der Stirn auf einen Gegenstand geprallt sein, der diese Form hatte«, wandte er ein.

Isolde runzelte die Stirn. »Natürlich. Da haben Sie recht. Ist Ihnen der Bluterguss denn schon gestern Nacht aufgefallen? Kurz nach der Prügelei, meine ich.«

Robert starrte sie an. Dann schüttelte er langsam den Kopf. »Nein. Aber ich habe auch nicht darauf geachtet. Außerdem war es dunkel.«

Bevor Isolde etwas erwidern konnte, begann die Uhr am Turm der Lambertuskirche zu schlagen. Erschrocken schlug sie die Hand vor den Mund. »Ach du lieber Himmel, es ist bereits neun. Ich habe die Zeit vollkommen vergessen!«

Sie nickte dem Reporter kurz zu, raffte Kleid und Mantel und rannte los. Als sie sich an der Eingangstür des ›Schiffchens‹ noch einmal umdrehte, sah sie, dass er ihr verblüfft hinterherstarrte.

KAPITEL II

ICH KANN ES *immer noch nicht fassen. Hier sitze ich, Jakobe, Herzogin von Jülich-Kleve-Berg, geborene Markgräfin von Baden, an meinem Sekretär und tauche die Feder in das Tintenfass. Nur noch ein kleiner Rest ist übrig, ich hoffe, dass sie mir das Fässchen nachfüllen, wenn die Tinte zur Neige geht. Ich bin ihren Launen hilflos ausgeliefert, denn ich bin Gefangene in meinem eigenen Schloss. Verleumdet von meinen Gegnern, verraten von denen, die ich für meine Freunde hielt. Ich stehe auf, trete ans Fenster des Turms, der seit vielen Monaten schon mein Kerker ist, und blicke hinunter auf den Rhein, jenen Fluss, der mich einst hierher trug, aus meiner Heimat herauf bis vor die Tore dieser Stadt, die mir immer fremd blieb. Das Wasser ist trüb und kräuselt sich zu kleinen, launischen Wellen, die an den Wänden der schwer beladenen Kähne lecken. Manchmal stelle ich mir vor, ich wäre Schiffer auf einem dieser Gefährte, könnte auf dem Rhein abwärts reisen bis zum Meer. Städte und Dörfer würden an mir vorbeiziehen, wären nichts weiter als bunte Farbkleckse auf der Landkarte meines Lebens.*

Ich balle die Hände zu Fäusten und wende mich ab. Werde ich je wieder frei sein, in den Fluren des Schlosses umherwandeln dürfen, wie es mir beliebt? Durch die Gärten spazieren, wenn die Knospen an den Rosensträuchern aufgesprungen sind und ihren betörenden Duft aussenden? Das dröhnende Summen der Bienen als einzigen Laut in meinen Ohren, die köstlichen wärmenden Strahlen der Sonne auf meinem Gesicht?

Ich fürchte, nein. Ich werde in diesem Verlies hocken bis zum Ende meiner Tage, und manchmal erwache ich des Nachts und sehe dieses Ende so dicht vor mir stehen, dass ich meine, danach greifen zu können. Ich halte den Atem an und lausche, und ich bin mir sicher, dass ich nicht allein in meiner Kammer bin. Ich rufe den Namen meiner Zofe.

»Gerhardgen, bist du das?«

Ich erhalte keine Erwiderung. Doch ich weiß, jemand ist dort in der Dunkelheit. Ist es der Leibhaftige höchstpersönlich, der mich holen kommt? Ja, ich glaube er ist es. Und er steht dort in Gestalt des Pfundkeeß, jenes Teufels in Menschengestalt, der mir mehr als jeder andere das Leben zur Hölle macht. Ich weiß, wenn ich dereinst vor meiner Zeit aus diesem Leben scheide, dann wird er es sein, der meinen Kahn ans jenseitige Ufer lenkt. Er ist der Fährmann in die Unterwelt. Und namenlose Furcht ergreift mich, wann immer ich seine schweren Stiefel vor meiner Kammertür poltern höre.

»Oh Herr, hab Erbarmen«, flüstere ich in die Dunkelheit. »Wenn du mich zu dir holen willst, dann mach, dass es schnell geschieht. Lass mich nicht länger leiden als nötig!«

Ich falte die Hände, starre mit aufgerissenen Augen in die Schwärze der Nacht. Irgendwann schlafe ich wieder ein, und am nächsten Morgen wache ich auf, ein weiterer grauer Tag küsst meine schweißnasse Stirn, und ich verfluche mich dafür, dass ich immer noch lebe.

Außer Atem erreichte Isolde das Haus von Konsistorialrat Johann Vinzenz Bracht, das im Schatten der Lambertuskirche lag. Er erwartete sie bereits vor der Haustür.

Reglos wie eine Statue stand der Geistliche im Eingang, von imposanter Größe und mit konzentriertem, jedoch vollkommen ausdruckslosem Gesicht, das seine Gedanken nicht preisgab. Er trug einen weiten Mantel aus dunklem Stoff und schwarze, blank polierte Schuhe. In der rechten Hand hielt er eine goldene Taschenuhr, die er aufspringen ließ, als Isolde um die Straßenecke stürzte. Er warf einen kurzen Blick auf das Ziffernblatt, klappte den Deckel zu und schob die Uhr in die Manteltasche.

»Guten Morgen, Isolde«, grüßte er, ohne auf ihre Verspätung einzugehen. Lediglich eine schmale Falte zwischen den Augenbrauen ließ darauf schließen, dass ihn ihre Unzuverlässigkeit ärgerte. »Wie geht es Ihrer Frau Mutter heute?«

»Leidlich gut, danke«, erwiderte Isolde noch etwas außer Atem. »Bitte verzeihen Sie, dass ich zu spät bin. An der Schulstraße hat mir eine Menschenmenge den Weg versperrt. Ein Mann ist heute Morgen tot aus dem alten Hafenbecken gezogen worden. Möglicherweise ist er ertrunken.«

Der Konsistorialrat runzelte die Stirn. »Möglicherweise?«

»Nun ja. Sicher wird man es erst nach der Obduktion wissen.«

Die Falten auf Brachts Stirn vertieften sich. »Ist denn eine solche angeordnet worden?«

Isolde biss sich auf die Lippen. »Das weiß ich natürlich nicht«, sagte sie schnell. »Ich dachte nur …«

»Ja?«

»Er hatte einen recht seltsam geformten Bluterguss auf der Stirn und da –«

»– dachten Sie, eine Obduktion sei angesagt?«

Isolde senkte den Kopf.

Der Geistliche nickte bedächtig. »Haben Sie wieder in den medizinischen Büchern gelesen?«

»Ein wenig.«

Bracht räusperte sich. »Ich hoffe, Sie haben die Beamten mit Ihren Ratschlägen verschont, meine Liebe. Sie sind eine verständige junge Frau. Gerade deshalb sollten Sie wissen, was sich für eine solche geziemt und was nicht. Und jetzt folgen Sie mir. Wir werden erwartet.« Er trat auf die Straße und lief los. Nach wenigen Schritten blieb er noch einmal stehen. »Und vergessen Sie nicht, Isolde, Sie sind lediglich als Protokollantin geduldet. Ich möchte ebenso wenig mit Ihren Belehrungen behelligt werden wie die Polizei.« Er wandte sich ab und eilte an der Lambertuskirche vorbei über den Stiftsplatz.

Isolde folgte, die Hand auf den Leib gepresst, um die Mischung aus Scham und Empörung zu unterdrücken, die dort tobte. Einmal mehr wünschte sie sich, als Sohn auf die Welt gekommen zu sein. Wäre sie ein Mann, würde man ihren Worten aufmerksam lauschen, ihrem Wissen vertrauen, ihre Einwände ernst nehmen.

Sie hasteten durch die Altestadt, eine Straße, die vom Rheinufer an der Lambertuskirche vorbei auf das Ratinger Tor zuführte, und bogen an der nächsten Ecke in die Ursulinengasse. In diesem Teil der Stadt wohnten die meisten Arbeiter. Oft drängten sich Familien mit sechs oder acht Kindern in engen Zwei-Zimmer-Wohnungen, viele Väter und Söhne arbeiteten im Freihafen oder in einer der Fabriken, in der Seifensiederei van Eicken, der Tuchdruckerei und Spedition Carstanjen oder

der Wagenfabrik Mathissen. So mancher hatte allerdings keine feste Arbeitsstelle und versuchte sein Glück als Tagelöhner, oder er hatte ganz aufgegeben und verbrachte seine Tage, oder besser gesagt seine Nächte, bei Branntwein und Bier.

Bracht und Isolde drängten sich vorbei an Frauen mit Waschkörben, einem abgehärmten Mann in löchrigen Stiefeln, begleitet von einem dreibeinigen Hund, der alte Eisenwaren in einem Handkarren hinter sich her zog, und drei kleinen Jungen, die in der Pfütze unter der Wasserpumpe ein Floß aus einem Platanenblatt schwimmen ließen, das sie mit Kastanien beladen hatten. Eine behäbige Magd mit fleckiger Schürze scheuchte sie fort.

»Marsch! Verschwindet, ihr unnützen Burschen!« Mit ihrem Holzschuh stieß sie das Floß zur Seite, es kenterte und sank. Krachend platzierte sie einen Eimer unter der Pumpe, die Jungen stürzten hastig davon, bevor auch sie einen ihrer groben Tritte zu spüren bekamen.

Bracht und Isolde erreichten die hohe, aus Backsteinen gemauerte, zweischiffige Kreuzherrenkirche, die dort, wo die Ursulinengasse auf die Ratinger Straße stieß, rotbraun und Ehrfurcht erweckend in den Himmel ragte. Auch wenn sie längst nicht mehr als Gotteshaus genutzt wurde, zwischenzeitlich sogar den Kosaken als Pferdestall gedient hatte, wirkten die wuchtigen Mauern mit den wenigen schmalen Fenstern dennoch mächtig und imposant. Bracht stieß energisch die Tür auf. Obwohl einige Öllampen entzündet waren, lag über dem Inneren des Hauses graue Dämmerung, die vermutlich auch nicht ganz verschwinden würde, wenn es draußen taghell war. Eine Gruppe von Männern blickte ihnen erwartungsvoll entgegen. In der Nähe des Chores stand ein halbes Dutzend

Arbeiter, wie für ein Gemälde um eine Schubkarre drapiert, die mit Schaufeln, Spitzhacken, Eimern und anderem Arbeitsgerät beladen war. Sie hatten offenbar nicht damit gerechnet, dass der Herr Konsistorialrat in Begleitung einer jungen Frau erscheinen würde. Manche starrten Isolde neugierig an, andere musterten sie abschätzend von Kopf bis Fuß. Einer grinste dreist und leckte sich die Lippen. Rechts von den Arbeitern erkannte Isolde den Geheimsekretär Franz Wilhelm Custodis und den Kanonikus Franziskus Kegeljan, der als Kassenkurator in der städtischen Verwaltung tätig war. Custodis hatte ein aufgeschwemmtes, gutmütiges Gesicht, Kegeljans dünne, heruntergezogene Lippen ließen seine Züge ein wenig missmutig aussehen. Die beiden Herren begrüßten Bracht, Custodis nickte auch Isolde freundlich zu, während der Kanonikus sie keines Blickes würdigte. Bis auf die Männer und die Schubkarre mit dem Arbeitsgerät war die Kirche leer, es gab keine Bänke, keinen Altar, kein Kruzifix. Nicht ein einziges Bild schmückte die hohen weißen Wände mit den schlanken Sprossenfenstern. Auch von den Militäreffekten, die bis gestern hier gelagert hatten, war nichts mehr zu sehen. Lediglich einige rechteckige Formen im Staub auf dem Boden verrieten, wo Kisten mit Uniformen und Ausrüstung gestanden hatten. Entlang der Säulen war eine Trennwand eingezogen worden, die sich über die Länge der Kirche erstreckte und das südliche Schiff vom nördlichen trennte. Den separierten Teil der ehemaligen Kirche, in dem sich auch der Chor befand, wollte die Armee in Zukunft als Bekleidungsdepot nutzen.

Bracht unterhielt sich kurz mit Kegeljan und Custodis, dann wandte er sich an die Arbeiter.

»Meine Herren, das Grab, das wir suchen, wird im ehemaligen Chor vermutet. Ich bitte Sie, den Bereich gründlich unter die Lupe zu nehmen und nach Hinweisen auf eine Grabplatte oder auf den Eingang zu einer Gruft zu achten.« Während er sprach, deutete er in den halbrunden hinteren Teil der Kirche.

Die Arbeiter begaben sich sofort auf die Suche. Auch Bracht, Custodis und Kegeljan schritten das Gotteshaus ab, begutachteten dabei die steinernen Bodenplatten und hielten nach verborgenen Inschriften Ausschau. Minutenlang war nur der leise Widerhall zahlreicher Schritte zu hören und das unterdrückte Gemurmel der Männer, das von den hohen Wänden des Hauses geisterhaft verzerrt zurückgeworfen wurde.

Isolde blieb bei der Seitenpforte stehen und beobachtete die Suche. Statt sich daran zu beteiligen, wanderten ihre Gedanken zu der Frau, nach deren Gebeinen in der Kirche gegraben werden sollte, zu der Herzogin Jakobe, die nicht nur heimtückisch ermordet, sondern danach auch irgendwo hier in aller Heimlichkeit verscharrt worden war, ohne ihr die ehrenvolle Beisetzung und das prächtige Grabmal zu gewähren, die ihr als Landesmutter des Herzogtums Kleve-Jülich-Berg zugestanden hätten. Über zweihundert Jahre war sie nun tot, doch die Düsseldorfer hatten sie nicht vergessen. Isolde kannte zahllose Gedichte und Lieder, die das Schicksal der unglücklichen Herzogin besangen, und natürlich auch den Aberglauben um ihren Geist, der in wehenden Gewändern – in manchen Geschichten waren sie schneeweiß, in manchen nachtschwarz – im Schlossturm, ihrem einstigen Gefängnis, herumspukte. Angeblich würde die schwarzseidene Dame erst zur Ruhe kommen, wenn ihre Mörder gefasst und bestraft wären. In einigen dieser Lieder geisterte die Dame sogar ohne Kopf durch die Gassen der Altstadt, denn der Glaube, sie sei nicht etwa erdrosselt, sondern enthauptet worden, hielt sich hartnäckig in der Bevölkerung. Und vielleicht, dachte Isolde, hatten diese Abergläubigen sogar recht. Warum sonst hätte man die Herzogin derart überstürzt und in aller Heimlichkeit begraben sollen, wenn nicht, um ein Verbrechen zu vertuschen, das sich an dem Leichnam der Unglücklichen nicht verbergen ließ?

Die Männer suchten eine halbe Stunde lang das Gotteshaus ab, fanden jedoch keinen Hinweis auf die Gruft der Herzogin. Bracht beschloss daraufhin, den Subprior Johann Schweitzer aufzusuchen, der noch im ehemaligen Klostergebäude wohnte. Custodis, Kegeljan und Isolde begleiteten ihn, die Arbeiter blieben in der Kirche zurück, nicht gerade bekümmert über die bezahlte Pause.

Johann Schweitzer war ein kleiner weißhaariger Mann, der die Gesellschaft freudig begrüßte.

»Darf ich den Herrschaften – und der jungen Dame – Tee anbieten?«, fragte er, kaum hatten sie seine kleine Wohnung betreten. Ohne eine Antwort abzuwarten, schickte er seine Haushälterin in die Küche und führte seine Gäste in ein kleines Wohnzimmer, dessen Wände von einem großen Kruzifix und einem imposanten, farbenfrohen Gemälde dominiert wurden, das die Auferstehung Christi zeigte. Isolde durchzuckte die Frage, wie der ehemalige Subprior das Bild vor der Gier der

Kunsthändler gerettet hatte. Während der Säkularisation zu Anfang des Jahrhunderts waren die meisten Stifte und Klöster geschlossen und ihre Kunstschätze beschlagnahmt und verkauft worden. So manches Gemälde war allerdings vor der offiziellen Bestandsaufnahme von den Geistlichen – in der Hoffnung auf bessere Zeiten – versteckt oder in vertrauenswürdige Hände gegeben worden.

»Ihnen gefällt das Bild?« Schweitzer war unbemerkt neben Isolde getreten. »Es ist wunderschön, nicht wahr?«

»Ja«, antwortete Isolde. »Es ist so voller Hoffnung und Freude.«

Die Haushälterin brachte ein Tablett mit einer Kanne kostbarem schwarzen Tee und Tassen. Isolde setzte sich zögernd zwischen den Männern an den Esstisch. Franz Custodis übernahm es, allen einzuschenken, während Bracht sich an Schweitzer wandte und ihn fragte, ob er irgendetwas darüber wisse, wo die Herzogin Jakobe begraben sei.

Schweitzer löffelte Zucker in seinen Tee und schüttelte den Kopf. »Bedauerlicherweise nein, Herr Konsistorialrat. Ich kenne nur die allgemeinen Gerüchte, laut derer die Herzogin vor dem Altar der heiligen Anna zur Ruhe gebettet wurde.«

»Und der befand sich wo?«

»Am vierten der mittleren Pfeiler, wenn man sich vom hinteren Ende der Kirche auf den Chor zubewegt.« Schweitzer nippte an seinem Tee. »Ich fürchte, mehr weiß ich dazu nicht zu sagen. Und ob an dem Gerücht etwas Wahres ist, vermag ich nicht zu beurteilen. In den Kirchenbüchern ist jedenfalls nichts über das Begräbnis verzeichnet.«

Isolde schlürfte dankbar ihren Tee. Solch eine Köstlichkeit bekam sie sonst nur bei der Witwe Weissenberg zu trinken. Außerdem wärmte das heiße Getränk ihre durchgefrorenen Glieder. In der Kirche war es kaum weniger eisig gewesen als in den Straßen der Stadt. Ihre Finger waren steif, ihre Zehen spürte sie kaum. Trotzdem hätte sie nie und nimmer darauf verzichtet, bei dieser Ausgrabung anwesend zu sein. Gleich als Bracht das Schreiben aus Berlin erreicht hatte, war sie Feuer und Flamme gewesen. Er hatte den Auftrag erhalten, in der Kirche nach den sterblichen Überresten fürstlicher Persönlichkeiten zu suchen und sie würdevoll umzubetten, bevor das Gotteshaus endgültig zu einem Lagerhaus für das Militär umfunktioniert wurde. Mit ihrer Hilfe hatte Bracht ein wenig recherchiert und herausgefunden, dass es nur eine einzige Person von hoher Geburt gab, die mit ziemlicher Sicherheit in der Kreuzherrenkirche beigesetzt worden war: die Herzogin Jakobe. Alle anderen Angehörigen des Herrscherhauses waren in der Lambertuskirche beigesetzt worden, sofern sie überhaupt in Düsseldorf ihre letzte Ruhestätte gefunden hatten.

Es hatte Isolde einige Überredungskunst gekostet, Bracht dazu zu bewegen, seine Zustimmung zu geben. In sorgsam gewählten Worten hatte sie ihm klargemacht, wie viel sinnvoller es sei, wenn eine neutrale Person, die nicht in die Grabungsarbeiten involviert war, alles beobachten und sich Notizen machen könne. Der Bericht an die Regierung in Berlin würde auf diese Weise viel geordneter und umfangreicher ausfallen. Bracht hatte sie mit seinen grauen Augen fast durchbohrt, aber er hatte eingewilligt.

Nachdem alle ihren Tee getrunken hatten, begab sich die Gesellschaft, diesmal in Begleitung von Schweitzer, der es sich nicht nehmen ließ, bei der Suche anwesend zu sein, wieder in die Kirche. Dort wurden sie bereits von einem Herrn mit scharfkantigem Gesicht und einem schwarzen Lodenmantel erwartet, der sich als Peter Weingartz, Prior des ehemaligen Klosters Beyenburg, vorstellte.

»Herzlich willkommen, Pater Prior!«, grüßte ihn Bracht. »Es freut mich, dass Sie meiner Bitte nachgekommen sind und sich so prompt eingefunden haben. Auch wenn es schon eine Weile her ist, dass Sie Mitglied der hiesigen Kreuzherren-Kanonie waren, hoffe ich doch, dass Sie vielleicht ein wenig Licht ins Dunkel bringen können.« Dann wiederholte er die Frage, die er schon Schweitzer gestellt hatte.

Der Prior zuckte mit den Schultern. »Soweit ich weiß, wurde die Herzogin Jakobe des Nachts in aller Stille beerdigt«, antwortete er bedächtig. »Was der Grund dafür sein wird, dass der damalige Abt sich nicht traute, die Beisetzung schriftlich festzuhalten. Ich kenne jedoch auch das Gerücht, nach dem sie vor dem Altar der heiligen Anna beigesetzt worden sein soll. Vielleicht ist es gar nicht so abwegig, denn ich erinnere mich, dass wir beim Hinknien an dieser Stelle immer einen dumpfen Ton hörten, als befände sich dort ein Hohlraum unter dem Boden.«

Bracht nickte und blickte von Weingartz zu Schweitzer. »Wir haben auf dem Boden nirgends einen Hinweis auf ein Grabmal gefunden, die Steinplatten sehen alle aus, als seien sie erst in jüngerer Zeit verlegt worden. Haben Sie dafür eine Erklärung?«

Weingartz seufzte. »Allerdings.«

»Das furchtbare Hochwasser im Jahr 1784, vielleicht erinnern Sie sich?«, erklärte Schweitzer. »Fünfunddreißig Jahre ist das jetzt her. Damals stand fast die ganze Stadt unter Wasser, unzählige Menschen waren in ihren Häusern gefangen und mussten mit Booten versorgt werden. Wie viel wurde damals zerstört! Der Boden hier in der Kirche nahm derart großen Schaden, dass die Steine neu verlegt werden mussten. Dabei sind viele nicht an ihren ursprünglichen Platz zurückgekommen.«

Bevor Bracht antworten konnte, schlug die Uhr von der Lambertuskirche zwölf. Der Konsistorialrat zog seine Taschenuhr hervor und vergewisserte sich, dass er richtig gehört hatte. »Tatsächlich«, murmelte er und steckte sie wieder weg. »Ich danke Ihnen, ehrwürdige Patres«, sagte er zu den zwei ehemaligen Kreuzbrüdern. Er drehte sich zu den Arbeitern um. »Wir machen eine Stunde Mittagspause, dann fangen wir an, beim ehemaligen Altar der heiligen Anna zu graben«, rief er den Männern zu, die mit gelangweilten Mienen bei ihrer Schubkarre standen, als hätten sie sich seit Stunden nicht bewegt.

Auf Brachts Worte hin begannen sie, Brote und Bierflaschen hervorzukramen und es sich auf dem nackten Steinboden bequem zu machen.

»Kommen Sie, Isolde«, fuhr Bracht fort. »Meine Haushälterin hat eine Suppe bereitet, und danach können Sie mit dem Bericht anfangen.«

Isolde folgte Bracht zurück zum Stiftsplatz. Die Mittagssonne, die verzagt zwischen den grauen Wolken hervorblinzelte, hatte die Reifschicht auf den Straßen und Dächern vertrieben, Menschen hasteten vom Markt nach Hause, ein Karren mit

Fässern drängte sich an ihnen vorbei. Bracht und Isolde erreichten das Haus gegenüber der Lambertuskirche, legten ihre Mäntel ab und betraten die Stube. Schweigend nahmen sie ihr Mahl ein, eine heiße Kohlsuppe mit Kartoffeln und ein paar Würfeln Speck, dann zog Bracht sich in sein Studierzimmer zurück, um seine Korrespondenz zu erledigen, und Isolde holte Tintenfass und Papier, setzte sich erneut an den Esstisch und fasste die Ereignisse des Vormittags zusammen.

Kreispolizeiinspektor August Mindel schritt missmutig die Treppe hinunter in den Leichenkeller des St. Hubertus Hospitals, in dem auch das Max-Joseph-Krankenhaus untergebracht war. Nicht nur, dass ihm ein Toter den Samstagvormittag verdarb, der Fall entpuppte sich auch noch als viel komplizierter, als er auf den ersten Blick schien. Der Untersuchungsrichter hatte ihn beauftragt, die Umstände, die zum Tod von Dietrich Lohner geführt hatten, genauestens zu ermitteln, alle Zeugen zu vernehmen und ihre Aussagen zu protokollieren. Soeben hatte er den Wirt Franz Schorn befragt, der auffällig einsilbig zu der Prügelei am Abend zuvor Auskunft gegeben hatte. Unsäglich viel Mühe hatte es Mindel gekostet, dem Mann, der ständig demonstrativ auf seine Taschenuhr starrte – wohl um dem Beamten deutlich zu machen, dass dringende Geschäfte auf ihn warteten – die Namen der Beteiligten aus der Nase zu ziehen. Aber jetzt standen sie auf seinem Notizblock: Cornelius Fröhlich, wohnhaft in der Liefergasse, und Jakob Brügelmann, wohnhaft in der Flingerstraße. Beide waren Tagelöhner und zurzeit für den Konsistorialrat Bracht tätig. Worum es bei dem

Streit mit Lohner gegangen war, wusste der dicke Wirt angeblich nicht zu sagen. Mit einer zackigen, ungelenken Armbewegung hatte er das Protokoll mit seiner Aussage unterschrieben und war aus dem Raum geeilt. Mindel traute ihm nicht über den Weg, allerdings konnte er sich beim besten Willen nicht vorstellen, was der Wirt mit Lohners Tod zu schaffen haben könnte. Etwas anderes musste hinter dieser unerfreulichen Angelegenheit stecken, doch er hatte nicht die leiseste Ahnung, was.

Mindel hatte die Tür zur Leichenhalle erreicht. Er fand Dr. Servaes allein vor, damit beschäftigt, Etiketten für eine Reihe von Gläsern zu beschriften, die vor ihm auf dem Tisch standen. Den Inhalt der Gläser konnte Mindel nicht erkennen, er verzichtete jedoch darauf, sie genauer in Augenschein zu nehmen.

Als Servaes Schritte hörte, drehte er sich um. »Ah, der Herr Polizeiinspektor.«

»Dr. Servaes. Haben Sie schon Zeit gefunden, sich den Leichnam näher anzusehen?«

Der Arzt legte in aller Ruhe Schreibfeder und Etiketten zur Seite, bevor er antwortete. »Selbstverständlich. Ich habe die Legalinspektion und die Sektion durchgeführt. Der Untersuchungsrichter von Haupt sowie zwei weitere Zeugen waren zugegen.« Er erhob sich und blickte auf einen Tisch in der Mitte des Raums, auf dem unter einem weißen Tuch die Konturen eines menschlichen Körpers auszumachen waren. »Da liegt er. Ich habe mir den Leichnam gründlich von außen angesehen und dann die inneren Organe entnommen.« Er deutete auf die Gläser.

»Und?«, stieß Mindel ungeduldig hervor.

»Eine Prellung am Kinn. Von einem Faustschlag vermutlich. Außerdem eine weitere Verletzung an der linken Schläfe. Eher nicht von einer Faust. Dazu ist die Form des Blutergusses zu ungewöhnlich. Sehen Sie.« Er schritt auf den Tisch zu und hob das Tuch ein Stück an, sodass Mindel einen Blick auf das Gesicht des Leichnams werfen konnte. Der nickte ungeduldig.

»Zunächst dachte ich, der Mann sei unglücklich gestürzt, habe sich den Schädel beim Aufprall auf einen dreieckigen Gegenstand aufgeschlagen, vielleicht noch bei der Prügelei, vielleicht auch später. Es hätte sogar bei seinem Sturz ins Wasser geschehen sein können, vorausgesetzt, er ist ins alte Hafenbecken gestürzt, wo er gefunden wurde.« Servaes bedeckte das Gesicht des Toten sorgsam wieder mit dem Tuch. Dann fuhr er fort. »Das Becken ist angefüllt mit Abfall und Gerümpel, da kann man vermutlich auf allerhand seltsame Gegenstände stürzen. Eine Schande, diese Kloake, wird Zeit, dass das Becken endlich zugeschüttet wird. Ich habe gehört, die Insassen des Gefängnisses sollen sich demnächst dieser Aufgabe widmen. Wissen Sie etwas darüber?«

»Schon möglich«, antwortete Mindel. »Der Gefängnisverwalter Denz steckt voller hochtrabender Pläne. Aber zurück zum Thema. Sie sagten, Sie seien zunächst davon ausgegangen, Lohner hätte sich beim Sturz ins Wasser den Schädel aufgeschlagen. Wie darf ich das verstehen? Was bedeutet ›zunächst‹?«

Dr. Servaes lächelte triumphierend. »Das war, bevor ich die Organe entnommen habe.«

»Ja?« Mindel trat einen Schritt auf den Arzt zu. »Bitte kommen Sie zur Sache. Ich muss wissen, ob Fremdverschulden infrage kommt. Alles andere ist mir gleich.«

Servaes zuckte mit den Schultern. »Wie gesagt, nachdem ich die Organe entnommen hatte, war die Sache klar. Der Mann war kerngesund. Wenn man von der leicht vergrößerten Leber absieht.«

Mindel verschränkte die Arme, sein Brustkorb hob und senkte sich in mühsam unterdrückter Wut.

»Also ist er ertrunken?«

»Nicht so hastig, Herr Polizeiinspektor. Einen wirklich interessanten Fund machte ich, als ich die Lunge untersuchte. Es ist doch immer wieder eine Freude, wenn man auf einen eindeutigen Befund stößt.«

»Teilen Sie Ihre Freude mit mir.«

»Gern.« Servaes lächelte. »Sie enthielt kein einziges Tröpfchen Wasser.«

»Kein Wasser? Das heißt –«

»– dass der Mann mit Sicherheit nicht ertrunken ist, Herr Polizeiinspektor.«

Um ein Uhr begannen die Arbeiter damit, an der Stelle, die Weingartz und Schweitzer als den ehemaligen Standort des Altars der heiligen Anna bezeichnet hatten, die schweren steinernen Bodenplatten zu heben und beiseite zu schaffen. Über eine Stunde lang suchten sie nach dem Eingang zu einer Gruft, doch sie fanden nichts. Isolde beobachtete sie, trat teils wegen der Kälte, teils aus Ungeduld von einem Fuß auf den anderen. Bracht hatte zwischenzeitlich Isoldes

Bericht gelesen, für gut befunden und Kegeljan und Custodis vorgelegt, damit sie als Zeugen unterzeichnen konnten. Auch die beiden ehemaligen Kreuzbrüder Weingartz und Schweitzer hatten mit ihrer Unterschrift die Richtigkeit des Protokolls bestätigt. Peter Weingartz hatte daraufhin viel Erfolg bei der Suche gewünscht und sich verabschiedet. Der Geheimsekretär Custodis und der missmutige Kanonikus Kegeljan saßen bei Schweitzer in der warmen Wohnung und tranken vermutlich ihre fünfte oder sechste Tasse Tee. Vielleicht war man inzwischen auch bereits zu Cognac übergegangen.

Einer der Arbeiter fragte, wie es jetzt weitergehen solle. Bracht rieb sich die Hände und ließ seinen Blick nachdenklich durch das Gotteshaus schweifen. Seine Stirn lag in Falten. Einen Moment schien er zu überlegen, dann ordnete er an, sich von der Säule wegzubewegen und weiter in der Mitte des Hauptschiffes zu suchen.

Alle fuhren herum, als unvermittelt die Kirchentür zuschlug. Ein Mann kam mit langen Schritten auf Bracht zu. Isolde erkannte den Reporter, der am Morgen eine Zeichnung von der Leiche angefertigt hatte, die aus dem Rhein gezogen worden war.

»Konsistorialrat Bracht?« Der Mann streckte die Hand aus.

»Der bin ich. Mit wem habe ich das Vergnügen?« Bracht nahm die Hand und musterte den Neuankömmling abschätzend.

»Robert Weitering. Ich schreibe für die Bergische Zeitung. Meine Leser sind sehr gespannt auf das Ergebnis Ihrer Suche. Haben Sie die Gebeine der Herzogin schon gefunden?«

Bracht schüttelte den Kopf. »Leider nicht. Und ich möchte Sie bitten, nichts zu berichten, bevor die sterblichen Überreste nicht gehoben und umgebettet sind. Die Bevölkerung von Düsseldorf nimmt immer noch äußerst regen Anteil am Schicksal der Jakobe. Wenn bekannt würde, was wir tun, wäre der Auflauf an Neugierigen hier in der Kirche sicherlich immens und wir könnten unsere Arbeit nicht in Ruhe durchführen.«

Weitering nickte. »Das leuchtet mir ein. Dann gestatten Sie mir, in Vertretung für die Bevölkerung den Grabungen beizuwohnen und nach deren Beendigung ausführlich darüber zu berichten.«

»Damit bin ich einverstanden.« Der Konsistorialrat betrachtete den jungen Mann wohlwollend, der sich neugierig umsah. Sein Blick fiel auf Isolde und er riss überrascht die Augen auf.

»Oh, darf ich vorstellen: Das ist das Fräulein Isolde Heinrich«, erklärte Bracht. »Sie geht mir bei meinen Schreibarbeiten zur Hand.«

Robert Weitering nickte ihr lächelnd zu. »So sieht man sich wieder, Fräulein Heinrich. Ich hoffe, Ihrem Fuß geht es besser?«

»Danke, ja.« Isolde wäre am liebsten im Boden versunken. Was sollte der Konsistorialrat von ihr denken?

Johann Bracht sah erstaunt von Isolde zu Robert. »Sie kennen sich?«

»Wir sind uns heute Morgen kurz am alten Hafenbecken begegnet, dort, wo die Leiche von Dietrich Lohner gefunden wurde«, erklärte Isolde rasch.

»Ich war so ungeschickt, dem Fräulein auf den Fuß zu treten.« Roberts graue Augen funkelten verschmitzt und Isolde senkte verlegen den Kopf.

Bevor Bracht weitere unangenehme Fragen stellen konnte, wurden sie durch laute Rufe unterbrochen. »Herr Konsistorialrat, kommen Sie schnell, wir haben etwas entdeckt!« Einer der Arbeiter winkte aufgeregt. Er war blond und kräftig gebaut, und seine blauen Augen blitzten.

Bracht, Weitering und Isolde eilten auf die Grabungsstelle zu. Die Arbeiter hatten den Eingang zu einer Gruft freigelegt. Gerade waren zwei von ihnen im Begriff, den schweren Grabstein wegzuwälzen, der den Zugang versperrte. Schließlich tauchten ein paar Stufen auf, die hinunter in die Grabstätte führten.

Bracht wandte sich an Isolde: »Sagen Sie Kegeljan und Custodis Bescheid!«

Isolde rannte los, aus der Kirche und über den Hof zu Schweitzers Wohnung. Atemlos erzählte sie der Haushälterin, man habe eine Gruft gefunden und bedürfe der Hilfe der Herren. Kaum hatte sie zu Ende gesprochen, machte sie kehrt und lief zurück.

Keine drei Minuten später tauchten Kegeljan und Custodis in der Kirche auf, Subprior Schweitzer folgte ihnen. Alle drei hatten leicht gerötete Wangen, die missmutigen Gesichtszüge von Franziskus Kegeljan hatten sich ein wenig geglättet, fast hätte man den Blick, mit dem er Isolde bedachte, als freundlich bezeichnen können.

Als sie die Kirche betraten, sagte Bracht: »Ich war noch nicht unten. Ich habe auf Sie gewartet. Jetzt werde ich mich ein wenig umsehen. Ich hoffe, es ist kein falscher Alarm.« Er wandte sich an die Männer in Arbeitskleidung. »Ich brauche eine Lampe!«

Der blonde Arbeiter reichte ihm eine Öllampe, behutsam stieg der Geistliche die Stufen hinab. Wenige Augenblicke später drang seine Stimme dumpf nach oben.»Pater Schweitzer! Kanonikus! Herr Custodis! Könnten Sie sich das bitte ansehen!«

Kegeljan ließ sich ebenfalls eine Lampe aushändigen und verschwand mit den beiden anderen Männern in der Gruft. Gespannt blickte Isolde hinterher. Am liebsten wäre sie ihnen gefolgt. Sie sah zu Robert hinüber, der konzentriert in die dunkle Öffnung starrte, aus der undeutliches Gemurmel nach oben drang. Es schien eine Ewigkeit zu dauern, bis die vier Männer einer nach dem anderen die Stufen wieder hinaufgestiegen kamen. Der korpulente Custodis wischte sich mit einem Taschentuch das nass glänzende Gesicht ab. Schweitzer schnaufte erschöpft, kleine Rinnsale Schweiß liefen über seine Stirn und malten weiße Linien in die Schicht aus Staub und Schmutz, die sich auf seine Haut gelegt hatte. Sein weißes Haar hatte sich grau gefärbt, ein fein gewebtes Spinnennetz lag wie ein kostbares Halstuch auf seiner Schulter. Lediglich Kegeljan schien völlig sauber und unbeeindruckt, die Gruft hatte keinerlei Spuren an ihm hinterlassen.

Bracht klopfte sich energisch den Staub vom Rock und schüttelte den Kopf. »Nichts als ein paar Knochen«, sagte er. »Außerdem ist diese Gruft der Größe und Bauart nach eine gewöhnliche Familiengrabstätte. Nichts deutet darauf hin, dass hier die Herzogin Jakobe beigesetzt wurde.«

Die Arbeiter murmelten enttäuscht vor sich hin, Isoldes

Blick traf Roberts, der die Hand ans Kinn legte und ihr aufmunternd zulächelte.

»Es wird weitergesucht«, rief Bracht den Arbeitern zu. »Und zwar systematisch. Ich möchte, dass Sie einen Graben ausheben, der Länge nach durch das Nordschiff. Angefangen hier am Beginn des Chors bis hin zum hohen Altar.«

Während die Arbeiter sich wieder ans Ausheben der Steinplatten machten, begab sich Schweitzer zurück in seine Wohnung, um sich zu waschen und ein wenig zu stärken. Die Übrigen blieben in der Kirche, beobachteten schweigend die Arbeit der Männer.

Robert trat zu Isolde. »Es freut mich, dass wir uns auf diese Art erneut begegnet sind, Fräulein Heinrich. Sie sind heute Morgen so schnell verschwunden. Dabei hätte ich unser anregendes Gespräch sehr gern fortgesetzt.«

»Ich musste arbeiten. Ich war bereits spät dran. Der Herr Konsistorialrat sieht es nicht gern, wenn man unpünktlich ist.« Isolde strich sich mit den Händen über den Mantel. Sie warf einen raschen Blick auf Bracht, aber der war mit Custodis ins Gespräch vertieft.

»Macht Ihnen die Arbeit für den Konsistorialrat Freude?«

Isolde zuckte die Schultern. »Sie ist recht interessant. Bracht ist in vielen unterschiedlichen Bereichen tätig, im Schulwesen, in der Kirchenverwaltung, und er setzt sich sehr für die Menschen ein. Was ist mit Ihrer Arbeit? Macht sie Ihnen Freude?«

Seine Augen zwinkerten vergnügt. »Ich sehe schon, Sie wollen den Spieß schnell umdrehen, bevor ich Sie weiter ausfrage. Ich bin von Natur aus neugierig und ich schreibe gern. Also ist Reporter der ideale Beruf für mich.«

»Sie wollten also immer schon Reporter werden?«

Robert musterte abwesend den Steinboden. »Nun ja, ganz früher einmal, da habe ich davon geträumt, Dichter zu werden. Aber ich habe schnell gemerkt, dass ich dafür nicht begabt genug bin.« Er schwieg. Als Isolde nichts erwiderte, fuhr er fort. »Wir waren zu dritt, der Franz, der Harry Heine und ich. Verse wollten wir schreiben und berühmt werden. Der Franz war ein sanfter, blond gelockter Junge, von dem ich nie genau wusste, was in seinem Kopf vorging. Ich weiß nicht, was aus ihm geworden ist. Ich habe ihn einfach aus den Augen verloren. Den Harry haben immer alle aufgezogen, ich weiß auch nicht warum. Vielleicht, weil er Jude war, vielleicht hatte er aber auch nur den falschen Namen. Haarüh.« Er grinste schief und sah Isolde an.

»Den falschen Namen?«

»Der Dreckmichel. Erinnern Sie sich nicht?«

Jetzt begriff Isolde, was er meinte. Als sie noch ein kleines Mädchen gewesen war, war jeden Morgen ein Mann mit einem Eselskarren durch die Stadt gezogen und hatte den Dreck eingesammelt, um ihn auf die Mistfelder zu fahren. Er wurde von allen der ›Dreckmichel‹ genannt. Seinem Esel rief er jedes Mal ein lautes ›Haarüh‹ zu, wenn er ihn antreiben wollte.

»Und was ist aus ›Haarüh‹ geworden?«, fragte sie mit einem leisen Lächeln. »Auch kein berühmter Dichter, nehme ich an?«

Robert schüttelte den Kopf. »Sein Vater ist Kaufmann,

vielleicht kennen Sie sein Geschäft in der Bolkerstraße, er handelt mit Elle- und Modewaren en détail. Soviel ich weiß, läuft es nicht sehr gut, ich habe gehört, dass er den Laden schließen muss. Harry sollte in seine Fußstapfen treten. Er hat eine Kaufmannslehre bei seinem Onkel in Hamburg gemacht. Aber er war nicht sehr glücklich damit. Das Geschäftliche liegt ihm nicht. Jetzt soll er in Bonn Jura studieren, doch das interessiert ihn ebenso wenig. Er war der Begabteste von uns dreien. Es würde mich nicht wundern, wenn ich eines Tages doch noch einen Band mit seinen Versen in den Händen hielte.«

»Ich habe immer gedacht, für einen Mann sei es viel einfacher, seine Träume zu verwirklichen. Männer haben schier unerschöpfliche Möglichkeiten. Sie können studieren, jeden nur denkbaren Beruf ergreifen.«

Robert sah sie nachdenklich an. »Welchen Beruf würden Sie denn gern ausüben, wenn Sie ein Mann wären?«

»Arzt«, antwortete sie ohne zu zögern. »Ich würde Medizin studieren und Arzt werden. Als Arzt erfährt man so viele spannende Dinge über das Wesen des Menschen. Und man kann gleichzeitig seinen Mitbürgern etwas Gutes tun. Arzt ist der Größte und Edelste aller Berufe.«

Isoldes Blick wanderte durch das Gotteshaus und blieb an Bracht hängen, der argwöhnisch zu ihr herübersah. Sie räusperte sich nervös. »Müssen Sie nicht aufbrechen, Herr Weitering?«, fragte sie. »Die Zeitung geht doch sicherlich bald in Druck.«

Der junge Mann nickte und zückte seine Uhr. »Ja. Ich sollte mich wohl langsam auf den Weg machen. Es sieht nicht danach aus, als würde sich heute noch etwas tun. Ich schaue morgen noch einmal vorbei. Werden Sie auch wieder hier sein?«

»Morgen ist Sonntag.«

»Richtig.« Er lächelte. »Dann bis Montag?«

»Bis Montag.«

Als er sich abwandte, fiel ihr etwas ein. »Ach, Herr Weitering, wissen Sie schon Näheres über den Toten aus dem Rhein?«

»Leider nicht viel. Und Sie?«

Sie schüttelte den Kopf.

»Was vermuten Sie denn?«, hakte er nach.

»Wie meinen Sie das?« Isolde sah ihn misstrauisch an.

»Mich interessiert Ihre Meinung. Sie scheinen eine Frau mit scharfem Verstand zu sein. Sie lassen sich bestimmt nicht von Äußerlichkeiten blenden. Den merkwürdigen Bluterguss an der Schläfe des Toten haben Sie heute Morgen sofort entdeckt. Was schließen Sie daraus?«

»Ich weiß nicht recht.« Isolde zögerte.

»Könnte er sich bei seinem Sturz ins Wasser verletzt haben?«

»Schon möglich.«

»Sie glauben nicht daran?«

Sie schüttelte den Kopf. »Die Konturen des Blutergusses waren zu gerade und scharf umrissen. Ein Objekt aus der Natur, ein Stein etwa oder ein Holzklotz, kommt als Ursache nicht infrage. Außerdem müsste der Mann sehr ungewöhnlich gefallen sein, damit sich ein einzelner Gegenstand derart deutlich in seinem Gesicht abzeichnen konnte, er ansonsten aber keine sichtbaren Verletzungen davontrug.«

»Da war noch ein blauer Fleck an seinem Kinn«, warf Robert ein.

»Stimmt. Vermutlich von der Schlägerei. Dazu müssten Sie doch etwas sagen können.«

»Ja, ich habe gesehen, wie einer seiner Kumpane ihm einen Fausthieb gegen das Kinn versetzt hat. Der Schlag hat ihn regelrecht umgehauen. Der Kerl ist übrigens hier. Der Dürre da hinten, der sich gerade mit der Spitzhacke abmüht. Und sein Freund ist ebenfalls unter den Arbeitern. Der Blonde mit dem Bart, der uns vorhin gerufen hat, als sie die Gruft entdeckt haben.«

»Wirklich?« Isolde sah neugierig zu den Arbeitern hinüber. »Sollten Sie das nicht dem Polizeiinspektor melden?«

»Der weiß längst Bescheid. Er wird die Männer sicher noch vernehmen. Also. Wie lautet Ihre Theorie? Wodurch ist Dietrich Lohner zu Tode gekommen?«

Isolde warf einen Blick in Richtung Bracht, der jedoch inzwischen wieder vollauf damit beschäftigt war, die Grabungsarbeiten zu beaufsichtigen. Offensichtlich waren die Arbeiter auf etwas Interessantes gestoßen.

»Ich nehme an, Lohner wurde mit einem sehr harten Gegenstand geschlagen und dann in den Rhein geworfen«, sagte sie.

»Sie meinen, er war schon tot, als er ins Wasser fiel?«

»Ich gehe davon aus, dass er zumindest ohnmächtig war.«

»Und haben Sie auch eine Vermutung, was den Gegenstand angeht, mit dem er niedergeschlagen wurde?« Robert runzelte skeptisch die Stirn.

»Haben Sie eine?«, fragte Isolde zurück.

Er schüttelte den Kopf.

»Das liegt daran, dass Sie ein Mann sind«, erklärte Isolde mit einem siegessicheren Lächeln.

Als Robert überrascht den Mund aufriss, lachte sie laut auf. Bracht drehte sich zu ihnen um und ließ Isolde schlagartig verstummen. Rasch setzte sie eine ernste Miene auf. »Es ist ein Gegenstand, den Männer normalerweise nicht benutzen«, erklärte sie flüsternd. »Deshalb erkennen sie die Form auch nicht so schnell.«

KAPITEL III

Gestern hat das Essen *wieder grauenhaft geschmeckt. Ich weiß nicht, ob von Knippenberg, dieser Nichtsnutz von einem Bottelier, mir aus eigenem Antrieb verdorbene Speisen reichen lässt, um mich zu quälen, oder ob er auf Anweisung anderer handelt. Bestimmt war der Fisch, den er mir auftragen ließ, auch nicht einfach nur faulig. Ich bin sicher, er hat Gift beigemischt, der ungenießbare Fraß sollte meine Henkersmahlzeit sein. Aber da habe ich ihm und seinen Spießgesellen einen Strich durch die Rechnung gemacht! Ich habe nur zwei oder drei Happen gekostet und den Rest zurückgehen lassen, ohne ihn anzurühren. Ein wenig übel war mir in den Stunden darauf. Am Abend ließ ich mir von Gerhardgen etwas Brot aus der Küche bringen. Ich ging früh zu Bett und schlief so gut wie schon lange nicht mehr. Nur einmal erwachte ich und hörte die Stiefel des Teufels vor meiner Kammertür auf und ab schreiten.*

Heute Morgen war ich zum täglichen Gebet in der Schlosskapelle. Danach verlangte ich, den Wessel von Knippenberg zu sprechen. Ich hielt ihm einen Vortrag, ganz so, als wäre ich noch seine Herrin und er mein Diener, und besprach den Speiseplan mit ihm. Ich bemühte mich um eine aufrechte Haltung und eine strenge Stimme, doch ich fürchte, ich lieferte dennoch ein jämmerliches Schauspiel ab. Zu schwach bin ich geworden, zu lebensmüde. Auf dem Weg zurück in meine Kammer steckte mir eine der Wachen, ein junger Bursche, von dem ich weiß, dass er mir treu ergeben ist, einen Brief zu. Ich erkannte an der Schrift, dass er von meinem Vetter ist. Noch habe ich ihn nicht geöffnet. Ich fürchte, er enthält ein paar kluge, gottesfürchtige Worte zum Trost, wie es sich für einen Geistlichen geziemt. Doch um mir beizustehen, bedarf es mehr als frommer Sprüche.

Jetzt sitze ich hier, und die Erinnerung übermannt mich. Ich sehe das junge Mädchen, das ich einmal war, durch den Park des Schlosses in München laufen, ungeduldig dem Geliebten entgegenstreben, jede Minute ohne ihn ist verschenkte Lebenszeit. Da steht er, wartet unter der alten Linde, wie verabredet. Er wendet sich mir zu, ergreift meine Hände und bedeckt sie mit Küssen. Wir sind verlobt, wir wollen heiraten. Noch weiß keiner von uns beiden, dass wir nicht die Herren unseres eigenen Schicksals sind, dass andere über unser Leben bestimmen. Hans Philipp hält meine Hände ganz fest und dreht sich im Kreis, wirbelt mich herum. Die Welt verschwimmt vor meinen Augen, mein Haar löst sich und tanzt um mein Gesicht.

Ich kneife die Augen zu, um die Tränen zurückzuhalten. Ich möchte nicht an München denken, an Hans Philipp, der irgendwo in weiter Ferne weilt, in Spanien, wenn man mich richtig informiert hat, und mich sicherlich längst vergessen hat. Nein. Das glaube ich nicht. Er hat mich nicht vergessen. Genauso wenig wie ich ihn. Dennoch habe ich ihn betrogen, und das gleich zweimal.

Jetzt sind sie doch da, die Tränen, sie tropfen auf das Papier, das letzte ›P‹ von Philipp verschwimmt. Es klopft an der Tür, ich springe vom Stuhl auf und stelle mich ans Fenster. Reibe rasch mein Gesicht trocken. Der Rhein strömt ungerührt am Schloss vorbei. Mein Schicksal ist ihm so gleichgültig wie jedes andere. Und wenn meine Gebeine längst zu Staub zerfallen sind, wird er immer noch da sein, mächtig, ewig, ohne Zukunft und ohne Vergangenheit. Am gegenüberliegenden Ufer müht sich ein Schiffer mit einem störrischen Gaul ab, der am Rande des Treidelpfades ein paar Büschel saftiges Gras ausgemacht hat. Ich spüre die Hiebe der Peitsche auf meiner Haut, gerade so, als wäre ich diese arme hungrige Kreatur.

»Herrin?«

Die Agnes Stommin steht neben mir, meine Magd. Ich traue ihr nicht. Ebenso wenig wie der Gerhardgen. Ich hätte das Tagebuch verstecken sollen. Jetzt ist es zu spät. Sie kann nicht lesen, doch sie könnte weitererzählen, dass sie es gesehen hat. Ich möchte nicht, dass jemand von diesem Buch erfährt. Wenn ich merke, dass meine Stunde naht, will ich es vernichten. Ich hoffe, dass mir dann noch die Zeit dazu bleibt.

»Was ist, Agnes?«, frage ich unwillig.

»Ich habe Euch frisches Wasser gebracht, Herrin. Ein sauberes Hemd. Und eine neue Kerze. Wünscht Ihr, dass ich Euch beim Umkleiden helfe?«

Ich blicke auf das Bett, wo ein peinlich genau gefaltetes, weißes Hemd liegt. Sie bringen mir verdorbenes Essen, aber sie achten auf meine Wäsche, als müsse ich gleich eine Rede vor dem Landtag halten.

»Du kannst gehen, Agnes. Ich mache das allein.«

Sie bleibt noch kurz zögernd bei mir stehen. Als ich sie scharf ansehe, macht sie sich davon. Ich seufze erleichtert. Ein undurchsichtiges Mädchen. Bestimmt wird sie für ihre Spitzeldienste gut entlohnt. Ich hätte mir eine andere ausgesucht. Doch mich hat niemand gefragt. Eigentlich ist Gerhardgen für meine Wäsche zuständig. Ich frage mich, wo sie steckt.

Nachdenklich saß Polizeiinspektor August Mindel an seinem Schreibtisch. Er und Servaes hatten hin und her überlegt, was für ein seltsamer Gegenstand es gewesen sein mochte, mit dem Dietrich Lohner geschlagen worden war. Erschlagen, um genau zu sein. Seine bisherigen Ermittlungen ließen keinen anderen Schluss zu. Lohner war weder bei der Prügelei, für die es genug Zeugen gab, zu Tode gekommen, noch war er im Rhein ertrunken. Servaes hatte ihm versichert, dass der Schlag mit dem unbekannten Objekt dafür gesorgt hatte, dass der Mann gestürzt war und sich einen tödlichen Schädelbruch zugezogen hatte. Vielleicht war es Tötung im Affekt gewesen, vielleicht sogar Notwehr. Andererseits hatte der Täter Lohners Leiche offenbar gezielt beseitigt, was nicht gerade für Notwehr sprach. Es gab nur einen Weg, die Wahrheit herauszufinden. Er musste die Tatwaffe ausfindig machen. Und deren Besitzer.

Missmutig tauchte er die Feder in das Tintenfass, um seinen Bericht für den heutigen Tag fertigzustellen. Er hatte Servaes gebeten, eine möglichst naturgetreue Zeichnung des Hämatoms anzufertigen. Mit dieser Skizze würde er morgen seine Sergeanten durch die Stadt schicken, in der Hoffnung, dass jemand die Form erkannte. Sie sollten sich vor allem die Werkstätten der Handwerker vornehmen, einige von ihnen besaßen allerhand merkwürdig geformtes Werkzeug. Wenn er Glück hatte, stießen sie auf den passenden Gegenstand, und wenn er noch mehr Glück hatte, gab es davon nicht sehr viele in Düsseldorf – und er konnte den Kreis der möglichen Täter einschränken.

Gedankenverloren strich Mindel sich über den Schnurrbart. Er selbst würde morgen die zwei Arbeiter, Fröhlich und

Brügelmann, befragen, und danach würde er diesen Reporter von den Bergischen Nachrichten zu sich bestellen. Der sollte einen Aufruf in die Zeitung setzen, in dem etwaige Zeugen gebeten wurden, sich zu melden. Vielleicht hatte ja irgendwer letzte Nacht etwas gesehen.

Mindel legte die Feder weg. Morgen war Sonntag, fiel ihm siedendheiß ein. Also würde er nichts dergleichen unternehmen können. Vor Montag würden die Ermittlungen nicht weitergehen. Er zog seine Uhr aus der Westentasche hervor. Es war fast sechs. Rasch schloss er das Tintenfass, ordnete die Papiere auf seinem Schreibtisch und erhob sich. An der Garderobe schlüpfte er in Hut und Mantel, danach machte er sich auf den Weg zu seinem Haus in der Carlstadt.

Die Arbeiter waren auf eine weitere Gruft gestoßen. Mit deutlich weniger Euphorie als zwei Stunden zuvor hatten sie Schutt und Steine weggeräumt und ein Gewölbe freigelegt, das mit einer Bleiplatte verschlossen war. Bracht ließ durch ein Loch in der Platte eine Öllampe hinabgleiten, in deren Schein ein halb zertrümmerter Sarg sichtbar wurde.

»Das dürfte das richtige Grab sein«, stellte er fest, nachdem er sich vom Boden erhoben hatte. »Es ist allerdings zu spät, um weiterzusuchen. Für heute machen wir Schluss.«

Er schickte einen der Männer nach dem ehemaligen Küster, Serverin Cremer, der am Morgen das Gotteshaus aufgeschlossen hatte. Dann wandte er sich an den bärtigen blonden Arbeiter. »Wie ist Ihr Name?«

»Cornelius Fröhlich, Herr Konsistorialrat.«

»Gut, Herr Fröhlich. Sie und Herr Cremer werden heute

Nacht hier Wache halten. Morgen früh wird man Sie ablösen. Ich möchte nicht, dass jemand die offene Gruft als Einladung missversteht.«

»Sehr wohl, Herr Konsistorialrat.«

Wenig später verließen alle Arbeiter bis auf Fröhlich die Kirche. Cremer verschloss hinter ihnen die Tür.

Bracht verabschiedete sich von Kegeljan und Custodis. Er hatte vor, sich noch einmal in die Wohnung von Johann Schweitzer zu begeben, um ihm die neueste Entwicklung mitzuteilen. Isolde schickte er nach Hause, nicht ohne ihr vorher einzuschärfen, am Montag pünktlich um neun zur Arbeit zu erscheinen.

Erschöpft und durchgefroren eilte Isolde über den Stiftsplatz. Die Sonne war längst verschwunden. Es war dunkel, Nebelschwaden hingen wie feuchte Seidentücher in der Luft. Obwohl es erst halb sieben war, begegnete sie nur wenigen Personen. Bei diesem unwirtlichen Wetter war jeder froh, wenn er zu Hause bleiben konnte. Und im Dunkeln waren die meisten Menschen sowieso ungern unterwegs. Isoldes Gedanken waren erfüllt von den Ereignissen des Tages, von dem toten Dietrich Lohner, den Grabungen in der Kirche, die schließlich zum Fund einer Gruft geführt hatten, in der vermutlich die Gebeine der Herzogin Jakobe ruhten, und dem sympathischen Reporter von der Bergischen Zeitung, Robert Weitering, dessen Lächeln sie nicht vergessen konnte.

Isolde dachte an das schwarze Loch im Kirchenboden, das jetzt von den beiden Männern bewacht wurde. Als Bracht die Lampe an einem Seil in die Öffnung hinabgelassen hatte, hätte sie vor Anspannung beinahe vergessen zu atmen. Sie hatte sich ganz weit vorgebeugt und einen Blick auf den zertrümmerten Sarg erhascht. Der Anblick hatte eine Mischung aus freudiger Erregung und Schauder in ihr ausgelöst. Am liebsten wäre sie in das Loch gesprungen und hätte die Gebeine in dem Sarg untersucht.

Rasch bog Isolde in die Schlössergasse. Ein altes Lied kam ihr in den Sinn, eins von denen, die in den Straßen Düsseldorfs über das Schicksal der Herzogin gesungen wurden. In Gedanken sang sie die Weise, während die mächtige Ruine des Düsseldorfer Schlosses vor ihr auftauchte. Wie von allein hatten ihre Schritte sie hierhergeführt.

Wolken kommen schwarz und schwer
Vom Heerdter Loch übers Wasser her
Zwei Eulen fliegen dem Sturm voraus
Und flattern an dem Turm herauf

Isolde hielt inne. Mächtig, beinahe bedrohlich ragte das zerklüftete Gemäuer in den schwarzen Nachthimmel. Aus Napoleons hochtrabenden Plänen, aus dem Schloss eine Universität zu machen, war nichts geworden. Seit zweieinhalb Jahrzehnten lag die ehemalige herzogliche Residenz in Trümmern. Lediglich der Westflügel war halbwegs bewohnbar geblieben, obwohl man auch hier die Spuren des verheerenden Feuers von 1794 deutlich erkennen konnte. Vor zwei Jahren hatte man sein Dach notdürftig repariert und einige der Fenster mit Holzplanken vernagelt, um in den Räumen die Düsseldorfer Münze unterzubringen. In einem kleinen, fast unversehrten Gebäude auf dem Schlosshof befand sich seit einiger

Zeit das Salzamt. Erst vor wenigen Wochen hatte die Königlich-Preußische Kunstakademie einige Säle im südlichen und westlichen Flügel des Schlosses zugewiesen bekommen. Ein Großteil des Gebäudes bestand jedoch auch weiterhin nur aus halb verfallenen, rußverschmierten Mauerresten. Vor allem der Nordflügel war vollkommen zerstört, was dazu führte, dass der Turm, der einst Jakobes Gefängnis gewesen war, sich einsam an der nördlichen Ecke der Ruine in den Himmel erhob.

Die Eulen krächzen Hilfe und Mord
Und flattern um den Schreckensort

Plötzlich drängte sich ein anderes Geräusch in Isoldes Bewusstsein, ein realer Laut, der ganz in ihrer Nähe ertönte und sie vor Schreck zusammenfahren ließ. Es war ein schauriges Heulen, das klang, als hätte Isolde die Herzogin Jakobe mit ihrem Lied aus ihrem zweihundertjährigen Todesschlaf geweckt. Isolde erstarrte. Einige Herzschläge lang blieb sie reglos stehen, dann erkannte sie das Geräusch und seufzte erleichtert. Es war das Winseln eines Hundes.

Langsam kehrte Leben in Isoldes erstarrte Glieder zurück. Sie spitzte die Ohren, bemüht zu hören, aus welcher Richtung der klägliche Laut kam. Sie ahnte, weshalb dem Tier so jämmerlich zumute war. Offenbar hatten sich ein paar junge Burschen mal wieder einen bösen Scherz mit einer Laterne erlaubt.

Die Lampen pendelten gewöhnlich über der Mitte der Straße und waren an Seilen an den Hauswänden befestigt, an denen man sie herunterlassen konnte, um Öl nachzufüllen. Die Jungen nutzten diese Vorrichtung, um Tiere in die

Lampen zu sperren, kleine Hunde oder Katzen, und sie dann heraufzuziehen, sodass die bemitleidenswerten Kreaturen gefangen waren, solange, bis jemand sich erbarmte und sie befreite.

Isolde lauschte. Wut stieg in ihr auf, Wut auf diese feigen Burschen, die sich stark fühlten, wenn sie einen Schwächeren quälen konnten. Sie dachte an Robert Weiterings Schulfreund Harry, und ihr fiel ein, dass sie den Reporter gar nicht gefragt hatte, ob er seinen Kameraden auch mit dem Eselsnamen gehänselt hatte.

Unschlüssig stand Isolde bei der Ruine und blickte über den Burgplatz in die Mühlenstraße. Nichts war zu sehen außer dem immer dichter werdenden Nebel und einem entfernten Lichtpunkt, der wohl von einer Laterne ausging, die nicht zweckentfremdet worden war.

Gerade wollte Isolde weiterlaufen, als es hinter ihr knackte. Sie fuhr herum und erstarrte zum zweiten Mal an diesem Abend. Eine Frau stand vor ihr, mit einem Gewand aus schimmernder schwarzer Seide bekleidet, das seltsam altmodisch wirkte. Vor dem Gesicht trug sie einen Schleier, der ihre Züge gänzlich verhüllte. Die gesamte Erscheinung hatte etwas Unwirkliches, nahezu Transparentes, so als sei sie nicht aus Fleisch und Blut, sondern lediglich die Erinnerung an eine Frau, die vor langer Zeit einmal dort gestanden hatte.

Isolde öffnete den Mund, doch kein Laut löste sich aus ihrer Kehle. Dafür sprach die Frau: »Seid gegrüßt, Isolde Heinrich. Ihr wisst, wer ich bin?«

Isolde nickte stumm. Vielleicht lag es an dem unheimlichen Heulen des gequälten Tieres, vielleicht an dem Lied, das ihr eben durch den Kopf gegangen war, vielleicht an dem Anblick des staubigen Sargs in der Gruft, der ihr noch lebhaft vor Augen stand, jedenfalls bildete sie sich ein, genau zu wissen, wen sie vor sich hatte. Obwohl ihr Verstand ihr sagte, dass das nicht möglich war.

»Und wisst Ihr auch, was ich von Euch will?«, fragte die Fremde weiter.

Isolde schüttelte den Kopf.

»Eine schwere Verantwortung lastet auf Euch, Isolde Heinrich. Ihr müsst die Stadt vor einem großem Unheil bewahren.«

»Einem Unheil?«, flüsterte Isolde ungläubig. »Was für ein Unheil? Und wie könnte ich es abwenden?«

»Es geht um meine Gebeine. Ihr dürft meine Totenruhe nicht stören, habt Ihr verstanden? Ihr müsst verhindern, dass meine Gebeine ausgegraben werden.«

Isolde brachte keine Antwort heraus, ihr Mund war staubtrocken, ihr Körper taub und eiskalt.

»Versprecht mir, dass Ihr dafür sorgt, dass meine Gebeine in Frieden ruhen«, beharrte die Erscheinung. »Versprecht es!«

Sie machte einen Schritt auf Isolde zu, die nichts anderes tun konnte, als wortlos zu nicken.

»Gut«, sagte die Gestalt. »Ich verlasse mich auf Euch. Lasst mich in Frieden ruhen, oder großes Unheil wird über die Stadt kommen!«

Unvermittelt wandte sie sich ab und verschwand hinter dem Schlossturm. Isolde blieb allein zurück. Totenstill war es mit einem Mal auf dem Burgplatz, selbst das Winseln des Hundes war verstummt.

KAPITEL IV

Ich habe den Brief *von meinem lieben Vetter gelesen. Und ich war erstaunt, keine frommen Worte darin zu finden. Nicht, dass Ernst ein allzu gestrenger Vertreter der Kirche wäre. Das ist er nie gewesen. Er hat zeit seines Lebens gern und ausgelassen gefeiert, doch in gleichem Maße konnte er immer schon unerbittlich und gewissenhaft sein, wenn es die Lage erforderte. Und er stand mir all die Jahre zuverlässig zur Seite. Er ist mein Gefährte aus Kindertagen und er war immer mein treuester Freund. Auch jetzt, da er sich aus Köln zurückgezogen hat und mit seiner Konkubine auf Schloss Arnsberg weilt, hat er mich nicht vergessen. Doch was er mir schreibt, ist rätselhaft. Er kündigt mir einen Besucher für die nächste Woche an. Einen Fremden, dessen Namen ich nie zuvor gehört habe. Ich soll auf alles vorbereitet sein und ihm blind vertrauen. Weiß mein lieber Vetter, was er da von mir verlangt? Blindes Vertrauen! Wo ich nicht einmal den vier Wänden meiner Schlafkammer traue.*

Ich weiß nicht, was ich von diesem Schreiben halten soll, zumal Ernst mich dringend auffordert, es sofort nach der Lektüre zu vernichten. Mein Nacken prickelt, als ich seine Worte erneut lese. Eine seltsame, kaum merkliche Angst greift nach meinem Herzen. Ich nehme das Blatt, halte es in die Flamme der Kerze und sehe zu, wie das Feuer das Papier langsam verschlingt. Ein paar winzige Krümel Asche sind alles, was bleibt.

Blinzelnd trat Isolde durch die Tür der Maximilianskirche auf die Schulstraße. Die Sonne strahlte von einem Himmel, der so blau war, als sei er frisch gewaschen. Tief sog Isolde die nach altem Laub und Holzfeuer duftende Herbstluft ein. Nach den eisigen Tagen der letzten Woche schien die Gefahr des ersten Schnees des Winters mit all seinen Unannehmlichkeiten erst einmal gebannt.

»Einen schönen Sonntag, Fräulein Heinrich, und grüßen Sie Ihre Frau Mutter«, sagte Käthe Weinfeld, die auf der Bolkerstraße ein Weißzeuggeschäft betrieb. In dem kleinen Lädchen schimmerte es in allen nur erdenklichen Weißtönen, Damast, Spitze, Tüll, Flor und Leinen stapelten sich in den vollgestopften Regalen. Erst am vergangenen Mittwoch hatte Isolde dort Musselin gekauft, um ihrer Mutter ein neues Nachthemd zu nähen.

»Ihnen auch einen schönen Sonntag«, erwiderte sie, während Frau Weinfeld sich bereits abwandte, um zwei andere Frauen, Frau Pastor und Frau Geisler, zu begrüßen. Frau Pastor war die Witwe eines Beamten. Sie wohnte recht komfortabel in einer geräumigen Wohnung auf der Bilker Straße und galt als wunderlich. Angeblich ließ sie niemanden in ihre Wohnung, weil sie dort einen ganz besonderen Schatz hütete, sogar der Herr Pfarrer wurde wie ein Laufbursche in der Küche bei einer hastig geschlürften Tasse Pfefferminztee abgefertigt. Die Leute erzählten, sie habe den Verstand verloren, weil ihre fünf Kinder alle bereits wenige Tage nach der Geburt gestorben waren, manche meinten sogar zu wissen, dass sie die fünf kleinen Leichen im Hof hinter ihrem Haus begraben habe. Damit niemand ihr die Kinder wegnehmen und ordentlich bestatten könne, empfinge sie keinen Besuch. Der Friedhof hinter dem Haus sei ihr ›Schatz‹. Frau Geisler war die Gattin des Konditors Franz Geisler, dessen Kuchen und Teilchen sich in der ganzen Stadt äußerster Beliebtheit erfreuten. Isolde mochte die Frau nicht, weil sie zu jeder Person, die ihr begegnete, überschwänglich freundlich war, sich aber in der Sekunde, in der sie ihr den Rücken kehrte, schamlos das Maul über sie zerriss. Frau Pastor dagegen tat Isolde leid. Sie glaubte nicht an die bösen Gerüchte, sie glaubte vielmehr, dass die Frau einfach nur furchtbar einsam war.

Rasch bog Isolde in die Düsselstraße, lief am Postbüro vorbei Richtung Süden. Wenn sie das Mittagessen rechtzeitig auf dem Tisch haben wollte, musste sie sich sputen. Sie hatte sich vorgenommen, ihre Mutter zu überreden, heute, am Sonntag, die Mittagsmahlzeit mit ihr zusammen am Küchentisch einzunehmen. Am liebsten hätte sie sie sogar noch für einen kleinen Spaziergang in der Sonne vor die Tür gelockt. Es konnte nicht gesund sein, tagaus, tagein einfach nur dazuliegen. Manchmal dachte sie, dass ihre Mutter allein davon krank war, dass sie unentwegt das Bett hütete. Aber das war natürlich Unsinn.

Isolde fand ihre Mutter im Halbschlaf, im Zimmer roch es bitter und muffig. Sie zog den Nachttopf unter dem Bett hervor und leerte ihn in den Abtritt auf dem Hof.

Als sie zurückkam, war Elisabeth Heinrich wach. »Wie war es in der Kirche, mein Kind?«, fragte sie mit schwacher Stimme.

»Wie immer, Mutter. Frau Weinfeld lässt schön grüßen. Und vom Herrn Pfarrer soll ich auch die besten Wünsche überbringen. Nächste Woche kommt er mal wieder vorbei, um nach dir zu sehen.«

»Das ist lieb von ihm.«

»Ich bereite jetzt das Essen, und wenn ich fertig bin, hole ich dich in die Küche.«

»Muss das sein, Kind?«

»Ja.« Isolde drückte ihrer Mutter einen Kuss auf die Stirn und verließ das Zimmer.

Das Herdfeuer, das sie am Morgen angezündet hatte, war ausgegangen. Isolde seufzte und langte nach dem Zunderkästchen auf dem Kaminsims. Nacheinander nahm sie den Stahl, den Feuerstein und den Schwefelfaden heraus und legte alles auf den Herd. Sie öffnete das untere Fach des Kästchens, in dem sich der Zunder befand, behutsam angesengte alte Wollsocken, und begann, Stahl und Feuerstein zusammenzuschlagen, bis einer der Funken in das Kästchen fiel und dort weiterglomm. Rasch hielt sie den Schwefelfaden an den winzigen glühenden Punkt. Ein blaues Flämmchen schoss hervor, mit dem Isolde die bereitstehende Kerze entzündete. Jetzt konnte sie das Herdfeuer wieder entfachen. Als die Flammen wenige Minuten später an den knisternden Scheiten leckten, begab Isolde sich an die Vorbereitung des Mittagessens. Sie schälte eine Handvoll Kartoffeln und gab sie in einen kleinen Topf mit Wasser. Während die Kartoffeln auf dem Herd kochten, holte sie zwei Würste aus der Speisekammer sowie eine kleine Portion Sauerkraut.

Eine halbe Stunde später war das Essen fertig, der Tisch gedeckt. Sie ging zurück ins Schlafzimmer ihrer Mutter, die sich ohne Widerspruch die Filzpantoffeln überstreifen und eine warme Wollstola um die Schultern legen ließ. Auf Isoldes Arm gestützt, schlurfte sie in die Küche und machte es sich schwer atmend auf einem Stuhl bequem. Sie aß schweigend, während Isolde sich Mühe gab, sie mit ihren Erlebnissen des gestrigen Tages zu unterhalten. Lediglich die Begegnung mit der in schwarze Seide gekleideten Dame, die sich als Geist der Herzogin Jakobe ausgegeben hatte, verschwieg sie. Zu sehr steckte ihr der Schreck noch in allen Gliedern. Außerdem wollte sie ihre Mutter nicht unnötig in Aufregung versetzen.

Nach dem Essen brachte Isolde ihre Mutter zurück ins Bett, danach räumte sie die Küche auf. Als sie die Arbeit beendet hatte, kochte sie sich eine Tasse Hagebuttentee und suchte in der Kommode in ihrer Schlafkammer, wo sie alle Bücher aufbewahrte, die sie sich geborgt hatte, nach einem Band für die Nachmittagslektüre. Nach kurzem Zögern entschied sie sich für ein Anatomiebuch, die ›Institutiones Physiologicae‹ von Johann Friedrich Blumenbach. Das Buch war schon ein wenig älter, mehr als drei Jahrzehnte waren seit seinem Erscheinen vergangen. Der Einband war arg zerschlissen, einige der Inhalte womöglich überholt, und die lateinische Sprache erschwerte das Verständnis. Isolde saugte dennoch begierig jedes Detail auf. Viel zu schnell verging die Zeit.

Um Viertel vor vier brachte sie das Buch zurück, stellte die Teetasse in den Spülstein und sah noch einmal nach ihrer Mutter, die fest schlief. Leise schlüpfte sie in ihre Stiefel, zog ihren Mantel über und trat erneut vor die Tür. Die Luft war angenehm mild, doch die Sonne stand tief und die Kälte des herannahenden Abends war bereits spürbar.

Wenige Minuten später läutete sie die Türglocke des eleganten, stuckverzierten Hauses in der Carlstadt, in dem Greta Weissenberg, die Witwe von Doktor Justus Weissenberg, wohnte. Ein Dienstmädchen mit gestärkter weißer Schürze ließ sie ein und führte sie zu dem Salon, dem ›kleinen Salon‹, wie Frau Weissenberg ihn nannte, denn es gab in der ersten Etage noch einen großen. Selbst dieser kleine Salon war allerdings schon größer als die gesamte Wohnung, die sich Isolde mit ihrer Mutter teilte. Sie legte ihren Mantel ab und sog den angenehmen Geruch nach Bienenwachs und Zimt ein, der aus dem hinteren Bereich des Hauses in die Eingangshalle strömte.

Das Mädchen öffnete die Tür zum kleinen Salon, Isolde strich noch einmal ihr Sonntagskleid glatt und trat ein.

Frau Weissenberg erwartete sie bereits. Sie saß in ihrem roten Lieblingssessel dicht beim Fenster und lächelte erfreut, als sie Isolde sah. »Kommen Sie näher, Isolde. Setzen Sie sich.« Sie deutete auf den Sessel ihr gegenüber. »Sie sehen blass aus. Geht es Ihnen nicht gut?«

»Doch, doch, Frau Weissenberg. Vielleicht bin ich ein wenig erschöpft, das ist alles.«

Die alte Dame griff nach Isoldes Hand. »Wenn es Ihnen zu viel ist, mich jeden Sonntag zu besuchen, müssen Sie mir das sagen. Ich möchte Ihnen nicht zur Last fallen. Schließlich haben Sie mit Ihrer kranken Frau Mutter schon Arbeit genug. Und dann gehen Sie ja auch noch dem Herrn Konsistorialrat mit seinen Schreibarbeiten zur Hand. Sie müssen auch ein bisschen an sich selbst denken, meine Liebe.«

Isolde lächelte. »Sie zu besuchen, ist keine Last für mich. Im Gegenteil, ich freue mich die ganze Woche darauf.«

Es klopfte an der Tür, das Mädchen trug ein Tablett mit Geschirr herein, eine Kanne heißen Tee und einen kleinen Apfelkuchen. Frau Weissenberg ließ es sich nicht nehmen, den Kuchen selbst anzuschneiden und Isolde ein dickes Stück auf den Teller zu legen. Der Tee war süß und stark, der Apfelkuchen noch warm und er schmeckte nach saftigen Früchten und Zimt.

Frau Weissenberg nahm einen Schluck Tee, stellte vorsichtig die Porzellantasse zurück auf die Untertasse und sah Isolde an. »Ich habe gehört, der Herr Konsistorialrat ist bei den Ausgrabungen auf eine Gruft gestoßen?«, fragte sie.

»Ja, das stimmt. Am frühen Nachmittag haben die Arbeiter zunächst ein Grab gefunden, das jedoch nicht das der Jakobe sein konnte, und einige Stunden später haben sie eine weitere Gruft entdeckt, bei der es sich vermutlich um die richtige handelt. Die Arbeiten gehen jedoch erst morgen weiter. Noch ist nichts sicher.« Isolde verstummte und starrte in ihre Teetasse.

Frau Weissenberg musterte sie besorgt. »Ist etwas nicht in Ordnung? Sie hatten sich doch so sehr gewünscht, bei den Arbeiten zugegen sein zu dürfen. Ist es doch anstrengender, als Sie dachten?«

»Nein, das ist es nicht.« Isolde zögerte.

Frau Weissenberg wartete. Ihre schlanken, faltigen Hände lagen reglos auf ihrem Schoß, ihr Blick ruhte auf Isolde, nicht drängend, nur abwartend.

»Jemand hat mir einen Streich gespielt. Gestern, als ich von der Kreuzherrenkirche nach Hause gelaufen bin.« Isolde strich sich eine Haarsträhne hinter das Ohr, die sich aus ihrem Zopf gelöst hatte. »Es war dunkel und neblig, auf den Straßen war fast niemand mehr unterwegs. Ich kam am Schloss vorbei – und plötzlich stand eine Frau hinter mir. Sie war ganz in schwarze Seide gekleidet, das Gesicht war hinter einem Schleier verborgen. Ich bin furchtbar erschrocken.«

»Sie haben sie für den Geist der Jakobe gehalten? Ich dachte, Sie glauben nicht an solche Fantastereien, liebe Isolde! Sie stehen doch auf der Seite der Naturwissenschaften.«

»Ich glaube auch nicht an Geister«, antwortete Isolde rasch. »Aber beunruhigt hat mich die Begegnung dennoch. Die Gestalt hat sich nämlich für die Herzogin ausgegeben und von mir verlangt, dafür zu sorgen, dass die Grabungsarbeiten eingestellt werden.«

»Tatsächlich?« Die wasserblauen Augen der alten Dame blinzelten erstaunt. »Das ist ja höchst merkwürdig. Was halten Sie davon, Isolde?«

Isolde zuckte mit den Schultern. »Ich denke, dass mir jemand einen bösen Streich spielen wollte. Vielleicht ein paar junge Burschen, die irgendwoher von den Grabungen wussten. Möglicherweise hatten sie ursprünglich vor, in der Kreuzherrenkirche aufzutauchen und Gespenst zu spielen, aber dann hat sie der Mut verlassen angesichts der vielen Männer dort, und so haben sie mir, der einzigen Frau, die an den Arbeiten beteiligt ist, beim Schlossturm aufgelauert.«

»Hatte die Erscheinung denn eine Männerstimme?«

»Nein, sie war hoch wie die einer Frau. Das mag durchaus angehen, wenn der Bursche, der in den Gewändern steckte, noch recht jung war.«

»Sie glauben also nicht daran, dem Geist der Herzogin Jakobe begegnet zu sein?« Frau Weissenberg griff schmunzelnd nach ihrer Haube aus schwarzer Spitze, unter der zu beiden Seiten des Gesichts akkurat geformte graue Locken hervorblitzten, und rückte sie zurecht.

»Natürlich nicht. Trotzdem hat mir die Begegnung

Angst gemacht. Ich habe in der vergangenen Nacht schlecht geschlafen und wirr geträumt, von einer dunklen Gruft und einem Sarg darin, aus dem eine schwarz gekleidete Gestalt steigt und sagt, sie sei gar nicht die Jakobe und man habe sie versehentlich erwürgt.« Isolde schüttelte den Kopf. Ein winziger Schauder kräuselte sich ihren Rücken hinunter.

»Sie Ärmste! Das ist wirklich äußerst unangenehm. Diese nutzlose Jugend hat nichts als Unfug im Kopf. Lassen Sie uns rasch von etwas anderem sprechen«, sagte Frau Weissenberg energisch. »Sind Sie bereit für unsere sonntägliche Lesestunde?«

»Ja, das bin ich.«

»Dann gehen Sie dort hinüber zur Anrichte. Da liegt ein schmales Büchlein. Ich möchte, dass Sie mir heute daraus vorlesen.«

Isolde stand auf und holte das Buch. Es war tatsächlich sehr dünn, der Ledereinband war beinahe dicker als die wenigen Seiten, die er umschloss. Sie entzifferte den Titel. ›Die Marquise von O‹.

»Kennen Sie die Erzählung?«, fragte Frau Weissenberg.

»Nein, ich habe noch nie davon gehört.«

Die alte Dame nickte. »Das habe ich mir gedacht. Manche sagen, es sei keine schickliche Literatur für eine Dame. Meine Güte, was hat sich der Varnhagen empört, als die Novelle vor zehn Jahren erschien! Ich verstehe diese Aufregung nicht. Wenn die Herren in den Krieg ziehen, sind sie alles andere als zimperlich, aber wenn sie gewisse Dinge, die im Krieg passieren, gedruckt sehen, entdecken sie plötzlich ihre Empfindsamkeit. Oder die der Frauen. Ich fand die Geschichte sehr aufschlussreich, als ich sie zum ersten Mal gelesen habe. Damals hat mein Gatte, der ehrenwerte Doktor Justus Weissenberg, noch gelebt. Gott hab ihn selig.« Sie seufzte und hielt kurz inne. »Nun ja, jedenfalls möchte ich sie gern noch einmal hören. Sie sind doch nicht zimperlich, Isolde? Sie wissen, dass das Leben die wundersamsten Dinge für uns bereithält? Manche davon sind schön, manche schrecklich, aber alle gehören sie dazu, finden Sie nicht?«

»Doch, doch, Frau Weissenberg«, antwortete Isolde rasch. Sie war sich nicht sicher, ob sie verstanden hatte, was die alte Dame meinte.

»Dann beginnen Sie.« Die Witwe des Medizinalrats lehnte sich im Sessel zurück und blickte Isolde erwartungsvoll an.

Die schlug das Büchlein auf und begann zu lesen.

»›In M…, einer bedeutenden Stadt im oberen Italien, ließ die verwitwete Marquise von O…, eine Dame von vortrefflichem Ruf, und Mutter von mehreren wohlerzogenen Kindern, durch die Zeitungen bekannt machen: dass sie, ohne ihr Wissen, in andre Umstände gekommen sei, dass der Vater zu dem Kinde, das sie gebären würde, sich melden solle; und dass sie, aus Familienrücksichten, entschlossen wäre, ihn zu heiraten …‹«

Isolde stockte kurz, als sie am Ende des ersten Satzes angekommen war, doch dann las sie weiter, Seite um Seite, und hielt erst überrascht inne, als die Standuhr in der Halle fünfmal schlug.

»Das genügt für heute, Isolde. Ich danke Ihnen«, sagte Frau Weissenberg lächelnd.

Isolde legte ein Lesezeichen zwischen die Seiten und klappte das Buch zu.

»Nun, was sagen Sie?«, fragte Frau Weissenberg.

»Die Geschichte ist sehr ... sehr befremdlich«, antwortete Isolde zögernd. »Ich weiß nicht recht, was ich davon halten soll.«

»Das ist gut. Heben Sie sich Ihr Urteil auf, bis Sie sie ganz gelesen haben.« Sie griff nach einem Band, das von der Decke hing, und zog daran. Kurz darauf trat das Dienstmädchen ein.

»Das Fräulein Heinrich muss aufbrechen. Bitte hol ihren Mantel und bring sie zur Tür. Ach, und pack zwei Stücke von dem Apfelkuchen ein. Ihre Mutter wird sich darüber freuen.«

»Das ist sehr gütig von Ihnen, Frau Weissenberg«, bedankte sich Isolde.

Die Witwe wischte Isoldes Dank mit einer Handbewegung weg und fragte: »Wie steht es mit den Medizinbüchern? Brauchen Sie Nachschub?«

»Im Augenblick noch nicht, Frau Weissenberg. Leider komme ich nicht so häufig dazu, hineinzuschauen, wie ich es mir wünsche.«

»Ich sagte doch, Sie müssen auch an sich denken.«

»Ich versuche es.«

»Das hätte sich mein Mann wohl niemals träumen lassen, dass ausgerechnet ein junges Mädchen einmal mithilfe seiner medizinischen Bücher Studien betreiben würde.« Sie lächelte verschmitzt. »Doch ich bin mir sicher, er hätte es gutgeheißen.«

Das Mädchen brachte Isoldes Mantel und ein in Papier gewickeltes Päckchen. Isolde verabschiedete sich und begab sich auf den Heimweg.

Polizeiinspektor August Mindel fuhr mit den Fingerspitzen über seinen Schnurrbart und musterte sein Gegenüber durchdringend.

»Und das ist wirklich alles, was Sie mir zu dem Vorfall sagen können?«

»Ja, Herr Polizeiinspektor.« Cornelius Fröhlich senkte den Kopf und drehte verlegen die Mütze, die er in den Händen hielt.

»Was ist nach der Prügelei passiert?«

Überrascht schaute Fröhlich auf. »Nichts. Wir sind wieder ins ›Schiffchen‹ gegangen. Die Schlägerei war vorüber, was soll da noch passiert sein?«

»Und Lohner? Ist der ebenfalls mit zurück ins ›Schiffchen‹ spaziert? Einfach so?« Mindel beugte sich vor.

Fröhlich überlegte. »Nein. Ich glaube nicht. Ich habe ihn jedenfalls nicht mehr gesehen.«

»Sind Sie sicher, Herr Fröhlich?«

Der Mann nickte eifrig. »Ganz sicher. Denn ich erinnere mich jetzt, dass der Schorn sich aufgeregt hat, weil der Lohner verschwunden ist, ohne die Zeche zu zahlen.«

August Mindel brummte zustimmend. »Haben Sie eine Vorstellung, wo Lohner hingegangen sein könnte?«

»Also, wenn Sie mich fragen, vermutlich ins nächste Wirtshaus. Der hat immer so lange gezecht, bis er nirgendwo mehr eingelassen wurde.«

»Soso.« Mindel kniff die Augen zusammen. »Und was für ein Wirtshaus mag das gewesen sein? Sie wissen doch sicher, wo er üblicherweise verkehrte?«

»Hm. Vielleicht irgendwo auf der Ratinger Straße.«

»In der ›Paffrathschen Spelunke‹?«

Fröhlich wand sich unbehaglich auf seinem Stuhl. »Schon möglich.«

Mindel schnaubte. Die ›Paffrathsche Spelunke‹ war ein stadtbekannter Treffpunkt für Ganoven aller Couleur. Kein Mann, dem etwas an seinem Ansehen lag, setzte seinen Fuß über Paffraths Schwelle. Das passte wie die Faust aufs Auge. Mindel hatte schon von anderer Seite gehört, dass Lohner in kriminellen Kreisen verkehrt hatte. Aber das interessierte ihn im Augenblick nicht so sehr. Rasch wechselte er die Stoßrichtung. Wenn aus diesem Fröhlich noch etwas herauszubekommen war, dann, indem er ihn von verschiedenen Seiten traktierte.

»Und wie ist er von dort in den Rhein gekommen?«

Fröhlich zuckte mit den Schultern. »Von der Ratinger Straße ist es doch nicht weit bis zum Fluss. Oder bis zum Hafen.«

»Ja, zum neuen!« Mindel schlug mit der flachen Hand auf den Tisch, der Arbeiter fuhr zusammen.

»Er wurde im alten Hafenbecken gefunden?«, fragte er. Echte Überraschung zeichnete sich auf seinem Gesicht ab. »Sie meinen, er ist direkt nach der Prügelei …« Fröhlich sprach nicht weiter. Er war plötzlich weiß im Gesicht. »Ich habe damit nichts zu tun, Herr Polizeiinspektor, das müssen Sie mir glauben. Als ich zurück ins ›Schiffchen‹ bin, hat er noch gelebt. Er war sturzbesoffen, aber ansonsten ging es ihm gut. Außerdem habe ich ja auch gar nicht zugeschlagen. Ich habe ihn aufgefangen, als er umkippte, das ist alles. Bitte, Herr Polizeiinspektor. Ich habe eine Familie!«

»Dann sagen Sie die Wahrheit!« Mindels Mundwinkel zuckten triumphierend.

Fröhlich senkte den Kopf. Seine Finger nestelten nervös an der Mütze herum. Schließlich sagte er kleinlaut: »Der Franz Schorn hat uns Geld gegeben, dem Jakob Brügelmann und mir. Drei Silbergroschen für jeden. Wir sollten auf sein Zeichen hin einen Streit mit dem Dietrich Lohner vom Zaun brechen und uns draußen vor dem Wirtshaus ordentlich mit ihm prügeln.«

»Und wozu das Ganze?«

»Das weiß ich wirklich nicht, Herr Polizeiinspektor.« Fröhlich knetete weiter seine Mütze. »Ich dachte, es sei ein harmloser Scherz. Der Schorn hat uns extra eingetrichtert, den Lohner nicht allzu hart ranzunehmen. Ich dachte, er hätte vielleicht mal wieder seit Längerem die Zeche nicht bezahlt und wir sollten ihm eine Art Denkzettel verpassen.«

Mindel schraubte das Tintenfass auf und machte sich ein paar Notizen. »Eigentlich sollte man euch Gesindel auf der Stelle ins Berger Tor sperren!«

»Aber …« Fröhlich war weiß um die Nase, kleine Schweißperlen schimmerten auf seiner Stirn. »Aber, Herr Polizeiinspektor, ich habe mir noch nie etwas zuschulden kommen lassen. Ehrlich. Ich bin ein anständiger Mann und ein fleißiger Arbeiter. Da können Sie auch den Herrn Konsistorialrat fragen. Ich habe fünf Kinder, Herr Polizeiinspektor. Ich wusste doch nicht, dass der arme Lohner ins Wasser stürzen würde. Er ist jede Nacht durch die Stadt getorkelt und hat noch immer am Ende sein Bett gefunden.«

Mindel sah den Arbeiter durchdringend an. »Also gut. Wenn Ihnen noch etwas einfällt, melden Sie sich bitte bei mir, Herr Fröhlich. Sie können jetzt gehen. Vorläufig!«

Fröhlich sprang vom Stuhl auf und verbeugte sich hastig. Offenbar wollte er das Polizeibüro so rasch wie möglich hinter sich lassen.

»Danke, Herr Polizeiinspektor.« Er lief auf die Tür zu und hielt bereits die Klinke in der Hand, als Mindel ihm eine letzte Frage hinterherschickte.

»Lohner ist nicht ins Hafenbecken gestürzt«, begann er und lehnte sich genussvoll im Stuhl zurück. »Er wurde hineingeworfen. Und zwar ganz in der Nähe des ›Schiffchens‹. Haben Sie eine Vermutung, warum er nach der Prügelei noch dort herumgelungert haben könnte, obwohl doch sein Revier viel weiter im Norden lag? Oder wer ihm in dieser Gegend aufgelauert haben könnte?«

Fröhlich wandte sich langsam um. »Er ist gar nicht hineingefallen?«

August Mindel zögerte, dann schüttelte er den Kopf. »Nein. So, wie es aussieht, ist er erschlagen und dann ins Hafenbecken geworfen worden. Hätte er sich nicht im Gestrüpp verfangen, hätte man seine Leiche womöglich erst viel später irgendwo rheinabwärts gefunden. Also, was kann er da noch gewollt haben? War er vielleicht mit jemandem verabredet?«

»Ich weiß es nicht«, antwortete Fröhlich leise. »Ich habe wirklich keine Ahnung. Der arme Kerl. Das habe ich nicht gewusst. In was bin ich da nur hineingeraten?« Er sah Mindel an, der ihn mit einer ungeduldigen Handbewegung hinauswinkte, dann schlüpfte er durch die Tür, hinter der sein Kumpan Jakob Brügelmann auf ihn wartete.

Isolde blickte erstaunt umher, als sie zusammen mit Bracht bei der Kreuzherrenkirche eintraf. Neben den Arbeitern, die dicht gedrängt beieinanderhockten und leise tuschelten, stand eine Gruppe von vornehm gekleideten, offiziell aussehenden Herren, die sich offenbar alle eingefunden hatten, um bei der Identifizierung der herzoglichen Gebeine anwesend zu sein. Die meisten kannte Isolde nicht, doch sie entdeckte zu ihrer Überraschung den Kreisphysikus Servaes, der ins Gespräch mit einem imposanten, wohlbeleibten Herrn vertieft war. Bracht schien im Gegensatz zu Isolde nicht im Geringsten überrascht zu sein. An seinem Verhalten erkannte sie, dass er derjenige war, der all diese Leute hergebeten hatte. Er begrüßte einen nach dem anderen und fragte dann, ob man nicht hineingehen wolle. Es stellte sich heraus, dass die Tür noch verschlossen war. Rasch schickte Bracht einen der Arbeiter nach dem Küster Cremer, der kurz darauf hastig herbeieilte, einen großen Schlüsselbund in der rechten Hand hin und her schwingend.

»Entschuldigen Sie bitte, Herr Konsistorialrat. Gerade ist die Frühandacht in der Lambertuskirche zu Ende gegangen, meine Dienste wurden noch gebraucht.«

Bracht nickte nur kurz und sah stirnrunzelnd zu den Arbeitern hinüber, während Cremer das ehemalige Gotteshaus aufschloss.

»Heda, Männer! Fehlen nicht zwei von euch?«, rief er ihnen zu.

Isolde folgte neugierig seinem Blick und bemerkte, dass die beiden Arbeiter fehlten, die Robert Weitering am Samstag als jene identifiziert hatte, die an der Prügelei vor dem ›Schiffchen‹ beteiligt gewesen waren. Die Antwort eines der Tagelöhner bestätigte das.

»Stimmt, Herr Konsistorialrat. Der Cornelius Fröhlich und der Jakob Brügelmann lassen sich entschuldigen. Sie müssen beim Polizeiinspektor eine Aussage machen. Es geht um den Dietrich Lohner. Der, den sie aus dem Rhein gezogen haben.«

Bracht murmelte etwas, schickte einen schwer zu deutenden Blick in Isoldes Richtung und marschierte in die Kirche. Ohne weiter auf das Fehlen der beiden Männer oder den Grund dafür einzugehen, schickte die Wache nach Hause, rief den Arbeitern Befehle zu, die daraufhin anfingen, den verbliebenen Schutt von der Gruft zu entfernen.

Sie hatten gerade die ersten Spaten Dreck und Steine in die Schubkarre geschaufelt, als Brügelmann und Fröhlich atemlos in die Kirche stürzten. Sie liefen auf Bracht zu und setzten zu einer Erklärung an, doch der Konsistorialrat winkte ab.

»Ich weiß Bescheid. Machen Sie sich an die Arbeit! Rasch! Es gibt noch viel zu tun heute.«

Die beiden griffen hastig nach ihren Arbeitsgeräten und fingen an zu schaufeln. Isolde bemühte sich, an ihren Gesichtern abzulesen, wie die Befragung bei der Polizei verlaufen war, doch sie kam zu keinem Ergebnis. Seit zwei Tagen kämpfte sie mit sich. Sollte sie dem Polizeiinspektor von ihrer Vermutung erzählen? Ihm ihren Verdacht, was die Tatwaffe anging, mitteilen? Bisher hatte sie gezögert, aus Angst, sich lächerlich zu machen. Vermutlich war August Mindel so wenig an ihren Theorien interessiert wie Johann Bracht. Möglicherweise waren er oder Dr. Servaes auch schon längst selbst dahintergekommen, um was für einen Gegenstand es sich handelte. Oder der Mann war doch ertrunken und es spielte keine Rolle, womit ihm vorher auf die Schläfe geschlagen worden war. Isolde schaute gebannt zu Servaes, der sich immer noch mit dem korpulenten Herrn unterhielt. Inzwischen wusste sie, dass es sich um den Tribunalrichter von Haupt handelte, einen Schriftsteller und ausgewiesenen Fachmann, was die Lebensgeschichte der Herzogin Jakobe anging.

Vielleicht ergab sich ja die Gelegenheit, den Kreisphysikus anzusprechen. Bisher hatte er sie allerdings keines Blickes gewürdigt. Sie hätte ebenso gut unsichtbar sein können, es hätte keinen Unterschied gemacht. Schade, dass Robert Weitering nicht aufgetaucht war. Er wenigstens hatte ihr zugehört, sich sogar für ihre Ansichten interessiert. Und er wusste von ihrer Vermutung. Ja, das war es: Weitering musste mit Mindel und Servaes sprechen. Er war ein Mann. Ihm würden sie Aufmerksamkeit schenken. Isolde seufzte, Bracht sah sie forschend an, rasch verzog sie das Gesicht zu einem Lächeln.

Das Wegräumen des Schutts nahm mehr Zeit in Anspruch, als Isolde erwartet hatte. Aber schließlich war es so weit, und Bracht stieg zusammen mit dem Kreisphysikus in die Tiefe. Eine Weile geschah nichts, alle Gespräche waren verstummt, nur die Arbeiter nutzten die Gelegenheit, um ihre Brote auszupacken. Nach einigen Minuten tauchte Bracht wieder auf.

»Isolde! Fühlen Sie sich in der Lage, herunterzukommen? Wir brauchen jemanden, der Notizen macht.«

Isolde hätte am liebsten gejubelt, doch sie bemühte sich um Haltung. »Selbstverständlich, Herr Konsistorialrat.«

Als sie auf das Loch zuging und langsam die Stufen in die Gruft hinunterstieg, war sie sich bewusst, dass alle Augen auf ihr ruhten. Zwei peinvolle Minuten lang war sie der Mittelpunkt der kleinen Gesellschaft in der alten Klosterkirche, dann hatte sie den Treppenabsatz erreicht. Neugierig blickte sie sich um. Zunächst konnte sie nicht viel erkennen, ihre Augen mussten sich erst an das Dämmerlicht unter der Erde gewöhnen, das von den beiden Laternen ausging, die Bracht und Servaes in den Händen hielten. Kaum hatte sie die Gesichter der beiden Männer ausgemacht, fuhr sie erschrocken herum, als hinter ihr im Einstieg Schritte zu hören waren. Der Tribunalrichter von Haupt zwängte seinen schweren Leib ebenfalls in die Gruft hinab.

»Wir sollten genug Zeugen hier unten haben«, sagte er und klopfte sich den Staub von seinem ausladenden Bauch.

Bracht nickte wortlos und sah Isolde an. »Haben Sie Stift und Papier bereit?«

»Ja, Herr Konsistorialrat.«

Sie hatte sich nun genug an das Halbdunkel gewöhnt, um zu erkennen, dass an beiden Seiten der Gruft vermoderte Bretter lagen, offenbar die Überreste von Särgen. Bracht und Servaes vermaßen die Bretter notdürftig und diktierten ihr die Angaben: »Eichenholz, sechs Fuß und zwei Zoll lang, Trümmer von Kopf- und Fußteilen, das Kopfteil gegen Westen und das Fußteil gegen Osten, also zum hohen Altar hin, ausgerichtet.«

Isolde schrieb hastig mit. Wenig Gelegenheit blieb ihr, sich selbst gründlicher umzusehen, denn schon sprach Servaes weiter: »Hier liegt ein Rest Stoff, womöglich Samt, gelblichbraun verfärbt, die ursprüngliche Farbe ist leider kaum noch zu erkennen.« Er wedelte mit einem Fetzen Stoff.

»Dann wollen wir uns mal die Knochen ansehen.« Bracht hielt die Laterne dicht über den Boden, der Kreisphysikus suchte Stück für Stück die Erde ab, hielt seine Funde ins Licht und erklärte Isolde, was sie aufzuschreiben habe. Von Haupt stand währenddessen reglos bei der Treppe, die Hände in den Taschen des Mantels vergraben, und kaute auf einer kalten Pfeife herum. Schließlich stand auf dem Papier:

›1. Zwei Schenkelknochen ohne oberes und unteres Ende, beide als ein rechter und ein linker von einem und demselben Leichnam identifiziert;

2. Ein Stück von dem rechten Knochen des Beckens in einer Querrichtung;

3. Mehrere fast gänzlich verweste Rippenstücke;

4. Ein Stück von der Armspindel, welches im Sand lag und weniger verwest war.‹

Atemlos hatte Isolde mitgeschrieben, dabei versucht, so viel wie möglich von den Gebeinen zu sehen. Wann hatte sie schon einmal die Gelegenheit, echte menschliche Knochen studieren zu können? Das war etwas ganz anderes als die trockenen Zeichnungen in den medizinischen Büchern. Auch wenn diese noch so akkurat waren, sie waren letztendlich doch nur Federstriche auf Papier. Minutenlang vergaß sie sogar, dass es hier um einen Menschen ging, der einmal gelebt und geliebt hatte, um eine Frau, deren grauenvolles Schicksal hier in dieser Gruft sein endgültiges Ende gefunden hatte. Sie schreckte erst hoch, als Dr. Servaes erklärte: »Die Schenkelknochen sind eindeutig von einem Mann.«

Bracht atmete hörbar aus. »Sind Sie sicher?«

Der Arzt zog die Augenbrauen hoch. »Sie können gern einen Kollegen hinzuziehen, Herr Konsistorialrat.«

Bracht straffte die Schultern. »Das wird nicht nötig sein.«

Von Haupt nahm die Pfeife aus dem Mund und räusperte sich geräuschvoll. »Und was nun?«

»Weitersuchen.« Bracht zuckte mit den Schultern und schaute sich unschlüssig in der Gruft um.

»Nun gut, dann werde ich mal aufbrechen«, erklärte von Haupt. »Die Amtsgeschäfte rufen. Sie lassen mich benachrichtigen, wenn Sie auf etwas Interessantes gestoßen sind?« Der Richter sah Bracht an. Sein Tonfall und sein Blick machten unmissverständlich klar, dass er es gewohnt war, Befehle zu erteilen, denen man nicht widersprach.

»Selbstverständlich.«

Von Haupt deutete eine Verbeugung an. »Einen schönen Tag, Herr Konsistorialrat. Herr Dr. Servaes. Habe die Ehre, Fräulein Isolde.« Er machte sich an den Aufstieg. Sekundenlang verdeckte seine massige Gestalt das Loch, durch das ein wenig Tageslicht in die Gruft drang, dann wurde es wieder heller. Sie hörten, wie der Mann oben in der Kirche mit Fragen bestürmt wurde.

Bracht wandte sich an Isolde. »Sie können auch wieder hochsteigen. Hier unten sind wir fertig.«

Nacheinander kletterten sie die steilen Stufen hinauf. Die hohen Herren, die bis dahin geduldig gewartet hatten, begaben sich angesichts des Rückschlags wieder an ihre jeweiligen Arbeitsplätze. Die Kirche leerte sich merklich. Lediglich die Arbeiter, Bracht, Dr. Servaes und Isolde blieben zurück.

Isolde spürte zu ihrem Erstaunen eine leise Enttäuschung darüber, dass Robert Weitering immer noch nicht eingetroffen war. Sie ärgerte sich über dieses alberne Gefühl, beschloss, ab sofort nicht mehr an den Reporter zu denken und heftete ihren Blick entschlossen auf den aufgewühlten Boden. Direkt neben dem Eingang zur Gruft entdeckte sie etwas.

»Herr Konsistorialrat?« Sie zögerte. »Was ist damit?« Als er sich umdrehte, deutete sie auf ein zierlich gearbeitetes Stück Eisen, das etwa einen Fuß hoch aus der Erde ragte. »Könnte das nicht Teil eines Sargs sein? Der Herr Subprior meinte doch am Samstag, die Herzogin Jakobe sei in einem hölzernen Sarg bestattet worden, der in eiserne Bänder eingefasst war.«

Bracht trat auf das Eisen zu und ging in die Knie. Behutsam fuhr er mit dem Finger darüber, tastete die Erde ab. Danach erhob er sich und zückte seine Uhr. »Schon gleich zwölf. Wir fahren nach dem Mittagessen fort.« Er wandte sich an die Arbeiter. »Es ist Pause. Wir machen pünktlich um ein Uhr weiter. Dann will ich, dass Sie hier die Erde ausheben, aber ganz vorsichtig. Und ich möchte alles sehen, was Sie dabei finden!«

Nach einem einfachen Mittagsmahl im Hause des Konsistorialrats fertigte Isolde eine Skizze der Kirche mit den darin bereits gefundenen Grabstätten an. Bracht sah ihr über die Schulter, machte Verbesserungsvorschläge und erklärte ihr, wie sie die Zeichnung zu beschriften habe: Die oberirdischen Teile mit Zahlen und die unterirdischen mit Buchstaben. Letztere solle sie jedoch einstweilen noch weglassen, da die Grabstätte der Herzogin Jakobe zum Schluss den Buchstaben ›A‹ erhalten solle.

Um ein Uhr waren alle wieder in der Kirche versammelt und die Arbeiter hoben behutsam, Schaufel für Schaufel, die Erde um das kleine Eisenstück aus. Bereits nach wenigen Minuten stießen sie auf ein weiteres, genauso gearbeitetes Eisen. Bracht war jetzt sicher, dass es sich um die Verstärkung eines Holzsargs handeln musste. Er befahl, die Erde zwischen den beiden Eisen genauestens unter die Lupe zu nehmen. Gerade als der blonde Cornelius Fröhlich einen Knochen aus dem Boden hob, ertönten Schritte, und von der seitlichen Pforte her kam Robert Weitering auf sie zu.

Isolde spürte, wie ihr die Röte ins Gesicht stieg und fürchtete, alle Umstehenden müssten bemerken, wie sehr sie Roberts Erscheinen zugleich freute und verwirrte. Doch da sich alle Augen ihm zuwandten, blieb ihr kurzer innerer Aufruhr unentdeckt. Als Robert sie begrüßte, hatte sie sich wieder gefangen, sodass sie seine Verbeugung mit einem freundlichen, aber unverbindlichen Lächeln erwidern konnte.

Während Dr. Servaes den Knochen begutachtete, der offenbar von einem Schenkel stammte, ließ Robert sich von Isolde auf den neuesten Stand bringen. Sie wurden unterbrochen, als ein anderer Arbeiter einen aufgeregten Ruf ausstieß. Er war auf einen Schädel gestoßen. Dr. Servaes nahm ihn entgegen, betrachtete ihn eine Weile und sagte schließlich: »Ich fürchte, es handelt sich um den Kopf eines Mannes.«

Bracht nickte resigniert. »Weitersuchen, Männer!«, befahl er. »Ich möchte ganz sicher gehen.«

Robert suchte Isoldes Blick. »Und?«, fragte er leise. »Haben Sie noch nicht genug? So viele Knochen. Und unten in einer

Gruft waren Sie auch schon. Meinen Sie immer noch, das sei eine angemessene Tätigkeit für eine Frau?«

»Warum nicht?«, gab Isolde zurück.

»Frauen sind von Natur aus sanfter und empfindsamer. Sie stehen für die annehmlichen Dinge des Lebens. Ja, für das Leben selbst, sind sie es doch, die es uns schenken. Es liegt ihnen nicht, sich mit Tod und Leid und geschundenen Körpern abzugeben. Stimmen Sie mir nicht zu? Nicht umsonst ist das Kriegshandwerk Männersache, stellen Sie sich einmal vor, Frauen müssten mit Waffen umgehen!«

»Was wäre daran so schlimm? Womöglich würden sie diese sogar besonnener einsetzen als die Männer.«

»Ihre zarten Gemüter würden daran zerbrechen, fürchte ich.« Er sah Isolde ernst an, lediglich ein kaum wahrnehmbares Zwinkern in seinen Augen verriet, dass er gespannt auf ihren Widerspruch wartete.

»Ach, wirklich?«, fragte Isolde spöttisch. »Sie vergessen, dass das Töten der Frauen tägliches Geschäft ist. Waren Sie schon einmal in einer Küche, Herr Weitering? Sie wären erstaunt, wie viel Blut durch Frauenhände fließt. Wir drehen Hälse um, schlagen Köpfe ab und nehmen die Innereien aus den noch warmen Leibern. Wir treiben Tieren das Messer ins Fleisch, durchtrennen Muskeln und Nerven, lassen Körper ausbluten und kochen ihre Knochen aus. Wären wir Frauen wirklich so empfindsam, wie Sie glauben, Herr Weitering, wäre Ihr leibliches Wohl in ernsthafter Gefahr.«

Robert wiegte den Kopf. »Diese Runde geht eindeutig an Sie, Fräulein Heinrich. Ich gebe mich geschlagen. Von dieser Warte habe ich die Sache noch nie betrachtet.«

Bevor sie das Gespräch fortsetzen konnten, wurden sie erneut unterbrochen, diesmal jedoch nicht von einem der Arbeiter. Ein junger Mann trat in die Kirche und blieb unsicher bei der Pforte stehen, den Hut in der Hand. Er hatte glattes braunes Haar und ein gutmütiges, leicht gerötetes Gesicht.

»Albert!«, entfuhr es Isolde. »Was machst du hier?«

Verlegen huschten ihre Augen nach rechts und links, bevor sie auf den jungen Mann zueilte. »Wieso bist du in Düsseldorf?«

»Ich hatte Besorgungen für meinen Vater zu machen, und da dachte ich …«

Isolde spürte die neugierigen Blicke der anderen Männer und schob Albert sanft durch die Pforte nach draußen. Das helle Licht blendete sie, sodass sie die Augen zusammenkneifen musste. Trotz der wärmenden Sonnenstrahlen fröstelte sie. Ein kühler Wind strich ihr um die Beine. Schon bald würde die Sonne hinter den Dächern der Ursulinengasse verschwinden, der Himmel seine Farbe verlieren, und die kalte Herbstdämmerung würde sich über die Stadt legen.

»Meine Güte, hast du mich erschreckt!«, sagte Isolde, bestrebt, ihrer Stimme einen beiläufigen Klang zu verleihen. Es war ihr unangenehm, dass Albert gerade jetzt aufgetaucht war, und sie bemühte sich, ihren Ärger und ihre Verwirrung zu unterdrücken.

»Freust du dich denn nicht, mich zu sehen?« Albert griff nach ihren Händen.

»Doch, natürlich. Ich bin nur so – so erstaunt.«

»Du wunderst dich, wie ich dich gefunden habe.« Alberts Mundwinkel zuckten triumphierend. »Das war ganz leicht.

Schließlich hat dein Konsistorialrat Bracht eine Haushälterin, die genauestens darüber informiert ist, wo ihr Herr sich gerade aufhält.«

»Oh, das war wirklich schlau von dir.« Isolde sah hastig zurück zur Kirchentür.

Albert missverstand ihren Blick. »Niemand sieht uns.« Er beugte sich vor. »Gib mir einen Kuss.«

Er fasste sie an den Schultern, zog sie zu sich heran und presste seine Lippen auf die ihren. Durch den Stoff des Kleides unter dem geöffneten Mantel spürte sie seinen warmen, drängenden Körper. Sie ließ ihn gewähren, einen Moment lang, dann machte sie sich frei.

»Ich muss wieder in die Kirche. Ich möchte den Konsistorialrat nicht verärgern.«

»Wann heiraten wir endlich?«, fragte Albert, ohne auf ihre Bemerkung einzugehen. »Nenn mir einen Termin. Jetzt sofort. Ich kann nicht mehr länger warten, liebste Isolde!«

Wieder wollte er sie zu sich heranziehen, doch sie entwand sich seinem Griff. »Ach, Albert. Du weißt doch. Ich kann Mutter nicht einfach so im Stich lassen.«

»Das brauchst du auch nicht.« Er nahm ihre Hände und küsste ihre Fingerspitzen. »Ich habe dir gesagt, dass sie bei uns wohnen kann. Es ist genug Platz im Haus. Mehr Platz, als wir brauchen. Selbst wenn unsere Kinder da sind und unser Heim mit Leben füllen, wird immer ein Zimmer für deine Mutter übrig sein, solange sie lebt. Und in dem hellen großen Haus wird sie es viel besser haben als in der winzigen Wohnung, in der ihr beide im Augenblick lebt.«

Isolde betrachtete das Pflaster der Ursulinengasse. In einer der Ritzen zwischen den Steinen klemmte etwas Blinkendes. Eine Münze.

»Im Frühjahr«, sagte Albert. »Im Frühjahr heiraten wir. Du wirst sehen, deine Mutter wird sich schneller einleben als du, sie wird regelrecht aufblühen in Solingen, vor allem, wenn dann die kleinen Enkel jeden Tag um sie sind.« Er legte seine Hand auf Isoldes Leib. »Ich kann es kaum abwarten, Liebste. Ich kann es kaum abwarten, dich als meine Frau heimzuführen. Wir werden sehr glücklich sein, glaube es mir. Wenn du magst, kannst du sogar in der Apotheke helfen. Vater hat nichts dagegen. Aber ich wette, du wirst im Haushalt so viel zu tun haben, dass dir dafür gar keine Zeit bleiben wird.« Sanft strich er über den dunkelblauen Stoff ihres Kleides. »Im Frühjahr also. Einverstanden?«

Isolde löste ihren Blick von dem Straßenpflaster und sah in seine Augen, die erwartungsvoll leuchteten. Seine Hände brannten wie Feuer auf ihrem Leib, wie ein brennendes Korsett, das drohte, ihr die Luft abzuschnüren.

»Nun gut, Albert. Im Frühjahr. Im Mai«, hörte sie sich murmeln.

»Oh, Liebste!« Er zog sie an sich und küsste sie erneut, diesmal leidenschaftlicher. »Du machst mich zum glücklichsten Mann von Solingen!«

Isolde lächelte schwach. »Ich muss jetzt wirklich wieder hineingehen.«

»Ja, natürlich, Liebste. Geh nur. Bald wirst du das nicht mehr nötig haben. Dann sorge ich für dich.«

Er lächelte immer noch, als sie durch die Kirchenpforte zurück in das Gotteshaus schlüpfte.

Unbeholfen, so als habe sie gerade erst laufen gelernt, stolperte sie zurück zum Chor. Ihre Schläfen pochten, ihr Herz schlug ungestüm, als wäre sie quer durch die Stadt gerannt. Sie wagte nicht, zu Robert hinüberzusehen, obwohl sie seinen fragenden Blick spürte. Eine Mischung aus Scham und Ärger brannte auf ihren Wangen.

Bracht empfing sie voller Ungeduld. »Sie werden gebraucht, Fräulein Heinrich«, tadelte er mit missbilligendem Unterton. »Bitte notieren Sie!«

Rasch zog sie das Papier aus der Manteltasche, auf dem sie sich bereits am Morgen Notizen gemacht hatte und schrieb, während Dr. Servaes einen Knochen nach dem anderen hochhob und ihn benannte. Ihre Finger zitterten, sodass ihre Schrift kaum lesbar war, doch sie biss die Zähne zusammen und ließ den Stift tapfer über das Blatt gleiten. Neben dem Beinknochen und dem Schädel hatten die Arbeiter noch einige kleinere Splitter sowie ein Becken gefunden, das der Kreisphysikus als eindeutig einer Frau zugehörig befand.

Bracht befahl den Männern, die Erde noch einmal gründlich zu durchsuchen, und Isolde ließ erleichtert das Blatt sinken.

»Alles in Ordnung, Fräulein Heinrich? Sie sehen blass aus.« Robert war neben sie getreten und musterte sie besorgt.

»Ja. Mir geht es gut.«

»Der junge Mann war ein Bekannter von Ihnen?«

Isoldes Herz setzte aus. »Das war Albert. Albert Corte. Mein Verlobter. Er wohnt in Solingen, deshalb sehen wir uns nicht so häufig.« Sie wagte nicht, Robert anzusehen.

»Oh. Ich wusste ja nicht …« Er stockte. Sie schaute zu

ihm auf. Eine steile Falte zeichnete sich auf seiner hohen Stirn ab.

»Er kann sich glücklich schätzen, Ihr Albert«, fuhr Robert mit leiser Stimme fort, dann wandte er sich abrupt ab. Isolde senkte den Kopf. Ihr Herz hämmerte beinahe so wild wie am Samstagabend, als ihr die schwarz verschleierte Gestalt begegnet war, ihre Finger zitterten immer noch, und sie hätte am liebsten laut geschrien.

Zwei Stunden später hatten die Ausgrabungen nichts sonst hervorgebracht als weitere vermoderte Knochensplitter, ein Stückchen Seide und die Überreste eines Schuhs. Bracht zückte zum wiederholten Male seine Taschenuhr. »Wir lassen es gut sein für heute«, sagte er. »Ich bin überzeugt, dass wir noch nicht das richtige Grab gefunden haben.«

»Sie glauben also nicht, dass das vorhin freigelegte Becken Teil der Gebeine der Herzogin Jakobe sein könnte?« Robert Weitering musterte den Konsistorialrat aufmerksam, in den Händen hielt er Stift und Papier.

»Nein, das glaube ich nicht. Es passt nicht. Der Sarg war zwar mit eisernen Bändern umzogen, wie es der Subprior beschrieben hat, aber die Überreste waren einfach eingegraben, lagen nicht in einer Gruft. In der Nachricht, die von den Düsseldorfer Räten am dritten Oktober 1597 nach Prag geschickt wurde, ist eindeutig von einem überwölbten Grab im Kreuzbrüder-Kloster die Rede.« Bracht steckte die Uhr weg. »Und in dem Gewölbe, das wir heute Morgen untersucht haben, befanden sich männliche Schenkelknochen. Das ist demnach auch nicht das richtige. Wir werden morgen weitersuchen.« Er rief Isolde zu sich. »Sie können Ihre Mitschriften mit nach Hause nehmen, Fräulein Heinrich, und den Bericht dort verfassen. Dann wird es nicht zu spät für Sie. Wir sehen uns morgen.«

»Wie Sie wünschen, Herr Konsistorialrat.«

Bracht wandte sich ab, um den Arbeitern noch ein paar Anweisungen zu geben. Dr. Servaes rief einen Gruß in die Runde und eilte aus der Kirche. Isolde nickte Robert zu und lief dem Arzt hinterher auf die Straße. Als sie ihn in der Altestadt verschwinden sah, fiel ihr ein, dass sie eigentlich wegen des toten Dietrich Lohner mit ihm hatte sprechen wollen. Dass sie Robert hatte bitten wollen, mit ihm zu reden. Doch Alberts Auftauchen und das Versprechen, das dieser ihr abgerungen hatte, hatte alle anderen Gedanken in ihr zu einem erbärmlichen, bedeutungslosen Häuflein zusammenschrumpfen lassen. Sie würde im Mai Hochzeit halten. Eigentlich sollte sie sich freuen. Stattdessen löste die Vorstellung eine unbestimmte kalte Furcht in ihr aus.

»Halt! Warten Sie, Fräulein Heinrich!«

Isolde fuhr herum. Robert stand vor der Kirchenpforte und knöpfte seinen Mantel zu. Seine Haltung war aufrecht, der elegante, hohe Hut betonte seine ebenmäßigen Gesichtszüge, die hohe Stirn, das scharf geschnittene Kinn. Seine grauen Augen blickten freundlich und klug. Unwillkürlich verglich sie ihn mit Albert, der nur wenige Stunden zuvor fast an der gleichen Stelle gestanden hatte, und sie presste die Lippen zusammen.

Robert kam auf sie zu. »Darf ich Sie nach Hause begleiten, Fräulein Heinrich? Es dämmert bereits.«

»Ich kann gut auf mich selbst aufpassen. Ich gehe den Weg jeden Tag.« Sie stieß die Worte unfreundlicher hervor, als es ihre Absicht gewesen war, und bereute sie im gleichen Augenblick.

»Ganz wie Sie meinen, Fräulein Heinrich. Dann einen schönen Abend noch.« Robert lüftete seinen Hut, machte kehrt und schritt durch die Liefergasse davon.

Isolde blieb wie betäubt vor der Kirche stehen, sah ihm nach, bis er am Ende der Gasse um die Ecke bog, ohne sich noch einmal umzudrehen. In ihrem ganzen Leben hatten noch nie so viele widerstreitende Gefühle in ihrem Inneren getobt. Es war, als würde sie in der Mitte auseinandergerissen. Wut, Schmerz, Angst, aber auch eine ungekannte süße Freude rangen miteinander um die Vorherrschaft.

Isolde wandte ihren Blick von der leeren Gasse ab. Vermutlich waren in den letzten Tagen einfach zu viele aufregende Dinge passiert: erst der Tote, den sie aus dem Hafenbecken gefischt hatten, dann die Geistererscheinung beim Schlossturm und schließlich diese Ausgrabungen, die ganzen Sargteile und Knochen, all die Schicksale, die sich hinter den spärlichen Überresten menschlicher Körper verbargen. Und dann war auch noch Albert aufgetaucht und hatte ihr, bevor sie wusste, wie ihr geschah, einen Hochzeitstermin aufgedrängt. Kein Wunder, dass sie überreizt war. Sie brauchte einfach nur ein wenig Ruhe. Einen beschaulichen Abend zu Hause mit ihrer Mutter.

Isolde machte sich auf den Weg. Zuallererst würde sie beim Schloss vorbeigehen. Heute würde ihr mit Sicherheit keine verschleierte Frau begegnen, höchstens ein paar Studenten von der Akademie, und das wäre ein erster Schritt, um den Aufruhr in ihrem Inneren zu besänftigen.

Als sie beim Schlossturm angelangte, waren tatsächlich

noch einige Menschen dort unterwegs, ein Mann mit leuchtend weißem Haar und einem Gehstock mit versilbertem Knauf eilte an ihr vorbei, womöglich einer der Kunstprofessoren. Eine von zwei Schimmeln gezogene Kutsche streifte sie beinahe, weil sie einem Karren ausweichen musste, der eine Anzahl verschieden großer Kisten geladen hatte. Eine Schar Jungen bog lachend in den kleinen Pfad, der an der Düssel entlang den Burgplatz mit der Liefergasse verband. Was führten sie wohl im Schilde?

Isolde blieb beim Turm stehen und atmete die kühle Luft ein. Die Dämmerung hatte sich auf die Stadt gesenkt, die Laternen waren bereits entzündet. Langsam ließ sie ihren Blick über den verfallenen Teil des Schlosses gleiten. Sie versuchte, sich vorzustellen, wie Jakobe als junge Braut hier angekommen war, hin- und hergerissen zwischen Hoffnung und Angst vermutlich, jedoch kaum ahnend, welches Ende das Schicksal für sie bereithielt. Isolde durchzuckte der Gedanke, dass es ihr demnächst womöglich ganz ähnlich ergehen würde. Auch sie musste aus ihrer vertrauten Heimatstadt fortziehen in ein fremdes Haus zu einer fremden Familie und zu einem Mann, der dann nicht nur ihr Nachtlager teilen, sondern auch ihr Vormund sein würde, ihr Herr. Isolde ballte die Hände zu Fäusten, ihr Atem ging schneller. Der Anblick des Schlosses hatte das Gegenteil von dem bewirkt, was sie beabsichtigt hatte. Plötzlich spürte sie wieder Alberts gierigen Kuss, seinen übermächtigen drängenden Körper. Sie starrte auf den Schlossturm, Jakobes einstiges Gefängnis.

Wir sind Schwestern, Frau Herzogin, dachte sie, dein Gefängnis steht hier, hat schon zweimal Krieg und Feuer die Stirn geboten, meins ist ein elegantes Haus in Solingen. Mehr als zweihundert Jahre sind vergangen, doch ich fürchte, ich bin genauso wehrlos wie du.

»Fräulein Isolde Heinrich, wie freut es mich, Euch zu sehen!«

Isolde fuhr herum. Vor ihr stand die Frau, mit der sie gerade noch in Gedanken gesprochen hatte. Erschrocken schrie sie auf.

»Beruhigt Euch, Isolde. Ich habe nicht vor, Euch ein Leid zuzufügen. Obwohl ich zugeben muss, dass ich enttäuscht von Euch bin. Die Grabungen sind weitergegangen. Ihr habt nichts dagegen getan.«

Isolde fasste sich. Diesmal wollte sie sich nicht überrumpeln lassen. Die Erscheinung sah jetzt, wo sie sie genau betrachtete, auch ganz und gar nicht wie ein Geist aus. Obwohl das altmodische Gewand und der Schleier, der ihr Gesicht verhüllte, ihr etwas Unwirkliches verliehen. »Wer sind Sie? Was wollen Sie von mir?«

»Das wisst Ihr doch bereits. Ich bin die Herzogin Jakobe von Baden, und ich darf nicht zulassen, dass meine Gebeine ausgegraben werden. Ein großes Unheil droht der Stadt, wenn dies geschieht!«

»Sie sind nicht die Herzogin.« Isolde verschränkte die Arme. »Sie sind kein Geist, sondern ein Mensch aus Fleisch und Blut. Nehmen Sie den Schleier vom Gesicht, damit ich Ihnen in die Augen sehen kann!« Isolde trat vor und streckte die Hand aus.

»Wagt es nicht!«, zischte die Erscheinung und wich zurück.

In dem Moment polterte es hinter Isolde. Sie drehte sich um und sah einen Mann im Schlosshof stehen, der sich fluchend über das Schienbein rieb. Als er aufblickte, entdeckte er die beiden Frauen. Misstrauisch musterte er sie, dann sah er hastig in alle Richtungen. Offenbar beruhigt, weil niemand sonst zu sehen war, lief er über den Hof, schwang sich über einen verfallenen Mauerrest und rannte über den Burgplatz davon.

Als Isolde sich wieder umdrehte, war die schwarzseidene Frau verschwunden. Irritiert schritt Isolde die Ruine ab, lief um den Turm herum bis zum Rheinufer und wieder zurück, doch von der Erscheinung war nichts mehr zu sehen. Der Mann war genau im falschen Augenblick aufgetaucht. Sicherlich hatte er an der alten Schlossmauer seine Notdurft verrichtet. Wie dumm, dass sie sich so einfach hatte ablenken lassen! Wenige Sekunden später hätte sie der Frau den Schleier weggezogen. Sie war jetzt sicher, dass die Erscheinung kein Geist sein konnte. Sie hatte Schuhe unter dem schwarzen Seidengewand gesehen, feine braune Frauenschuhe aus Leder, ein bisschen abgetragen, aber sehr gut gearbeitet. Die Herzogin Jakobe war in ihrem Bett erdrosselt worden, da hatte sie mit Sicherheit keine Schuhe getragen.

KAPITEL V

ES IST SCHON *beinahe Mitternacht, doch ich kann nicht schlafen. Ich sitze an dem kleinen Sekretär, die Kerze ist fast heruntergebrannt, tauche die Feder in die Tinte und versuche, meine Gedanken auf Papier zu bannen, damit sie mich nicht auffressen. Wenn ich das nicht tue, schwirren sie pausenlos um meinen Kopf herum wie lästige kleine Insekten, lauern in den Zimmerecken, wo sie im flackernden Licht anwachsen zu monströsen Ungetümen mit acht Beinen und tödlichen Reißzähnen. Ich fürchte, dass der Irrsinn, der sich meines Gemahls bemächtigt hat, auch mich heimsucht, mich hinunterzerrt in die ewige Finsternis der geistigen Nacht. Die Feder kratzt über das Papier, kratzt gegen die alles verschlingende Angst an, gegen die unheimlichen Gedankenmonster, die jede meiner Bewegungen mit lauerndem Blick verfolgen. Ich kralle mich an den Worten fest. Wenn ich schreibe, hat der Irrsinn keine Macht über mich.*

Ich schreibe nieder, wie der vergangene Tag war. Es hat fast unaufhörlich sacht geregnet, ein Schleier aus perlenden Tropfen hing über dem Rhein, verbarg das andere Ufer vor meinen Blicken. Das Essen war recht schmackhaft, doch mein Appetit ließ zu wünschen übrig. Kaum ein halbes Dutzend Bissen habe ich herunterbringen können. Entweder hat der elende Fraß der letzten Wochen meinen Gaumen zu sehr geätzt, oder das Misstrauen gegenüber meinen Feinden ist größer als der Hunger. Sie könnten das tödliche Gift ebenso gut unter wohlmundende Pasteten mischen wie unter fauliges Fleisch.

Wie köstlich waren die Speisen in meinen ersten Tagen hier bei Hof! Die Feierlichkeiten zur Hochzeit waren so prachtvoll, so vollendet in ihrer Ausführung, dass ich glaubte, Düsseldorf sei eine noch vornehmere Residenz als München. Eine Woche lang Bankette, Tanz und Spiele. Ich fühlte mich wie eine Königin. Wie sehr wurde ich getäuscht! Wie dumm war ich, mich so blenden zu lassen. Kaum kehrte der Alltag ins Schloss ein, da sah ich auch schon die Brüche und Risse. Vor allem die in der Gestalt meines Gemahls. Ich hatte mir wirklich vorgenommen, meinem Kaiser und meinem Herrgott eine getreue Dienerin zu sein. Ich war fest entschlossen gewesen, meinen Gemahl aufrichtig zu lieben und ihm bei seiner Regentschaft mit Rat und Tat zur Seite zu stehen. Ich erinnere mich an den Augenblick, als der Priester bei der Hochzeitszeremonie den Segen über unsere verschränkten Hände sprach. Ich glaubte, mein Glück sei vollkommen. Trotz all dem, das ich in München hatte aufgeben müssen. Ich war Jungherzogin. Ich war frisch vermählt. Ich bildete mir ein, die Welt gehöre mir. Ich war ein einfältiges Kind.

Als Isolde nach Hause kam, fand sie ihre Mutter aufrecht sitzend im Bett, ein halb geleertes Glas Rotwein stand neben ihr auf dem Nachttisch, in den Händen hielt sie ein aufgeschlagenes Buch. Sie las jedoch nicht, sondern sah hinaus auf die Gärten, wo zwischen einem Schuppen und der Rückwand des Hauses eine Leine mit ein paar Wäschestücken gespannt war. Isolde war in aller Frühe Waschen gewesen, hatte die Wäsche noch im Dunkeln in das eiskalte Wasser getaucht und mit der Wurzelbürste geschrubbt. Danach hatte sie den schweren Korb nach

Hause getragen und die tropfnassen Kleidungsstücke hinter dem Haus aufgehängt. Gleich würde sie sie hereinholen, damit sie im Morgennebel nicht wieder feucht wurden.

Als sie Isolde bemerkte, fuhr Elisabeth Heinrich herum und lächelte sie an. »Isolde! Ich weiß es schon!«

»Was weißt du, Mutter?« Isolde setzte sich auf die Bettkante und betrachtete das magere Gesicht mit den feinen Fältchen um die grünen Augen, das sie schon länger kannte als ihr eigenes. Kleine rote Flecken zeichneten ein Muster auf die Wangen, ob der Wein sie hervorgerufen hatte oder die Aufregung, wusste Isolde nicht zu sagen.

»Albert war hier. Er hat mich heute Nachmittag besucht. Den Wein hat er mir eingeschenkt. Er hat gesagt, ein Gläschen am Tag täte mir gut.«

»Albert war hier?«

»Ja. Er hat mir erzählt, dass ihr im Mai heiraten wollt. Ich freue mich ja so für dich, Isolde. Albert ist wirklich ein guter Mann. Und so vernarrt in dich.« Elisabeth Heinrich griff nach Isoldes Händen. »Du bist so still, Kind. Freust du dich denn nicht?«

»Doch, Mutter. Ich – ich bin nur verwirrt. Sein Besuch kam so überraschend. Plötzlich stand er in der Kirche, und ehe ich mich versah, sprachen wir über die Hochzeit. Ich wusste gar nicht, wie mir geschah.«

»Du wirst sehen, es ist alles einfacher, als du denkst. Du wirst dich schnell an deine neuen Aufgaben gewöhnen. Jeder Frau gelingt das. Und Albert ist bestimmt sehr fürsorglich. Wie rücksichtsvoll von ihm, mich ebenfalls aufzunehmen.« Sie lehnte sich ins Kissen zurück, ihre Augen leuchteten.

Isolde drückte ihre Hände. »Mutter?«

»Ja, Kind?«

»Warst du in Vater verliebt, als ihr geheiratet habt?«

»Verliebt?« Elisabeth richtete sich auf. Ihr Blick glitt wieder zum Fenster, ein stilles Lächeln spielte um ihre Lippen. »Ich glaube schon. Er war ein stattlicher junger Mann. Groß und kräftig und so wohlerzogen. Alle meine Freundinnen haben mich beneidet. Auch wenn er als einfacher Schuhmacher gesellschaftlich unter mir stand.« Sie seufzte. »Manchmal ist es mir schon bitter aufgestoßen, dass ich die prächtige Wohnung meines Vaters mit den weichen Teppichen und geräumigen, sonnendurchfluteten Zimmern verlassen musste, den Garten in Pempelfort mit dem luftigen Sommerhaus und den riesigen alten Apfelbäumen, um in dem engen Häuschen auf der Mühlengasse zu leben, ohne Garten und mit der Schuhmacherwerkstatt im Erdgeschoss. Und das war noch nicht alles. Nach dem Tod deines Vaters hat es nicht einmal mehr dafür gereicht. Sieh, wo wir hingeraten sind. Drei kleine Zimmer im Hinterhaus und ein winziger Kräutergarten.« Sie lächelte Isolde an. »Umso mehr freue ich mich, dass ich bald an der Seite meiner Tochter in ein schönes großes Haus zurückkehre. Ich bin sehr glücklich, mein Kind, dass du mit Albert eine so gute Partie machst.«

»Ja, ich freue mich auch.« Isolde erhob sich. Sie ignorierte den argwöhnischen Blick ihrer Mutter. »Ich muss die Wäsche hereinholen, und danach bereite ich uns das Abendessen.«

Sie ließ sich Zeit mit der Arbeit. Sorgsam nahm sie drei Hemden, zwei Paar Strümpfe, einen Unterrock und ein paar Handtücher von der Leine, faltete sie und legte sie in den Korb. Sie waren trocken, doch die Kälte der hereinbrechenden Nacht hatte sich bereits in ihnen festgesetzt. Sie trug den Korb in die Küche, später würde sie die Wäsche bügeln. Auf dem Tisch fand sie die Flasche Wein, die Albert ihrer Mutter mitgebracht hatte. Sie nahm ein Glas aus dem Schrank, schenkte ein und trank einen Schluck. Nachdenklich betrachtete sie die rote Flüssigkeit. Mutter hatte recht. Albert war ein besonders guter und fürsorglicher Mann. Manchmal fürchtete sie, wenn sie erst seine Ehefrau war, würde er sie mit seiner Fürsorge ersticken.

Als Isolde mit dem Tablett das Schlafzimmer betrat, war ihre Mutter eingeschlafen. Die Kerze auf dem Nachttisch war fast heruntergebrannt, das Buch lag aufgeschlagen auf der Bettdecke. Isolde setzte das Tablett ab, auf dem sich eine Schüssel Grießbrei mit Pflaumenmus und ein Glas warme Milch befanden, ging zum Fenster und schloss die Vorhänge. Dann schlug sie das Buch zu und legte es auf die Kommode. Es war eine Sammlung mit den Lebensgeschichten der Heiligen, eingebunden in rotes Leder. Zögernd blieb Isolde vor der Kommode stehen, betrachtete die obere Schublade. Schließlich zog sie sie auf, hob die Wäsche an und nahm den Gegenstand heraus, der sich ganz am Boden befand. Vorsichtig wickelte sie ihn aus dem Tuch, in das er geschlagen war. Ein Gemälde kam zum Vorschein, in kraftvollen Farben, kaum verblasst im Laufe der Jahre. Es zeigte die Jungfrau Maria mit dem fast nackten Gottessohn im Arm. Das Kleid der Jungfrau war von kräftigem, dunklem Blau und so wirklichkeitsgetreu gemalt, dass Isolde meinte, der Stoff müsse rascheln, wenn sie das Bild bewegte. Die Gesichter von Mutter und Kind schienen so lebendig, dass sie die Wärme der Haut zu spüren glaubte. Sanft strich Isolde über die rosa Wangen des Säuglings. Mit diesem Bild verband sie ihre letzte Erinnerung an Sophie, ihre ältere Schwester.

An jenem Abend im Jahr 1802 hatte ein Herbststurm um das Haus in der Mühlengasse geheult, an den Läden gerüttelt und das abgefallene Laub so hoch gewirbelt, dass es vor dem Fenster der kleinen Kammer im zweiten Stock getanzt hatte, in dem sich die Betten der beiden Schwestern befanden. Isolde war damals gerade fünf, Sophie neun Jahre alt gewesen. Die Mädchen waren bereits zu Bett gegangen, doch sie wussten, dass Besuch gekommen war, Tante Luise, Vaters Schwester, die Nonne im Kloster der Prämonstratenserinnen in Büderich war. Sie hatte etwas mitgebracht, das die Eltern sehr in Aufregung versetzt hatte, auch das hatten die Mädchen mitbekommen, bevor man sie in ihre Kammer geschickt hatte. Heimlich krochen sie aus den Betten und schlichen barfuß die Stiege hinunter und durch den Korridor bis zur Stube. Vorsichtig lugten sie durch den Türspalt. Auf dem Sessel, auf dem der Vater sonst seinen Mittagsschlaf hielt, stand ein Gemälde in einem prächtigen goldenen Rahmen. Es zeigte die Jungfrau Maria mit dem Kind. Staunend betrachteten die Mädchen das wundervolle Bildnis, ihre Herzen schlugen ihnen dabei bis zum Hals, denn sie wussten, dass der Vater sehr böse sein würde, wenn er sie vor der Tür entdeckte. Im Augenblick stritt er jedoch mit seiner Schwester. Soviel die Mädchen verstanden, hatte die Tante das Bild unbemerkt aus dem Kloster entwendet, um es in Sicherheit zu bringen, denn es sollte, wie alle anderen kirchlichen Schätze, an einen reichen Sammler verkauft werden. Die Gebäude und das dazugehörige Land wollte sich der französische Staat einverleiben. Vater war offenbar nicht wohl bei der Sache, Mutter saß stumm in der Ecke und stopfte einen Strumpf. Bibbernd und mit blau gefrorenen Zehen hockten die beiden Mädchen im Dunkeln und lauschten.

»Das Bild gehört in unsere Kirche, wir lassen es uns nicht wegnehmen«, erklärte die Tante entschlossen.

»Aber du kannst dich doch nicht einfach den Anordnungen der Regierung widersetzen!« Vater stand mitten im Raum, die Hände in die Hüften gestemmt, seine breiten Schultern warfen riesige Schatten auf die gegenüberliegende Wand.

»Ich bin fest davon überzeugt, dass es nicht für lange sein wird, liebster Bruder. Diese unruhigen Zeiten gehen vorüber, und dann werden sich die Menschen wieder auf Gott und die Kirche besinnen.«

»Wenn du dich da mal nicht täuschst, Schwester. Außerdem richten sich diese Maßnahmen nicht gegen Gott oder die Kirche, lediglich gegen die Klöster und Stifte. Und dieses Bild versteckt ihr jetzt bereits seit acht Jahren. Seit die französischen Soldaten im Oktober 1794 das Kloster plünderten und sich darin breitmachten. Ich weiß, dass sie euch schlimme Dinge angetan haben, aber was hilft es, sich dem Unabdingbaren zu widersetzen? Es ist nun mal, wie es ist, und wir kleinen Leute müssen uns dem Willen der Großen beugen, ob es uns passt oder nicht.«

»Nein, das müssen wir nicht«, gab die Tante zurück. »Nicht in jedem Fall. Nicht, wenn es unrecht ist und gegen die Gebote des Herrn verstößt.«

Sie stand nun ebenfalls auf und lief unruhig hin und her. Sie war eine kleine, schmale Gestalt, die neben ihrem muskulösen Bruder noch zarter wirkte, als sie ohnehin war, doch sie besaß Willenskraft für zwei.

»Was auch immer die Zukunft bringen mag«, lenkte sie schließlich ein, »mit einem liegst du natürlich richtig. Ich kann den Lauf der Welt nicht ändern. Das läge mir auch vollkommen fern, ich bin eine Nonne, keine Kriegerin. Aber ich kann dieses Bild retten. Ich möchte nicht, dass irgendein reicher Sammler es sich einverleibt und in seinem Haus verschwinden lässt. Es gehört in eine Kirche, wo es alle Menschen sehen können.«

»Wenn es hier bei uns versteckt ist, sieht es auch niemand«, gab der Vater zurück.

»Es wird nicht für lange sein, Bruder«, wiederholte sie. »Glaube mir.«

»Als ob du das so genau wüsstest. Außerdem ändert das nichts daran, dass es Diebstahl ist. Das Bild gehört weder dir noch mir.«

»Und keiner von uns beiden will sich daran bereichern.« Luise trat neben Vater und griff nach seinen Händen. »Du bist doch ein guter Christ, liebster Bruder. Hör auf dein Herz!«

Isolde und Sophie erfuhren nie, was ihr Vater darauf erwiderte, denn in diesem Moment wandte er sein Gesicht der Tür zu. Erschrocken wichen die beiden zurück und rannten, so schnell sie konnten, in ihre Kammer hinauf. Sie krochen gemeinsam in Sophies Bett, kuschelten sich aneinander und horchten ängstlich darauf, ob ihnen jemand folgte. Doch niemand kam. Der Vater hatte sie offenbar nicht gesehen.

Wenige Wochen später war Sophie an einem strahlenden Sonntagmorgen ins Eis der frisch zugefrorenen Düssel eingebrochen. Der Bach war an dieser Stelle kaum drei Fuß tief gewesen, dennoch war sie so unglücklich unter die tödliche Eisdecke gerutscht, dass sie nicht rechtzeitig geborgen werden konnte. Als ein älterer Bursche aus der Nachbarschaft sie nach wenigen Minuten aus dem kalten Wasser gezogen hatte, war bereits alles Leben aus ihrem schmächtigen Körper gewichen.

Das bleiche, fast wächsern wirkende Gesicht der aufgebahrten Sophie hatte Isolde, so gut sie es vermochte, aus ihrer Erinnerung verbannt. Viel lieber dachte sie an jenen Abend zurück, als ihre Schwester noch so voller Leben, so voller Träume gewesen war. Als sie sich aneinandergeschmiegt und gegenseitig gewärmt hatten. Bis spät in die Nacht hatten sie getuschelt, sich ausgemalt, das Bild sei ein kostbarer Schatz, den sie eines Tages verkaufen würden, um sich von dem Geld einen großen Garten zu kaufen, mit duftenden Rosenbeeten, üppig tragenden Apfelbäumen und einem kleinen Fischteich, in dem man im Sommer baden konnte.

Tante Luise kehrte nie zurück, um das Gemälde zu holen. Sie starb zwei Jahre nach Sophie an der Schwindsucht. Nachdem auch der Vater im Krieg gefallen war, musste Isolde mit ihrer Mutter in eine kleine Wohnung ziehen. Seither lag das Gemälde in der obersten Schublade der Kommode in Mutters Schlafzimmer. Isolde hatte es immer als eine Art Sicherheit betrachtet. Wenn sie wirklich eines Tages in Not gerieten, konnten sie es verkaufen. Doch obwohl sie schon mehrfach schlimme Zeiten durchlebt hatten, hatte sie sich immer gescheut, sich davon zu trennen.

Behutsam wickelte Isolde das Gemälde wieder ein und legte es zurück unter die Wäsche. Leise verließ sie das Zimmer und ging in die Küche, um den Bericht für Bracht zu schreiben. Nach einer halben Stunde war sie fertig. Sie räumte die Schreibutensilien beiseite. Dabei fiel ihr Blick auf den Wäschekorb. Nach kurzem Zögern holte sie das Bügeleisen aus dem Küchenschrank, öffnete die Klappe am hinteren Ende und entnahm den Glutbolzen. Vorsichtig legte sie den Bolzen in den Herd, dorthin, wo die Glut besonders rot leuchtete. Während der Bolzen heiß wurde, breitete Isolde eine Decke auf dem Tisch aus und zündete eine weitere Kerze an, damit sie genug sehen konnte. Danach legte sie ein Hemd auf die Decke. Der Bolzen glühte inzwischen weiß. Mit einer Zange holte sie ihn aus dem Herd, schob ihn zurück in den Hohlraum des Bügeleisens und verschloss die Klappe. Sorgfältig bügelte sie die weißen Wäschestücke, eins nach dem anderen, faltete sie und stapelte sie auf einem Stuhl. Als sie das letzte Hemd glatt gestrichen hatte, überlegte sie, ob sie noch den Stoff für das Nachthemd zuschneiden sollte, das sie für ihre Mutter nähen wollte, doch ein Blick auf die Uhr stimmte sie um. Es war bereits wenige Minuten vor elf.

Isolde nahm eine Kerze und sah nach ihrer Mutter. Sie schlief tief und fest, hatte das Abendessen nicht angerührt. Isolde trug das Tablett in die Küche, deckte den Brei mit einem kleinen Teller ab und stellte ihn in die Speisekammer. Die Milch trank sie selbst. Sie nahm die Decke vom Tisch, faltete sie und räumte sie in den Schrank. Das Bügeleisen ließ sie zum Auskühlen auf dem Metallgestell stehen. Gedankenverloren betrachtete sie es. Sie sollte mit Dr. Servaes sprechen. Seufzend nahm sie den

Wäschestapel in die eine Hand, den Kerzenhalter in die andere, blies die zweite Kerze aus und begab sich in ihre Schlafkammer. Dort verstaute sie die Wäsche in der Kommode und begann, sich zu entkleiden. Sie schnürte die Schuhe auf und stellte sie in die Zimmerecke. Danach knöpfte sie das Kleid auf und hängte es an einen der Haken, die an der Tür befestigt waren. Sie setzte sich aufs Bett und löste die Schleifen der Strumpfbänder, rollte die Strümpfe herab und legte beides über die Lehne des Stuhls, der unter dem Fenster stand. Nur im Hemd trat sie erneut an die Kommode, putzte die Zähne und wusch sich das Gesicht mit dem Wasser aus der Waschschüssel. Zum Schluss löste sie den Zopf und bürstete ihr Haar.

Als sie schließlich im Bett lag, fiel es ihr schwer, zur Ruhe zu kommen. Zu viele Gedanken geisterten in ihrem Kopf herum, und es war weit nach Mitternacht, als sie endlich in einen traumlosen Schlaf fiel.

Als Isolde am nächsten Morgen aus dem Haus trat, war der blaue Himmel, der in den letzten Tagen über der Stadt geleuchtet hatte, hinter einer einförmigen Decke aus schweren grauen Wolken verschwunden. Es war merklich kühler geworden und die Luft schmeckte nach Regen.

Isolde zog die Tür hinter sich zu. Das launische Wetter passte zu ihrer Stimmung. Ihrer Mutter ging es heute schlechter. Als Isolde ihr das Frühstück gebracht hatte, hatte sie über starke Kopfschmerzen geklagt. Womöglich war der Wein doch zu viel für sie gewesen. Isolde hatte sie zum Abtritt auf dem Hof geführt, und dabei war ein plötzlicher Schwindel über sie gekommen. Isolde war es gerade noch gelungen, die Mutter aufzufangen und sie behutsam zurück in ihr Zimmer zu führen. Immerhin hatte sie den Brei vom Vorabend, den Isolde ihr warm gemacht hatte, ohne zu klagen aufgegessen.

Isolde lief durch die Berger Allee, dann durch die Citadelle und bog in die Hafenstraße. Das alte Hafenbecken stank nach Fäkalien und Fäulnis, das Wasser plätscherte dunkel und trüb gegen die Mauern. Im Frühjahr und Sommer machten hier Nachen am Ufer fest, die Obst und Kartoffeln verkauften, doch um diese Jahreszeit war das Becken verwaist. Lediglich ein halb verrotteter hölzerner Kahn hing tief im Wasser, zwei Enten umkreisten das herrenlose Fahrzeug, als überlegten sie, es zu ihrer neuen Behausung zu erklären. Als Isolde an der Schankstube ›Zum Schiffchen‹ vorbeilief, kam ihr das schreckliche Schicksal des Dietrich Lohner wieder in den Sinn. Ob sein Tod inzwischen geklärt war? Es würde ihr nichts anderes übrig bleiben, als selbst mit dem Kreisphysikus zu sprechen. Sie schüttelte den Gedanken ab und schritt rasch auf die Bergerstraße zu.

Kurz bevor sie den Marktplatz erreichte, stieg ihr plötzlich ein süßlich warmer Duft nach frischgebackenen Teilchen in die Nase. Wenig später passierte sie die Konditorei von Franz Geisler. Die Tür stand weit offen, seine Frau fegte die Straße vor dem Laden, ihre weiße Spitzenhaube und ihre noch weißere Schürze strahlten Sauberkeit und Wohlstand aus. Isolde grüßte flüchtig und hastete weiter. Ihr Magen drehte sich, Übelkeit stieg in ihr auf. Sie hatte nur ein kleines Stück Brot zum Frühstück gegessen, jetzt fiel der Hunger mit aller Macht über sie her. Sie erreichte den Markt, wo das Durcheinander unterschiedlicher Gerüche ihr noch mehr zusetzte. Es roch nach Kohl und Kartoffeln, an denen noch die feuchte Erde haftete, nach Liebstöckel, süßen Äpfeln und Traubenmost. Die Fischverkäuferinnen priesen lautstark ihre Ware an, eine hielt Isolde sogar einen Eimer mit frisch gefangenen Aalen unter die Nase. Die noch lebenden Tiere, fette, längliche schwarzblaue Schatten, wanden sich in dem viel zu engen Gefäß, Isolde musste würgen. Hastig stieß sie den Eimer weg und rannte weiter.

Als sie das Haus von Konsistorialrat Bracht erreichte, hatte sich ihr Magen wieder einigermaßen beruhigt. Bracht saß noch an seinem Schreibtisch.

»Guten Morgen, Isolde. Sie sehen ein wenig bleich aus. Ist Ihnen nicht wohl?«

»Guten Morgen, Herr Konsistorialrat. Es geht mir gut, danke. Die Sorge um meine Mutter macht mir etwas zu schaffen. Es ging ihr heute früh nicht sehr gut. Wäre es vielleicht möglich, dass ich in der Mittagspause kurz nach ihr schaue?«

Bracht legte die Feder weg und studierte Isolde durch sein Monokel, das er zum Lesen und Schreiben vor dem rechten Auge trug.

»Und es hat nichts mit den Strapazen der Grabungsarbeiten zu tun? Sie wissen, dass ich es Ihnen nur sehr widerstrebend gestattet habe, den Arbeiten beizuwohnen. So etwas ist nichts für eine Frau. Und gestern waren Sie sogar noch unten in der Gruft. Vielleicht habe ich Ihnen doch ein wenig zu viel zugemutet.«

»Keine Sorge«, antwortete Isolde rasch. »Die Grabungen

sind keine Belastung für mich. Im Gegenteil. Ich finde sie sehr interessant und lehrreich.«

Bracht zog wortlos die Augenbrauen hoch, fing geschickt das herabfallende Monokel auf und verstaute es in seiner Westentasche. Er griff nach seiner Uhr, klappte sie auf, nickte und erhob sich.

»Es wird Zeit, Fräulein Heinrich. Die Arbeit ruft.« Er läutete nach der Haushälterin, die sogleich erschien und ihm Hut und Mantel brachte. An der Tür drehte er sich zu Isolde um. »Selbstverständlich dürfen Sie in der Mittagspause nach Hause gehen, Isolde. Und nehmen Sie sich so viel Zeit, wie Sie brauchen. Ich fürchte, es wird ohnehin noch eine Weile dauern, bis wir die Gruft der Herzogin entdecken.« Er seufzte. »Man könnte beinahe mutmaßen, die Dame wolle nicht gefunden werden.«

Er griff nach dem Knauf, stieß die Tür auf und trat auf den Stiftsplatz. Isolde folgte ihm. Kurz überlegte sie, dem Konsistorialrat von ihrer Begegnung mit der Unbekannten zu erzählen, die sich als Jakobes Geist ausgegeben und ein großes Unheil angekündigt hatte für den Fall, dass ihre Gebeine aus dem Grab gehoben würden. Doch sie verwarf den Gedanken schnell wieder. Vermutlich würde er die rätselhafte Erscheinung als Ausgeburt ihrer überbordenen Fantasie und ihrer überstrapazierten Nerven deuten und sie sofort an den Schreibtisch schicken, um irgendwelche eintönigen Schreibarbeiten zu erledigen und ihre überreizten Sinne zu schonen.

Der Vormittag verging ohne besondere Vorkommnisse. Außer Kegeljan und Custodis, die die meiste Zeit in der warmen Stube von Subprior Schweitzer verbrachten, den Arbeitern, Bracht und Isolde war niemand zugegen. Vergeblich wartete Isolde auf Robert Weitering, bei jedem Knarren der Kirchenpforte fuhr sie gespannt herum, doch der Reporter tauchte nicht auf. Kurz vor der Mittagspause ließ Bracht nach Dr. Servaes schicken, da die Männer ein paar Knochen in einem Grab gefunden hatten. Es handelte sich zwar nicht um eine Gruft, dennoch wollte der Konsistorialrat sichergehen.

Der Kreisphysikus erschien bereits wenige Minuten später und begutachtete die Fundstücke.

»Bei den meisten Knochen lässt sich nichts Genaues mehr sagen«, erklärte er. »Aber das Becken ist eindeutig von einem Mann.«

Bracht nickte. »Es tut mir leid, dass ich Sie umsonst bemüht habe, Dr. Servaes.«

Der Arzt erhob sich und klopfte den Staub von den Knien seiner schwarzen Hose. »Nicht der Rede wert, Herr Konsistorialrat. Lieber sind wir jetzt ein wenig zu gründlich, als dass wir uns nachher sagen lassen müssen, wir hätten etwas Wichtiges übersehen. Ich mache mich wieder auf den Weg.« Er griff nach seiner Tasche.

Isolde fingerte Stift und Papier aus ihrer Manteltasche und wollte sich etwas notieren, doch Bracht winkte ab. »Lassen Sie, Isolde. Das lohnt nicht. Es reicht, wenn Sie später eine Zusammenfassung schreiben. Gehen Sie jetzt heim. Und kommen Sie nur wieder, wenn es Ihrer Mutter besser geht. Sollte sie sich immer noch unwohl fühlen, bleiben Sie bei ihr. Ich glaube nicht, dass Sie heute etwas versäumen.«

Isolde nickte dankbar. Allerdings versetzte ihr die Vorstellung, ihr könnte womöglich am Nachmittag der Besuch von Robert Weitering entgehen, einen leisen Stich in der Brust. Dass sie am Vortag so unhöflich zu ihm gewesen war, bereute sie zutiefst. Ob er wohl ihretwegen den Grabungsarbeiten ferngeblieben war? Unsinn. Dafür gab es sicher einen ganz anderen Grund.

Gemeinsam mit Dr. Servaes verließ Isolde das ehemalige Gotteshaus und beschloss, die Gelegenheit zu nutzen, ihn auf den Tod von Dietrich Lohner anzusprechen. »Darf ich Sie etwas fragen, Herr Doktor?«, begann sie, kaum dass sie durch die Pforte getreten waren.

»Nur zu, Fräulein Heinrich.« Der Arzt lächelte, seine Augen leuchteten warm.

»Es geht um den Unglücksfall vom Samstag. Den toten Dietrich Lohner.«

»Ach?« Servaes sah sie scharf an, während er seinen Weg durch die Ursulinengasse fortsetzte. Isolde folgte ihm.

»Nicht, dass Sie denken, ich sei ein neugieriges Tratschweib. Ich würde nur gern wissen, ob er tatsächlich ertrunken ist.«

Der Arzt antwortete nicht sofort. Schnellen Schrittes bogen sie von der Altestadt in die Krämerstraße ein und liefen auf das verfallene Schloss zu, das bei Tageslicht, umgeben von unzähligen Menschen, die geschäftig daran vorbeieilten, nichts Geheimnisvolles an sich hatte.

»Ich halte Sie nicht für ein Tratschweib, Fräulein Heinrich. Mir ist bekannt, dass Sie sich für die Medizin interessieren.«

»Oh …«

Er schien ihre Verlegenheit zu bemerken. »Die Witwe Weissenberg hat es mir erzählt. Sie hat Ihnen Bücher ihres verstorbenen Gatten geborgt. Dr. Justus Weissenberg war ein hervorragender Arzt und ein höchst anständiger Mensch. Bedauerlich, dass er so früh von uns gegangen ist.«

Isolde schwieg. Sie hatte Frau Weissenbergs Gatten nie kennengelernt, und sie wusste nicht, ob Dr. Servaes mit seinem Lob ausdrücken wollte, dass eine ungebildete junge Frau wie Isolde seiner Bücher nicht würdig sei, oder ob er womöglich genau das Gegenteil meinte.

Dr. Servaes streifte sie mit einem kurzen Seitenblick. »Nun zu Ihrer Frage, Fräulein Heinrich«, fuhr er fort. »Dietrich Lohner ist nicht ertrunken. Er wurde erschlagen. Da Sie am vergangenen Samstag ebenfalls unter den Schaulustigen waren, wird Ihnen das merkwürdig geformte Hämatom an seiner Schläfe sicherlich nicht entgangen sein. Ein schwerer Gegenstand muss ihn getroffen und zu Fall gebracht haben. Der Sturz hat vermutlich eine Hirnblutung ausgelöst, an der er innerhalb weniger Minuten verstarb.«

Isolde ließ ein paar Sekunden verstreichen, bevor sie die Frage stellte. »Wissen Sie, was für ein Gegenstand es war?«

»Leider nein. Die Polizeisergeanten haben alle Handwerksbetriebe abgeklappert, um nach einem Werkzeug zu suchen, dessen Form passt, aber ohne Erfolg.«

Isolde lächelte. »Sie sollten nicht in die Betriebe gehen, sondern in die Wohnhäuser. Was Sie suchen, ist ein Frauenwerkzeug. Ein Bügeleisen.«

Abrupt blieb Dr. Servaes stehen. »Natürlich! Dass ich

nicht selbst darauf gekommen bin! Das passt genau. Ich werde mir sofort ein Bügeleisen kommen lassen und den Abdruck vergleichen.« Er wandte sich ab, schien im Begriff, in Richtung Marktplatz fortzueilen, ohne sich von ihr zu verabschieden.

Isolde starrte ihm hinterher. Enttäuschung ergriff von ihr Besitz. Nicht ein Wort des Dankes für den wichtigen Hinweis. Geschweige denn irgendeine Anerkennung ihrer Beobachtungsgabe. Gerade als sie sich ebenfalls wieder in Bewegung setzen wollte, drehte der Arzt sich noch einmal um. »Ich danke Ihnen, Isolde. Sie sind ausgesprochen gescheit für eine Frau.«

Isolde nickte verwirrt. Sein Lob hatte etwas Gönnerhaftes, das ihm einen schalen Geschmack verlieh.

Servaes blieb stehen. »Ich meine es ernst. Wenn Sie mit Ihrer Vermutung recht haben – und das bezweifle ich nicht im Geringsten – haben Sie der Polizei einen großen Dienst erwiesen. Dann sind wir dem Mörder ein ganzes Stück dichter auf den Fersen.«

Isolde verzog zweifelnd das Gesicht. »Da bin ich mir nicht so sicher, Dr. Servaes«, gab sie zu bedenken. »Es gibt wohl kaum einen Haushalt in dieser Stadt, der nicht über ein Bügeleisen verfügt. Wie wollen Sie aus Tausenden möglicher Tatwaffen die richtige herausfinden? Ich glaube kaum, dass der Mörder so zuvorkommend war, das Blut nicht abzuwaschen.«

Der Arzt lächelte verschmitzt. »Oder die Mörderin.«

KAPITEL VI

Manchmal höre ich *Geräusche im Zimmer, und wenn ich mich umdrehe, ist niemand da. Ich presse die Hände auf die Ohren, um nichts mehr zu hören, aber das Rauschen des Blutes in meinem Kopf ist so ohrenbetäubend, dass ich es nicht lange ertrage. Ich möchte laut schreien, doch dann kommen sie vermutlich in mein Zimmer gestürzt, um nach mir zu sehen, also beiße ich mir auf die Zunge, breche schluchzend auf dem Bett zusammen und wünsche mir, nie wieder zu erwachen. Wenn ich mich ein wenig gefangen habe, hole ich mein Tagebuch aus dem geheimen Fach in der Kommode und beginne zu schreiben. Ruhe durchströmt mich, während die Worte aus der Feder auf das Papier fließen. Meine Gedanken wandern zurück in die Vergangenheit. Ich versuche, den Augenblick zu erhaschen, in dem das Blatt meines Schicksals sich wendete. War es an dem Tag, als uns Kindern die Todesnachricht unseres Vaters überbracht wurde? War es in der Stunde, in der ich erfuhr, dass man mir einen Gemahl im fernen Herzogtum Berg ausgesucht hatte? Dass ich mein Verlobungsversprechen gegenüber Hans Philipp würde brechen müssen? Ich kann es nicht sagen. Meine Gedanken verschwimmen, Erinnerungen drängen hervor. Der Tag kommt mir in den Sinn, an dem mein zukünftiger Gemahl mir vorgestellt wurde. Wir waren nach Dachau gereist, um ihn dort zu treffen. Ich war unglücklich und verbittert, trauerte Hans Philipp hinterher, der schon längst nicht mehr in München weilte, nicht einmal eine stille*

Stunde des Abschieds von ihm war mir vergönnt gewesen. Johann Wilhelm war ein durchaus stattlicher junger Mann von kräftigem Körperbau und ansehnlicher Statur. Doch nicht das nahm mich für ihn ein, sondern ein melancholischer Ausdruck in den Augen, eine tiefe unerklärliche Trauer, die mir augenblicklich das Herz erwärmte. Ich stellte mir vor, dass er, ähnlich wie ich, die Lebensbahn, von der er geträumt hatte, hatte verlassen müssen, um seiner Pflicht als zukünftiger Landesvater nachzukommen. Hatte man mir nicht erzählt, dass er eigentlich für die geistliche Laufbahn bestimmt gewesen sei? Sicherlich war es ein großes Opfer für ihn gewesen, statt der Priesterweihe weltliche Pflichten auf sich zu nehmen. So dachte ich damals. Heute weiß ich, dass der traurige, ein wenig gehetzte Blick das erste Anzeichen der Krankheit war, die man mir wohlweislich verschwiegen hatte.

In der ersten Zeit unserer Ehe war er nur wankelmütig und aufbrausend. Ich hielt es für einen Teil seines Wesens und war bestrebt, seinen Launen gelassen zu begegnen, selbst wenn seine ungerechtfertigten Anschuldigungen mir galten. So manche Stunde verbrachte ich in der Schlosskapelle und betete um Fruchtbarkeit, denn ich glaubte, Johanns Unleidlichkeit wäre zum Teil auf die Ungeduld zurückzuführen, mit der er sich einen Stammhalter herbeisehnte. Er erfreute sich selbst nicht der allerbesten Gesundheit, rang tagtäglich mit der Furcht, mit ihm, auf dem die alleinige Hoffnung des Herzogtums ruhte, könne die Fürstenlinie aussterben.

Doch die Anfälle wurden immer schlimmer. Johann begann, allen zu misstrauen, sogar mir. Überall sah er Feinde und Verrat. Oft rührte er das Essen nicht an, da er sich ein-

bildete, man wolle ihn vergiften. Einmal schleuderte er eine Schüssel gegen die Wand, als sein Vater ihn nötigte, sich zu bedienen.

»Du kannst es wohl gar nicht abwarten, mich röchelnd und zuckend am Boden liegen zu sehen!«, brüllte er den Herzog an. Sein Gesicht war tiefrot angelaufen, eine blaue Ader pulsierte auf seiner Stirn. »Ihr alle könnt es nicht mehr abwarten! Verräter! Mörder!«

Er griff nach einem Messer, das bereitlag, um das Fleisch zu zerteilen, doch bevor er mehr Unheil anrichten konnte, ließ sein Vater ihn ergreifen und in sein Schlafgemach einsperren. Ich saß betäubt an der Tafel, mein Herz hämmerte in meiner Brust und ich zitterte am ganzen Leib. Niemand sonst schien sich sonderlich um Johanns Ausbruch zu scheren, der Herzog aß unbekümmert weiter, Sibylle, meine Schwägerin, feixte und ließ sich Wein nachschenken, und da begriff ich. Sie wussten es. Die ganze Zeit hatten sie gewusst, wie es um seinen Geisteszustand bestellt war. Nur ich, seine Gemahlin, war vollkommen ahnungslos gewesen. Aber ich wollte nicht aufgeben. Noch nicht. In meiner Verzweiflung wandte ich mich an Gott. Ich betete inbrünstig, stiftete der heiligen Anna in Düren zwei silberne Ketten und bat sie um Beistand. Ich dachte, wenn ich nur treu und gottesfürchtig sei, werde der Herr mir beistehen. Bis heute habe ich nicht aufgegeben, auf seine unendliche Güte und Weisheit zu vertrauen, nur manchmal, in den schwärzesten Stunden, wanke ich, doch nur für einen kurzen Augenblick.

Polizeiinspektor August Mindel betätigte den Türklopfer des dreigeschossigen, weiß gestrichenen Wohnhauses am

Carlsplatz, und nur wenige Sekunden später wurde ihm geöffnet. Ein Dienstmädchen mit gestärkter Schürze und großen blauen Augen lächelte ihn ein wenig atemlos an.

»Polizeiinspektor Mindel. Der Tribunalrichter erwartet Sie in seinem Arbeitszimmer. Bitte kommen Sie.«

In der Eingangshalle, die abgesehen von dem weinroten Teppich ebenso weiß schien wie die Hausfront und mit ein paar griechisch anmutenden Statuen geschmückt war, nahm das Mädchen Mindel Hut und Mantel ab. Danach führte sie ihn in ein Zimmer, das rechts von der Halle abging. Mindel war schon zu verschiedenen Anlässen im Amtszimmer des Tribunal- und Untersuchungsrichters von Haupt gewesen, doch jedes Mal aufs Neue stach ihm der markante Unterschied zwischen diesem Raum und seinem eigenen kleinen Arbeitszimmer in seiner Wohnung auf der Bilker Straße schmerzhaft ins Auge. Von Haupt versah seinen Dienst in einem geräumigen, salonartigen Gemach, dessen Wände mit erlesenen Gemälden geschmückt waren. Die Motive schienen allesamt antiken Sagen entnommen zu sein, halb nackte muskulöse Götter sprangen einem von allen Wänden geradezu entgegen. Der riesige dunkle Schreibtisch war bis auf einen Kerzenständer, ein Tintenfass, einige Bögen Papier und ein hölzernes Gestell mit einer Pfeifensammlung blank poliert und leer. Vor den hohen Fenstern bewegte sich ein zarter heller Vorhang sanft in der Zugluft, das Wechselspiel von Tageslicht und Halbschatten, das durch diese Bewegung entstand, spiegelte sich in den Gemälden, deren Personal dadurch beinahe lebendig erschien.

Mindel konnte einen leisen Seufzer nicht unterdrücken. Sein Arbeitsraum zu Hause war kaum als solcher zu bezeichnen, er maß gerade fünf mal drei Schritte und bot lediglich Platz für einen kleinen Schreibtisch und einen schmalen Bücherschrank. Unglücklicherweise grenzte es zudem an das Kinderzimmer seiner Söhne, sodass er trotz strengster Anweisungen immer wieder durch störendes Fußgetrappel und unterdrücktes Kichern aus seinen Gedanken gerissen wurde. Ursprünglich hatte dieser Raum als Bügelzimmer gedient. Welch Ironie! War er doch damit beschäftigt, in eben diesem Bügelzimmer einen Mord aufzuklären, der mit einem Bügeleisen verübt worden war. Als Dr. Servaes ihm vor einer Stunde mitgeteilt hatte, dass er durch einen Hinweis aus der Bevölkerung auf die Tatwaffe gekommen sei, hatte Mindel hoffnungsvoll die Ohren gespitzt, nur um wenige Sekunden später resigniert die Schultern hängen zu lassen. Ein Bügeleisen. Ausgerechnet. Und jetzt hatte der Untersuchungsrichter ihn zu sich nach Hause bestellt. Sicherlich wollte er hören, ob die Nachforschungen im Mordfall Lohner bereits Früchte trugen. Auf des Richters Nachricht hin hatte Mindel unverzüglich das Polizeibüro im Rathaus verlassen und war durch die Marktstraße zu von Haupts Wohnsitz am Carlsplatz geeilt.

Der Richter war gerade dabei, sich eine Pfeife zu stopfen. Mit einer Kopfbewegung bat er den Polizeiinspektor einzutreten.

»Nehmen Sie Platz, Inspektor Mindel. Darf ich Ihnen etwas anbieten? Kaffee? Tee? Etwas Stärkeres vielleicht?«

Mindel hätte gern etwas Stärkeres zu sich genommen, doch er hatte es sich streng untersagt, während der Dienstzeit Alkohol zu trinken. Das trübte die Sinne.

»Nein danke, Herr Richter«, lehnte er ab und ließ sich auf dem Stuhl vor dem Schreibtisch nieder, einem kargen Holzmöbel, das lediglich an der Sitzfläche mit einem dünnen Lederbezug bedeckt war, ganz anders als von Haupts eigener dick gepolsterter Sessel. Mindel nahm an, dass der Richter auf diese Weise seinen Besuchern das Machtgefälle zwischen ihnen und ihm selbst demonstrieren wollte. Was vorzüglich funktionierte.

»Wie Sie meinen.« Von Haupt zündete die Pfeife an der Kerze an, die auf seinem Schreibtisch stand, und zog einmal kräftig. Er winkte das Mädchen hinaus, das abwartend bei der Tür stehen gelieben war.

»Du kannst gehen, Agnes.« Wieder saugte er an der Pfeife, legte den Kopf in den Nacken und blies dicke Qualmwolken in die Luft. Ein penetranter Vanillegeruch verbreitete sich im Zimmer. Mindel musste sich beherrschen, um nicht sein Taschentuch aus dem Rock zu ziehen und es sich vor die Nase zu pressen. Er versuchte, flach zu atmen, um möglichst wenig von dem widerwärtig süßen Gestank in seine Nase zu bekommen. Es war ihm unbegreiflich, wie ein Mann vom Format des Tribunalrichters ein solch weibisches Kraut rauchen konnte.

»Nun, Mindel«, fragte von Haupt, »was machen die Ermittlungen?«

Mindel setzte zum Sprechen an, doch der Richter winkte ab. »Ich weiß Bescheid. Das Bügeleisen.« Nachdenklich betrachtete er die Pfeife. »Was meinen Sie, hat das zu bedeuten? Haben wir es mit einem bügelnden Mann zu tun? Oder mit einer beherzten Hausfrau?«

»Ich weiß nicht, Herr Richter«, erwiderte der Polizeiinspektor zögernd. »Vielleicht war das Eisen einfach zufällig zur Hand.«

»Ja, vielleicht.« Von Haupt blies kleine Kringel in die Luft. Mindel unterdrückte einen Brechreiz. Einen Augenblick lang war es still in dem Zimmer, nur die Wanduhr tickte leise.

»Nun«, fuhr von Haupt schließlich fort. »Wir werden sehen. Ich habe gehört, dieser Wirt, Franz Schorn, steckt irgendwie mit in der Sache?«

»Es wäre möglich, Herr Richter. Er hat den beiden Tagelöhnern Geld gegeben, damit sie mit dem Lohner einen Streit vom Zaun brechen. Da muss aber keine Verbindung zu seinem Tod bestehen.«

»Glauben Sie das wirklich?« Von Haupt beugte seinen massigen Körper vor und sah Mindel scharf an.

»Ich wüsste nicht, was die beiden Sachverhalte miteinander zu tun haben sollten.«

»Dann werde ich es Ihnen sagen«, stieß von Haupt hervor und schlug mit der flachen Hand auf den Tisch, sodass die Pfeifensammlung einen Satz machte. Er lehnte sich wieder zurück, und Mindel, der ebenso wie die Pfeifen erschrocken zusammengezuckt war, atmete erleichtert auf, was er allerdings im gleichen Augenblick bitter bereute, als der stechende Vanillegeruch seine Nase ätzte.

»Ich habe diesen Schorn schon seit Längerem im Auge«, erklärte von Haupt. »Der Mann ist in ungesetzmäßige Geschäfte verwickelt, so viel steht fest. Schmuggel. Irgendetwas in der Art. Damit hat er sich schon in der Franzosenzeit ein goldenes Näschen verdient. Leider konnten wir ihm bisher nie etwas nachweisen. Der Schurke ist glitschig wie ein Aal. Greift man an einem Ende zu, zappelt er sich am anderen wieder frei. Haben Sie schon mal einen Aal gefangen, Herr Polizeiinspektor?«

Mindel schüttelte den Kopf. »Und was soll das mit Lohners Tod zu tun haben?« Er war nicht sonderlich erpicht darauf, dass sich der Mordfall unnötig verkomplizierte. »Was sollten denn das für Geschäfte sein?«

»Womöglich eine Finte, um den Kölner Stapel zu umgehen. Stellen Sie sich Folgendes vor: Ein reicher Händler aus dem Herzogtum Nassau bestellt feines englisches Tuch. Die Ware wird durch die Niederlande den Rhein hinaufgeschifft. An der Grenze zu Preußen wird ordentlich Zoll gezahlt. Und dann kommt der Schiffer nach Köln und muss alle Waren abladen und auf dem Markt zum Verkauf anbieten. So will es das Stapelrecht. Das kostet viel Zeit. Und außerdem würde der Händler in Nassau einen viel besseren Preis zahlen.«

»Also wird das Schiff in Düsseldorf entladen und die Ware zu Land weiterbefördert?«

»Wäre doch möglich.« Von Haupt zog an seiner Pfeife.

»Aber das ist nicht ungesetzlich.«

»Ich weiß«, erwiderte von Haupt unwirsch. »Es muss noch etwas anderes dahinterstecken.«

»Und welche Rolle spielen Schorn und die Tagelöhner in dieser Geschichte?«

»Ich denke, die Prügelei sollte dazu dienen, Sergeant Stübben abzulenken, der in der Nacht Wache hatte. Vermutlich wurde irgendwo am Werft eine kostbare Ladung gelöscht, während die drei Burschen am alten Hafenbecken ihr Theater gespielt haben.«

»Und der Mord?«

»Vielleicht ist Lohner misstrauisch geworden, hat zu viele Fragen gestellt. Vielleicht wollte er Schweigegeld. Das müssen Sie herausfinden.«

»Sie vermuten also, dass Schorn und seine Schmugglerbande für Lohners Tod verantwortlich sind?«

Der Richter nickte bedächtig. »Davon bin ich fest überzeugt. Ich will diesen Kerl endlich festnageln. Seit Jahren bin ich hinter ihm her. Ich bin es leid, dass er mir immer einen Schritt voraus zu sein scheint. Doch diesmal ist er zu weit gegangen. Er wird noch dieses Jahr am Galgen baumeln, glauben Sie mir, Mindel. Und ich verlasse mich dabei auf Ihre Hilfe.«

Mindel nickte unglücklich. Er war nicht wirklich überzeugt von der Theorie von Haupts. Sie enthielt zu viele Ungereimtheiten. Genau genommen bestand sie fast nur aus solchen. Was außer der vagen Ahnung, dieser Franz Schorn sei in dunkle Geschäfte verwickelt, hatte er denn als Anhaltspunkt für seinen Verdacht? Nichts. Irritiert glitt Mindels Blick über die Gemälde, die die Wand hinter von Haupts Schreibtisch zierten. Das viele nackte Fleisch brachte ihn in Verlegenheit. Er wusste, dass an die Kunst andere Maßstäbe angelegt wurden als an die bürgerliche Moral, aber es erstaunte ihn, dass der Richter ausgerechnet sein Arbeitszimmer so üppig damit versehen hatte. Er selbst könnte in einem solchen Umfeld keinen klaren Gedanken fassen. In seinem Schädel begann es leise zu pochen, er spürte, wie winzige Schweißperlen sich in seinem

Nacken sammelten und seinen Rücken hinunterrannen. Die nackten Körper vor seinen Augen begannen zu tanzen, die Vanillewolke drohte, ihn zu ersticken, er atmete schwer.

»Eine fantastische Sammlung, finden Sie nicht?« Von Haupts Worte drangen durch den Nebel in sein Bewusstsein.

»Ja. Doch. Durchaus«, stammelte Mindel und zerrte an seinem weißen Hemdkragen.

»Es gibt nichts Vollkommeneres als den männlichen Körper. Dieses Spiel der Muskeln. Diese Proportionen.« Der Richter betrachtete das Bildnis eines unbekleideten jungen Mannes, der an einer Quelle im Wald saß, das Kinn träumerisch in die linke Hand gestützt, während die rechte verspielt ins Wasser getaucht war.

Mindel brummte etwas, von dem er hoffte, dass es nach Zustimmung klang. Dann räusperte er sich energisch. »Ich sollte aufbrechen. Die Arbeit ruft.«

Hastig verabschiedete er sich von dem Richter, ließ sich Mantel und Hut bringen und stürzte hinaus auf die Straße. Tief saugte er die kalte Herbstluft in seine Lungen. Ein leichter Wind war aufgekommen und trug den Geruch von Moder und Fäulnis vom alten Hafenbecken her über den Carlsplatz. Mindel schlug den Kragen seines Mantels hoch und schritt aus. Energisch vertrieb er die stickige Schwüle des richterlichen Arbeitszimmers aus seinem Gedächtnis und konzentrierte seine Gedanken auf den Fall. Egal, was an von Haupts Verdächtigungen tatsächlich dran war, es konnte nichts schaden, sich den zwielichtigen Wirt noch einmal vorzuknöpfen.

Isolde saß in der Küche und betrachtete gedankenverloren den Handzettel, den ihr ein junger Bursche auf dem Marktplatz vor dem Theater gereicht hatte.

Heute, Dienstag den 18. Oktober 1819 wird aufgeführt
Johann, Herzog von Finnland
Ein historisches Schauspiel in 5 Akten von J. v. Weissenthurn
Preise der Plätze:
Parkett und Loge 42 Stüber, 2. Parkett 21 Stüber,
Galerie 13 Stüber, Kinder unter 10 Jahren zahlen den halben Preis.
Anfang ist um 6, das Ende gegen 9 Uhr

Früher war sie ein paarmal mit ihrer Freundin Clara im Theater gewesen. Von ihrem mühsam ersparten Geld hatten sie die dreizehn Stüber zusammengekratzt und von der Galerie aus das Geschehen auf der Bühne verfolgt. Clara hatte das Theater geliebt. Heimlich hatte sie davon geträumt, selbst einmal wie Madame Stahl oder Madame Julius dort zu stehen und in die Haut einer Königin zu schlüpfen, dramatische Schicksalsschläge zu erleben, zu weinen und zu lachen und am Ende im Applaus des Publikums zu baden. Aber natürlich war das Theater kein Arbeitsplatz für ein anständiges Mädchen. Und seit Clara vor sechs Jahren den Gustav Rieder geheiratet hatte, einen braven jungen Mann, der in der Seifensiederei van Eicken in der Neustadt arbeitete, war auch mit den Theaterbesuchen Schluss. Ein solches Vergnügen konnte sie sich nicht mehr leisten, abgesehen davon, dass sie mit zwei kleinen Kindern alle

Hände voll zu tun hatte und abends vor Müdigkeit wie ein Stein ins Bett fiel.

Isolde hatte Clara seit einigen Wochen nicht gesehen. In letzter Zeit waren ihre Besuche immer seltener geworden. Claras Welt drehte sich um ihren Haushalt, ihren Mann und ihre Kinder. Ihre Träume vom Theater hatte sie unter einem Berg aus schmutziger Wäsche, eingeweckten Pflaumen und frisch geschrubbten Holzböden begraben. Die beiden Freundinnen waren sich fremd geworden.

Isolde schob den Zettel beiseite und erhob sich. Sie hatte ihrer Mutter eine Gemüsebrühe gekocht, einen Kräutertee aufgebrüht und ihr ein Kapitel aus ihrem Lieblingsbuch ›Mimili‹ vorgelesen. Jetzt schlief sie. Als Isolde nach Hause gekommen war, hatte Elisabeth Heinrich noch immer über heftige Kopfschmerzen geklagt, und über einen dumpfen Schmerz in der Brust, der ihr die Luft zum Atmen nahm. Isolde hatte angeboten, den Arzt zu rufen, doch die Mutter hatte abgelehnt.

»Du kennst das doch, Kind«, hatte sie geflüstert. »Morgen geht es mir bestimmt schon wieder besser.« Dabei hatten die großen Augen in dem blassen Gesicht sie entschuldigend angesehen. »Bitte verzeih mir, dass ich dir so viel Mühe mache.«

»Du machst mir keine Mühe.« Isolde hatte ihre Hand gedrückt und so lange gehalten, bis ihre Mutter eingeschlafen war.

Isolde verbrachte den Nachmittag mit Hausarbeiten, kochte Apfelmus, schnitt den Stoff für das Nachthemd zu und stopfte Strümpfe. Gegen fünf Uhr sah sie nach ihrer Mutter.

Als sie diese immer noch schlafend vorfand, beschloss sie, Clara einen kurzen Besuch abzustatten. Ihre Freundin würde sich sicher freuen. Und es gab so viel zu erzählen.

Isolde nahm die Laterne vom Bord und entzündete sie. Dann zog sie Mantel und Hut an, schlüpfte in ihre warmen Stiefel und verließ die Wohnung. Wenige Augenblicke später bog sie in die Neusser Straße, lief am St. Hubertus Hospital vorbei und zwischen den Feldern her auf das Dorf Bilk zu. Es dämmerte bereits, doch die Laterne tat gute Dienste. Der Wind hatte noch etwas zugenommen und strich ihr kalt um die Beine. Bereits nach wenigen Minuten erreichte sie die Dorfkirche und kurz darauf betrat sie die Straße, in der Clara mit ihrem Mann und den Kindern wohnte. Das Hinterhaus war winzig und ziemlich schäbig, aber es schloss sich ein kleiner Garten an, in dem Clara Gemüse anbauen konnte. Durch das Küchenfenster drang warmes Licht auf den Hof. Lautes Geschrei tönte Isolde entgegen, als sie sich der Tür näherte. Es dauerte eine Weile, bis geöffnet wurde und Clara vor Isolde stand, auf dem Arm einen Säugling, der so laut brüllte, als habe man ihn auf glühende Kohlen gebettet.

»Isolde!«

»Guten Tag, Clara. Ich hoffe, ich störe nicht allzu sehr. Ich habe heute Nachmittag frei, und es ist schon viel zu viel Zeit vergangen, seit wir uns das letzte Mal gesehen haben.«

»Ich freue mich, dass du gekommen bist.« Clara lächelte, schaukelte dabei den Säugling, in der Hoffnung, die Bewegung möge ihn beruhigen.

»Ist das der Vinzenz?«, fragte Isolde. »Wie sehr er

gewachsen ist! Mir kommt es vor, als sei es gestern gewesen, dass ich das kleine Würmchen bei der Taufe auf dem Arm gehalten habe.«

»Das kleine Würmchen ist wild wie der Teufel und schwerer als eine Tonne Blei. Und wehe, ich lege ihn in sein Bettchen, dann hört er gar nicht mehr auf zu brüllen.« Clara verdrehte die Augen. »Dabei ist seine Schwester krank und bräuchte dringend Ruhe. Aber komm doch herein, Isolde! Ich koche uns einen Kaffee. Ich habe allerdings nur Zichorienkaffee im Haus. Nimmst du auch damit vorlieb?«

»Natürlich, Clara.«

Isolde trat ein, stellte die Laterne auf den Tisch und nahm ihrer Freundin das schreiende Kind ab, während diese einen Kessel auf den Herd setzte. Sanft wiegte sie den Jungen auf ihrem Arm hin und her, bis er nur noch leise wimmerte und schließlich einschlief.

Clara sah sie dankbar an. »Die Ruhe tut wohl. Es macht mich verrückt, wenn er schreit. Dabei geht es ihm gut. Er ist kerngesund.«

»Und was ist mit Gertrud? Was fehlt ihr denn?«

»Nur ein leichter Husten, aber er will nicht aufhören. Schon seit Wochen quält sie sich damit herum. Kein Grund zur Sorge, sagt Gustavs Mutter. Sie hat neun Kinder großgezogen und schilt mich immer wieder, ich würde meine zu sehr verwöhnen und viel zu viel Aufhebens um jede Kleinigkeit machen. Ich erzöge sie zu verzärtelten Weichlingen, sagt sie. Aber das werde mir schon vergehen, wenn es erst vier oder fünf seien.« Clara ließ sich seufzend auf einen Stuhl fallen. »Dabei möchte ich ihnen doch nur eine gute Mutter sein.«

»Das bist du auch.« Isolde sah ihre Freundin an. Auf dem schlichten grauen Kleid mit den halblangen Puffärmeln prangten zwei dunkle Flecken, der Kragen war längst nicht mehr weiß. Unter der Haube lugten ein paar Haarsträhnen hervor, denen man kaum noch ansah, dass sie am Morgen zu kunstvollen Locken aufgedreht worden waren. Claras Gesicht war blass, ihre Hände ruhten müde auf ihrem Bauch. Isolde dachte zurück an den Sommer vor sechs Jahren, den Sommer 1813, die sorglosen Wochen, ehe Clara Gustav kennengelernt und geheiratet hatte. Sie waren gerade sechzehn gewesen. In Europa hatte der Krieg gewütet, aber noch war in Düsseldorf wenig davon zu spüren gewesen, und die beiden Mädchen hatten sich nicht um die Zukunft geschert. Clara hatte das Vergnügen geliebt, hatte keine Gelegenheit ausgelassen, zu tanzen oder ins Theater zu gehen. Und sie hatte darauf bestanden, dass ihre Freundin sie überallhin begleitete. Mit ihrem fast transparenten, unter der Brust gerafften Kleid und dem mit Blumen und Bändern geschmückten Schutenhut auf den blonden Locken hatte Clara zauberhaft ausgesehen und die jungen Männer – die wenigen, die der Krieg in der Stadt zurückgelassen hatte – hatten sich darum gedrängt, ihr Tanzpartner zu sein. Isolde hingegen hatten sie kaum wahrgenommen, aber ihr hatte das nichts ausgemacht, lag ihr doch nicht so viel an Tanz und Musik wie ihrer Freundin. Der Sommer war ihnen vorgekommen wie ein einziger wunderschöner Traum. Sie hatten beide gewusst, dass er bald enden würde, doch solange er angedauert hatte, hatten sie nicht an morgen gedacht.

Isoldes Blick wanderte durch die Küche. Im Spülstein türmte sich verdrecktes Geschirr, ein Korb voll schmutziger

Wäsche stand vor der Tür, die zum Garten hinausführte. Auf dem Tisch lag eine angefangene Näharbeit neben einem Haufen Kartoffelschalen und einem Strauß getrockneter Kräuter. Sie wandte sich ab und ging hinaus in den Flur. Behutsam trug sie den kleinen Vinzenz ins Schlafzimmer und legte ihn vorsichtig in die Wiege. Er grunzte zufrieden und schlief weiter. Isolde blieb einen Augenblick vor dem schlafenden Kind stehen und betrachtete es. Vielleicht würde sie schon sehr bald genauso auf das Gesicht ihres eigenen schlafenden Sohnes herabsehen. Die Vorstellung war erschreckend und schön zugleich. Ein Husten aus dem Nebenzimmer schreckte sie aus ihren Gedanken auf. Leise schlich sie zurück in den Flur und lugte durch die halb geöffnete Tür in die Kammer, in der die fünfjährige Gertrud schlief. Das Mädchen hatte fiebrig rote Wangen, ihr Atem ging rasselnd. Ihr dünnes blondes Haar klebte an ihrem Kopf. Besorgt blieb Isolde einen Moment lang bei der Tür stehen, dann kehrte sie in die Küche zurück. Clara hatte inzwischen eine Kaffeekanne und Tassen auf den Tisch gestellt.

»Du musst den Arzt rufen, Clara. Gertrud hat Fieber.«

»Ja, ich weiß. Der Doktor war im letzten Monat schon einmal hier. Aber Gustav und seine Mutter halten nicht viel von Ärzten. Diese Quacksalber ziehen einem für nichts und wieder nichts das sauer verdiente Geld aus der Tasche, sagen sie. Wenn ich sie wegen jedes Wehwehchens riefe, wären wir bald arm wie die Kirchenmäuse.« Sie zuckte mit den Schultern. »Ich mache ihr kühlende Wickel und gebe ihr Fencheltee mit Honig zu trinken. Ich glaube, es geht ihr schon ein wenig besser. Und jetzt komm, setz dich und erzähl, wie es dir in letzter Zeit ergangen ist. Was macht deine Mutter? Wie steht es mit dir und Albert? Höre ich schon die Hochzeitsglocken läuten?«

Isolde setzte sich, nippte an ihrem Kaffee und erzählte von den Ereignissen der vergangenen Tage. Zwischendurch hörte sie vom Korridor her immer wieder das leise Husten, und jedes Mal versetzte es ihr einen Stich. Als sie mit ihrem Bericht bei der Erscheinung der Jakobe angekommen war, unterbrach Clara sie aufgeregt.

»Oh, Isolde, das ist ja so aufregend! Glaubst du, es war wirklich der Geist der Jakobe? Meine Großmutter hat immer geschworen, dass sie die Herzogin auch einmal gesehen hat. Und zwar an ihrem zweihundertjährigen Todestag, dem 3. September 1797, spät nachts. Es war stockfinster und so neblig, dass man die eigenen Schuhspitzen nicht sehen konnte, und die Herzogin schwebte um den Schlossturm und hielt ihren eigenen Kopf unter dem Arm. Dabei heulte sie herzzerreißend und verfluchte ihre Mörder.«

Clara schauderte.

Isolde schüttelte den Kopf. »Ich gebe nichts auf diese Geschichten. Das ist dummer Aberglaube. Es gibt keine Geister.«

»Und wer war dann die Frau, die dir begegnet ist?«

»Das weiß ich nicht«, erwiderte Isolde. »Aber ich werde es herausfinden. Und ich bin mir ganz sicher, dass es ein Mensch aus Fleisch und Blut ist.«

KAPITEL VII

EBEN WAR ER BEI MIR. *Der Teufel. Er stand vor meinem Bett, ich habe die Hitze seines Körpers gespürt, sein fauliger Atem ist über meine Wangen gestrichen. Starr habe ich unter der Decke gelegen, auf seine schwieligen Hände gewartet, wie sie sich um meinen Hals legen und zudrücken. Ich wollte schreien, doch meine Lippen waren wie zugenäht. Voller Entsetzen dachte ich an das arme Käthchen, und was er ihr angetan hat. Sah das wimmernde Kind vor mir stehen, das zerkratzte Gesicht, das zerrissene Hemd. Die Scham über das, was mit ihr geschehen war. Wie viel Mühe ich hatte, zusammenhängende Worte aus ihr herauszubekommen.*

»Der Pfundtkeeß war es«, hatte sie schließlich kaum hörbar gestammelt.

Damals hatte ich noch die Macht, diese verabscheuungswürdige Kreatur gebührend zu strafen für die schändliche Tat. Niemals hätte ich gedacht, dass ausgerechnet dieser Verbrecher einmal mein Kerkermeister sein würde. Dass meine eifersüchtige Schwägerin Sibylle und ihr Spießgeselle Schenkern mich dem Menschen ausliefern würden, der mich wohl am meisten hasst von allen.

Irgendwann merkte ich, dass die Morgendämmerung an den Wänden hochkroch. Ich erkannte die Konturen der Anrichte, des Spiegels, der Pfosten meines Bettes. Der Teufel war fort.

Es war nach sieben, als Isolde Claras Wohnung verließ. Die schmale Straße von Bilk in die Düsseldorfer Neustadt führte durch morastiges Brachland, in dem sich bis vor wenigen Jahren die Stadtbefestigung mit dem Wassergraben befunden hatte, die von den Franzosen geschleift worden war. Isolde hatte Clara beschworen, den Arzt noch einmal zurate zu ziehen, egal, was Gustavs Mutter dazu meinte. Sie machte sich ernsthafte Sorgen um die kleine Gertrud. Und sie ärgerte sich darüber, dass sie nicht mehr von der Medizin verstand und dem Kind selbst helfen konnte. Warum war sie nur so zur Unwissenheit und Untätigkeit verdammt? Das lange aus ihrer Erinnerung verbannte Bild von Sophie überfiel sie, wie sie in der Kirche aufgebahrt lag, einen kleinen Strauß Schneeglöckchen in den schmalen leblosen Fingern. Rasch schritt Isolde aus, trat in eine Pfütze und ärgerte sich über ihre Unachtsamkeit. Den Rest des Wegs hielt sie sorgsam die Laterne vor sich, während sie mit einem nassen und einem trockenen Fuß nach Hause humpelte.

Als sie die Wohnung betrat, erwartete ihre Mutter sie aufrecht sitzend im Bett. Ihre Kopfschmerzen waren fort, nur der Druck in der Brust hatte nicht nachgelassen. Sie klagte darüber, dass sie schlecht geträumt habe. Man habe sie mitten in der Nacht aus ihrem Bett gerissen, sie in eine Kutsche gezerrt und fortgebracht in ein riesiges Haus mit unzählig vielen Zimmern und Treppen. Alle Zimmer seien leer und kalt gewesen, die Fenster vergittert, sie habe keine Menschenseele in dem riesigen Gebäude angetroffen, sei endlos lange durch die Flure geirrt, ohne den Ausgang zu finden, bis die Kräfte sie verlassen hätten und sie hilflos zusammengebrochen sei.

Isolde strich ihrer Mutter sanft über die Wange, schob ihr die Haube aus der Stirn und band sie neu. »Es war nur ein Albtraum, Mutter. Du bist zu Hause. In Sicherheit. Niemand wird dich fortbringen.«

»Ich weiß, Isolde. Es ist kindisch von mir, so etwas zu träumen. Aber manchmal denke ich, es sei besser für dich, mich hier in Düsseldorf im Altfrauenhaus zurückzulassen, wenn du nach Solingen gehst. Ich bin dir doch nur eine Last.«

»Unsinn!«

»Die alte Madame Körner haben sie letzte Woche in die Irrenanstalt gesteckt«, flüsterte Elisabeth. »Weil sie ein paarmal im Hemd auf die Straße gelaufen ist und laut geschrien hat, der Teufel sei hinter ihrer Seele her.«

Isolde ergriff die Hände ihrer Mutter. »Nichts dergleichen wird mit dir geschehen. Du bleibst bei mir, was auch immer geschieht. Und jetzt denk nicht mehr daran. Ich bereite uns etwas zu essen, und dann lesen wir noch ein wenig aus ›Mimili‹. Das liebst du doch so.«

Sie aßen zusammen zu Abend, Isolde erzählte von ihrem Besuch bei Clara und danach las sie ihrer Mutter ein paar Seiten vor. Gegen neun Uhr sprachen sie gemeinsam ein Abendgebet, danach löschte Isolde die Kerze im Schlafzimmer ihrer Mutter und wünschte ihr eine gute Nacht.

Als Isolde am nächsten Morgen gemeinsam mit dem Konsistorialrat bei der Kreuzherrenkirche eintraf, stand zu ihrer Überraschung Robert Weitering zwischen den wartenden Arbeitern und unterhielt sich mit ihnen. Er nickte ihr zu, sie grüßte verlegen zurück, unsicher, wie sie sich ihm gegenüber verhalten sollte. Auf der einen Seite freute sie sich, ihn zu sehen, auf der anderen Seite fürchtete sie, sich vor seinen kritischen Augen zu blamieren. Von Bracht hatte sie erfahren, dass die Grabungen am gestrigen Nachmittag ohne Erfolg weitergegangen waren. Man war jetzt dabei, die komplette Kirche systematisch abzusuchen, angefangen beim Chor.

Sie betraten das ehemalige Gotteshaus, die Tagelöhner machten sich gleich an die Arbeit, Bracht gab Anweisungen. Der Kanonikus Kegeljan und der Geheimsekretär Custodis fehlten, sie hatten Geschäfte zu erledigen und ihr Kommen für den Nachmittag angekündigt. Isolde hielt sich ein wenig abseits.

Nach einiger Zeit kam Robert auf sie zu. »Darf ich Ihnen Gesellschaft leisten?«, fragte er.

Isolde nickte. »Ja. Gern.«

»Ich habe gehört, Ihre Frau Mutter ist krank. Das ist sehr bedauerlich. Ich hoffe, es ist nichts Ernstes.«

»Oh.« Isolde sah ihn überrascht an. »Es ist ein chronisches Leiden«, erklärte sie. »Sie ist schwach, hat häufig Kopf- und Gliederschmerzen, klagt über Schwindel und schlechten Schlaf. Mein Vater ist 1812 mit nach Russland gezogen. Er hat mit Napoleon gekämpft. Meine Mutter hat sich vorgeworfen, dass sie ihn nicht aufgehalten hat, so, wie manch andere Frau es getan hat. Seit ihr klar wurde, dass er nie zurückkehren würde, ist sie nicht mehr dieselbe. Etwas in ihr ist zerbrochen.«

»Das tut mir sehr leid.«

»Übrigens war Dietrich Lohner mit meinem Vater in Russland. Er hat uns vor sechs Jahren, im Oktober 1813, die Nachricht von seinem Tod überbracht. Vater ist in seinen Armen gestorben.«

»Dann haben Sie ihn also gekannt?«

»Nicht sehr gut. Eigentlich habe ich nur dieses eine Mal mit ihm gesprochen. Und bei der Gelegenheit war ich sehr verbittert, weil er lebte, während Vater tot war. Ich glaube, ich habe ihn dafür gehasst. Ich habe mir gewünscht, es wäre umgekehrt. Heute schäme ich mich dieser Gefühle.«

»Sie waren ganz natürlich. Außerdem waren Sie noch ein Kind.«

»Ich war sechzehn. Alt genug, um zu begreifen.«

Sie schwiegen. Schließlich ergriff Robert wieder das Wort. »Ich war gestern bei Tribunalrichter von Haupt. Ein bemerkenswerter Mann. Wussten Sie, dass er Schriftsteller ist und gerade ein Buch über die Herzogin Jakobe verfasst?«

Isolde schüttelte den Kopf. »Ich hatte keine Ahnung.« Sie dachte an den steifen, behäbigen Mann mit der herrischen Ausstrahlung, der hinter ihr in die Gruft hinuntergestiegen war, und es fiel ihr schwer, ihn sich über einen Bogen Papier gebeugt vorzustellen, die Finger mit Tinte bekleckst, von wackeligen Bücherstapeln und alten Dokumenten umgeben. »Was hat er Ihnen erzählt?«

»Er hat davon geschwärmt, was für eine bemerkenswerte Frau sie war. Wie sie sich ihrer Pflicht geopfert hat. Sie war verlobt, bevor man ihr den Herzog Johann Wilhelm zum Gatten aussuchte. War Ihnen das bekannt?«

Isolde schüttelte den Kopf. »Nein. Was ist aus ihrem Verlobten geworden?«

»Er kehrte in sein Amt als Geistlicher zurück, das er vorher schon innegehabt hatte. Als seine ehemalige Geliebte hier in Düsseldorf mit einem anderen Mann verheiratet wurde, saß er gar nicht weit entfernt im Kölner Domkapitel. Kurz darauf ging er nach Spanien. Niemand kann sagen, was genau er dort tat. Vielleicht gab es ganz banale Gründe dafür, aber von Haupt ist überzeugt, es habe ihm das Herz gebrochen, seine große Liebe so nah und doch so fern zu wissen. Deshalb sei er ans andere Ende von Europa geflohen. Erst viele Jahre nach ihrem Tod kehrte er nach Köln zurück.«

»Und was meint der Tribunalrichter, woran die Herzogin gestorben ist?«

»Er nimmt an, dass sie im Schlaf erdrosselt wurde.«

»Nicht geköpft, wie es oft heißt?«

»Nein. Von Haupt sagt, es gebe eine Zeugenaussage, die von den Spuren eines Stricks an der Kehle der Herzogin spreche.«

Isolde schauderte. »In ihrem eigenen Bett. Wie grauenvoll.«

Robert Weitering zuckte mit den Schultern. »Sie war den hohen Herren im Weg. Sie hatte dem Herzog keinen Nachfolger geboren. Stattdessen erdreistete sie sich, in der Politik mitzumischen und anstelle ihres geisteskranken Gatten das Herzogtum zu regieren. Das hat den Räten überhaupt nicht gepasst. Und dann hat sie den Fehler begangen, sich nicht eindeutig auf eine Seite zu schlagen. Es war die Zeit der

Glaubenskriege, die Macht war in zwei Lager gespalten. Sie hat einmal zu der katholischen Partei gehalten, dann wieder der protestantischen Seite Zugeständnisse gemacht. So hatte sie am Ende fast nur noch Feinde.«

»Ich dachte immer, ihre Schwägerin Sybille sei die treibende Kraft hinter der Verschwörung gewesen?«

»Ja, die wohl auch. Sie muss die Frau ihres Bruders arg gehasst haben.« Robert schüttelte ratlos den Kopf. »Wie sehr muss man eine Person vernichten wollen, wenn man eine Anklageschrift mit über neunzig Punkten gegen sie verfasst, von denen ein einziger gereicht hätte, sie dem Scharfrichter zu überführen?«

Isolde betrachtete abwesend ihre Schuhspitzen. »Aber dazu ist es nie gekommen.«

»Nein. Die Herzogin Jakobe wurde aller nur erdenklichen Verbrechen angeklagt, unter anderem soll sie eine Liebschaft mit einem gewissen Dietrich von Hall gehabt haben, einem der Höflinge. Von Haupt hat mir erzählt, Sybille habe sogar ein Loch in die Zimmerdecke schlagen lassen, genau über dem Bett ihrer Schwägerin, um den Ehebruch mit eigenen Augen zu beobachten. Jakobe sollte vor Gericht gestellt werden. Aber der Kaiser in Prag hat gezögert, ihr den Prozess zu machen. Das Tragische ist, dass er damit letztendlich ihrer Ermordung Vorschub geleistet hat.«

»Wie furchtbar.« Isolde hob den Blick und sah Robert bestürzt an. »Glauben Sie, dass an den Vorwürfen gegen Jakobe etwas dran war? Ich meine, kann es sein, dass sie sich tatsächlich mit einem der Höflinge eingelassen hat?«

»Ich weiß es nicht«, erwiderte Robert. »Ich kann mir nicht

vorstellen, dass sie so dumm war, sich von einem dahergelaufenen Emporkömmling verführen zu lassen.«

»Was heißt ›dumm‹?«, stieß Isolde etwas heftiger hervor, als sie beabsichtigt hatte. Rasch schaute sie zu Bracht, doch der begutachtete gerade mit einem der Arbeiter ein paar vermoderte Holzreste. »Sie war einsam. War seit Jahren mit einem Mann verheiratet, den der Irrsinn mit Verfolgungswahn und unkontrollierbaren Wutausbrüchen heimsuchte. Natürlich ist Ehebruch vor Gott eine Sünde. Aber aus menschlicher Sicht, wäre es da wirklich so verwerflich gewesen, wenn sie Trost in den Armen eines anderen gesucht hätte? An einem Hof, an dem jeder sie zu hassen schien?«

Roberte zog überrascht die Augenbrauen hoch und musterte sie einen Augenblick lang, dann wiegte er bedächtig den Kopf hin und her. »Nicht verwerflich«, entgegnete er schließlich. »Aber gedankenlos. Damit hätte sie ihren Gegnern in die Hände gespielt.« Er zögerte. »Erinnern Sie sich an den Umbau des südlichen Schlossflügels vor drei Jahren? Als in diesem Gebäudeteil die Münze eingerichtet wurde? Wissen Sie, was man in der ehemaligen Schlosskapelle gefunden hat?«

Isolde schüttelte den Kopf.

»Man fand eine Grabstätte ohne Inschrift«, erklärte Robert. »Die eines Säuglings. Es muss ein hochgestelltes Kind gewesen sein, sonst hätte man es nicht in der Kapelle des Schlosses zur letzten Ruhe gebettet. Aber dennoch hat man das Grab aus irgendeinem Grund nicht mit einer Inschrift versehen.«

Isolde schlug die Hand vor den Mund. »Sie meinen …«, begann sie, »Sie meinen, die Herzogin bekam ein Kind von ihrem Geliebten und tötete es? Um ihre Schande zu vertuschen?«

»Fest steht, ein Kind ist gestorben. Wir wissen nicht wie, wir wissen nicht wann. Vielleicht kam es bereits tot zur Welt. Vielleicht wurde es nach der Geburt getötet. Vielleicht war es gar nicht das Kind der Herzogin Jakobe, sondern stammt aus einer ganz anderen Zeit. Aber merkwürdig ist es schon, finden Sie nicht?«

Isolde nickte stumm. Sie fror plötzlich, unbehaglich sah sie sich in der Kirche um. Bracht hatte offenbar die Begutachtung der Holzteile beendet und zeigte den Arbeitern gerade, wo sie mit den Grabungen fortfahren sollten. Isolde sah zurück zu Robert, der sie aufmerksam betrachtete.

»Ich wollte Sie nicht beunruhigen, Fräulein Heinrich«, sagte er sanft.

»Das haben Sie nicht«, antwortete sie. »Ich finde es nur so furchtbar, was dieser armen Frau widerfahren ist. Ich habe das Gefühl, sie wollte allen gerecht werden, und hat genau deshalb alles falsch gemacht.« Sie zögerte. »Ich möchte Ihnen gern etwas erzählen. Aber Sie müssen mir versprechen, dass es unter uns bleibt. Der Konsistorialrat darf nichts davon erfahren. Und auch sonst niemand. Ich möchte nicht, dass jemand denkt, ich litte unter schwachen Nerven.«

Robert neigte den Kopf nach vorne. »Sie machen mich neugierig, Fräulein Heinrich.«

»Geben Sie mir Ihr Wort?«

Er hob die Hand zum Schwur.

Isolde lächelte. Dann erzählte sie von ihrer Begegnung mit der Erscheinung, die sich als Geist der Herzogin Jakobe ausgab. Robert runzelte zunächst die Stirn. Doch als Isolde geendet hatte, glaubte sie so etwas wie Abenteuerlust in seinen Augen zu erkennen.

»Das klingt äußerst rätselhaft. Wir sollten der Sache auf den Grund gehen, Fräulein Heinrich«, sagte er.

»Das habe ich vor.«

»Wenn Sie heute Abend nach Hause gehen, werde ich Sie begleiten. Ich werde mich versteckt im Hintergrund halten. Wenn der Geist auftaucht, werde ich Sie beobachten. Und wenn er versucht, sich aus dem Staub zu machen, folge ich ihm. Abgemacht?« Er hielt Isolde die Hand hin.

Zögernd schlug sie ein. Seine Finger umschlossen ihre, vermittelten Sicherheit und Geborgenheit. »Einverstanden«, sagte sie und hatte das Gefühl, einen viel größeren Pakt eingegangen zu sein als nur den zur Jagd auf ein angebliches Schlossgespenst.

Am Nachmittag entdeckten die Männer eine weitere Gruft, schräg vor dem ehemaligen Standort des Altars der Schmerzhaften Mutter. Robert war fortgegangen, da er noch einen Bericht für die Zeitung verfassen musste, doch er hatte versprochen, rechtzeitig am Abend zurückzukehren, um Isolde bis zum Burgplatz zu begleiten.

Bracht ließ ein wenig von dem Schutt wegräumen und die Lage der Grabstätte vermessen. Sie begann fünfeinhalb Fuß von der nördlichen Kirchmauer entfernt, verlief parallel zu ihr und ragte zu zwei Dritteln in den Chor hinein. Da sich der Altar der Schmerzhaften Mutter nur wenige Schritte neben dem Altar der heiligen Anna befunden hatte, betrug ihre Entfernung zu der Stelle, an der sie die Suche vor fünf

Tagen begonnen hatten, vielleicht fünfzehn oder zwanzig Fuß. In der Tat schien diese Gruft unmittelbar an die allererste zu grenzen, die sie entdeckt und für ein gewöhnliches Familiengrab befunden hatten. Isolde sah, wie Brachts Stirn sich konzentriert furchte. Sie wusste, dass er die Arbeit endlich erfolgreich abschließen wollte. In seinem Haus wartete ein Schreibtisch voll unerledigter Korrespondenz auf ihn, Entscheidungen mussten getroffen, Anweisungen niedergeschrieben werden. Bracht war als Mitglied der Stadtverwaltung zuständig für schulische Angelegenheiten und füllte eine Reihe weiterer Ämter aus, saß unter anderem in der Verwaltungskommission des Hubertus Hospitals. Der Konsistorialrat legte Wert auf Zuverlässigkeit und Gewissenhaftigkeit, und es war ihm zuwider, wenn die äußeren Umstände ihm Nachlässigkeit aufzwangen.

Bald stellte sich allerdings heraus, dass das Abtragen des gesamten Schutts über der Gruft noch mehrere Stunden dauern würde. Er ließ die Arbeiter bis sechs Uhr Steine und Sand ausheben, danach entließ er sie mit der Anordnung nach Hause, die Arbeit in eigener Verantwortung am nächsten Morgen fortzusetzen und ihn zu benachrichtigen, wenn die Gruft vollständig freigelegt sei. Unter keinen Umständen jedoch solle einer von ihnen hinabsteigen, die Grabstätte müsse unbedingt in dem Zustand inspiziert werden, in dem sie aufgefunden worden sei. Er bestimmte Cornelius Fröhlich, den er offenbar für besonders zuverlässig hielt, zu seinem Stellvertreter, ließ die Kirche durch Küster Cremer abschließen und schickte Isolde heim.

»Morgen sind Sie pünktlich um neun bei mir, Fräulein

Heinrich. Als Erstes müssen einige dringende Schreibarbeiten erledigt werden, danach werde ich Sie zur Post schicken. Sie müssen ein paar Briefe aufgeben, die mit dem reitenden Posten um zwölf Uhr mittags abgehen sollen.« Er schaute zurück zu der hohen, trutzigen Kirche. »Ich hoffe, dass wir diesmal die richtige Gruft entdeckt haben.« Sein Blick wanderte über die Backsteinmauer, die in der hereinbrechenden Dunkelheit der Nacht beinahe schwarz aussah, dann sah er plötzlich Isolde forschend an. »Ist alles in Ordnung mit Ihnen? Geht es Ihrer Frau Mutter besser?«

»Ja, danke.«

»Dieser Herr Weitering von der Bergischen Zeitung ist ein schneidiger junger Mann«, fügte er mit scharfer Stimme hinzu.

Isolde schwieg. Sie war sich nicht sicher, worauf Bracht hinauswollte. Doch er sagte nichts weiter, wünschte ihr eine gute Nacht und schritt Richtung Stiftsplatz davon. Verunsichert blieb sie stehen. Robert war noch nicht zurückgekehrt. Sie wusste nicht, ob sie auf ihn warten oder rasch nach Hause eilen sollte. Sie kam sich lächerlich vor. Da stand sie und wartete auf einen fremden jungen Mann, der mit ihr auf Gespensterjagd gehen wollte. Clara fände das sicherlich sehr aufregend. Albert vermutlich überhaupt nicht. War es nicht ihrem Verlobten gegenüber ein Vertrauensbruch, dass sie mit einem anderen Mann verabredet war? Nein. Nicht, wenn der Anlass ihres Treffens ganz unverfänglich war. Schließlich gingen sie nicht zum Tanz, sondern versuchten, eine merkwürdige Begebenheit aufzuklären, eine Frau aufzuspüren, die möglicherweise geistig verwirrt war und dringend Hilfe brauchte.

»Schön, dass Sie gewartet haben.«

Isolde fuhr herum. Vor ihr stand Robert, der sich offenbar vollkommen lautlos von der Ratinger Straße her genähert hatte, den Hut in der Hand, das rotblonde Haar vom schnellen Laufen zerzaust. Erschrocken taumelte sie rückwärts.

»Oh. Verzeihen Sie, Fräulein Heinrich. Ich wollte Sie nicht erschrecken.«

»Schon in Ordnung«, stammelte Isolde. »Ich war nur so in Gedanken, dass ich Sie gar nicht habe kommen hören.« Sie hätte sich am liebsten selbst geohrfeigt. Sie benahm sich alberner als ein Schulmädchen. Damit würde ab sofort Schluss sein. Sie räusperte sich. »Wollen wir los?«

Er bot ihr seinen Arm, und sie hakte sich ein. Gemeinsam liefen sie die Altestadt hinunter, bis die Häuserfront, die den Blick auf den Rhein verbarg, in Sichtweite kam. Die Gebäude lagen dunkel und still da, in keinem der Fenster brannte Licht, und auch auf der Straße war keine Menschenseele unterwegs.

Robert löste sich von Isolde. »Gehen Sie von hier aus ohne mich weiter. Die Erscheinung – diese Frau – soll denken, dass Sie allein sind. Sonst wagt sie sich womöglich nicht heraus. Ich schleiche Ihnen hinterher.«

In dem Augenblick kam eine Kutsche in halsbrecherischer Geschwindigkeit von der Reuterkasernenstraße herangefahren und bog in die Krämerstraße ein. Die Räder krachten über das Pflaster, die Pferde schnaubten, der Mann auf dem Bock hieb erbarmungslos auf sie ein. Robert schob Isolde sanft zur Seite und stellte sich schützend vor sie, als das Gefährt die beiden mit wenigen Zoll Abstand passierte. Für den Bruchteil einer Sekunde traf Isoldes Blick den des Mannes, der im Inneren der Kutsche saß. Es war ein hagerer älterer Herr mit hohem Hut, grauem Backenbart und strengem Gesicht, dessen Augen sie zu durchbohren schienen. Seine Züge kamen ihr vage vertraut vor, doch es fiel ihr nicht ein, wo sie den Mann schon einmal gesehen hatte.

»Was für ein Grobian!«, schimpfte Robert. Besorgt sah er Isolde an. Das Grau seiner Augen wirkte im Zwielicht beinahe schwarz. »Alles in Ordnung?«

»Ja, es geht mir gut.«

Robert trat einen Schritt zurück. »Sind Sie bereit?«

»Das bin ich.«

»Dann los. Ich bleibe in Ihrer Nähe.«

Isolde folgte der Kutsche durch die Krämerstraße auf den Burgplatz zu. Es war inzwischen vollkommen dunkel, doch die Straßenlaternen boten ausreichend Licht. Vereinzelt kamen ihr Menschen entgegen, die Köpfe gesenkt, um die Gesichter vor der Kälte zu schützen. Oder vor neugierigen Blicken.

Vor dem Schlossturm blieb Isolde kurz stehen. Rechts von ihr lag das Salzmagazin, dahinter der Rhein. Niemand war zu sehen. Langsam umrundete sie den Turm, bis der halb zerfallene Innenhof des Schlosses vor ihr lag. Ihr gegenüber befand sich nun der wiederhergestellte Teil des Schlosses, der die Münze beherbergte, links dahinter lag die Malerakademie, die kürzlich vom alten Hafen hierhergezogen war, und ganz rechts grenzte unmittelbar an den Turm der immer noch verfallene Flügel der alten Residenz. Über dem Gemäuer lag nächtliche Finsternis. Die Beamten der Münze waren längst nach Hause gegangen, auch in der Akademie brannten keine Lichter mehr.

Unruhig blickte Isolde sich um. Was, wenn die Frau heute nicht erschien? Ob Robert sie dann für überspannt halten würde? Hysterisch? Verrückt? Hastig wischte sie den Gedanken fort. Ein Mann und eine Frau in einfacher Bauernkleidung schoben einen Karren mit Kohlköpfen vorbei, irgendwo in der Ferne hallte Hufgetrappel. Dann war es wieder still. Isolde begann zu frieren. Sie überlegte, ob sie noch einmal auf die andere Seite des Turms gehen sollte, entschied sich dann aber dagegen. Plötzlich zuckte sie zusammen. Irgendwo am Fuß der Ruine war ein Licht aufgeblitzt. Aufmerksam starrte Isolde in die Dunkelheit. Nichts. Dann, nach scheinbar unendlichen Minuten, flackerte das Licht erneut auf. Diesmal länger. Isolde erkannte, dass es aus einer kleinen Öffnung in der Mauer ins Freie drang. Die Öffnung lag so tief, dass sie nur zu einem Kellerraum führen konnte. Doch der Teil des Gebäudes, zu dem sie gehörte, stand leer.

Isolde drehte sich um. »Herr Weitering!«, rief sie in die Dunkelheit. »Kommen Sie! Schnell!«

Innerhalb von Sekunden war Robert bei ihr. Suchend blickte er sich um. »Wo ist sie?«

Isolde schüttelte den Kopf. »Die Frau ist nicht gekommen. Aber ich habe ein seltsames Licht gesehen. Dort!« Sie zeigte auf die halb verfallene Fassade, die jetzt wieder stockfinster dalag.

»Ein Licht?« Ungläubig inspizierte Robert die Ruine. »Sind Sie sicher?«

»Vollkommen sicher.«

Eine Weile warteten sie schweigend. Isolde biss sich auf die Unterlippe. Erst die Frau, die nicht auftauchte, sobald sie in Begleitung war, und jetzt das Licht, das offenbar nur für sie allein blinkte. Unauffällig schielte sie zu Robert hinüber, der erwartungsvoll ins Dunkel starrte. Was mochte in seinem Kopf vorgehen? Überlegte er schon, wie er sich möglichst rasch zurückziehen konnte, ohne allzu unhöflich zu wirken? Gerade als Isolde aufgeben und verkünden wollte, dass sie sich wohl getäuscht habe, blinkte das Licht erneut.

»Tatsächlich«, murmelte Robert. »Haben Sie das beim letzten Mal, als sie die schwarzseidene Dame getroffen haben, auch gesehen?«

»Nein«, antwortete Isolde. »Aber jetzt fällt mir ein, dass ich einen Mann beobachtet habe, der aus dieser Richtung kam und über die Mauer gestiegen ist. Ich habe mir nichts weiter dabei gedacht.«

Robert betrachtete nachdenklich das Gemäuer. »Es wäre natürlich möglich, dass alles ganz harmlos ist und es sich um einen zusätzlichen Lagerraum des Münzamtes handelt. Allerdings wäre auch das seltsam. Wer sollte so lange nach Dienstschluss noch dort zugange sein? Ich weiß, dass es immer wieder Probleme mit verschwundenen Münzen gibt. Erst neulich hat Münzinspektor Zabel sich darüber beklagt. Ich werde mir das Ganze mal aus der Nähe betrachten. Sie warten hier, Isolde!«

Kaum hatte er zu Ende gesprochen, war er schon über die niedrige Mauer gesprungen und auf die Stelle zugeeilt, an der sie das Licht gesehen hatten. Isolde blickte ihm atemlos hinterher. Im Schatten des Gemäuers war er kaum zu erkennen. Sie hörte einige Geräusche, ein Knacken und dann ein Schaben, danach war es still. Isolde wartete, nichts geschah. Irgendwo fauchte eine Katze, ein Laternenanzünder passierte sie auf seinem Kontrollgang und warf ihr einen neugierigen Blick zu. Schließlich hielt sie es nicht mehr aus. Die Mauer war weniger als vier Fuß hoch. Sie raffte ihr Kleid, hielt sich an einem hervorstehenden Stein fest und war innerhalb von wenigen Sekunden auf der anderen Seite. Mit klopfendem Herzen schlich sie auf die Ruine zu. Als sie das Gebäude fast erreicht hatte, tauchte noch einmal das Licht auf. Isolde erkannte die winzige fensterartige Öffnung jetzt deutlicher, und sie sah wenige Schritte davon entfernt einen Durchlass, der mit zusammengenagelten Brettern versperrt war. Allerdings standen die Bretter schräg von der Wand ab wie eine geöffnete Tür. Isolde huschte näher und entdeckte, dass sich hinter den Brettern tatsächlich ein schmaler Eingang befand. Sie lauschte, hörte jedoch nichts außer dem Klopfen ihres eigenen Herzens. Lautlos schlüpfte sie ins Innere der Ruine. Ihre Augen hatten sich inzwischen so weit an die Dunkelheit gewöhnt, dass sie eine Treppe erkennen konnte, die ins Untergeschoss führte, und einen Durchgang in einen weiteren Raum. Nach kurzem Zögern ging sie auf die Treppe zu und stieg Stufe für Stufe hinab. Unten war fast nichts zu sehen. Behutsam tastete sie sich vorwärts. Einmal hörte sie Schritte, blieb stehen und horchte. Nichts. Hatte sie sich die Schritte eingebildet? Langsam schlich sie weiter, die Hände schützend vor sich ausgestreckt.

Mit einem Mal berührte ihre Hand etwas Weiches. Entsetzt schrie sie auf. In der Dunkelheit beantwortete jemand ihren Schrei.

»Isolde!«

»Robert! Haben Sie mich erschreckt!« Ihre Finger umklammerten immer noch seinen Ärmel.

Robert tastete nach ihren Händen und ergriff sie. »Hatte ich Ihnen nicht gesagt, Sie sollen draußen warten?«, presste er im Flüsterton hervor.

»Damit Sie die Münzdiebe allein stellen?«

»Was sind Sie nur für eine Frau, Isolde!«

Er hielt immer noch ihre Hände. In seiner Stimme mischten sich Staunen und Empörung mit etwas anderem, das Isolde nicht einordnen konnte. Zu gern hätte sie sein Gesicht gesehen.

»Sie hätten besser als Mann zur Welt kommen sollen.«

Isolde musste schmunzeln. »Wäre Ihnen das wirklich lieber gewesen?«

Robert antwortete nicht sofort. »Nein«, sagte er dann, und seine Stimme klang rau in dem finsteren Keller. »Wir sollten von hier verschwinden«, fuhr er fort. »Und zwar ganz schnell. Im Dunkeln können wir sowieso nichts ausrichten.«

»Haben Sie denn entdeckt, woher das Licht kam?«, wollte Isolde wissen.

»Nein. Hinter diesem Kellerraum liegt noch ein weiterer, aber beide haben keine Fenster zum alten Schlosshof hin. Nicht einmal einen winzigen Schlitz. Von hier kann das Licht nicht gekommen sein. Allerdings ist nach dem zweiten Raum Schluss. Keine Tür, kein Durchlass in der Wand. Es muss noch einen weiteren Zugang geben, der in die hinteren Kellerräume führt.«

Robert begleitete Isolde die Treppe hinauf und zurück in den Schlosshof. Unbeobachtet gelangten sie über die Mauer wieder auf den Burgplatz.

Schweigend blieben sie beim Schossturm stehen. Isolde zupfte sich eine Ranke mit vertrocknetem Laub vom Mantel und band ihren Hut neu. »Ich muss jetzt heim«, sagte sie schließlich. »Meine Mutter wartet sicher schon.«

»Darf ich Sie heute nach Hause begleiten?«, fragte Robert. »Nach diesem Abenteuer möchte ich Sie ungern allein durch die Straßen laufen lassen.«

Isolde suchte nach Anzeichen für Spott in seinen Augen, doch sie blickten ernst und aufrichtig. Sie nickte kaum merklich. »Das dürfen Sie gern.«

Robert begleitete Isolde bis zum Vorderhaus in der Neusser Straße. Beim Tor lüftete er seinen Hut und wünschte ihr eine gute Nacht. »Sehen wir uns morgen?«

»Ich weiß noch nicht. Am Vormittag muss ich erst einmal Schreibarbeiten für den Herrn Konsistorialrat erledigen und zum Postbüro gehen. Aber am Nachmittag bin ich vermutlich wieder in der Kirche. Die Arbeiter haben vorhin eine weitere Gruft gefunden. Sobald sie freigelegt ist, wird Bracht sie untersuchen. Vermutlich werden wieder eine ganze Reihe offizieller Herren zugegen sein.«

»Dann werde ich nicht fehlen. Bis morgen, Fräulein Heinrich. Schlafen Sie gut.«

»Bis morgen.«

Sie wandte sich ab und lief über den Hof auf das Hinterhaus zu. An der Tür drehte sie sich noch einmal um. Robert stand noch da, nickte ihr zu und verschwand in der Neusser Straße.

KAPITEL VIII

Manchmal sehe ich *überall Augen. Ich weiß, dass sie mich beobachten. Jeden meiner Schritte belauern. Wie ein Kaninchen sitze ich in der Falle, alle Fluchtwege sind versperrt. Ich taste die Wände nach Löchern ab, hocke mich auf den Boden und gucke unter das Bett. Doch sie sind schlau. Nie erwische ich sie.*

Ich denke an das Loch, das diese Hexe Sibylle vor Jahren in die Decke über meinem Bett hat klopfen lassen, um mir meinen vermeintlich lasterhaften Lebenswandel nachzuweisen. Der Gedanke, dass sie ungezählte Nächte lang dort auf dem Boden gelegen und auf mich herabgeglotzt hat, ist beinahe komisch. Manchmal träume ich von ihrem Auge, wie es durch dieses Loch auf mich zurast und mich verschlingt. Dann wache ich schweißgebadet auf.

Wie eifersüchtig sie war wegen dieses Weichlings, Dietrich von Hall! Er war mein größter Fehler. Niemals hätte ich mich auf ihn einlassen dürfen. Aber er war so jung und hübsch und unschuldig. In jeder Hinsicht das Gegenteil von Johann, der irrsinnig ist und rasend, und schon lange nicht mehr das Lager mit mir teilt. Ich war einsam, hatte das Gefühl, jeder an diesem Hof sähe mich lieber tot als lebendig. Und da tauchte dieser junge Ritter auf, und ich fühlte mich zurückversetzt nach München, in den Park, unter die Linde. Ich war wieder ein junges Mädchen, wurde begehrt.

Dietrich war nicht Hans Philipp, das war mir klar. Gegen ihn war dieser Ritterbursche ein jämmerlicher Einfaltspinsel. Doch seine Hände, seine Lippen vermochten mich zu trösten, mir einige Stunden Glück zu schenken. Ich machte ihn zum Mundschenk, nahm ihn mit auf Reisen durch das Land. Überhäufte ihn mit Geschenken. Das war töricht von mir, denn eben diese Geschenke machte man mir auf dem Landtag zum Vorwurf. Diese engstirnigen Steifkragen! Ist es nicht mein Recht als Regentin, zu beschenken, wen ich beschenken will?

Und dann geschah, was geschehen musste. Ich spürte die untrüglichen Anzeichen und die Angst fraß mich beinahe auf. Am liebsten wäre ich mit Dietrich geflohen, doch dieser Jämmerling war zu feige. Er war ja fast noch ein Kind, ich hätte es wissen müssen. Leider war Johann seit Monaten nicht in Düsseldorf gewesen. Es gab keine Möglichkeit, ihm die Vaterschaft zuzuschreiben. Ich verbarg meinen wachsenden Leib, so gut es ging, doch ich glaube, Sibylle, diese Schlange, ahnte recht früh, was im Gange war. Sie beobachtete mich aufmerksam, machte anzügliche Bemerkungen. In der Nacht der Niederkunft stand sie plötzlich in meiner Kammer. Sie hatte ein altes Weib mitgebracht, eine Hebamme, die sie, weiß der Himmel wo, aufgetrieben hatte. In dem Augenblick war ich ihr dankbar, denn ich hatte bis zum Schluss nicht den Mut gehabt, für diese Stunde vorzusorgen. Ich erlitt fürchterliche Qualen, es zerriss mir fast den Leib.

Die Alte trug das schreiende Bündel, das ich schließlich zur Welt brachte, wortlos aus der Kammer.

»Ist es ein Mädchen oder ein Bub?«, rief ich ihr hinter-

her, doch ich erhielt keine Antwort. Ich glaubte, sie würde das Kind waschen und wickeln und zu einer Amme bringen. Hilfe suchend blickte ich zu Sibylle, die gemeinsam mit Agnes Ordnung machte und das Laken wechselte.

»Ihr gebt es in gute Hände, nicht wahr, liebe Schwägerin?«, fragte ich kraftlos.

»Macht Euch keine Gedanken, meine Liebe«, antwortete sie, ohne mich anzusehen.

Ich versuchte, mehr aus ihr herauszubekommen, doch sie beschränkte sich darauf, Agnes Anweisungen zu geben und mich zur Ruhe zu ermahnen, damit ich bald wieder zu Kräften käme. Ich war zu erschöpft, um Einspruch zu erheben.

Ich habe mein Kind nie wieder gesehen, doch ich bete jeden Tag, dass es ihm wohl ergehen möge, wo auch immer es ist.

August Mindel wanderte unruhig vor seinem Schreibtisch im Polizeibüro auf und ab. Hin und wieder warf er einen Blick aus dem Fenster auf den Marktplatz und betrachtete das Treiben zwischen den Ständen. Doch seine Aufmerksamkeit galt nicht den Händlern und ihren Kunden, sondern dem Schreiben, das er in der Hand hielt. Heute Morgen hatte sein Vorgesetzter, Oberbürgermeister Schramm, es ihm mit der Aufforderung überreicht, sich umgehend um die Angelegenheit zu kümmern, und kaum hatte er es gelesen, war ihm bewusst geworden, dass er die Lösung zum Mordfall Lohner in den Händen hielt. Eine äußerst delikate Lösung. Auf der einen Seite würde sie ihm zu Ruhm und Ansehen verhelfen, auf der anderen Seite würde der Untersuchungsrichter von Haupt nicht gerade glücklich darüber sein.

Mindel seufzte. Allen konnte er es nicht recht machen. Noch einmal überflog er den Text.

Zollfeste Zons, den 18. Oktober 1819

Verehrter Oberbürgermeister und Kreispolizeikommissar zu Düsseldorf, Dr. Engelbert Schramm,

ich wende mich an Sie mit der Bitte um tatkräftige Mithilfe bei der Jagd auf eine gefährliche Diebesbande. In der Nacht vom vergangenen Freitag, den 15. Oktober, auf Samstag, den 16. Oktober 1819, wurde im Bereich der Zollfeste Zons ein dreister Raubüberfall begangen. Ein vor der Feste vor Anker liegendes Handelsschiff wurde von Räubern heimgesucht, die den Schiffer erschlugen, zwei seiner Leute schwer verletzten und ein Dutzend Fässer französischen Weins erbeuteten, der für eine Handelsgesellschaft in den Niederlanden bestimmt war. Man ging zunächst davon aus, dass die Diebe auf dem Landweg in Richtung Köln geflohen seien. Doch da sich bisher keinerlei Spur von den Ganoven finden ließ, nimmt man jetzt an, sie könnten mit ihrer Beute zu Wasser entkommen sein, möglicherweise flussabwärts. Ich möchte Sie daher bitten, an Ihrer Anlegestelle besonders auf verdächtige Kähne und Nachen zu achten, vor allem, da es sich bereits um den dritten Überfall dieser Art innerhalb weniger Monate handelt. Den beiden ersten Überfällen fiel jeweils ein Kahn wenige Meilen nördlich von Köln zum Opfer. Daher glaubte man bisher, dass die Ganoven von dieser Stadt aus operieren. Jetzt soll die Fahndung jedoch auf andere Teile des Landes ausgedehnt werden. Wir haben es hier mit einer sehr brutalen Bande zu tun, der unverzüglich das Handwerk gelegt werden sollte.

Mit der dringenden Bitte um Mithilfe
Hochachtungsvoll

Bürgermeister Anton Baaden
Zollfeste Zons

Nicht Schmuggel, sondern Raub, dachte Mindel grimmig. Er hatte mit dem Zollinspektor Scheuermann gesprochen, der es ebenso wie Mindel selbst für äußerst unwahrscheinlich hielt, dass in Düsseldorf Schmuggel im großen Stil verübt wurde. Innerhalb von Preußen gab es keine Zollbarrieren mehr, und Düsseldorf lag weit weg von jeder Grenze. Dieser Franz Schorn mochte in der Franzosenzeit ein großer Schmuggler gewesen sein, aber damit war es längst vorbei.

Mindels Theorie stand fest: Die Zonser Räuberbande hatte ihre Beute am Freitag nach Düsseldorf geschifft, und zwar zum alten Hafenbecken. Am neuen Sicherheitshafen wäre viel zu viel Betrieb gewesen, dort lagen zurzeit sieben Kähne vor Anker, die repariert und von ihren Eignern gut bewacht wurden. Der Freihafen, das Stück Kai zwischen dem Ladekran an der Einfahrt zum alten Hafen und der Düsselmündung unterhalb des Schlosses, kam ebenfalls nicht infrage. Ein Kahn, der dort anlegte und Waren ablud, konnte das nicht tun, ohne gesehen zu werden. Und um große Weinfässer zu entladen, brauchte man Stege, Seile und ein paar kräftige Männer. Außerdem musste das Diebesgut abtransportiert werden. Im alten Hafen dagegen war es nachts dunkel, niemand hielt hier Wache. Der ideale Ort, um heimlich Beute an Land zu schaffen. Nur mit Dietrich Lohner hatten die Ganoven nicht gerechnet. Der hatte ihr heimliches Treiben vermutlich beobachtet und seine Neugier mit dem Leben bezahlt. So musste es gewesen sein.

Das allerdings bedeutete, dass der Wirt, Franz Schorn, nichts mit der Sache zu tun haben konnte. Der würde wohl kaum vor seiner Haustür Diebesgut entladen lassen, und dann auch noch dafür bezahlen, dass durch eine Prügelei ein Menschenauflauf entstand und die Polizei in Person des Sergeanten Stübben angelockt wurde.

Isolde eilte durch die Bergerstraße, das Bündel Briefe, das sie zum Postbüro bringen sollte, fest an den Körper gepresst. Leichter Nieselregen hatte eingesetzt und legte sich wie ein Tränenschleier auf ihr Gesicht. Sie hatte schlecht geschlafen in der vergangenen Nacht. Zuerst hatte sie lange wach gelegen, und ihre Gedanken waren um ihr Abenteuer in der Ruine gekreist. Um das rätselhafte Licht, den Keller, Roberts körperlose Stimme in der Dunkelheit.

Als sie schließlich eingeschlafen war, hatte sie geträumt, sie sei in einem Raum, der ihr aus unerfindlichen Gründen Angst einflößte. Dabei hatte er nichts Grauenvolles an sich gehabt. Im Gegenteil, es war ein heller, freundlicher Salon gewesen mit hohen Fenstern und schweren Vorhängen, rot bezogenen Sesseln und einer geblümten Tapete. An den Wänden hingen Bilder in goldenen Rahmen, alles liebliche Landschaften mit Schäfern samt ihren Herden und Jungfrauen, die an Brunnen Wasser schöpften. Sogar ein Klavier stand in einer Ecke, darauf ein prächtiger Kerzenleuchter, dessen Lichter hell funkelten. Aber etwas stimmte nicht. Isolde brauchte eine Weile, bis sie merkte, was es war. Der Salon hatte keine Tür. Und die Wände bewegten sich ganz langsam aufeinander zu. Isolde drehte sich im Kreis, suchte nach einem Ausgang, konnte aber keinen finden. Die Vorhänge vor den Fenstern, die so wunderbar weich und edel aussahen, waren hart wie Eisen, ließen sich nicht zur Seite ziehen. Isolde tastete die Wände ab, aber nirgendwo gab es ein Schlupfloch. Der Raum war inzwischen nur noch halb so groß wie zu Beginn. Sie hämmerte gegen die geblümte Tapete, schrie so laut sie konnte. Doch ihr Schrei verhallte ungehört. Nicht einmal sie selbst konnte ihre Stimme vernehmen. Plötzlich entdeckte sie Albert, der lächelnd auf dem Sofa saß, die Beine übereinandergeschlagen. Sie rannte auf ihn zu, wollte ihn schütteln, ihn um Hilfe bitten, doch sie konnte nicht nach ihm greifen. Albert sah sie an, ganz entspannt, ja geradezu heiter, so als sei er vollkommen zufrieden mit sich und der Welt. Entweder bemerkte er nicht, was mit dem Raum passierte, oder es war ihm gleichgültig. Gerade als Isolde noch einmal versuchen wollte, ihn zu packen, ertönte von irgendwoher das Fauchen einer Katze und sie erwachte.

Sie hatte eine Weile reglos in ihrem Bett gesessen, in das dunkle Zimmer gestarrt und versucht, die schrecklichen Traumbilder aus ihrem Kopf zu verjagen. Sie hatte am ganzen Körper gezittert, das Nachthemd hatte auf ihrer schweißnassen Haut geklebt.

Als sie später ihrer Mutter das Frühstück gebracht hatte, war ihr aufgefallen, wie sehr sich ihre Albträume ähnelten, und ein eiskalter Schauder war ihr den Rücken hinuntergelaufen.

Isolde überquerte den Maximiliansplatz. Das Postbüro war das zweite Haus auf der Düsselstraße. Als sie durch die Toreinfahrt schritt, kam ihr der Postwagen entgegen, der dienstags, donnerstags und samstags über Uerdingen und Xanten nach Kleve fuhr. Isolde presste sich gegen die Mauer und ließ das Fahrzeug passieren. Dann ging sie über den Hof in das Büro, um die Briefe aufzugeben.

Eine halbe Stunde später war sie zurück in Brachts Arbeitszimmer und schrieb einen Bericht, den der Konsistorialrat ihr diktierte. Noch hatten sich die Arbeiter nicht gemeldet, und Isolde sah immer wieder unruhig zu der Wanduhr, die erbarmungslos im immer gleichen Rhythmus tickte.

Unvermittelt hielt Bracht inne und fixierte Isolde. »Sie sind heute so unruhig, Fräulein Heinrich. Stimmt etwas nicht?«

»Doch, doch. Es ist alles in Ordnung. Ich warte nur auf Nachricht der Arbeiter. Ich hoffe, dass endlich das richtige Grab gefunden wurde.«

Der Konsistorialrat kniff die Augen zusammen. »Ich nehme an, der junge Mann von der Zeitung hat ebenfalls vor zu erscheinen, wenn der Inhalt der Gruft besichtigt wird?«

»Ja, das ist möglich.« Isolde sah den Geistlichen verwundert an.

»Ein einnehmender Bursche, dieser Weitering. Mir ist nicht entgangen, dass er es Ihnen angetan hat.«

Isolde spürte, wie ihr die Röte ins Gesicht schoss. Sie öffnete den Mund, doch Bracht war schneller.

»Junge Frauen in Ihrem Alter sind leicht zu beeindrucken, Fräulein Heinrich«, stellte er fest. »Bei einem so forschen und ansehnlichen Mann wie Weitering ist das auch nur zu verständlich.«

Isolde wollte etwas einwenden, doch Bracht hob die Hand. »Hören Sie mir zu. Robert Weitering stammt aus einer vornehmen Familie. Einer sehr vornehmen Familie. Die Weiterings residieren in einem Stadtpalais bei der Citadelle, und nennen einen Garten ihr Eigen, der sich durchaus mit dem der Jacobis messen kann. Sie verkehren in den höchsten Kreisen. Bei diesen Leuten herrscht eine andere Moral, wie Sie vielleicht wissen. Die jungen Männer nehmen sich, worauf sie Lust haben. Und danach lassen sie es gnadenlos fallen. An einem Mädchen, das nicht ihren Kreisen entstammt, hegen sie nur *eine* Art von Interesse. Und diese ist flüchtig und von sehr kurzer Dauer. Verstehen Sie, was ich meine, Isolde? Also, nehmen Sie sich in Acht. Und vor allem, vergessen Sie nicht, dass Sie verlobt sind, und zwar mit einem anständigen und aufrechten Mann, der für sein tägliches Brot hart und fleißig arbeitet. Sie möchten sich doch nicht ins Unglück stürzen?«

Isolde schwieg und starrte auf das Papier, das vor ihr lag. Ihre Finger waren plötzlich taub. Am liebsten hätte sie den Konsistorialrat scharf zurechtgewiesen, ihm klar und deutlich zu verstehen gegeben, dass es ihn nichts angehe, mit wem sie ihre Zeit verbringe, dass sie sich gern selbst ein Urteil über andere Menschen bilden und sich nicht von Vorurteilen leiten lassen wolle. Er sei weder ihr Vater noch ihr Vormund und habe kein Recht, sich in ihre privaten Angelegenheiten einzumischen. Aber das wäre unschicklich und anmaßend gewesen.

Bracht fuhr fort. Offenbar hatte er sich gerade erst warm geredet. »Es gibt da eine äußerst unschöne Geschichte über diesen Weitering. Ich weiß nicht, ob Sie davon gehört haben, Isolde. Eine junge Frau aus Hamm, fast ein Kind noch, nahm sich vor ein paar Jahren das Leben. Wenn ich mich recht erinnere, war ihr Name Kathie Mertens. Sie erhängte sich in der Scheune ihres elterlichen Gehöftes. Stellen Sie sich vor, wie schrecklich das für die Familie gewesen sein muss!«

Er schwieg einige Sekunden, wohl um seine Worte wirken zu lassen. Dann setzte er seine Erzählung fort.

»Es stellte sich heraus, dass sie ein Kind erwartete. Man erfuhr nie mit Gewissheit, wer ihr Verführer war. Doch eine Freundin des Mädchens behauptete, es sei Robert Weitering gewesen. Selbstverständlich ließ sich das nicht beweisen. Und selbst wenn: Man hätte ihn ohnehin nicht zur Rechenschaft gezogen.« Bracht beugte sich vor. »Verstehen Sie jetzt?«

Isolde deutete ein Nicken an. Ihre Kehle war staubtrocken, in ihrem Kopf rauschte es. Sie hätte gern tausend Dinge erwidert. Dass eine Behauptung noch kein Beweis sei. Dass nach wie vor niemand wisse, wer das Mädchen wirklich geschwängert hatte. Dass nicht erwiesen sei, dass Robert sich geweigert hätte, das Mädchen zu heiraten, wenn er von dem Kind gewusst hätte. Aber sie konnte diese Einwände nicht vorbringen. Schon sie zu denken, kam ihr billig und schal vor. Wie dumm mussten sie erst klingen, wenn sie laut ausgesprochen wurden.

»Sie müssen nichts darauf antworten, Isolde«, sagte Bracht, und plötzlich klang seine Stimme warm und voller Mitgefühl. Offenbar hatte er bemerkt, dass seine Predigt ihre Wirkung nicht verfehlt hatte. Das schien ihn milde zu stimmen. »Ich sehe, dass Sie begriffen haben. Das genügt. Lassen Sie uns mit dem Bericht fortfahren.«

Er trat ans Fenster, schaute hinaus auf den Stiftsplatz und diktierte weiter, so, als habe er sich nie unterbrochen.

Isolde schrieb tapfer mit. Sie ließ sich nichts anmerken, aber im Stillen nahm sie sich vor, Brachts Anschuldigungen nachzugehen. Bis sie dazu die Gelegenheit hatte, wollte sie nicht mehr darüber nachdenken.

Gegen halb zwölf klopfte es an der Tür und kurz darauf führte die Haushälterin einen dunkelhaarigen Mann mit kantigem Gesicht ins Zimmer. Es war Jakob Brügelmann, neben Fröhlich der zweite Arbeiter, der laut Robert Weitering am Freitagabend an der Prügelei vor dem ›Schiffchen‹ beteiligt gewesen war. Ob er etwas mit dem Tod seines Kumpanen zu tun hatte? Isolde musterte ihn, ließ neugierig ihren Blick über seine Gesichtszüge gleiten. Sie hatte von einem Arzt gehört, einem gewissen Franz Joseph Gall, der die Theorie vertrat, dass man die Fähigkeiten und den Charakter eines Menschen von seiner Schädelform ablesen könne. Hatte Brügelmann womöglich den Kopf eines Verbrechers? Könnte Dr. Gall ihm ansehen, dass er ein Mörder war? Die Vorstellung, Gaunern ihre Schandtaten gewissermaßen an der Nasenspitze anzusehen, faszinierte sie, doch sie ahnte, dass die Wahrheit weitaus komplizierter sein musste.

Brügelmann hatte die regennasse Mütze abgenommen und stand mit gesenktem Kopf im Zimmer. Sein feuchtes Haar hing ihm strähnig in die Stirn. »Guten Morgen, Herr Konsistorialrat. Ich soll melden, dass der Schutt vollständig weggeräumt ist. Die Gruft liegt jetzt frei.«

»Gut.« Bracht dachte nach. »Kann man erkennen, was sich da unten befindet?«

»Wir haben ein Licht hinabgelassen, Herr Konsistorialrat. Nur um sicherzugehen, dass dort überhaupt etwas ist«, antwortete Brügelmann. »Aber wir haben nichts angefasst«, fügte er rasch hinzu.

»Und?«

»Ein Sarg steht da. Aus Metall. Und ein paar Holzreste. Mehr konnte man von oben nicht erkennen.«

»Dann werde ich mir das unverzüglich ansehen.« Bracht wandte sich an Isolde. »Den Bericht beenden wir später. Kommen Sie, Fräulein Heinrich.« Er drehte sich zu Brügelmann um. »Sie laufen schnell zum Tribunalrichter von Haupt und geben ihm Bescheid. Er möchte bitte auch Dr. Servaes informieren.«

»Sehr wohl, Herr Konsistorialrat.« Der Arbeiter machte eine leichte Verbeugung und zog sich, auf ein Zeichen von Bracht hin, zurück.

Wenige Minuten später waren auch Bracht und Isolde vor die Tür getreten. Der feine Nieselregen hatte sich zu einem regelrechten Wolkenbruch entwickelt, der unbarmherzig auf das Pflaster klatschte, und die beiden hasteten unter Brachts Schirm die kurze Strecke bis zur Kreuzherrenkirche durch Pfützen und aufgeweichten Pferdekot.

Im Inneren des Gotteshauses war es angenehm trocken und still. Nur das monotone Trommeln des Regens auf das Dach war zu hören. Die Arbeiter saßen um ihren Karren herum und nutzten die Wartezeit für eine kleine Mittagspause. Schweigend kauten sie an ihren Broten.

Bracht ließ sich die Lampe bringen und beugte sich über das Loch. Gerade, als er sich wieder aufrichtete, knarrte die Kirchenpforte. Dr. Servaes trat ein, schüttelte den nassen Schirm aus und stellte ihn in die Ecke. Er begrüßte Bracht, schimpfte über das Wetter und zwinkerte Isolde zu. »Sie hatten recht«, raunte er in ihr Ohr. »Es war tatsächlich ein Bügeleisen. Leider schränkt das den Kreis der Verdächtigen nicht gerade ein. Aber Polizeiinspektor Mindel hat eine Spur, die zu einer Diebesbande führt.«

Isolde hätte ihm gern einige Fragen gestellt, doch Servaes wandte sich ab, ohne ihre Erwiderung abzuwarten, und ließ sich von Bracht den Eingang zur Gruft zeigen.

Etwa fünf Minuten später trafen Kegeljan und Custodis ein, beide tropfnass. Weitere zwanzig Minuten vergingen, bis auch der Richter von Haupt in der Kirche stand. Er war erstaunlich trocken, offenbar hatte er eigens anspannen lassen, um den Weg vom Carlsplatz bis zur Kreuzherrenkirche in der Kutsche zurückzulegen.

Arzt, Richter und der Konsistorialrat stiegen zunächst allein hinunter in die Gruft. Sie hatte keinen regulären Eingang, und die Herren mussten über das abschüssige Erdreich in eine seitlich der Grabstätte ausgehobene Vertiefung steigen, damit sie sich auf Augenhöhe mit dem Sarg befanden.

Ungeduldig wartete Isolde, bis Bracht sie schließlich zu sich rief. Vorsichtig kletterte sie in das Erdloch und sah sich um. Die Grube war eng, sie konnten gerade zu viert darin stehen, zumal von Haupt nicht eben wenig Raum einnahm.

Der Sarg stand vor ihnen in einer steinernen, überwölbten Nische, die so breit war, dass noch ein zweiter Mensch hier hätte bestattet werden können. Er war aus Blei, umgeben von einer hölzernen Einfassung, die zum Großteil bereits verrottet war. Isolde notierte die Maße, die Bracht ihr diktierte.

Sechs Schuh und elf Zoll war der Sarg lang, ein Schuh acht Zoll breit und ein Schuh und fünf Zoll hoch am Kopfende, am Fußende fünf Zoll weniger. Die Gruft selbst maß acht mal vier Schuh. An ihrer Südseite befand sich eine ausgebesserte Stelle im Mauerwerk. Hier hatte sich wohl schon einmal jemand Einlass verschafft. Auch der Bleisarg selbst war nicht unversehrt. An einer Stelle war eine Fuge in dem ansonsten dicht verlöteten Blei zu erkennen.

Bracht leuchtete mit der Laterne in alle Ecken. Doch weder am Sarg selbst, noch an den Wänden der Gruft war irgendeine Inschrift zu erkennen.

»Vielleicht war der Name in die hölzerne Verkleidung eingeritzt?«, meinte Dr. Servaes.

»Wohl kaum«, gab von Haupt zurück. »Jeder weiß, dass das Holz als Allerérstes verrottet. Diese Schurken haben sie absichtlich ohne jeden Hinweis auf ihre Identität hier verscharrt. Sie wussten genau, was für ein Unrecht sie begangen hatten, und sie wollten möglichst alle Spuren ihrer feigen Tat verwischen.«

Das Gesicht des Richters hatte sich gerötet, Empörung blitzte in seinen Augen. Es erstaunte Isolde, dass dieser grobschlächtig aussehende Mann so viel Mitgefühl für eine Frau empfand, die vor mehr als zwei Jahrhunderten gestorben war. Bisher hatte sie ihn für einen recht selbstsüchtigen Zeitgenossen gehalten, den das Wohl und Weh seiner Mitmenschen nicht weiter scherte. Aber womöglich war es weniger das Mitgefühl mit der armen Jakobe als vielmehr die Entrüstung über das ungesühnte Verbrechen, das den Richter in Rage versetzte.

Bracht räusperte sich. »Lassen Sie uns bei den Fakten bleiben.« Er sah Isolde an. »Notieren Sie bitte: Der Sarg ist mit sechs Handgriffen versehen, nach der Südseite hin ist einer davon abgebrochen und liegt auf dem Boden.« Er beugte sich vor, hielt die Laterne in die Öffnung. »Hier ist ein Eindruck in der Wand. Sieht aus, als stamme er von einem der Griffe. Offenbar war der Kalk noch ganz frisch, als der Sarg in die Gruft gesetzt wurde.« Er richtete sich wieder auf. »Wir sollten den Sarg jetzt öffnen. Scheuer! Brügelmann! Kommen Sie herunter und ziehen Sie den Sarg aus der Gruft! Aber vorsichtig!«

Isolde und die Herren drückten sich an die Ränder des ausgehobenen Loches, um für die beiden Arbeiter Platz zu machen, die den Bleisarg vorsichtig aus der überwölbten Öffnung ins Freie wuchteten. Mit einem Messer schnitten sie den bleiernen Sargdeckel behutsam an drei Seiten auf und bogen ihn dann zur Seite, sodass der Inhalt zum Vorschein kam. Kaum hatten sie ihre Arbeit beendet, schickte Bracht sie wieder hinauf. Er selbst beugte sich als Erster über die Öffnung. Danach winkte er von Haupt, der das Innere des Bleisargs scheinbar eine Ewigkeit studierte. Schließlich trat er zurück, um Dr. Servaes nachsehen zu lassen. Der Arzt nickte Isolde zu. Sie lächelte dankbar und warf ebenfalls einen raschen Blick hinein. Sie sah ein Skelett, dessen bräunlich verfärbte Knochen nicht mehr miteinander verbunden waren. Am Schädel hingen ein paar Haare, darüber lag eine dunkle, weiche Masse. Isolde schauderte und trat zurück.

Dr. Servaes stellte sich neben den Sarg und begann, Stück für Stück zu beschreiben, in welchem Zustand sich die Gebeine befanden. Isolde schrieb hastig mit. Sie war dankbar für die Arbeit, die sie von ihren Gedanken ablenkte, die, ohne dass sie es verhindern konnte, unentwegt um Robert Weitering kreisten, und die Anschuldigung, die Bracht gegen ihn vorgebracht hatte. Schließlich bat Servaes sie, noch einmal vorzulesen, was sie notiert hatte, um sich zu vergewissern, dass nichts vergessen wurde.

»›Die Maße des Sargs in der Länge –‹«, begann Isolde, doch Servaes unterbrach sie.

»Nur den Inhalt des Sargs bitte, Fräulein Heinrich.«

Sie nickte.

»›1. Die Füße sind bis zu dem Fersenknochen, welcher noch an dem unteren Ende des Schienbeins dicht anliegt, in allen ihren Teilen gänzlich auseinandergefallen;

2. Die Unterschenkel berühren mit ihren oberen Enden die unteren Enden der Schenkelknochen, jedoch mit der Ausnahme, dass das untere Ende des rechten Schenkelbeins nach einwärts gewichen ist;

3. Die beiden ungenannten Knochen des Beckens sind in ihren Verbindungen durch die Schambeine und das Kreuzbein auseinandergewichen, die Zwischenknorpel gänzlich zerstört;

4. Die Hände, welche so wie die Vorderarme quer über dem Bauch des Leichnams gelegen haben, sind in allen ihren Teilen getrennt, jedoch in ihrer ursprünglichen Lage sehr auffallend zu erkennen;

5. Die Rippen liegen in ihrer Richtung und Verbindung mit dem Rückgrat, obschon all ihre Knorpelteile gänzlich zerstört sind;

6. Die oberen Armknochen liegen an den Seiten des Gerippes;

7. Der Kopf, dessen Scheitel noch mit Haaren oder etwas denselben Ähnlichem bedeckt ist, liegt mit der Stirn auf der linken Schulter auf. Über dem Kopf liegt ein weicher, lockerer Körper, welcher ein Kissen gewesen zu sein scheint. Eine ähnliche lockere Masse, die jedoch viel kleiner ist, befindet sich auf der rechten Brustseite. Zwischen den Knochen sowie auf dem Boden des Sargs liegt eine fettig schmierige Dammerde, die sich aus den aufgelösten und zerstörten weichen Teilen des Leichnams gebildet hat.‹«

Isolde sah auf. Der Gedanke durchzuckte sie, dass von ihr selbst eines Tages auch nicht mehr übrig sein würde und dass es im Grunde lächerlich war, um seine irdische Existenz allzu viel Aufhebens zu machen.

Servaes nickte zufrieden. »Gut so. Es fehlen nur noch die Maße.« Er ließ sich von Bracht das Maßband geben, beugte sich erneut über den Sarg und stellte fest, dass das Gerippe vier Fuß, sieben Zoll und zwei Linien rheinisch groß war.

Bracht sah auf seine Uhr und seufzte. »Heute werden wir nicht mehr fertig. Es ist schon nach sechs. Wir werden morgen mit der Untersuchung fortfahren.«

Einer nach dem anderen stiegen sie aus dem Loch. Isolde war die Erste. Oben angekommen, sah sie, dass Robert Weitering inzwischen eingetroffen war und mit Cornelius Fröhlich sprach. So gelassen wie möglich sortierte sie ihre Notizen, während sie darauf wartete, dass er sich umdrehte und sie erblickte.

Schließlich hörte sie ihn rufen. »Guten Tag, Fräulein Heinrich.« Er wechselte noch ein paar Worte mit dem Arbeiter, dann kam er langsam auf sie zu, nahm seinen Hut ab und deutete eine Verneigung an. »Ich habe gehört, dass es diesmal die richtige Gruft sein soll. Ist das wahr?«

Isolde schob die Blätter zusammen und zuckte mit den Schultern. »Ich habe keine Ahnung, ob es wirklich das Grab der Jakobe ist. Bisher sind die Herren noch nicht zu einem eindeutigen Ergebnis gekommen, wenn ich das richtig verstanden habe. Morgen gehen die Untersuchungen weiter.«

»Und was ist Ihre persönliche Meinung?« Robert lächelte verschmitzt und zwinkerte ihr zu. Doch sowohl das Lächeln als auch das Zwinkern kamen ihr kühl und berechnend vor, und eine Spur überheblich. »Sicherlich haben Sie längst ein Urteil gefällt.«

»In diesem Fall würde ich es nicht wagen, dem Ergebnis der Untersuchung vorzugreifen«, erwiderte Isolde spitz. »Dazu verstehe ich nicht genug von diesen Dingen.«

»Schade.« Robert musterte sie kurz, dann drehte er sich weg und trat auf Dr. Servaes zu, der inzwischen ebenfalls aus dem Loch geklettert war.

Verletzt registrierte Isolde, dass er offenbar nicht an einer Fortsetzung ihres Gesprächs interessiert war. Ein Stadtpalais bei der Citadelle, dachte sie bitter. Wie ärmlich ihm das Hinterhaus vorgekommen sein musste, zu dem er sie am Abend zuvor begleitet hatte. Beschämt wandte sie sich ab, ihr Blick traf Bracht, der sie schweigend ansah. Er trat zu ihr und beugte sich vertraulich vor.

»Gehen Sie nach Hause, Isolde«, sagte er mit einem Unterton, den sie unerträglich väterlich fand. »Hier gibt es nichts mehr zu tun für Sie. Sie haben Ihre Arbeit sehr gut gemacht. Ruhen Sie sich aus. Morgen lasse ich den Sarg heraufholen, dann müssen Sie nicht wieder in dieses schmutzige Loch steigen.«

»Sind Sie sicher, dass Sie mich nicht mehr brauchen? Der Bericht muss doch noch fertig geschrieben werden.«

»Das hat Zeit. Notfalls kann ich ihn auch selbst beenden.«

Er warf einen Blick zu Robert, der immer noch angeregt mit dem Arzt plauderte. »Wenn Sie möchten, können Sie morgen auch am Schreibtisch bleiben. Dann protokolliere ich die Untersuchung.«

»Nein, nein. Das ist nicht nötig«, erwiderte Isolde rasch und bemühte sich, ihrer Stimme einen beiläufigen Klang zu verleihen. »Ich komme zurecht.«

Bracht lächelte. »Davon bin ich überzeugt. Nun. Dann bis morgen. Grüßen Sie Ihre Frau Mutter.«

Der Konsistorialrat wandte sich ab. Er ließ den Sarg abdecken, an drei Stellen wieder zulöten und behutsam in die Gruft zurückschieben, dann schickte er nach der Polizei, die eine Wache zur Verfügung stellen sollte. Inspektor August Mindel kam höchstpersönlich, um Wachtmeister Overheid und seine Sergeanten Fuchs und Peters in ihre Arbeit einzuweisen. Interessiert begutachtete er das Loch, fuhr sich über seinen Schnurrbart und kniff die Augen zusammen. Dann wies er seine Leute an, auf keinen Fall etwas anzufassen und niemanden in die Nähe der Gruft zu lassen. Bracht schickte indessen die Arbeiter nach Hause. Mindel musterte Fröhlich und Brügelmann argwöhnisch, doch er schwieg.

Isolde hätte zu gern gewusst, wie weit seine Ermittlungen im Mordfall Lohner gediehen waren. Dr. Servaes hatte etwas von einer Diebesbande erwähnt. Das erschien ihr merkwürdig. Welche Diebesbande tötete denn mit Bügeleisen? Das musste schon ein seltsamer Zufall gewesen sein, der dem Mörder ausgerechnet ein solches Tatwerkzeug in die Hände gespielt hatte.

Schließlich machte sich Isolde auf den Weg. Sie hatte sich absichtlich Zeit gelassen, in aller Ruhe ihre Notizen verstaut, ganz langsam den Mantel zugeknöpft und den Hut neu gebunden, denn sie hatte gehofft, Robert würde sich ihr noch einmal zuwenden. Sie hätte ihn gern auf den Selbstmord der armen Kathie Mertens angesprochen, seine Version der Ereignisse gehört. Nicht, dass sie Bracht misstraute, doch auch der kannte die Geschichte nur vom Hörensagen. Es fiel ihr schwer, in Robert den kaltschnäuzigen Verführer zu sehen, der ein gutgläubiges junges Mädchen schändete und in den Tod trieb. Allerdings verbitterte es sie, wie abweisend und kühl er ihr gegenüber heute war. Und es gab ihr zu denken. Im Grunde kannte sie ihn überhaupt nicht. Er war ein Fremder. Unberechenbar. Gestern hatte sie das Gefühl gehabt, ihm ganz nah zu sein, so als wären sie zwei alte Freunde, heute war alle Nähe vergessen. Etwas war vorgefallen seit gestern Abend. Doch sie hatte keine Ahnung, ob es tatsächlich die ärmlichen Verhältnisse waren, in denen sie lebte, die Robert abgeschreckt hatten, oder ob etwas Anderes dahintersteckte.

Kühler Wind blies ihr ins Gesicht, als sie vor die Kirche trat. Der Regen hatte ausgesetzt, jedoch stoben dicke, graue Wolken über den Abendhimmel dahin, die nichts Gutes verhießen. Isolde schlenderte in Richtung Rheinufer. Die Gedanken an Robert musste sie vertagen, aber vielleicht konnte sie heute das Rätsel um die schwarzseidene Frau lösen. Möglicherweise ließ die Erscheinung sich blicken, wenn Isolde allein beim Schlossturm auftauchte. Schließlich war es denkbar, dass die Unbekannte Isolde beobachtete. In dem Fall hatte sie gestern gewusst, dass Robert in der Nähe wartete, und war deshalb nicht aufgetaucht.

Isolde bog in die Krämerstraße. Rechts lag das städtische Leihhaus, dahinter war der Schlossturm zu erkennen, an den sich der verfallene Flügel schmiegte. Die Erinnerung an das merkwürdige Licht durchzuckte Isolde. Der Keller. Die Nähe zu Robert. Rasch verdrängte sie die Bilder und marschierte auf den Schlossturm zu. Suchend schaute sie sich um. Niemand war zu sehen. Der Regen hatte wieder eingesetzt und fiel in langen dünnen Schnüren vom Himmel. Isolde stand zögernd vor der Ruine, den Kopf leicht gesenkt, um das Gesicht vor der Nässe zu schützen. Sie wusste, dass es unsinnig war, hier in der Dunkelheit und dem Regen herumzustehen und auf eine Frau zu warten, die vermutlich nicht erscheinen würde, aber sie konnte sich nicht dazu aufraffen weiterzugehen. Etwas hielt sie zurück. Es war, als müsse sie sich selbst beweisen, dass die Erscheinung nicht doch nur ein Produkt ihrer überreizten Nerven gewesen war.

Isolde stellte sich ganz dicht an den Turm, um möglichst gut vor dem Regen geschützt zu sein. Kaum hatte sie sich an die Mauer gedrückt, gefasst auf eine längere Wartezeit, da tauchte von der Wilhelmstraße her eine Gestalt auf. Auch sie beugte den Kopf schützend nach vorn, sodass Isolde das Gesicht nicht sehen konnte. Trotzdem erkannte sie die Frau sofort. Das schwarze Gewand war bereits vollkommen durchnässt, sie musste frieren ohne Mantel bei der Kälte. Das dunkle, mit grauen Strähnen durchzogene Haar, das zu zwei Zöpfen geflochten und über den Ohren festgesteckt war, betonte die blasse Farbe ihrer Haut. Die Frau sah auf, erblickte Isolde und zog rasch den Schleier vor ihr Gesicht, der am Hinterkopf in ihrem Haar festgesteckt war. Ohne zu zögern, kam sie auf Isolde zu.

»Seid gegrüßt, Isolde Heinrich. Ich sehe, Ihr habt auf mich gewartet.«

»Guten Abend, gnädige Frau. Würden es die Regeln der Höflichkeit nicht vorschreiben, dass Sie den Schleier vom Gesicht nähmen, damit ich sehe, mit wem ich es zu tun habe?«

»Ihr wisst, wen Ihr vor Euch habt, Isolde Heinrich.«

»Nein, bedauerlicherweise nicht. Sie geben sich als Geist der Jakobe von Baden aus, der Sie aber nicht sind. Wir haben heute ihre Gebeine gefunden. Die der wirklichen Herzogin Jakobe.«

Die Erscheinung schlug die Hand vor den Mund. Mit einem Mal sah sie nicht mehr im Entferntesten aus wie ein Geist aus vergangenen Zeiten aus, sondern nur noch wie eine hilflose alte Frau in aus der Mode gekommenen Gewändern. »Oh, mein Gott. Ich habe Euch doch gewarnt! Ihr dürft sie nicht ausgraben!«, rief sie entsetzt.

Erstaunt bemerkte Isolde, dass ihr Gegenüber ehrlich erschrocken war. Hielt sie sich denn tatsächlich für den Geist der Herzogin? Womöglich war sie eine Insassin der Irrenanstalt, die regelmäßig ihren Aufsehern entkam und durch die Stadt streunte. Die Anstalt lag allerdings in der Neustadt auf einem Feld ganz dicht am Rhein. Wenn die Frau dorther kam, war sie ein ordentliches Stück weit gelaufen. Kaum vorstellbar, dass sie unterwegs niemandem aufgefallen war.

»Was wird denn geschehen, wenn die Gebeine ausgegraben werden?«, fragte Isolde sanft.

»Das weiß ich nicht«, antwortete die Frau mit kläglicher Stimme. »Aber es muss etwas Schreckliches sein. Bitte sorgt dafür, dass es nicht so weit kommt, Isolde. Bitte!«

»Das kann ich nicht. Die Preußische Regierung hat die Umbettung der Gebeine angeordnet. Selbst wenn ich wollte, könnte ich nichts dagegen ausrichten.«

»Oh weh, oh weh! Wie soll das enden?« Die Frau verfiel in ein jämmerliches Wehklagen und wiegte verzweifelt den Kopf hin und her.

Isolde streckte den Arm aus und wollte nach ihr greifen, doch sie wich geschickt aus.

»Rührt mich nicht an!«, zischte sie und trat rasch ein paar Schritte zurück.

»Sagen Sie mir, wer Sie sind! Vielleicht kann ich Ihnen doch irgendwie helfen!« Hastig blickte Isolde in alle Richtungen, doch der Burgplatz war wie ausgestorben.

»Nein!« Die Frau stolperte weiter rückwärts, die Hände abwehrend vor das Gesicht erhoben. »Ich weiß, was Ihr wollt! Ihr wollt es mir wegnehmen! Nein! Niemand nimmt es mir weg. Geht! Geht fort! Lasst mich in Ruhe!«

Sie drehte sich einmal um die eigene Achse, so als hätte sie die Orientierung verloren, dann rannte sie in Richtung Marktstraße davon.

Doch diesmal ließ sich Isolde nicht überrumpeln. Rasch raffte sie Mantel und Kleid und lief der Gestalt hinterher. Es war stockdunkel, der Regen legte sich zusätzlich wie ein Schleier zwischen sie und die Flüchtende, dennoch war das schwarze, flatternde Gewand weithin zu sehen. Die Unbekannte war erstaunlich schnell, Isolde musste sich sputen, um sie nicht aus den Augen zu verlieren. Sie folgte ihr über den Burgplatz und durch die Marktstraße. An der Ecke zur Flingerstraße stieß die Frau mit einem schäbig gekleideten Mann zusammen, der sie packte und schüttelte. Hastig riss sie sich los und bog nach links. Der Angerempelte ballte die Hand zur Faust und schickte ihr ein paar deftige Flüche hinterher. Isolde gelang es mit Mühe, ihm auszuweichen, hastig stolperte sie der schwarzen Gestalt nach, die gerade in der Mittelstraße verschwand. Während sie durch die Straßen stürmte, überlegte Isolde fieberhaft, wo die Verfolgungsjagd enden mochte. Sie befanden sich jetzt in der Carlstadt. Das war nicht der

Weg zur Irrenanstalt, was allerdings nicht bedeutete, dass die Frau nicht dorthin gehörte. Vielleicht hatte sie sich verlaufen. Oder sie wählte absichtlich verschlungene Wege, um ihre Verfolgerin zu verwirren.

Isolde erreichte den Carlsplatz, gerade als die Frau in die Bilker Straße bog. Sie hatte sich kein einziges Mal umgedreht, dennoch schien sie zu wissen, dass sie immer noch gejagt wurde. Inzwischen war klar, dass sie einen Bogen geschlagen hatte: Zur Bilker Straße hätte sie vom Schloss aus immer nur geradeaus laufen brauchen.

Mit langen Schritten überquerte Isolde den menschenleeren Platz. Als sie kurz den Kopf hob, glaubte sie an einem der Fenster eines großen weißen Hauses das Gesicht des Tribunalrichters von Haupt zu erkennen. Rasch senkte sie den Blick. Hoffentlich hatte er sie nicht erkannt! Was sollte der Mann von ihr denken, wenn er sie um diese Zeit wie eine Besessene durch den Regen hasten sah? Womöglich würde er sie bei ihrer nächsten Begegnung nach dem Grund für ihre Eile fragen, und was sollte sie ihm dann antworten? Dass sie dem Geist der Herzogin Jakobe hinterhergelaufen war? Dass sie eine Verrückte verfolgt hatte, die aus der Irrenanstalt ausgebrochen war? Beide Varianten klangen wenig überzeugend und rückten Isolde kaum in ein vorteilhaftes Licht. Von Haupt würde vermutlich mit Bracht sprechen, und der käme dann womöglich auf die Idee, dass es besser sei, sich eine neue Schreibkraft zu suchen. Und zwar einen Mann. Ein Mann ging sachlich und nüchtern an die Dinge heran und litt nicht unter schwachen Nerven, die ihn Geister und entlaufene Geisteskranke sehen ließen.

Atemlos erreichte Isolde die Bilker Straße. Menschenleer lag sie im Dämmerlicht der tief hängenden Laternen. Von der schwarzseidenen Frau war nichts zu sehen. Schnell hastete sie weiter bis zum Schwanenmarkt, lugte dabei in jeden Hauseingang, jede Querstraße und jeden Winkel, doch die Gestalt war verschwunden.

Erschöpft blieb Isolde stehen. Ihr Atem ging keuchend, ihre Brust stach von der ungewohnten Anstrengung. Vor ihr lag der Schwanenspiegel in der Dunkelheit, er schimmerte schwach, die Regentropfen kräuselten seine Oberfläche. Isolde mochte den Teich und den kleinen Park, der ihn umgab. Im Sommer ging sie manchmal mit ihrer Mutter hier spazieren, wenn es ihr gut genug ging und das Wetter mild und sonnig war. Aber heute bereitete der Anblick Isolde keine Freude. Tränen der Wut und Enttäuschung brannten in ihren Augen. So nah war sie der rätselhaften Frau gewesen, und doch war sie ihr entwischt! Alles schien ihr in letzter Zeit zu missglücken. Diese Unbekannte hielt sie zum Narren, der Konsistorialrat glaubte offenbar, sie sei ein naives, leicht zu beeindruckendes Mädchen, das man vor der großen, bösen Welt beschützen musste, und dieser Robert Weitering spielte ein unehrliches Spiel mit ihr. Erst gab er vor, sie ernst zu nehmen, fragte sie nach ihrer Meinung zu Lohners Tod, begleitete sie zum Schlossturm, um nach dem vermeintlichen Geist Ausschau zu halten, und suchte mit ihr in der Ruine nach dem Ursprung des geheimnisvollen Lichtes. Dann plötzlich, am nächsten Tag, tat er so, als kenne er sie kaum und habe kein Interesse an ihrer Gesellschaft.

Machte sie denn alles falsch? Ließ ihre Menschenkenntnis tatsächlich so zu wünschen übrig?

Isolde lief durch die Haroldstraße und bog am Ende des Schwanenspiegels nach links. Ihre Tränen mischten sich mit den Regentropfen, die über ihre brennenden Wangen liefen. Sie dachte an Albert, an das Leben, das sie bald mit ihm führen würde, fern von Düsseldorf, fern von Clara, Bracht, der Schlossruine und allem, was ihr vertraut war. Sie hatte Angst vor diesem Leben, es schien ihr fremd, nicht ihres, sondern das einer Frau, die es noch nicht gab. Isolde Corte. Leise murmelte sie die Worte in den Regen. Isolde Corte. Wer weiß, vielleicht würde diese Frau sogar glücklich werden mit ihrem Mann, der ihr aufrichtig zugetan war.

Allmählich beruhigte sie sich. Vermutlich war sie wirklich ein wenig überspannt. Sie beschloss, keinen Gedanken mehr an den Geist oder an Robert Weitering zu verschwenden und sich einen geruhsamen Abend mit ihrer Mutter zu machen. Völlig durchnässt, aber einigermaßen gefasst erreichte sie wenig später das Haus an der Ecke zur Deichstraße.

KAPITEL IX

Er poltert absichtlich *so vor meiner Kammertür herum, damit ich nicht schlafen kann. Er will, dass ich weiß, dass er da draußen ist, mich bewacht, jederzeit bereit, seinen grausamen Racheplan zu Ende zu führen. Pfundtkeeß, der Teufel. Ich habe mir ein Wolltuch umgehängt und mich an den Sekretär gesetzt, von Schlaf kann keine Rede mehr sein. Die Kerze spendet ein wenig Licht, ich greife nach der Feder, denke an mein kleines Mädchen.*

Natürlich habe ich keine Ahnung, ob mein Neugeborenes ein Bub oder ein Mädchen war, doch ich stelle es mir immer als Mädchen vor. Mechthild nenne ich sie in Gedanken, nach meiner Mutter. Drei Jahre ist sie inzwischen alt, meine kleine Mechthild. Ich schließe die Augen und sehe sie aus einem Haus treten, einem weiß getünchten Herrenhaus, umgeben von einem Obstgarten. Die langen Ruten des blauen Rittersporns streichen knisternd über die Hauswand, rote Äpfel leuchten im Laub der Bäume, das kaum hörbar raschelt. Es duftet nach frischem Heu und Sonne. Mechthild trägt ein luftiges Kleid, ihr Haar fließt offen über ihre schmalen Schultern. Ein blauer Schmetterling flattert um sie herum, sie lacht und versucht, nach den schillernden Flügeln zu greifen.

Ich höre wieder die polternden Stiefel, der Sommergarten mit der kleinen Mechthild entgleitet mir. Ich sehe Männer, die mit langen Stecken im Wasser herumstochern. Sibylle steht an der Kaimauer und bellt harsche Anweisungen. Sie dreht sich um, entdeckt mich, und ruft mir etwas zu. Ich kann sie nicht verstehen, gehe neugierig auf die Männer zu, von denen einer gerade ein kleines Netz auswirft. Sibylle packt mich, doch ich schüttele sie ab und laufe weiter. Ich dränge mich zwischen den Männern hindurch und starre hinunter in das Wasser. Etwas schwimmt dort. Es ist klein und fleischfarben. Erst halte ich es für einen Tierkadaver, doch dann erkenne ich, dass es ein Säugling ist. Ich brülle wie ein Tier und breche zusammen. Kaum nehme ich wahr, wie sie mich zurück in meine Kammer bringen. Starr liege ich im Bett, habe nicht einmal die Kraft zu weinen.

Schwitzend hievten die Männer das Brett, auf dem sie den Sarg platziert hatten, über die Schuttreste hinauf in die Kirche und setzten es vorsichtig auf dem Boden ab. Isolde beobachtete sie, sah ihre konzentrierten Augen unter der feucht glänzenden Stirn, das Heben und Senken des Brustkorbs unter dem hochgekrempelten Hemd und das Spiel der Muskeln an den nackten Armen. Für einen Augenblick waren sie nichts als Körper für Isolde, ein perfektes Zusammenspiel von Haut, Muskeln, Sehnen und Bändern, zusammengehalten durch das heiß pulsierende Blut, das durch ihre Adern floss. Eines Tages würde dieses Blut versiegt sein. Nichts würde übrig bleiben von den vor Leben strotzenden Körpern als ein paar brüchige Knochen, genau wie jene, die die Männer gerade aus der Gruft schleppten.

Isolde blickte hinunter in das Loch. »Herr Konsistorialrat, da liegen ein paar Fingerknochen!«, rief sie und deutete hinunter.

Bracht eilte herbei, starrte in die Gruft und murmelte: »Verflixt. Bleibt einem denn nichts erspart?« Er drehte sich um und schritt auf den Sarg zu. Einen Augenblick lang tastete er in der Dammerde zwischen den Knochen herum, dann nickte er grimmig. »Ein Loch«, sagte er laut. »Im Sargboden ist ein Loch.«

Er drehte sich zu den Arbeitern um. »Ich möchte, dass drei von euch hinab in die Grube steigen und nach verlorenen Knochen suchen. Oder nach sonstigen kleinen Gegenständen, die aus dem Sarg gefallen sein könnten. Aber seien Sie vorsichtig. Nicht dass Sie aus Versehen auf die Knochen treten.« Er wandte sich Dr. Servaes zu, der resigniert die Achseln zuckte.

»Das Geschäft mit den Toten ist nicht unbedingt einfacher als das mit den Lebenden«, sagte der Arzt.

»Das sehe ich anders«, entgegnete Bracht. »Für wen graben wir die Gebeine denn aus? Die Verstorbene wird kaum etwas davon haben. Es sind immer die Lebenden, die eine Sache kompliziert machen.« Er bückte sich nach der Ledertasche, die an einen Pfeiler gelehnt stand, und fischte ein paar Bögen Papier hervor. »In diesem Sinne, Herr Dr. Servaes, würden Sie bitte durchsehen, was Fräulein Heinrich über den gestrigen Tag zusammengefasst hat? Ich möchte, dass alle Angaben korrekt sind. Vor allem die medizinischen Begriffe.«

Er reichte Servaes die Blätter. Der lächelte in Isoldes Richtung. »Ich bin mir sicher, dass alles seine Ordnung hat. Immerhin ist das Fräulein ja vom Fach.«

Bracht hob verwundert die Augenbrauen und Isolde senkte verunsichert den Blick. Sie war sich nicht im Klaren darüber, ob Servaes es ernst meinte oder sich über sie lustig machte. Sein ironischer Gesichtsausdruck verriet selten, was er tatsächlich dachte.

Die Arbeiter fanden etwa ein halbes Dutzend Knöchelchen in dem Loch. Bracht ließ bei Subprior Schweitzer eine Dose holen, in die er die aufgesammelten Teile legte. Danach schickte er nach Pfarrer Brewer.

Servaes reichte dem Konsistorialrat die Blätter. »Alles bestens«, versicherte er. »Doch ich würde mir die Gebeine heute gern noch einmal genau ansehen. Unten in dem Loch waren zu wenig Licht und Platz. Womöglich habe ich etwas übersehen.«

»Selbstverständlich«, antwortete Bracht. »Doch zunächst möchte ich, dass der Pfarrer seinen Segen spricht.«

Kurz darauf erschien Brewer mit einem Weihwassergefäß und leicht zerzaustem Haar. Es war immer noch so windig wie am Vortag, nur der Regen hatte sich vorübergehend gelegt. Der Geistliche sprach einen Segen über den Sarg. Die Arbeiter standen mit gesenkten Köpfen und gefalteten Händen da, Bracht murmelte leise das Miserere mit.

Schließlich ließ der Konsistorialrat die Lötstellen aufbrechen. Servaes beugte sich über die Gebeine und begann, Isolde eine ausführliche Bestandsaufnahme zu diktieren. Einzeln nahm er die Knochen aus dem Bleisarg, untersuchte sie und bettete sie dann in einen bereitgestellten, mit Nesseltuch ausgekleideten Holzsarg, der Jakobes endgültige Ruhestätte werden sollte. Er hatte kaum damit begonnen, als Kegeljan und Custodis in die Kirche traten, begleitet von einem jungen Burschen, der einen in ein dunkles Tuch gehüllten, eckigen Gegenstand trug. Custodis wies ihn an, diesen an eine Säule zu lehnen und das Tuch zu entfernen. Zum Vorschein kam ein auf Holz gemaltes Porträt einer jungen Frau, die dem Betrachter mit ernstem Blick entgegensah. Sie trug das dunkelbraune, lockige Haar zu einem Knoten hochgesteckt. Perlenohrringe schimmerten darunter hervor. Ihr Hals verschwand gänzlich hinter einem gefältelten weißen Kragen von der Größe eines Tellers, der den oberen Abschluss eines prächtigen schwarzen, mit weiteren Perlen und goldenen Knöpfen besetzten Gewandes bildete. Von diesem war jedoch nur ein kleiner Ausschnitt zu sehen, denn das Porträt endete unterhalb der Brust.

»Ah, das Bildnis der Jakobe!«, rief Bracht. »Dann wollen wir doch mal sehen. Dr. Servaes! Zeigen Sie uns den Schädel.«

Der Arzt beugte sich über den Sarg und hob behutsam den Schädel und den Unterkiefer heraus. Bracht stellte einen kleinen Schemel neben das Gemälde, auf dem Servaes die Knochen ablegte. Minutenlang starrten alle abwechselnd auf das Bildnis und den Schädel. Niemand sagte etwas. Selbst die Arbeiter hatten ihre Gespräche unterbrochen. Stumm standen sie da und warteten darauf, dass einer der gebildeten Herren ein Urteil abgab.

Schließlich räusperte sich Dr. Servaes. »Also, wenn ich die Schädelform betrachte, komme ich zu dem Schluss, dass es sich um ein und dieselbe Person handeln muss. Auch die Farbe des Haares stimmt in etwa überein. Aber ich würde gern einen weiteren Experten hinzuziehen.«

Bracht nickte nachdenklich. »Auch ich erkenne Ähnlichkeiten«, sagte er. »Doch ich stimme Ihnen zu: Wir sollten absolut sichergehen.« Er schaute auf. »Cornelius Fröhlich, treten Sie vor!«

Der Arbeiter tat, wie ihm geheißen.

»Laufen Sie rasch hinüber zur Kunstakademie. Fragen Sie nach Professor Thelott. Sagen Sie, der Herr Konsistorialrat Bracht braucht seine fachmännische Hilfe. Wenn es sich einrichten lässt, unverzüglich.«

Während Fröhlich zum Ausgang der Kirche eilte, drehte Bracht sich zu dem Arzt um. »Ich denke, das Urteil eines Zeichners, der einen geschulten Blick für Formen und Proportionen hat, sollte das ihre, welches aus medizinischer Sicht gefällt wurde, perfekt ergänzen.«

»Gut gedacht.« Servaes nickte. »Ich fahre inzwischen mit der Sichtung der Gebeine fort.« Er bedeutete Isolde, sich bereitzuhalten, und beugte sich wieder über den Sarg. Sie waren gerade bei den Oberschenkeln angekommen, als Fröhlich mit einem kurzatmigen, kleinen dicken Mann im Schlepptau in der Kirche auftauchte. Der Mann trat auf die Gruppe zu, verneigte sich vor jedem Einzelnen mit zackigen Bewegungen und murmelte dabei: »Professor Thelott. Angenehm.« Bei Isolde angekommen, zögerte er kurz, dann vollzog er auch vor ihr sein Begrüßungsritual. Zum Schluss nickte er den Arbeitern zu. Schließlich rieb er sich die Hände.

»Und, wo haben wir die junge Dame?« Suchend sah er sich um. Sein Blick fiel auf das Gemälde und den Schädel daneben. »Ah.« Er näherte sich dem Bild. »Keine schlechte Arbeit. Nicht von einem Meister, aber doch gutes Handwerk. Könnte die Kopie einer Meisterhand sein.« Er kniff die Augen zusammen und fuhr mit dem Finger über die Farbe.

Bracht räusperte sich. »Uns geht es um die Frage, ob der Schädel zu der Gesichtsform des Bildnisses passt.«

»Ja. Natürlich«, murmelte Thelott. Er kniete sich auf den Boden, tastete den Schädel ab, fuhr mit den Fingern über jede einzelne Wölbung. In der Kirche war nichts zu hören außer seinem Schnaufen und einem gelegentlichen Gähnen unter den Arbeitern. Schließlich drehte Thelott den Schädel so, dass er genau im gleichen Winkel stand, in dem die Frau auf dem Gemälde abgebildet war. Unzählige Male wanderte sein Blick hin und her. Endlich erhob er sich schwer atmend und wandte sich an Bracht. »Eindeutig, Herr Konsistorialrat. Das ist dieselbe Frau. Wirklich bemerkenswert. Es handelt sich also um die Herzogin Jakobe von Baden?«

»Davon gehen wir aus.«

»Und Sie sind sicher, dass es sich bei dem Gemälde um ein Porträt der Jakobe handelt?«

»Absolut.« Franz Custodis war vorgetreten. »Seit Generationen befindet sich dieses Werk im Besitz der Familie meiner Frau, und es war dort immer nur als Bildnis der Jakobe bekannt. Erst vor wenigen Jahren wurde nach seiner Vorlage ein Kupferstich angefertigt. Den müssten Sie kennen.«

Bracht musterte Thelott stirnrunzelnd. »Haben Sie Zweifel?«

Thelott schüttelte den Kopf. »Nein. Zumindest, was das Alter des Kunstwerks angeht, hege ich keinerlei Zweifel. Es handelt sich um eine Arbeit aus dem ausgehenden 16. Jahrhundert. Das erkennt man auch an der Kleidung der Dame. Das schwarze Gewand, der große weiße Kragen. Auch erinnere ich mich an den Kupferstich, jetzt, da Herr Custodis ihn erwähnt.

Eine vorzügliche Arbeit.« Wieder rieb er sich die Hände. »Dann haben Sie sie also gefunden.« Er näherte sich dem Sarg und blinzelte hinein. »Sehr interessant. Wirklich faszinierend.« Er drehte sich zu Bracht um. »Was geschieht nun mit ihr?«

»Sie wird in der herzoglichen Gruft in St. Lambertus beigesetzt, sobald die Untersuchung abgeschlossen ist.«

»In St. Lambertus. Soso. Also kommt sie zu ihrem schwachsinnigen Gatten und zu ihrem verhassten Schwiegervater. Davon wird sie vermutlich nicht sehr entzückt sein.«

Bracht schnaubte verächtlich. Servaes lachte leise. Die Arbeiter schielten verunsichert auf die Gebeine, so als fürchteten sie, die Knochen könnten aus dem Sarg fahren, erbost darüber, dass man sie nach all der Zeit mit denen vereinte, die ihnen einst das Leben zur Hölle gemacht hatten. Isolde folgte ihrem Blick und dachte an die schwarzseidene Dame. War es das, wovor sie solche Angst hatte?

Bracht verabschiedete den Kunstprofessor, Servaes und Isolde machten sich wieder an die Arbeit. Kurz vor der Mittagspause waren sie fertig.

Ein Bote des Apothekers Kahler erschien, um die metallischen Teile, die man in der Dammerde gefunden hatte, mitzunehmen. Kahler sollte sie untersuchen, um festzustellen, ob sich edle Metalle darunter befänden. Der Konsistorialrat gab dem Burschen in einer zweiten Dose das weiche Gewebe mit, dessen Überreste man über dem Schädel und an der Seite des Gerippes gefunden hatte. »Sag deinem Herrn, dass ich am Nachmittag vorbeischaue, um mich von dem Ergebnis der Untersuchung unterrichten zu lassen«, rief er dem Burschen nach.

Sie ließen zwei Arbeiter und den Kaplan Bernhard Capelle als Wache zurück und verschlossen die Kirche. Bracht bat Kegeljan und Custodis, um vier Uhr wiederzukommen. Servaes sollte ihn vorher zum Apotheker begleiten, er versprach, sich um zwei bei Bracht am Stiftsplatz einzufinden.

Isolde und Bracht schlug der Duft von gebratenem Speck entgegen, als sie das Haus betraten. Die Haushälterin nahm ihnen die Mäntel ab und bat sie, sich gleich zu Tisch zu begeben, da das Essen bereits fertig sei. Kaum hatten die beiden Platz genommen, servierte die Frau eine dampfende Kartoffelsuppe, auf der knusprige Speckwürfel schwammen. Dazu reichte sie Brot und Schmalz. Bracht aß nur eine kleine Portion, doch Isolde griff hungrig zu. Wie so oft hatte sie daheim kaum etwas gefrühstückt, weil sie noch etliche Dinge hatte erledigen müssen, bevor sie sich auf den Weg zur Arbeit machen konnte. Der Mutter ging es immer noch nicht gut. Mit Mühe hatte Isolde ihr ein paar Löffel Grießbrei verabreicht, und hatte danach noch schnell zur Pumpe laufen müssen, da das Wasser aufgebraucht gewesen war.

Bracht betrachtete sie lächelnd, während sie mit Appetit die Suppe verspeiste. Verlegen hielt sie inne, als sie seine Blicke bemerkte, doch der Konsistorialrat winkte ab. »Lassen Sie sich nicht stören, Fräulein Heinrich. Sie arbeiten wie ein Mann, da dürfen Sie auch wie ein Mann essen. Es freut mich, dass Sie einen so guten Appetit haben.«

Isolde setzte ihre Mahlzeit fort, doch Brachts Worte gingen ihr nicht aus dem Kopf. Sie hatte den Unterton genau vernommen, auch wenn sie nicht sicher war, was er damit hatte sagen wollen. Wie kam es nur, dass in allem, was andere über sie sagten, leichter Spott mitzuschwingen schien? Lag es an ihrer eigenen Wahrnehmung, bildete sie sich etwa ein, überall nur Hochmut und Arroganz zu begegnen, oder machten sich Männer wie Bracht oder Servaes tatsächlich fortwährend darüber lustig, dass sie versuchte, in ihr Revier einzudringen und wie sie zu denken und zu handeln?

Nach dem Essen reichte die Zeit gerade noch für einen kurzen Brief, dann klingelte Servaes und sie machten sich zu dritt auf den Weg in die Flingerstraße, wo Kahlers Apotheke lag. Der Mann empfing sie höchstpersönlich an der Tür. Isolde durchzuckte eine vage Erinnerung, als sie ihn sah, doch bevor sie nach dem Bild vor ihrem inneren Auge greifen konnte, war es verschwunden. Unauffällig musterte sie den Apotheker. Er war ausgesprochen groß, hager und fast vollständig ergraut, sein struppiger Backenbart ließ das schmale Gesicht noch dünner erscheinen. Seine hellen Augen blitzten wachsam unter den buschigen Brauen hervor. Er begrüßte Bracht und Servaes, musterte Isolde mit bohrendem Blick und ging dann voraus in das Hinterzimmer seiner Apotheke, in dem er die Arzneien zubereitete. Es handelte sich um einen recht dunklen, kleinen Raum, dessen Wände nahezu vollständig mit Regalen bedeckt waren, in denen bauchige Gläser unterschiedlicher Größen aufbewahrt wurden. Manche enthielten Flüssigkeiten, andere Pulver. An der linken Wand stand ein gusseiserner Trockenofen, darüber in einem Regal reihten sich verschiedene Glaskolben. In der Mitte des Raums befand sich unter zwei pendelnden Kerzenleuchtern ein großer Tisch. Auf seiner hölzernen Platte standen einige Schalen und Gläser sowie eine große schwarze Waage. Ein Mann hatte ihnen über ein Gefäß gebeugt den Rücken zugekehrt und begutachtete den Inhalt durch eine Lupe.

»Ich habe mir einen Kollegen als Assistenten herbeigebeten«, erklärte Kahler, als sie den Raum betraten. »Darf ich vorstellen, Fritz Corte aus Solingen. Das sind der Kreisphysikus Dr. Servaes und der Konsistorialrat Bracht.«

»Und das Fräulein Isolde Heinrich«, fügte Dr. Servaes hinzu. »Brachts tüchtige Schreibkraft.«

Corte legte die Lupe weg, drehte sich langsam um und trat auf Bracht zu.

»Herr Konsistorialrat.« Er schüttelte dem Geistlichen die Hand, dann begrüßte er Servaes. Zuletzt wanderte sein Blick zu Isolde, die er lange schweigend ansah. »Fräulein Heinrich«, sagte er dann mit gepresster Stimme und deutete eine Verbeugung an.

Bevor Isolde etwas erwidern konnte, ergriff Kahler erneut das Wort. »Wir sollten zur Tat schreiten. Corte und ich sind bereits mit allen Untersuchungen fertig.«

Bracht und Servaes traten an den Tisch. Benommen registrierte Isolde, wie Kahler ihnen die Ergebnisse präsentierte. Sie waren mehr als dürftig. Sämtliche Metallteile hatten sich als minderwertig erwiesen. Kein Gold oder Silber war darunter gewesen. Trotzdem verkündete Kahler die Resultate, als hätte er das Rezept zur Goldgewinnung aus Erde entdeckt. Corte stand schweigend neben ihm. Er schien Kahlers Präsentation gebannt zu lauschen, doch Isolde spürte, dass seine ganze Aufmerksamkeit ihr galt. Allerdings begriff sie nicht, weshalb. Sie war ihrem künftigen Schwiegervater einige Male begegnet. Immer wieder war ihr aufgefallen, wie unnahbar und kühl der Mann war. Ganz anders als sein Sohn, dem man jede Gefühlsregung im Gesicht ablesen konnte. Doch so abweisend wie heute hatte sich der alte Corte ihr gegenüber noch nie verhalten. Isolde konnte sich keinen Reim darauf machen. Wollte er nicht, dass die übrigen Herren erfuhren, in welchem Verhältnis sie zueinander standen? War es ihm unangenehm, beruflich mit seiner zukünftigen Schwiegertochter zu tun zu haben?

Die Herren tauschten inzwischen Spekulationen darüber aus, warum keine Edelmetalle in dem Grab der Herzogin zu finden gewesen waren.

»Grabräuber«, erklärte Dr. Servaes. »Schließlich haben sich in den letzten Jahrzehnten eine ganze Reihe plündernder Soldaten in der Stadt aufgehalten. Die Franzosen. Die Kosaken.«

Bracht nickte. »Ja, das wäre möglich. Immerhin waren weder der Sarg noch die Grabstätte unversehrt. Wir müssen uns die Gruft nachher noch einmal ganz genau ansehen. Im Übrigen wäre auch die Überschwemmung eine gute Gelegenheit gewesen, sich an dem Grab zu schaffen zu machen.«

»Überschwemmung?« Kahler zog die buschigen Brauen hoch.

»Sie sind noch nicht lange in Düsseldorf«, erläuterte Bracht. »Hin und wieder tritt der Rhein über die Ufer. Schon einige Male standen bei Hochwasser große Teile der Stadt unter Wasser. So auch im Jahr 1784. Damals lockerten sich die Bodenplatten in der Kreuzherrenkirche und mussten neu verlegt werden. Schon möglich, dass einer der Arbeiter bei der Gelegenheit die Gruft entdeckt und geplündert hat.«

»Wenn es damals noch was zu holen gab«, warf Servaes ein. »Es ist genauso gut möglich, dass sich schon vor hundert oder zweihundert Jahren Grabräuber Zugang verschafft und alles Wertvolle mitgenommen haben.«

»Sofern es denn etwas Wertvolles gab«, ergänzte Kahler. »Wenn ich recht informiert bin, wurde die Herzogin ja nicht gerade standesgemäß bestattet.«

»Richtig.« Bracht nickte. »Wir werden es wohl nie genau erfahren. Gibt es sonst noch etwas? Was ist mit dem weichen Material, das ich ihnen schicken ließ? Konnten Sie daraus etwas schließen?«

Kahler schüttelte den Kopf. »Leider nicht. Zu meinem Bedauern muss ich gestehen, dass das Material sich vollständig aufgelöst hat, als wir es zum Reinigen in warmes Wasser gaben.«

Bracht fuhr sich mit der Hand über das Kinn. »Dann war es das wohl. Ich werde Ihre Angaben in meinen Bericht aufnehmen und Sie dann zu gegebener Zeit bitten, mir die Richtigkeit durch Ihre Unterschrift zu bestätigen.«

Kurz darauf brachen die drei auf. Corte verabschiedete Isolde ebenso kühl, wie er sie begrüßt hatte, und sie hoffte, dass Bracht es nicht bemerkt hatte, sonst würde er sie mit Sicherheit später darauf ansprechen. Immerhin wusste er ganz genau, dass Cortes' Sohn mit ihr verlobt war.

Sie liefen zurück zur Kirche, wo Kegeljan und Custodis sie erwarteten. Robert Weitering war nicht gekommen. Es begann bereits zu dämmern, und im Schein der Laternen, die die Arbeiter entzündet hatten, wirkte das Bildnis der Jakobe, das immer noch an der Säule lehnte, beinahe lebendig. Ihre braunen Augen schienen zu leuchten, ihr Blick schien den Menschen, die mit so viel Mühe ihre Gebeine ausgegraben hatten, etwas sagen zu wollen, doch ihre Lippen blieben stumm. Isolde trat an das Gemälde heran, fragte sich, was für Gedanken dieser Frau wohl durch den Kopf gegangen sein mochten, während sie für den Maler Modell gesessen hatte. Sie wirkte jung und schön, Zuversicht sprach aus ihren Zügen. Wohl kaum hatte sie sich ausgemalt, dass dieses Bildnis einmal zum Vergleich mit ihrem Totenschädel würde herhalten müssen, den fremde Menschen mehr als zweihundert Jahre nach ihrem Tod aus ihrem Sarg genommen hatten.

Isolde presste die Lippen zusammen und wandte sich ab. Wie gut, dachte sie, dass man im Voraus keine Kenntnis davon hat, was das Schicksal für einen bereithält. Wie hätte diese Frau wohl dreingeblickt, wenn sie gewusst hätte, dass sie eines Tages in ihrem eigenen Bett erdrosselt werden würde?

»Fräulein Heinrich!«

Isolde fuhr herum. Dem Blick nach, den Bracht ihr zuwarf, hatte er bereits mehrfach nach ihr gerufen.

»Ja, Herr Konsistorialrat?«

»Sind Sie bereit, noch einmal in die Gruft hinabzusteigen? Wir möchten den Zustand des Gemäuers protokollieren.«

»Selbstverständlich.«

Zu dritt stiegen sie hinab in die Gruft, Isolde, Bracht und Dr. Servaes. Kegeljan und Custodis warteten oben.

Die beiden Männer begutachteten zunächst die Stelle, an der die Mauer aufgebrochen und wieder zugemauert worden war. Sie befand sich in der Wand, die diese Gruft von der trennte, die sie zuallererst, am vergangenen Samstag, gefunden hatten. Bracht diktierte Isolde den Zustand des Mauerwerks. »Ich nehme an, dass jemand sich von der Nachbargruft aus Zugang verschafft hat«, fügte er hinzu.

»Klingt einleuchtend«, ergänzte Servaes. »Vor allem, da diese Gruft keinen Eingang hat, die angrenzende jedoch sehr wohl.«

»Bleibt nur die Frage, wann das geschehen ist.« Bracht kratzte prüfend an dem Mörtel.

»Sieht ziemlich alt aus«, meinte Servaes. »Aber genau lässt es sich wohl kaum sagen. Aus meiner Sicht könnte es sowohl zehn als auch hundert Jahre her sein.«

Isolde räusperte sich. »Wenn ich etwas sagen darf, Herr Konsistorialrat.«

Bracht drehte sich zu ihr um. »Aber sicherlich, Fräulein Isolde. Was gibt es?«

Isolde deutete auf die westliche Wand, an der das Kopfende des Sargs gestanden hatte. »Sehen Sie sich den Abdruck des Griffs an, der sich im Mörtel abgezeichnet hat.«

»Ja«, erwiderte Bracht. »Den haben wir doch schon bemerkt. Er beweist, dass der Sarg irgendwann von seinem Platz gerückt wurde, denn als wir ihn fanden, stand er nicht unmittelbar an der Wand.«

»Ich meine etwas anderes.« Isolde griff nach der Laterne, die die Männer auf dem Boden der Gruft abgestellt hatten, und hielt sie dicht vor die Mauer. »Hier ist etwas Rotbraunes entlang des Abdrucks. Wenn ich das richtig sehe, ist es Rost.«

Bracht trat näher. »Tatsächlich.«

»Und das bedeutet«, fuhr Isolde fort, »dass jemand den Sarg erst einige Zeit, nachdem er in die Gruft gestellt wurde, von seinem Platz gerückt hat. Schließlich braucht es eine Weile, bis so ein eiserner Griff anfängt zu rosten.«

»Hmm.« Bracht fuhr mit dem Zeigefinger über den Abdruck. »Nehmen Sie das ins Protokoll auf, Fräulein Heinrich. Wir halten also fest: Irgendwer hat die Gruft gewaltsam geöffnet, dann den Sarg, denn auch der war nicht unversehrt. Möglicherweise hat er Wertgegenstände entnommen, die Aufschluss über die Identität der Bestatteten hätten geben können. Vielleicht eine Kette oder einen Ehering. Was weiß ich. Wir können nicht genau sagen, wann dies geschehen ist, doch es war mit Sicherheit nicht kurz nach der Beisetzung und auch nicht unmittelbar vor dem Auffinden der Gruft.« Bracht hielt inne und sah Servaes fragend an, der zustimmend nickte. »Gut, dann wären wir so weit. Ich denke, hier unten gibt es nichts mehr zu finden. Ich werde Custodis bitten, eine Skizze von der Gruft und der Lage des Sargs anzufertigen. Er ist Kunstsachverständiger und kein unbegabter Zeichner.«

Die Herren ließen Isolde den Vortritt, die geschickt wieder hinaufkletterte. Bracht und Servaes folgten ihr. Oben angekommen, schrieb Isolde das Protokoll zu Ende. Eine Mischung aus Stolz und Bitterkeit überkam sie, als sie den Rost im Abdruck des Griffs erwähnte. Einerseits hatte sie ein wichtiges Detail entdeckt und die richtigen Schlussfolgerungen gezogen. Andererseits hatte Bracht ihren Beitrag mit keinem Wort gewürdigt.

Während sie ihre Aufzeichnungen ergänzt hatte, waren die Männer übereingekommen, den neuen Sarg noch heute in die Lambertuskirche zu überführen. Damit dies nicht zu viel Aufmerksamkeit erregte, wollte man die Überführung im Schutz der Dunkelheit vollziehen. Die Regierung sollte dann entscheiden, wann und in welcher Form die offizielle Beisetzung der Gebeine stattfinden würde. Bracht schickte zwei Arbeiter fort, die übrigen vier wurden benötigt, um den Sarg zu tragen. Draußen war es beinahe dunkel. Noch eine halbe Stunde wollte man warten. Kegeljan eilte nach St. Lambertus, um in der Kirche alles für die Ankunft des Sargs vorzubereiten zu lassen. Servaes nahm den Schädel von dem Schemel, auf dem er noch immer ruhte, und legte ihn zurück zu den übrigen Knochen. Custodis verhüllte das Bild, die verbliebenen Arbeiter räumten ihre Geräte weg.

Bracht stand gedankenverloren vor dem Bleisarg und studierte den Inhalt. Mehr als eine Handvoll Dammerde war nicht mehr übrig. Plötzlich tauchte seine Hand ins Innere. »Dr. Servaes!«, rief er. »Ich glaube, ich habe hier noch etwas.«

Servaes trat näher und betrachtete den kleinen weißen Gegenstand, den der Geistliche zwischen Daumen und Zeigefinger in die Luft hielt. »Ein Zahn. Sollen wir ihn mit in den Sarg legen?«

Bracht schüttelte den Kopf. »Nein. Wer weiß, wofür man ihn später einmal gebrauchen kann. Wir werden ihn gesondert aufbewahren, ebenso wie die Haarsträhnen. Vielleicht gibt es eines Tages Untersuchungsmethoden, dank derer man die Gebeine anhand dieser Fundstücke eindeutig identifizieren kann.«

Servaes runzelte die Stirn. »Mit einem einzelnen Zahn und einem Büschel Haare, meinen Sie? Wie sollte das gehen?«

»Keine Ahnung«, erwiderte Bracht, »das ist nur so eine Idee. Ob ich richtig liege, wird die Zeit erweisen. Wenn Sie einem alten Germanen erzählt hätten, dass es eines Tages Geräte geben würde, mit denen man zu jeder Zeit des Tages genau sagen könne, welche Stunde gerade ist, auch wenn die Sonne von schwarzen Wolken verhüllt wird, oder Waffen, aus denen tödliche Kugeln mit einem Feuerstoß hinausgetrieben werden, hätte er vermutlich nicht weniger skeptisch dreingeblickt als Sie eben, Dr. Servaes.«

Der Arzt lächelte. »Ich wusste gar nicht, dass Sie ein Mann der Wissenschaft sind, Herr Konsistorialrat.«

»Ich bin ein Mann der Vernunft, Dr. Servaes. Das ist etwas ganz anderes.« Bracht legte den Zahn in eine Dose und schickte Isolde damit zu sich nach Hause. »Geben Sie die ab und sagen Sie Bescheid, dass es heute später wird, Fräulein Heinrich. Sie können sich dann von dort aus auf den Heimweg machen. Es ist bereits nach sechs. Ich brauche Sie heute nicht mehr.«

Isolde nahm die Dose entgegen. »Ich würde gern bleiben, Herr Konsistorialrat. Ich war jeden Tag während der Grabungen zugegen, da möchte ich auch daran teilhaben, wenn die Gebeine umgebettet werden.«

»Das dachte ich mir«, brummte Bracht und sah sie durchdringend an. »Dann kommen Sie meinetwegen wieder, wenn Sie die Dose abgeliefert haben.«

Zwei Stunden später setzte sich ein seltsamer Zug von der Kreuzherrenkirche durch die Altestadt in Bewegung. Voran ging der Pfarrer von St. Lambertus, Adam Brewer, ihm folgten vier Tagelöhner, die einen schlichten Holzsarg trugen. Hinter dem Sarg marschierten der Konsistorialrat Bracht, seine Schreibkraft, Isolde Heinrich, der Kreisphysikus Dr. Servaes, der geheime Rat Franz Wilhelm Custodis, der Kanonikus Franciscus Kegeljan, der Subprior Schweitzer, der es sich nicht hatte nehmen lassen, ebenfalls teilzunehmen, sowie ganz am Schluss des Zuges der Tribunalrichter von Haupt Seite an Seite mit Kaplan Bernard Capelle. Schweigend liefen sie die wenigen Meter bis zum Stiftsplatz. Niemand begegnete ihnen, es war inzwischen fast neun Uhr abends. Einmal glaubte Isolde in der Einmündung zur Liefergasse eine schwarz gekleidete Gestalt zu sehen, doch als sie sich umdrehte, war die Erscheinung verschwunden. Isolde straffte die Schultern. Sie hatte sich vorgenommen, sowohl die merkwürdige, schwarz gekleidete Frau als auch Robert Weitering aus ihren Gedanken zu verbannen. Der Tag war so ereignisreich gewesen, dass es ihr auch beinahe gelungen war. Lediglich als sie bei Apotheker Kahler gewesen waren, und Fritz Corte sich so abweisend ihr gegenüber verhalten hatte, war ihr der Unterschied zwischen ihrem schlichten Verlobten Albert und dem weltgewandten, gebildeten Robert Weitering schmerzhaft bewusst geworden. Albert war eine treue Seele, doch solche Gespräche, wie sie mit Robert stattgefunden hatten, würde sie mit ihm nicht führen können. Was nützte es, sich darüber den Kopf zu zerbrechen? Für Robert war die vorübergehende Vertrautheit, die sich zwischen ihnen eingestellt hatte, offenbar Vergangenheit. Der Vergleich zwischen ihm und Albert war also in doppelter Hinsicht sinnlose Selbstquälerei.

Der Zug schritt durch das Kirchenportal und Isolde mahnte sich zur Besinnung. Sie war hier, um der Herzogin auf dem Weg zu ihrer letzten Ruhestätte Geleit zu geben, und beschäftigte sich doch nur mit ihren eigenen lächerlichen Sorgen.

Die vier Arbeiter setzten den Sarg mit den Gebeinen der Jakobe auf Anweisung Brewers vor dem Grabmahl ihres Schwiegervaters, des Herzogs Wilhelm, ab. Zum zweiten Mal an diesem Tag sprach der Pfarrer einen Segen über die sterblichen Überreste der Herzogin. Danach ließ er Kerzen entzünden und deckte den Sarg mit einem schwarzen Tuch ab. Einen Augenblick lang standen alle schweigend in dem dämmrigen Gotteshaus, dann beendete Bracht die Stille. Er bat die Arbeiter, sich am nächsten Tag wieder in der Kreuzherrenkirche einzufinden. Um sicherzugehen, dass sie die richtigen Gebeine gefunden hatten, wolle er auch noch den Rest des Chors durchsuchen lassen. Isolde solle jedoch ab sofort wieder an seinem Schreibtisch arbeiten. Dort stapelten sich inzwischen die Berichte und Schreiben, um die sich zu kümmern sei.

Die Gesellschaft zerstreute sich, Isolde machte sich auf den Heimweg, ohne vorher beim Schlossturm vorbeizugehen. Sollte die schwarz gekleidete Dame doch jemand anderen mit ihren Geschichten unterhalten. Sie musste auf dem schnellsten Weg nach Hause, die Mutter erwartete sie sicherlich schon ungeduldig.

Es war nach halb zehn, als Isolde an der Ecke zur Deichstraße ankam und durch die Toreinfahrt schritt. Verwundert stellte sie fest, dass in der Küche Licht brannte. Rasch trat sie ein und entdeckte zu ihrer Überraschung Clara, die mit dem Abwasch beschäftigt war.

Als sie Isolde bemerkte, fuhr Clara herum. »Isolde! Da bist du ja endlich! Deine Mutter hat sich furchtbare Sorgen gemacht. Jetzt schläft sie glücklicherweise. Ich habe ihr erzählt, du hättest noch dringende Arbeiten für den Herrn Konsistorialrat zu erledigen.«

»Ich danke dir, liebste Clara. Es tut mir leid, dass ich so spät bin. Ich hätte Mutter Bescheid geben sollen. Heute wurden die sterblichen Überreste der Herzogin Jakobe in die St. Lambertuskirche überführt, und ich wollte unbedingt dabei sein.«

»Was du nur mit dieser Jakobe hast.« Clara lächelte schwach, doch ihre Augen wirkten nicht fröhlich.

»Was ist mit dir, Clara? Warum bist du hier? Sag bloß, Mutter hat nach dir rufen lassen. Eigentlich kümmert sich die Jungfer Katarine um sie, wenn ich nicht da bin.«

Clara schüttelte den Kopf und setzte sich an den Tisch. »Ich bin hergekommen, um mit dir zu sprechen.« Sie starrte auf die Tischplatte. »Heute Abend hatte ich einen furchtbaren Streit mit Gustav. Wegen der Kleinen. Ich habe auf deinen Rat gehört und den Arzt kommen lassen, nicht den, der vor ein paar Wochen da war, sondern den Doktor Dermeld aus der Kasernenstraße. Ich habe gehört, dass er sehr gut sein soll. Er hat Gertrud eine Arznei verschrieben und gesagt, dass der Husten bald besser werden müsse, sonst solle ich nochmals nach ihm rufen lassen. Der Besuch war nicht billig und auch die Arznei hat acht Stüber gekostet, ich habe sie beim Apotheker Kahler bereiten lassen. Als Gustav heimkam, wusste er bereits, dass Dr. Dermeld im Haus gewesen war. Er hat furchtbar geschimpft: ›Das ganze Geld, das ich mit harter Arbeit verdiene, wirfst du zum Fenster hinaus, du holst teure Ärzte, wo ein Hausmittel den gleichen Dienst täte, kaufst feine Stoffe für Kleider, die eine anständige Frau sich schämen würde zu tragen.‹« Tränen schimmerten in Claras Augen. »Ich weiß, es ist seine Mutter, die aus ihm spricht. Sie war von Anfang an gegen unsere Heirat. Ein leichtfertiges Mädchen hat sie mich geschimpft und an den Kleidern herumgemäkelt, die ich trug. Schamlos sei ich, eine Schande für die Familie Rieder. Dabei war mein Vater ein angesehener Optiker, Gustavs dagegen ein einfacher Fuhrmann.«

Clara schluchzte laut auf, Isolde, die sich zu ihr gesetzt hatte, sah sie fassungslos an. Ihr Haar war lieblos unter der Haube hochgesteckt, sie wirkte müde und blass. Sie trug das gleiche Kleid wie am Dienstag, die Flecken waren notdürftig ausgewaschen, unterhalb der Brust war ein neuer hinzugekommen. Rasch nahm Isolde sie in den Arm, ließ sie weinen, bis sie sich ein wenig beruhigt hatte.

Schließlich sagte sie: »Ich wollte nicht, dass du meinetwegen Ärger bekommst. Ich habe mir nur solche Sorgen um Gertrud gemacht.«

Clara machte sich los. »Es ist nicht deine Schuld. Der Arzt hat gesagt, dass es wirklich schlecht um sie bestellt ist. Manchmal denke ich, der Himmel straft mich für meine Sünden!« Wieder schluchzte sie, schlug die Hände vors Gesicht.

»Was denn für Sünden, Clara? Du bist eine brave, fleißige Hausfrau und Mutter. Du hast als junges Mädchen schöne

Kleider, Tanz und Theater geliebt. Daran ist nichts verwerflich.«

Clara wischte sich die Tränen mit dem Ärmel weg. »Das ist nicht die ganze Wahrheit«, flüsterte sie. »Ich habe gesündigt. Und jetzt muss die kleine Gertrud dafür büßen.«

»Unsinn!«

Clara schüttelte stumm den Kopf. Dann sagte sie: »Schwöre bei deinem Leben, dass du es niemandem erzählst.«

»Was denn?«

»Schwöre es.«

»Ich schwöre, Clara.« Isolde blickte ihre Freundin unsicher an. Eine leise Ahnung stieg in ihr auf.

»In jenem Herbst«, begann Clara, »als ich Gustav heiratete, zogen die Franzosen aus Düsseldorf ab. Kurz nach der großen Schlacht bei Leipzig war das. Du erinnerst dich sicher an das Durcheinander in der Stadt. Verwundete, Flüchtende, die Kavalleriekaserne wurde niedergebrannt.«

Isolde nickte. Sie hatte die Wirren, kurz nachdem Napoleon besiegt worden war, noch deutlich vor Augen. Am meisten Angst hatte sie vor den Kosaken gehabt, die wenige Wochen nach der Flucht der Franzosen die Stadt gestürmt hatten. Etwas Düsteres, Bedrohliches war von ihnen ausgegangen. Sie hatten Quartier in der ehemaligen Kreuzherrenkirche bezogen, sogar ihre Pferde in dem Gotteshaus untergestellt.

»Da war einer unter den Flüchtenden, Jacques hieß er, der war so elegant und schneidig, er hat mir gefallen wie kein Mann zuvor. Er war verwundet. Ich habe ihn in der Werkstatt meines Vaters versteckt – du weißt ja, sie stand leer, Vater war im Frühjahr verstorben – und gesund gepflegt. Zehn Tage hat er dort ausgeharrt, dann habe ich ihm einen Nachen besorgt, damit er über den Rhein setzen konnte. Ich habe mir ausgemalt, wie es wäre, mit Jacques in die Bretagne zu fliehen, daher stammte er. Aber das waren natürlich Träumereien.«

Clara sah aus dem Fenster in die Nacht, ihre Augen hatten etwas Leuchtendes, das Isolde seit Jahren nicht mehr dort gesehen hatte.

»Ich weinte drei Tage ohne Unterlass, nachdem er fort war«, erzählte Clara weiter. »Es war, als hätte man mir das Herz aus der Brust gerissen. In wenigen Wochen sollte ich einem Mann schwören, ihn zu lieben, bis der Tod mich von ihm scheide, dabei liebte ich doch einen anderen, einen, von dem der Krieg mich für immer geschieden hatte. Bereits am Hochzeitstag wusste ich, dass ein Teil von Jacques für immer bei mir bleiben würde.« Clara lächelte. »Gertrud.«

Isolde starrte Clara entsetzt an. »Gertrud ist die Tochter dieses Soldaten?«

Clara nickte. »Bitte verurteile mich nicht! Es trifft mich jeden Tag aufs Neue bis ins Mark, wenn ich sehe, wie liebevoll Gustav der Kleinen über das Haar streicht, sie seine Große nennt. Dennoch würde ich wieder genauso handeln, wenn ich die Wahl hätte.« Fast trotzig sah sie Isolde an. Dann senkte sie den Kopf. »Doch jetzt fürchte ich, präsentiert mir der Herrgott die Rechnung für mein Vergehen. Er nimmt mir das Kind, das nie rechtmäßig meins war.«

Isolde sah Clara schweigend an. Sie rief sich die Tage der Kriegswirren ins Gedächtnis. Sie war so mit sich selbst beschäftigt gewesen, mit der kranken Mutter, der es mit jedem Tag, den der Vater nicht aus Russland zurückkehrte, schlechter ging, dass sie nicht bemerkt hatte, was mit Clara los war. Dass ihre Freundin ein Geheimnis hütete. Dabei hatte sie ihr bei den Hochzeitsvorbereitungen geholfen. Fast jeden Tag waren sie beisammen gewesen, hatten gemeinsam an dem Kleid genäht, Taschentücher und Hemden für die Aussteuer bestickt. Sie erinnerte sich, dass Gustavs Eltern vorgeschlagen hatten, die Hochzeit ins Frühjahr zu verlegen, wenn wieder etwas Ruhe in der Stadt eingekehrt wäre, und wie entsetzt Clara den Vorschlag abgelehnt hatte. Jetzt begriff sie, warum.

Clara nahm Isoldes Hand. »Du schaust so ernst. Sag mir, was du denkst.«

»Ich bin verwirrt. Ich weiß nicht, was ich denken soll.« Sie dachte an das Buch, das sie gerade der Witwe Weissenberg vorlas. Bis zu diesem Augenblick war es nicht mehr als eine Geschichte für sie gewesen. Plötzlich begriff sie, dass es ein Stück Wirklichkeit war, dass es auch in Düsseldorf vermutlich noch mehr Kinder gab, die ihrem leiblichen Vater nie begegnen würden, weil er irgendwo in der Fremde weilte und vermutlich nicht einmal wusste, dass er im Rheinland einen Sohn oder einer Tochter hatte. Und nicht alle Mütter hatten sich so wie Clara freiwillig hingegeben. Kathie Mertens fiel ihr ein, der Verdacht gegen Robert.

Als Isolde nicht weitersprach, fuhr Clara fort. »Du hast es leichter als ich. Dein Albert ist ein vornehmer, gebildeter Mann. Er wird eines Tages die Apotheke seines Vaters übernehmen. Mein Gustav, er ist lieb und treu, bestimmt ist er das. Aber manchmal …« Sie brach ab.

»Manchmal?«

»Er kann nicht einmal lesen und schreiben, verstehst du? Gerade mit viel Mühe seinen Namen auf ein Blatt Papier setzen, das ist alles. Wenn ich ein Buch zur Hand nehme, ein anderes als die Bibel, dann sieht er mich ganz argwöhnisch an. Und ich gebe zu, manchmal lese ich Romane. Ist das denn so schlimm?«

Isolde schüttelte langsam den Kopf. »Nein, das ist es nicht. Es ist nichts Lasterhaftes daran, zu träumen.«

»Aber es ist lasterhaft, seine Träume zu verwirklichen.« Claras Stimme klang bitter.

»Ich weiß es nicht, Clara. Was auch immer du damals getan hast, heute bist du Gustav eine treue Ehefrau. Das ist es, was zählt. Ich verurteile dich nicht. Im Gegenteil, ich verstehe dich gut. Ich kann nicht mit Bestimmtheit sagen, was ich in deiner Lage getan hätte.«

»Glücklicherweise bist du nicht in einer solchen Lage.«

Wortlos stand Isolde auf und trat ans Fenster.

»Oder etwa doch?« Clara erhob sich ebenfalls und trat neben sie.

»Ich bin mir nicht sicher.«

»Isolde! Was soll das heißen? Liebst du Albert denn nicht?«

Isolde wandte sich vom Fenster ab. Ihr Blick glitt zum Herdfeuer, während sie sprach. »Woher soll ich das wissen? Ich kenne ihn ja kaum. Bevor er um meine Hand anhielt, sind wir uns dreimal begegnet. Er hatte ein ansprechendes Äußeres und schien wohlerzogen zu sein, rücksichtsvoll – ich dachte, er sei mein Billet in ein neues Leben. Ich würde herauskommen aus Düsseldorf, aus dieser engen Wohnung, würde einer gebildeten Familie angehören, einen Mann haben, der sich ebenso für die Medizin interessiert wie ich, der einst die Apotheke seines Vaters übernehmen wird. Ich habe mir eingebildet, wir hätten die gleichen Träume.«

»Aber das war ein Irrtum?«

»Ich vermag es nicht zu sagen.« Isolde setzte sich wieder an den Tisch. Ihre Finger strichen über das Holz. »Es ist nur ein Gefühl. Eine Ahnung. Wir haben uns seit unserer Verlobung kaum mehr als ein Dutzend Mal getroffen, und das zumeist bei größeren Gesellschaften, da war wenig Gelegenheit für private Worte.«

Clara trat neben sie. »Meine Mutter hat immer gesagt, je weniger eine Braut ihren zukünftigen Gatten vor der Hochzeit kennt, desto besser für sie.«

Isolde starrte zu ihr hoch. »Glaubst du das auch?«

»Vielleicht. Sie hat ja ohnehin keine Wahl. Heiraten muss sie. Und vermutlich ist es besser, wenn sie vorher nicht so genau weiß, worauf sie sich einlässt. Stell dir vor, wir wüssten von Anbeginn unseres Lebens, welche Schicksalsschläge uns erwarten. Wäre das nicht furchtbar? Wir lebten in ständiger banger Erwartung, könnten nicht eine Stunde vollkommen gelöst und heiter sein.«

»Merkwürdig«, sagte Isolde mit einem schwachen Lächeln. »Das gleiche dachte ich vorhin, als ich das Bildnis der Herzogin Jakobe betrachtete. Aber es gibt einen Unterschied: Gegen Schicksalsschläge sind wir machtlos.«

»Gegen die Ehe nicht?«

Isolde stand abrupt auf. »Ich koche uns einen Tee.«

Sie ging zum Herd und setzte Wasser auf. Clara ließ sich am Tisch nieder. Schweigend sah sie Isolde zu, wie sie Tassen aus dem Schrank nahm und auf den Tisch stellte. Während sie getrocknete Pfefferminzblätter in eine Kanne gab und kochendes Wasser darübergoss, fragte Isolde: »Erinnerst du dich an die arme Kathie Mertens? Das junge Mädchen aus Hamm, das sich in der Scheune erhängte?«

»Ja, natürlich. Eine schreckliche Geschichte. Das war im Sommer nach meiner Hochzeit. Gertrud war gerade ein paar Wochen alt. Es hat mich furchtbar traurig gemacht, dass Kathie keinen anderen Ausweg sah und das Kind, das sie im Leib trug, nie leben durfte. Freilich dachte ich, dass auch ich an ihrer Stelle hätte sein können. Wenn die Hochzeit mit Gustav aus irgendeinem Grund geplatzt wäre.«

Sie brach abrupt ab, nippte an dem heißen Tee, den Isolde ihr eingeschenkt hatte.

Isolde griff nach ihrem Arm. »Unsinn. So etwas darfst du nicht sagen.«

Clara sah auf. »Warum erwähnst du Kathie Mertens?«

»Weißt du noch, wen man damals der Vaterschaft des ungeborenen Kindes verdächtigte?«

Clara schüttelte langsam den Kopf. »Nein. Irgendein reicher Bursche soll es gewesen sein, der sich zu fein war, sich um sein armes Bauernkind zu kümmern. Aber an einen Namen kann ich mich nicht entsinnen.«

»Robert Weitering soll es gewesen sein.«

»Ist das nicht der Reporter, dem du letzte Woche begegnet bist?«

Isolde nickte.

»Und?«, flüsterte Clara. »War er es?«

»Ich weiß es nicht.«

Sie widmeten sich eine Weile schweigend ihrem Tee, dann rief Elisabeth Heinrich nach ihrer Tochter. Clara blickte auf die Uhr und stellte erschrocken fest, dass sie bereits drei Stunden von zu Hause fort war. Rasch schlüpfte sie in ihren Mantel.

Isolde umarmte die Freundin zum Abschied. »Ich komme morgen zu Besuch. Du wirst sehen, dann sieht alles schon ganz anders aus. Gertrud wird es besser gehen, Gustav hat sich beruhigt, weil er sieht, wie gut die Medizin wirkt, und ihr habt euch wieder versöhnt.« Isolde musste sich zusammenreißen, um ihren Worten die Zuversicht zu verleihen, die sie selbst nicht empfand. Im Gegenteil, eine dunkle Ahnung hatte von ihr Besitz ergriffen.

Clara nickte wortlos und drückte Isolde einen Kuss auf die Wange. »Mach's gut, meine Liebe. Und danke.«

Isolde sah ihr nach, bis sie durch den Torbogen verschwunden war. Ein feiner Nebel war aufgestiegen und hatte sich wie ein transparenter Schleier über die Stadt gelegt.

Isolde trat zurück ins Haus, kochte ihrer Mutter einen Grießbrei und brachte ihn ihr. Sie saß auf dem Bett, während Elisabeth langsam aß, erzählte ihr dabei von der Umbettung der Gebeine. Danach nahm sie die leere Schüssel wieder mit in die Küche, warf zwei Holzscheite auf die Glut im Ofen, um Feuer für heißes Wasser zu entfachen, und beendete den Abwasch, den Clara begonnen hatte.

Als ihre Mutter eingeschlafen war, nahm sie Papier, Feder

und Tintenfass aus der Schublade und setzte sich an den Tisch. Sorgfältig spitzte sie die Feder mit einem Messer, bevor sie sie in die Tinte tauchte und die ersten Worte schrieb. Es wurde ein kurzer Brief. Als sie fertig war, las sie ihn noch einmal durch, faltete, versiegelte und adressierte ihn. Schließlich erhob sie sich, schloss den Ofen, sodass die Glut über Nacht erhalten blieb, nahm die Kerze und verließ die Küche.

Bevor sie die Tür hinter sich zuzog, warf sie einen letzten Blick auf den Küchentisch. Der Brief leuchtete weiß auf dem dunklen Holz. Isolde hatte erwartet, so etwas wie Aufregung oder Angst zu verspüren, aber zu ihrer Überraschung blieb sie ganz ruhig. Sie ging in ihr Zimmer, entkleidete sich bis auf ihr Hemd, legte sich ins Bett und versank Minuten später in einen tiefen traumlosen Schlaf.

KAPITEL X

GERADE HABEN SIE *meine Kammer verlassen, meine ärgsten Feinde. Sibylle und ihr Spießgeselle Schenkern. Ungeheuerliches haben sie mir erzählt. In Hambach hätten sie zu Gericht über mich gesessen. Ohne Einwilligung des Kaisers. Das dürfen sie doch gar nicht tun! Das Urteil sei gesprochen, und ich könne in den nächsten Tagen mit seiner Vollstreckung rechnen.*

»Was soll das heißen?«, rief ich mit vor Empörung zitternder Stimme. »Was für ein Urteil?«

Sibylle lachte. »Das werdet Ihr noch früh genug erfahren, meine liebe Schwägerin. Habt Ihr ernsthaft geglaubt, Ihr könntet Euer Haupt noch einmal aus der Schlinge ziehen? Ihr seid des Hochverrats schuldig gesprochen. Ihr habt Euren Gemahl, den allseits verehrten Herzog, meinen geliebten Bruder, mit Hexerei und Zaubertränken blödsinnig gemacht. Brieflein mit Zaubersprüchen habt Ihr in seine Kleider eingenäht, damit er gänzlich den Verstand verliert. Und dann besaßt Ihr auch noch die Schamlosigkeit, Euch einen anderen Mann in Euer Bett zu holen.« Sie verzog verächtlich den Mund. »Gleich als Ihr vor Jahren als Braut meines Bruders in die Stadt eingezogen seid, habe ich erkannt, was für eine selbstsüchtige, hinterhältige Schlange Ihr seid.«

»Ich? Ihr seid die Schlange! Ihr habt mir nachspioniert, mich gequält und verleumdet, mir das Leben zur Hölle gemacht! Wie könnt Ihr nur so die Tatsachen verdrehen?«

»Ihr bestreitet also, meinen Bruder krank gemacht zu haben?«

»Natürlich bestreite ich das! Auf die Zettel, die ich in seinen Saum eingenäht habe, waren fromme Gebete niedergeschrieben, in denen ich den Herrgott um Gnade angefleht habe. Ihr wisst doch ebenso gut wie ich, was ich alles auf mich genommen habe, um seine Genesung herbeizuführen.«

Sybille schnaubte verächtlich. »Und wie war es um Eure eheliche Treue bestellt? Wollt Ihr die Buhlschaft mit von Hall etwa auch abstreiten? Das werdet Ihr wohl kaum wagen!«

Lauernd schaute sie zu mir herüber.

Ich hielt es nicht mehr aus. »Warum quält Ihr mich so, Sybille? Was habe ich Euch getan?« Verzweifelt fiel ich auf die Knie und griff nach ihrem Kleid. Sie wich zurück, die Augen vor Entsetzen aufgerissen, gerade so, als hätte ein schmutziger Bettler sie berührt.

»Untersteht Euch!«, zischte sie.

Schenkern, der bisher geschwiegen hatte, hob die Hand zum Zeichen, dass er etwas sagen wollte.

»Meine liebe Jakobe«, begann er mit seiner unangenehm kratzenden Stimme. »Ihr solltet lieber demütig sein und um Gnade vor dem Herrgott beten, statt Eurer Schwägerin das Herz noch schwerer zu machen.« Er wandte sich an Sibylle. »Kommt, Verehrte, ich kann nicht dulden, dass Ihr Euch das noch länger bieten lasst. Ihr hört von uns, Herzogin!«

Er schob Sibylle aus der Tür, ich blieb benommen auf dem Boden zurück. Worte tanzten um meinen Schädel. ›Hochverrat‹. ›Urteil‹. ›Vollstreckung‹. Sie können sich doch nicht so ein-

fach über den Willen des Kaisers hinwegsetzen! Mein ganzer Körper bebt. Doch. Sie können. Und sie werden es tun. Ich falte die Hände und bete.

Der Staub senkte sich langsam. Sergeant Stübben lehnte den Vorschlaghammer gegen die Wand und wischte sich mit einem Taschentuch die Mischung aus Schweiß und Zementputz von der Stirn. Sein Atem ging keuchend. Polizeiinspektor August Mindel winkte Sergeant Fuchs. »Geben Sie mir die Laterne!« Er nahm sie entgegen und trat auf das Loch zu, das Stübben in die Kellerwand geschlagen hatte. Nervös leckte er sich über die trockenen Lippen. Hoffentlich hatte dieser Reporter ihm keinen Unsinn erzählt. Merkwürdige Lichter in der Schlossruine. Anhaltspunkte für einen geheimen Treffpunkt oder vielleicht ein Versteck für abgezweigtes Münzsilber. Unter anderen Umständen hätte er nichts um diese Geschichte gegeben, hätte den Mann als Wichtigtuer aus seinem Büro gejagt und nicht auf eine so vage Vermutung hin seinen Ruf aufs Spiel gesetzt und die Verbindungswand einschlagen lassen. Doch Robert Weiterings Bericht bestätigte einen Verdacht, den er selbst seit Langem insgeheim hegte. Diese Schlossruine war ihm nicht geheuer. Zu viel Gesindel trieb sich zwischen den verfallenen Mauerresten herum, ja sie luden förmlich dazu ein, in ihren verborgenen Ecken und Winkeln allerhand Lasterhaftes zu begehen. Einmal hatte Mindel eine Frau aus der Ruine huschen sehen, deren grell geschminktes Gesicht und unzüchtige Kleidung eindeutig auf ihren Berufsstand verwiesen hatten. Schockiert hatte er ihr hinterhergeblickt, wie sie mit gerafftem Rock in der Krämerstraße verschwunden war. Wenn es nach ihm ginge, wäre dieser baufällige Teil des alten Schlosses längst abgerissen worden. Zumal sich in dem angrenzenden Flügel ausgerechnet die Münze befand, ein Ort, an dem alles mehr als korrekt vonstatten zu gehen hatte.

Seufzend hielt Mindel die Laterne in das Loch, lugte durch die Öffnung – und stieß ein triumphierendes »Ha!« aus. Was er sah, war noch viel besser als eine Kiste gestohlener Münzen. Es war sogar besser als zehn Kisten gestohlener Münzen. Wenn er sich nicht täuschte. Doch er täuschte sich nicht. Er war plötzlich ganz sicher, den größten Coup seiner Karriere gelandet zu haben. Rasch zog er den Kopf zurück und drehte sich um. »Sergeant Fuchs! Laufen Sie zu Tribunalrichter von Haupt! Er soll sich einfinden! Und zwar unverzüglich, wenn es geht!«

»Sehr wohl, Herr Polizeiinspektor!« Fuchs, ein älterer Beamter mit Halbglatze, schlug die Hacken zusammen und rannte los.

»Und Sie, Stübben, machen weiter!«, kläffte Mindel an den Sergeanten gewandt, der immer noch schwer atmend gerade damit begonnen hatte, seine Uniform notdürftig abzuklopfen. »Das Loch ist zu klein. Sorgen Sie dafür, dass es groß genug ist, um hindurchzuklettern!«

Stübben nickte seufzend. Seit er sich in jener Nacht, in der Dietrich Lohner umgebracht worden war, so von dem Wirt Schorn hatte übertölpeln lassen, ließ Mindel ihm keine Ruhe. Er hatte kein Wort über Stübbens Fauxpas verloren, doch immer, wenn eine unangenehme Arbeit anstand, konnte Stübben sicher sein, dass er sie erledigen musste. So rächte

Mindel sich auf perfide Art dafür, dass auch sein Ansehen unter der Naivität gelitten hatte, mit der sein Untergebener in Schorns Falle getappt war.

Mindel richtete seine Aufmerksamkeit jetzt auf den dritten Sergeanten, einen schmächtigen blonden Jüngling, der bisher schweigend mit einer Laterne in der Hand bei der Tür gestanden hatte. »Sergeant Peters, wir brauchen mehr Leute hier unten. Und einen Wagen, um das Zeug abzutransportieren, das sich in dem hinteren Raum befindet.« Er rieb sich zufrieden die Hände und warf einen Blick auf Stübben, der inzwischen wieder begonnen hatte, mit kräftigen Schlägen die Mauer zu bearbeiten. Steine polterten auf den Boden, weißer Staub wirbelte durch die Luft, Stübben hustete. Mindel machte ein paar Schritte rückwärts auf die Tür zu, warf einen raschen, prüfenden Blick auf seine Uniform. »Holen Sie die Sergeanten Worringen, Küpper und Blankenstein her! Und Sergeant Hagen soll einen Wagen besorgen. Einen Einspänner, auf dem man Fässer transportieren kann!«

Peters setzte die Laterne ab, wollte sich auf den Weg machen. Mindel zögerte.

»Moment noch, Sergeant Peters!« Der Inspektor dachte nach, rieb sich über seinen Schnurrbart. »Ich habe eine bessere Idee. Lassen Sie Worringen, Küpper und Blankenstein kommen. Auch Wachtmeister Overheid soll sich einfinden. Richten Sie ihnen aus, sie sollen sich etwas zu essen mitbringen. Es könnte eine lange Nacht werden.« Er nickte grimmig. So war es viel besser. »Und zu niemandem ein Wort. Es handelt sich um eine geheime Polizeiaktion!«

Isolde brachte den Brief, den sie am Vorabend geschrieben hatte, aufs Postbüro, bevor sie zur Arbeit ging. Mit dem Gefühl, eine schwere Last von ihren Schultern geworfen zu haben, begab sie sich daraufhin zum Haus von Johann Bracht. Dabei lag der schwierigere Teil noch vor ihr. Doch daran mochte sie jetzt nicht denken.

Der Konsistorialrat hatte so viel Arbeit für sie, dass sie gar nicht dazu kam, Atem zu holen, geschweige denn, einen Gedanken an Clara, die kleine Gertrud oder die Frau in Schwarz zu verschwenden. Während sie gemeinsam zu Mittag aßen, erstattete der Tagelöhner Cornelius Fröhlich Bericht. Man hatte entlang der Nordwand weiter gegraben, ohne auf mehr als ein paar einzelne Knochen gestoßen zu sein. Bracht versprach, sich später am Nachmittag in der Kirche einzufinden. Nach dem Essen diktierte er Isolde noch einen Brief, dann ließ er sie mit einem Bericht, der ordentlich zu kopieren war, allein und verließ das Haus.

Kurz nach sechs beendete Isolde die Arbeit. Sie trat vor die Tür und schlug den Kragen ihres Mantels hoch. Es war wieder kalt geworden, möglicherweise würde es heute Nacht erneut frieren. Sie hatte vor, kurz nach ihrer Mutter zu sehen und dann, wie versprochen, Clara zu besuchen. Ein merkwürdiges Gefühl beschlich sie bei dem Gedanken, womöglich Gustav anzutreffen. Wie konnte sie ihm in die Augen sehen mit dem Wissen, das sie seit gestern Nacht besaß? Den ganzen Tag lang hatte sie die Arbeit davon abgehalten, über das nachzudenken, was Clara ihr am Vortag erzählt hatte, doch jetzt konnte sie ihre Fantasie nicht länger im Zaum halten. Sie versuchte sich vorzustellen, wie dieser Jacques wohl ausgesehen haben mochte. Was für ein Mensch er gewesen war. Ein anständiger Mann, der in Clara ebenso verliebt gewesen war wie sie in ihn, oder ein schamloser Verführer, der die Vernarrtheit eines naiven jungen Mädchens und die Wirren des Krieges ausgenutzt hatte, um seinem Vergnügen zu frönen?

Isolde war so in Gedanken versunken, dass sie erschrocken zusammenzuckte, als ein Mann auf sie zukam. Sie war von Brachts Haustür aus direkt rechts um die Ecke gebogen und durch eine enge Seitengasse auf die Wilhelmstraße zugelaufen. Ein schmaler Steg führte hier über die Düssel, bevor sie unter den Häusern verschwand, um erst an ihrer Mündung in den Rhein wieder aufzutauchen. Bei dem Steg stand Robert Weitering und zog den Hut.

»Herr Weitering!«

»Guten Abend, Fräulein Heinrich. Wie gut, dass ich Sie noch angetroffen habe. Ich muss mit Ihnen sprechen.«

Isolde zögerte. »Ich bin in Eile. Meine Mutter wartet.«

»Ich könnte Sie nach Hause begleiten, dann verlieren Sie keine Zeit.« Er schaute hinter sich, ein dürrer Kerl in abgerissenen Kleidern bog in diesem Augenblick um die Ecke. Robert trat zur Seite, der Mann überquerte den Steg. Neugierig starrte er Isolde an, als er an ihr vorbeiging.

Robert bot ihr seinen Arm. »Kommen Sie!«

Plötzlich stieg eine ungeahnte Wut in ihr auf. Wie konnte er davon ausgehen, dass sie ohne Weiteres mit ihm ging? Vorgestern in der Kirche hatte er sich kühl und distanziert gegeben, und heute war er mit einem Mal wieder ihr guter Freund. Glaubte dieser Robert Weitering, sie würde sich klaglos seinen Launen unterwerfen? Immer nur das von ihm annehmen, was er gerade bereit war zu geben? »Ich sagte doch schon, ich bin in Eile. Ich habe keine Zeit zum Plaudern.« Sie machte einen Schritt auf den Steg zu. Robert ließ den Arm sinken. Seine Miene verfinsterte sich. Isolde wusste nicht, ob sie ihn ernsthaft verletzt oder nur seinem Stolz einen Dämpfer verpasst hatte. Bei anderen jungen Frauen hatte er womöglich mehr Erfolg mit seinen eigenwilligen Spielchen. Sie ballte die Fäuste. Ein anderer Gedanke drängte sich mit einem Mal in ihr Bewusstsein. Vorgestern in der Kirche waren viele andere Personen zugegen gewesen, Menschen, die hätten bestätigen können, dass sie beide vertraut miteinander umgegangen seien. Jetzt waren sie allein. So wie sie am Mittwoch allein gewesen waren. Robert sparte sich seine Aufmerksamkeiten für die Momente auf, in denen niemand sonst zugegen war. Er wollte keine Zeugen. Hatte er es bei der armen Kathie auch so gehandhabt? Ihr die kalte Schulter gezeigt, wenn Dritte zugegen waren, und ihr geschmeichelt, wenn niemand ihnen zusah?

»Ich wollte nicht plaudern, sondern Ihnen etwas Interessantes erzählen«, erklärte Robert. »Doch offenbar haben Sie keine Freude an meiner Gesellschaft.« Er hatte den Arm gesenkt, setzte sich den Hut wieder auf den Kopf und streifte die Handschuhe über.

»Die habe ich allerdings nicht!«, stieß Isolde hervor. »Glauben Sie, ich lasse mich so einfach übertölpeln? Ich mag vielleicht unerfahren sein, aber ich bin nicht dumm! Ich weiß doch, was einer wie Sie von einem Mädchen wie mir will. Aber Sie haben sich überschätzt, Herr Weitering! Ich stolpere nicht über Ihre Fallstricke. Ich bin kein ungebildetes, gutgläubiges Bauernmädchen, das es nicht besser weiß. Suchen Sie sich ein anderes Opfer!«

Ohne seine Antwort abzuwarten, raffte sie ihr Kleid und stürzte über den Steg davon. Tränen der Wut und Enttäuschung rannen ihr über die Wangen, als sie in die Wilhelmstraße und dann auf den Marktplatz bog. Sie hastete am Rathaus vorbei. Vor der Reiterstatue des Kurfürsten Johann Wilhelm stand ein junger Bursche und verteilte Theaterzettel. Am liebsten hätte sie ihm den Stoß Blätter aus der Hand gerissen und ihn angeschrien, er solle sich schämen und gefälligst etwas Nützliches tun, anstatt naive Träume zu verkaufen und unschuldige Mädchen wie Clara oder Kathie dazu zu verführen, einem wildfremden Mann ihre Tugend zu opfern.

Tief in ihrem Inneren wusste sie, dass das Theater nicht daran schuld war, dass junge Frauen für ein paar schöne Worte alles vergaßen, was man sie gelehrt hatte. Ebenso wenig wie Romane oder romantische Lieder. Es war das Leben selbst, das oft so trist und mühsam war, dass so manches Mädchen bereit war, für eine kurze, süße Flucht aus dem täglichen Einerlei alles aufs Spiel zu setzen.

Isolde selbst hatte, auch wenn sie sich das ungern eingestand, die Macht dieser Verlockung gespürt, in dem finsteren Keller, als Roberts Stimme ihr so viel Geborgenheit vermittelt hatte, seine Hände sie so betörend sicher und stark durch das Dunkel geführt hatten. Glücklicherweise hatte sie rechtzeitig die Wahrheit über ihn erfahren.

Vollkommen atemlos kam Isolde zu Hause an. Ihre Tränen hatte der Wind getrocknet, gefasst betrat sie das Haus. Zu ihrer Überraschung saß ihre Mutter am Küchentisch. »Mutter! Geht es dir besser?«

Elisabeth lächelte sie an. »Ein wenig. Mir stand der Sinn nach einem heißen Tee. Jungfer Katarine war schon längst fort, ich wusste nicht, wann du kommen würdest, da dachte ich mir, warum brühst du dir nicht selbst eine Kanne voll auf?«

»Das ist wunderbar, Mutter.« Isolde setzte sich zu ihr.

»Ich muss doch sehen, dass ich ein wenig zu Kräften komme. Schließlich ist es möglich, dass ich schon in einem guten Jahr das erste Enkelkind in den Armen halte, da will ich doch stark genug sein, es zu wiegen.«

Isolde sprang rasch auf und zog ihren Mantel aus. Sie hoffte, dass die Mutter ihr Gesicht nicht gesehen hatte. Sie wollte ihr die Vorfreude auf die Enkel nicht nehmen. Noch nicht.

Elisabeth Heinrich hatte offenbar nichts gemerkt. »Hol dir eine Tasse aus dem Schrank, Kind«, fuhr sie fort. »Es ist noch Tee in der Kanne. Sicherlich bist du nach dem Lauf durch die Kälte arg durchgefroren.«

Isolde hängte Mantel und Hut im Flur auf und kam zurück in die Küche. Sie nahm eine Tasse aus dem Schrank und setzte sich zu ihrer Mutter, die ihr von dem Tee einschenkte.

»Du siehst blass aus, mein Liebes«, sagte sie. »Und ganz schmal bist du geworden. Ich glaube, du hast abgenommen. Bist du krank? Fühlst du dich nicht wohl?«

Isolde schüttelte bedächtig den Kopf. »Ich mache mir Sorgen um die kleine Gertrud, das ist alles. Ich glaube, sie ist ernster erkrankt, als Clara ahnt.«

»Du glaubst, sie hat die Schwindsucht?«

Isolde nickte.

»Dann sollte ein guter Arzt nach ihr sehen.«

»Der Doktor war da. Er hat ihr ein Medikament verschrieben. Aber nach dem, was er zu Clara gesagt hat, befürchte ich das Schlimmste.«

Elisabeth griff nach Isoldes Arm. »Unser Schicksal liegt nicht in unserer Hand, mein Kind. Wenn es Gott gefällt, uns ein Kind zu nehmen, dann tut er es, und wir müssen es hinnehmen.« Sie senkte den Kopf und starrte in ihre leere Tasse.

Isolde wusste, dass sie an Sophie dachte. Sie hätte gern widersprochen, doch sie schwieg. Sanft legte sie ihrer Mutter die Stola wieder über die Schultern, die beim Einschenken heruntergerutscht war.

»Vielleicht solltest du dich jetzt wieder hinlegen«, sagte sie leise. »Für heute hast du genug getan. Morgen darfst du mich gern wieder mit einer Tasse Tee empfangen.«

Sie half ihrer Mutter beim Aufstehen und brachte sie zurück ins Bett. Danach bereitete sie ein rasches Abendessen aus Rühreiern und geröstetem Brot, das sie gemeinsam in Elisabeths Zimmer einnahmen. Als Isolde das Geschirr zusammenräumte, sagte sie: »Ich will noch rasch Clara besuchen. Ich habe es ihr versprochen. Wenn ich zurückkomme, sehe ich noch einmal nach dir. Brauchst du bis dahin irgendetwas?«

»Geh nur, Isolde. Ich brauche nichts mehr. Ich bin recht erschöpft. Das Teekochen und das lange Sitzen in der Küche haben mich doch reichlich angestrengt. Bestimmt schlafe ich bald ein. Grüß Clara von mir. Und die kleine Gertrud natürlich auch.«

Isolde küsste ihre Mutter auf die Stirn, nahm das Tablett vom Nachttisch und verließ das Zimmer. Sie stellte das Geschirr ab, zog rasch Mantel und Hut an. Sie steckte eine frische Kerze in die Laterne, entzündete sie und verließ das Haus. Wenige Minuten später erreichte sie Bilk.

Aufgeregtes Stimmengewirr drang aus Claras Haus auf die Straße, als Isolde an die Tür trat. Mit klopfendem Herzen pochte sie gegen das Holz. Hoffentlich war nichts mit Gertrud geschehen!

Eine hochrote, atemlose Clara öffnete ihr. Sie sah erregt aus, aber nicht unglücklich. »Isolde! Komm herein.« Im Flur nahm sie ihr den Mantel ab und flüsterte: »Meine Schwiegermutter ist da. Mach dich auf etwas gefasst!« Sie schnitt eine Grimasse und verdrehte die Augen.

»Wie geht es Gertrud?«

Clara lächelte. »Viel besser. Sie sitzt im Bett und isst einen süßen Grießbrei nach dem anderen.«

»Das ist ja wunderbar!«

Isolde folgte Clara in die Küche, wo eine große, fast quadratisch aussehende Frau am Herd stand und in einem dampfenden Topf rührte. Sie trug ein Kleid aus schwerem schwarzem Stoff, das um die breite Hüfte eng geschnürt war und darunter in weiten Falten zu Boden fiel. Obwohl es seit über zwei Jahrzehnten nicht mehr üblich war, einen Schnürleib zu tragen, höchstens ein elastisches Korsett, das den Körper behutsam formte, hielten viele Frauen an dieser Gewohnheit fest. Isolde erinnerte sich noch gut an die engen Leibchen ihrer Kindheit, und sie war froh, dass die Mode sie aus den Kleiderschränken verbannt hatte. Allerdings hatte Käthe Weinfeld, die Inhaberin des Weißwäschegeschäfts, ihr erzählt, dass in den Pariser Modejournalen von einer Renaissance des Korsetts die Rede war. So manche besonders modebewusste Frau an der Seine trug es angeblich bereits wieder. Der Gedanke ließ Isolde erschaudern.

Die Frau am Herd drehte sich um und musterte die Freundin ihrer Schwiegertochter mit kalten Augen. Ein Kranz aus steifen graublonden Locken umrahmte ihr kantiges Gesicht, die schwarze, mit Spitze besetzte Witwenhaube war eng unter dem Kinn zusammengeschnürt. Isolde dachte unwillkürlich, dass eine einzige zu schnelle Bewegung die gesamte Erscheinung zum Platzen bringen müsste wie eine mit Luft gefüllte Schweineblase, in die man eine Nadel stach. Die Vorstellung entlockte ihr ein Grinsen, das sie nur mit Mühe unterdrücken konnte.

»Das Fräulein Heinrich«, stellte die Witwe Rieder mit einer Stimme fest, als würde sie einen Schüler schelten, der zu spät zum Unterricht kam.

»Guten Abend, Frau Rieder. Ich hoffe, es geht Ihnen gut«, erwiderte Isolde, so als hätte sie den missbilligenden Unterton nicht bemerkt.

Die Frau antwortete nicht, aber Gustav Rieder, der am Tisch saß, sprang auf und begrüßte sie umso überschwänglicher. »Wie schön, Sie zu sehen, Isolde.« Er streckte ihr die Hand hin, senkte sie aber rasch wieder und versteckte sie hinter dem Rücken, als ihm klar wurde, wie schmutzig sie war. »Ich hoffe, Ihnen geht es ebenfalls gut. Und Ihrer Frau Mutter. Was führt Sie zu dieser späten Stunde zu uns?«

»Ich bin gekommen, um mich nach Gertrud zu erkundigen. Ich habe von Clara gehört, dass es ihr bereits besser geht. Die Medizin scheint also zu wirken?«

»Allerdings geht es ihr besser«, antwortete die Witwe Rieder für ihren Sohn. »Daran bestand nie ein Zweifel. Die Rieder-Kinder sind robust, die wirft so schnell nichts um. Die Gertrud wäre auch ohne teure Medizin gesund geworden. Aber dieses verwöhnte Ding von einem Eheweib muss ja immer das Geld zum Fenster hinauswerfen. Mein Mann, Gott hab ihn selig, hätte mir das niemals gestattet. Nicht, dass ich überhaupt auf die Idee gekommen wäre. Ich wusste immer, was sich für eine gute Hausfrau schickt. Aber der Gustav hat einfach ein zu weiches Herz. Er begreift nicht, dass er seine Familie mit strenger Hand leiten muss, damit sie nicht vom Weg abkommt.«

Sie warf Gustav einen verärgerten Blick zu, ihr Atem ging heftig, ihre Brust über dem engen Korsett bewegte sich hektisch auf und ab, das goldene Kreuz, das sie an einer Kette um den Hals trug, schien ebenfalls vor Zorn zu beben.

Gustavs Augen wanderten verunsichert zwischen seiner Mutter und Isolde hin und her. Die sah zu Clara, die beschämt den Kopf senkte.

Isolde holte tief Luft. »Darf ich die kleine Patientin sehen, Clara? Führst du mich zu ihr?«

»Ja, natürlich.« Abrupt machte die Freundin kehrt und stürmte aus der Küche. Isolde folgte ihr.

»Sie macht mir das Leben zur Hölle«, zischte Clara, kaum hatte Isolde die Tür geschlossen. »Ich halte das nicht mehr aus. Alles weiß sie besser. Wie man kocht, wie man den Säugling behandelt. Wie wenig Haushaltsgeld man für eine Familie braucht.« Tränen glitzerten in Claras Augen. »Warum hasst sie mich nur so?«

Isolde nahm Clara in den Arm. »Bestimmt meint sie es nur gut«, tröstete sie und war froh, dass der Flur so dunkel war, dass Clara ihr Gesicht nicht erkennen konnte.

»Natürlich meint sie es gut. Aber nur mit ihrem Sohn«, stieß Clara hervor. Sie seufzte. »Im kommenden Jahr heiratet Gustavs Bruder Paul, dann muss sie ihre Aufmerksamkeit zwischen zwei Schwiegertöchtern teilen. Zu dumm, dass die anderen Kinder alle aus Düsseldorf fortgezogen sind. Paul ist bis auf Gustav der letzte Sohn, der noch hier wohnt.« Sie lachte bitter auf. »Na ja, bei der Mutter, wen wundert es.«

Sie traten in die kleine Kammer, in der Gertruds Bett stand. Das Mädchen saß zwischen den Kissen und spielte mit einer Strickpuppe. Isolde hatte sie ihr im Jahr zuvor geschenkt. Als die beiden Frauen eintraten, sah sie auf. »Tante Isolde!« Ein Lächeln glitt über ihre blassen, eingefallenen Wangen.

Isolde lief auf sie zu und versuchte, den Schreck zu verbergen, den der Anblick des Kindes in ihr ausgelöst hatte. Gertrud war so abgemagert, dass man unter dem weißen Nachthemd die spitzen Schulterknochen hervorstechen sah. Tiefe dunkle Ringe ließen ihre Augen riesengroß erscheinen. Ihre Lippen waren beinahe ebenso weiß wie ihr Gesicht. »Gertrud. Ich habe gehört, es geht dir besser. Das freut mich sehr.«

»Ich habe heute drei Schalen Grießbrei gegessen«, sagte Gertrud stolz. »Und morgen darf ich aufstehen und am Tisch mitessen.« Sie hustete und hielt rasch die dünne Hand vor den Mund.

»Der Husten ist noch nicht ganz weg«, erklärte Clara. »Aber das Fieber ist gesunken.«

Isolde blickte zu Clara und dann zurück zu Gertrud. Sie suchte nach Jacques, dem Franzosen, in dem vertrauten Kindergesicht. Versuchte Züge auszumachen, die sie nicht Clara zuschreiben konnte, Züge eines fremden Vaters, von dem Gertrud nie erfahren würde. Sanft strich sie dem Mädchen über das blonde Haar. »Du wirst bald wieder munter sein wie ein Fohlen im Frühling, Gertrud, da bin ich ganz sicher. Warte nur, schon vor Weihnachten wirst du mit den anderen Kindern Schlitten fahren und auf der Düssel Eis laufen.« Abrupt brach sie ab und senkte den Kopf.

Gertrud schob ihre schmale Hand in ihre und drückte sie. »Ich freue mich schon aufs Eislaufen, Tante Isolde. Mutter hat mir versprochen, dass sie mir ein Paar Schlittschuhe besorgt. Dann kann ich über das Eis tanzen wie eine Prinzessin!«

Isolde schluckte die Tränen hinunter, die in ihrer Kehle brannten, und nickte.

»Das wirst du, Gertrud.«

Clara drückte sanft ihre Schulter.

»Tante Isolde muss gleich wieder gehen, Gertrud. Und du solltest jetzt schlafen. Noch bist du nicht gesund. Je mehr du schläfst, desto schneller kommst du wieder zu Kräften.«

Gertrud nickte und schlang ihre Arme um Isolde. »Gute Nacht, Tante Isolde.« Ein weiterer Hustenkrampf erstickte ihre Worte beinahe.

Isolde küsste sie auf die Wange.

»Gute Nacht, mein Liebes. Ich komme bald wieder, um zu sehen, wie es dir geht.« Noch einmal strich sie dem Kind über das Haar, dann erhob sie sich, um Clara Platz zu machen. Von der Tür aus sah sie zu, wie Mutter und Tochter gemeinsam das Nachtgebet sprachen. Als Gertrud erneut von einem Hustenkrampf geschüttelt wurde, wandte sie sich ab und trat zurück in den dunklen Flur.

Nachdem sie beide wieder in die Küche zurückgekehrt waren, bot Clara ihr an, mit ihnen zu Abend zu essen, doch Isolde lehnte ab. »Ich möchte nicht zu spät zu Hause sein«, sagte sie. In Wirklichkeit wollte sie so schnell wie möglich der Gegenwart von Claras Schwiegermutter entfliehen, die keinen Hehl daraus machte, dass sie von Isolde noch weniger hielt als von der Gattin ihres Sohnes. Eine Frau, die aus dem Haus ging, um zu arbeiten, besaß in ihren Augen keinen Anstand. Das hatte sie mehr als einmal deutlich verlauten lassen.

»Wie du meinst, Isolde, dann bringe ich dich zur Tür«, sagte Clara mit einem traurigen Lächeln. Sie wusste genau, warum ihre Freundin nicht länger verweilen wollte.

»Ich komme morgen wieder«, vertröstete Isolde sie.

Gustav verabschiedete sich mit einer steifen Verbeugung, die Witwe Rieder nickte wortlos in ihre Richtung.

An der Tür flüsterte Clara: »Morgen ist sie nicht da. Am Sonntag ist sie immer zum Tee bei der Witwe Sonderburg, und danach geht sie auf den Friedhof.« Sie zwinkerte Isolde zu. »Und Gustav bastelt sonntags immer im Schuppen herum. Die Luft ist also rein.«

»Gut, ich werde kommen. Aber nicht allzu früh. Vorher

besuche ich wie jeden Sonntag die Witwe Weissenberg, um ihr vorzulesen.«

Clara nickte. »Komm gut nach Hause.«

Die Freundinnen umarmten sich, dann brach Isolde auf. Eine sternklare Nacht war angebrochen, Tausende winzige Punkte schimmerten am Himmel, der Mond warf silbriges Licht auf die Erde, sodass Isolde die Laterne nicht benötigte. Als sie über die Felder lief, merkte sie, dass der Schlamm unter ihren Füßen hart gefroren war.

Polizeiinspektor August Mindel hielt sich mit Zeigefinger und Daumen die Nase zu. Seit Minuten schon kämpfte er gegen einen Niesreiz an, der ihn schier in den Wahnsinn trieb. Es fing mit einem leichten Kribbeln in den Nasenflügeln an, entwickelte sich dann langsam, aber sicher zu einem unerträglichen Kitzeln und Kratzen, das die Innenwände seiner Nase hochkroch, um sich am Ende in einer gewaltigen Niesexplosion zu entladen. Doch eben diese versuchte Mindel um jeden Preis zu unterdrücken. Er durfte nicht niesen. Nicht jetzt.

Verfluchter Staub. Er quetschte die Nasenflügel mit den Fingern zusammen, bis er merkte, dass das Kribbeln allmählich nachließ. Vorsichtig, so als befürchte er immer noch eine Katastrophe, ließ er die Hand sinken. Wenigstens hielt ihn der Niesreiz wach. Wachtmeister Overheid, der neben ihm in der Dunkelheit ausharrte, nickte alle zehn Minuten ein. Inzwischen kannte Mindel den Rhythmus. Erst wurde Overheids Atem immer gleichmäßiger und ruhiger, dann sank der Kopf Stück für Stück nach vorn, und schließlich begann der Wachtmeister zu kippen. Mindel achtete darauf, den Moment vor dem Kippen abzupassen, um zuzupacken und Overheid aus dem Reich der Träume zurück in den dunklen Keller zu holen, in dem sie jetzt seit vier Stunden warteten. Der Wachtmeister schreckte jedes Mal mit einem hektischen Schnauben zusammen, brauchte ein paar Sekunden, um halbwegs aufzuwachen und zu begreifen, und entschuldigte sich dann mit wortlosen, ausladenden Gesten für seine Nachlässigkeit.

Mindel spitzte die Ohren. Nichts war zu hören außer einem gelegentlichen Rascheln auf dem Boden, wenn eine Maus oder Ratte vom Kanal her in den Kellerraum huschte und entsetzt kehrtmachte, wenn sie die menschlichen Eindringlinge in ihrem Reich bemerkte, und dem Ein und Aus von Overheids schwerem Atem. Der Kopf begann bereits zu sinken. Gleich würde der Inspektor wieder eingreifen müssen. Er stieß einen stummen Seufzer aus.

Hoffentlich funktionierte sein Plan! Wenn die Gauner sich diese Nacht nicht in ihrem Versteck blicken ließen, hatte er ein Problem. Natürlich konnte er es in der folgenden Nacht noch einmal probieren. Aber mit jeder Stunde, die verging, stieg die Wahrscheinlichkeit, dass sich herumsprach, dass die Polizei das Versteck der gestohlenen Weinfässer gefunden hatte. Mindel hatte zwar seine Männer zu absoluter Verschwiegenheit verpflichtet, aber er wusste nur zu gut, dass jedes Netz ein Loch hatte. Mindestens eins. Einer seiner Sergeanten hatte bestimmt seiner Frau das eine oder andere Detail zugeflüstert, als er ihr mitteilte, dass er die ganze Nacht Dienst haben würde. Unter dem Siegel der Verschwiegenheit natürlich. Aber Mindel wusste, wie die Frauen waren. Er hatte schließlich selbst eine zu Hause. Erzählte man einer etwas, wussten es bald alle.

Es musste heute Nacht gelingen. Heute Nacht oder nie. Er hatte seine Männer im Gewölbe verteilt. Fuchs und Peters hockten in dem Kellerraum, von dem aus sie das Loch in die Wand geschlagen hatten. Er selbst hatte sich mit Wachtmeister Overheid und Sergeant Worringen hinter den Fässern versteckt. Auch Tribunalrichter von Haupt stand reglos wie eine Statue in der Ecke, fast vollständig verdeckt von einem Stapel hölzerner Kisten. Sie waren leer. Vermutlich hatte die Bande in ihnen die Beute eines früheren Raubzugs gelagert, die sie inzwischen verhökert hatte.

Nachdem Mindel dem Tribunalrichter den geheimen Kellerraum gezeigt hatte, hatte der darauf bestanden, an der Aktion teilzunehmen. Dem Inspektor war es gar nicht recht gewesen, dass der Richter ihm bei seiner Arbeit über die Schulter sah, doch schließlich leitete er im Mordfall Lohner die Ermittlungen, also konnte er ihn nicht einfach nach Hause schicken. Im Gegenteil, er durfte sich glücklich schätzen, dass von Haupt ihm relativ freie Hand ließ. Mal abgesehen von seiner persönlichen Abneigung gegenüber dem Wirt Schorn, den er unbedingt am Galgen baumeln sehen wollte. Die Sergeanten Hagen, Küpper und Blankenstein hatten sich auf den Verbindungsgang zwischen dem Düsselkanal und dem Kellerversteck verteilt. Sie verbargen sich in dunklen Nischen und sollten den Ganoven den Rückweg abschneiden, sobald diese in die Falle getappt waren.

Mindel stellte sich vor, wie er die ganze Bande auf einmal schnappte. Der Untersuchungsrichter von Köln hatte in einem Schreiben die Vermutung geäußert, dass sie mindestens acht oder zehn Mitglieder hatte. Was für eine Sensation. Der Anführer der Ganoven war zwar nicht ganz so berühmt wie der Fetzer oder der Schinderhannes, man wusste ja nicht einmal, wer es war, am Ende war es gar Schorn selbst. Aber dennoch würde es seinem Ansehen mächtig Auftrieb verleihen, wenn er im Handstreich einer so gefährlichen Bande das Handwerk legte. Und das, obwohl die ganze Geschichte so kläglich für ihn begonnen hatte.

Mindels Gedanken wanderten zu Sergeant Stübben, der irgendwo draußen auf dem Schlosshof im Gebüsch hockte und vermutlich gotterbärmlich fror. Er hatte ihn für alle Fälle dort postiert, falls es einem der Schurken gelingen sollte, aus dem Keller zu entwischen. Mindel glaubte nicht daran, dass Stübben zum Einsatz kommen würde. Eigentlich tat der Sergeant ihm sogar ein bisschen leid. Er wusste nicht einmal sicher zu sagen, ob er in dessen Lage an jenem fatalen Freitagabend vor einer Woche der Versuchung widerstanden hätte, in der warmen Schankstube auf Kosten des Hauses ein oder zwei Gläschen Wein zu genießen statt draußen in der Eiseskälte zu patrouillieren.

Aber er war nicht in Stübbens Lage gewesen. Stattdessen trug er die Verantwortung dafür, dass seine Männer zuverlässig ihren Dienst verrichteten. Das erforderte eine gewisse Strenge und Unnachgiebigkeit. Stübben musste seine Lektion lernen. Ein bisschen Steine klopfen und im Gebüsch zittern war eine verhältnismäßig milde Strafe, wenn man bedachte, dass Stübben, hätte er sich korrekt verhalten, womöglich nicht nur einen Mord verhindert, sondern vielleicht auch die Diebesbande auf frischer Tat ertappt hätte. Das allerdings hätte bedeutet, Mindel die Lorbeeren vor der Nase wegzuschnappen. So gesehen musste er Stübben beinahe dankbar sein für seine Dummheit. Mindel nahm sich vor, seine Bestrafungsmaßnahmen zu beenden, sollte die Aktion der heutigen Nacht von Erfolg gekrönt sein.

Da kippte Overheid nach vorn, Mindel packte rasch zu. Der Wachtmeister murmelte verschlafen eine Entschuldigung, richtete sich auf und straffte die Schultern. Aus der anderen Ecke des Raums glaubte Mindel den missbilligenden Blick von Haupts wahrzunehmen, obwohl er außer dem leuchtenden Weiß seiner Augen und dem blitzsauberen Kragen nichts erkennen konnte. Er warf einen wütenden Blick auf Overheid, der bereits wieder begonnen hatte, verdächtig gleichmäßig zu atmen.

Ein schriller Pfiff hallte durch das Gewölbe, und mit einem Schlag waren alle Männer im Keller hellwach. Der Pfiff imitierte den Schrei einer Ratte, Sergeant Blankenstein beherrschte ihn wie kein zweiter. Es war das verabredete Zeichen, dass sich jemand von der Düssel her näherte.

Atemlos warteten die Männer hinter den Fässern. Eine Ewigkeit schien es zu dauern, bis endlich Schritte und verhaltenes Gemurmel zu hören waren. Mindels Herz schlug bis zum Hals. Das war der Augenblick, auf den er gewartet hatte. Er sah schon die Zeitungsmeldung vor sich: ›Polizeiinspektor Mindel aus Düsseldorf fängt die berüchtigte Diebesbande vom Rhein.‹ Der Oberbürgermeister würde ihm die Hand schütteln. Vielleicht würde sogar der König ihm zu seinem Fang gratulieren.

Die Geräusche näherten sich. Enttäuscht stellte Mindel fest, dass es nur zwei Männer zu sein schienen. Nicht die ganze Bande also. Langsam drangen Wortfetzen zu ihnen herüber.

»… dieser blöde Kerl nicht alles auf einmal holen lässt.«

»Ist nicht unsere Sache. Ich halte mich da raus.«

»Ja. Schön und gut. Aber wir riskieren genauso unseren Hals. Oder hast du Lust, am Galgen zu baumeln?«

Die Antwort darauf verstand Mindel nicht, aber er hätte selbst eine passende bereitgehabt. Die Schritte waren jetzt beim Kellereingang angekommen. Das Licht einer Fackel erleuchtete die Konturen zweier Männer. Der erste trat ein, die Fackel in der Hand. Sein Blick glitt argwöhnisch durch den Raum, so als spürte er, dass etwas nicht stimmte. Als er das Loch in der Wand entdeckte, fluchte er laut und machte eine Kehrtwendung. Allerdings hinderte ihn sein Kumpan, der ihm gefolgt war und direkt hinter ihm stand, daran, rasch zurück in den Gang zu schlüpfen. Die beiden stießen unsanft zusammen, der erste fluchte noch lauter.

Mindel stürzte hinter den Fässern hervor. Overheid und Worringen stürmten hinterdrein. Mindel warf sich auf den Mann mit der Fackel, der im letzten Augenblick herumfuhr. Ein Messer blitzte in seiner Hand. Während der Inspektor sich hektisch nach einer Waffe umsah, beobachtete er aus den Augenwinkeln, wie Overheid und Worringen mit dem zweiten Ganoven rangen. Die drei rollten sich keuchend auf dem Boden. Mehr sah Mindel nicht, denn in diesem Moment sauste das Messer auf ihn zu. Er duckte sich ruckartig, der Hieb landete dicht neben seinem Ohr in einem der Fässer, wo das Messer stecken blieb. Ohne zu zögern schlug der Inspektor dem Burschen die Faust gegen das Kinn, die Fackel fiel zu Boden und rollte vor das Loch, durch das Fuchs und Peters gerade stiegen. Peters knallte dem Schurken eine Latte über den Schädel, worauf dieser taumelnd in die Knie ging. Jetzt endlich trafen auch die Sergeanten von der Düssel her ein. Es dauerte weniger als zwei Minuten, bis die beiden Ganoven überwältigt und gefesselt waren.

Mindel rang nach Luft, Overheid hatte eine Platzwunde an der Stirn, auf die er ein Taschentuch presste. Von Haupt stand immer noch in der Ecke. Er hatte sich nicht von der Stelle gerührt. Jetzt zog er zufrieden eine Pfeife aus der Manteltasche.

»Gute Arbeit, Herr Kreispolizeiinspektor.«

Mindel nickte und erteilte Befehle. Er ließ die Gauner von Overheid, Fuchs und Worringen ins Polizeigefängnis im Berger Tor abführen. Peters und Blankenstein sollten im Keller bleiben und Wache halten, für den unwahrscheinlichen Fall, dass noch jemand auftauchte. In letzter Sekunde fiel ihm Stübben ein, der immer noch oben im Gebüsch ausharrte. Rasch schickte er Küpper hinauf, er solle den durchgefrorenen Sergeanten nach Hause schicken.

Zufrieden rieb sich Mindel die Hände. Zwar hatte er nicht die ganz Bande geschnappt, aber er hatte zwei von ihnen in seinen Fängen. Am nächsten Tag würde er sie befragen. Und er würde seine Antworten bekommen, da war er sich ganz sicher.

Isolde konnte sich kaum auf die Predigt konzentrieren. Immer wieder wanderten ihre Gedanken zu Clara, zu dem Leben, das ihre Freundin sich erträumt hatte, und zu dem, was daraus geworden war. Sie dachte an das Glänzen in Claras Augen, als sie von dem Franzosen Jacques erzählt hatte, und eine übermächtige Traurigkeit überkam sie. Sie blickte in Richtung Altar, zu dem Chor mit den prächtig leuchtenden Fenstern und dem Kruzifix an der hinteren Wand, und zum ersten Mal in ihrem Leben haderte sie mit Gott.

Vollkommen verstört verließ sie eine halbe Stunde später das Gotteshaus. Sie passierte hastig eine Gruppe Frauen, die ihr kopfschüttelnd hinterherstarrten, und wäre beinahe mit der armen Agathe Pastor zusammengestoßen, die mit gesenktem Kopf auf die Hafenstraße zulief.

Isolde entschuldigte sich für ihre Unaufmerksamkeit, doch Frau Pastor winkte ab. »Es ist doch nichts geschehen, Fräulein Heinrich«, sagte sie. »Einen schönen Sonntag noch.« Sie betrachtete Isolde einen Augenblick, wandte sich dann abrupt ab und setzte ihren Weg fort.

Isolde schaute ihr nach. In ihren Ohren hallten Frau Pastors Worte wider: ›Es ist doch nichts geschehen, Fräulein Heinrich.‹ Wieder und wieder. ›Es ist doch nichts geschehen, Fräulein Heinrich.‹ Wie ein Schwarm lästiger Fliegen schwirrten die einzelnen Silben um sie herum, drangen in ihren Kopf ein, spülten jeden anderen Gedanken fort.

»Geht es Ihnen gut, Fräulein Heinrich?« Frau Geisler, die Gattin des Konditors, hatte ihr sanft die Hand auf die Schulter gelegt, ihr Gesichtsausdruck halb besorgt, halb schadenfroh. »Sie sind ganz blass. Ist Ihnen nicht wohl?«

»Doch, doch«, stieß Isolde hervor. »Mir geht es gut. Nur ein kurzer Schwindel.«

Frau Geisler nickte. »Ja, das kommt vor. Ein starker Kaffee schafft vielleicht Abhilfe.« Sie sah Isolde durchdringend an, die sich auf die Lippen biss. Hätte sie doch den Mund gehalten! Schwindel. Was mochte dieses Tratschweib sich nun zusammenreimen?

»Es ist schon vorbei«, erklärte sie rasch. »Ich habe heute Morgen versäumt, etwas zu frühstücken. Das ist alles.«

Frau Geisler zog eine Augenbraue hoch und lächelte. »Ein junges Ding wie Sie sollte gut essen. Sie müssen bei Kräften bleiben. Sie sind doch verlobt, nicht? Und Sie wollen Ihrem Apothekergatten gewiss eine gute Frau sein und ihm gesunde Kinder gebären.« Sie zwinkerte, tätschelte Isolde die Wange. »Dann einen schönen Sonntag, Fräulein Heinrich. Und meine besten Wünsche an die Frau Mutter!«

Sie wandte sich ab und Isolde ballte die Fäuste in ihren Manteltaschen, um den Schrei zu unterdrücken, der in ihrer Kehle brannte. Auf den Stufen vor dem Kirchenportal erblickte sie den Pfarrer, der mit zwei Herren sprach und gleichzeitig den Vorfall offenbar genau beobachtet hatte. Rasch drehte sie sich weg und bog in die Düsselstraße. Sie wollte auf keinen Fall noch mehr Aufmerksamkeit erregen.

In den frühen Morgenstunden war der erste Schnee gefallen, dabei war noch nicht einmal November. Wie eine feine Schicht Puderzucker auf einer von Franz Geislers Torten bedeckte der

Schnee die Dächer und Straßen und malte weiße Muster auf das kahle Geäst der Bäume, die die Düssel säumten. Inzwischen war der Himmel aufgerissen und die Sonne brachte die weißen Kristalle zum Funkeln, verwandelte die ganze Stadt in einen Palast aus weißem Gold. Der Anblick war so zauberhaft, dass Isolde Frau Geislers anzügliche Bemerkungen rasch vergessen hatte. Nicht jedoch die finsteren Gedanken, die ihr während des Gottesdienstes durch den Kopf gegangen waren. Ebensowenig wie die Begegnung mit Agathe Pastor.

Sie kochte und aß gemeinsam mit ihrer Mutter in der Küche. Elisabeth Heinrich war nach dem gestrigen Nachmittag, als sie zum ersten Mal seit Wochen ein paar Handgriffe im Haushalt verrichtet hatte, so guter Dinge, dass sie sogar beim Kartoffelschälen helfen wollte. »Weißt du, Isolde, ich glaube, der Besuch deiner Freundin hat Wunder gewirkt. Ich blicke mit einem Mal voller Zuversicht auf das kommende Jahr.« Sie saß am Tisch und ließ geschickt das scharfe Messer über eine Kartoffel wandern, löste die Schale in einem langen Kringel. »Sie hat mir von ihren süßen Kindern erzählt, wie viel Freude sie ihr bereiten.«

Isolde warf einen kurzen Blick auf ihre Mutter und beugte sich rasch wieder über die Pfanne mit dem Fleisch.

»Plötzlich wurde mir schlagartig klar, wie gut ich es doch habe«, fuhr ihre Mutter fort. »Ich habe eine wunderbare, fleißige Tochter, die schon in ein paar Monaten die Ehe eingehen wird. Ich werde mit ihr und ihrem Mann in einem großen, komfortablen Haus wohnen und mich an den Enkeln erfreuen, die sie mir schenkt.« Sie legte die Kartoffel zur Seite. »Nie hätte ich es für möglich gehalten,

Isolde. Aber ich freue mich auf Solingen. Ich freue mich auf mein neues Leben. Ich bin froh, endlich hier herauszukommen aus dieser engen kleinen Wohnung, die so voller trüber Erinnerungen ist. Endlich darf ich wieder so leben, wie ich es von meiner Kindheit her kenne.« Sie griff nach der nächsten Kartoffel.

Isolde strich sich eine Haarsträhne aus dem Gesicht, wandte sich vom Herd ab und ging auf ihre Mutter zu. Sie wollte etwas sagen, irgendetwas Heiteres, Zustimmendes, doch die Worte steckten ihr im Hals fest. Stattdessen nahm sie ihre Mutter in den Arm und drückte sie an sich.

Nach dem Essen legte sich Elisabeth wieder ins Bett, sie war erschöpft und glücklich und schlief augenblicklich ein. Isolde saß bei ihr und wartete, bis sie ihren gleichmäßigen Atem hörte, dann räumte sie rasch die Küche auf, zog Mantel und Hut an und verließ das Haus. Es war kurz nach zwei. Frau Weissenberg erwartete sie erst um vier. Sie hatte also fast zwei Stunden Zeit, um der schwarzseidenen Dame einen Besuch abzustatten.

Zehn Minuten später stand Isolde vor dem vornehmen Mehrfamilienhaus auf der Bilker Straße, in dem Agathe Pastor wohnte. Die Fassade war zartgelb gestrichen, die Tür und die Fensterrahmen weiß lackiert. In die Mitte der Tür war eine Glasscheibe eingelassen, in der Isolde ihr eigenes nervöses Gesicht sehen konnte. Der Türknauf aus Messing blinkte makellos rein ebenso wie der Schuhabtreter in Form eines Pferdekopfs neben der Eingangsstufe. Zögernd stieß Isolde die Tür auf.

Wieder hämmerten die Worte in ihrem Kopf. ›Es ist

doch nichts geschehen, Fräulein Heinrich.‹ Es war nicht der Inhalt gewesen, der Isolde so aus der Fassung gebracht hatte, sondern der Klang der Worte. Obwohl sie Agathe Pastor nicht zum ersten Mal hatte sprechen hören, hatte sie doch erst in diesem Augenblick gemerkt, dass die Stimme die gleiche war wie die der schwarz verschleierten Frau, die sich als Geist der Jakobe ausgegeben hatte. Warum hatte sich die Witwe als Gespenst verkleidet? Was hatte sie ausgerechnet von Isolde gewollt? War es tatsächlich darum gegangen, die Suche nach den Gebeinen der Jakobe von Baden zu verhindern? Warum? Die Erscheinung hatte vor großem Unheil gewarnt. Die Gebeine waren längst geborgen und umgebettet, aber kein Unglück war geschehen. Möglicherweise hatten die Leute doch recht und Agathe Pastor hatte den Verstand verloren. Kein Wunder, nachdem sie all ihre Kinder und zuletzt auch ihren Mann verloren hatte.

Isolde seufzte. Es half nichts, sich den Kopf zu zerbrechen, die Wahrheit konnte sie nur herausfinden, wenn sie mit Frau Pastor sprach. Von ihrer Mutter wusste sie, wo sie wohnte. Unauffällig hatte sie sich nach der Witwe erkundigt, doch Elisabeth hatte nicht viel zu berichten gehabt, nur das, was sich alle erzählten, und die Adresse in dem vornehmen Haus in der Bilker Straße.

Entschlossen trat Isolde über die Schwelle. Im Treppenhaus, dessen Boden und Wände mit weißem Marmor verkleidet waren, herrschte Stille. Aus einer der oberen Etagen duftete es nach Kaffee und süßen bergischen Waffeln. Agathe Pastor wohnte im Parterre, die Tür befand sich direkt am Fuß der Treppe. Isolde drehte den Klingelknopf. Ein schriller Ton drang gedämpft durch das schwere Holz. Nichts geschah. Isolde wartete.

Als sie im Begriff war, die Klingel ein zweites Mal zu betätigen, öffnete sich die Tür. Frau Pastor äugte misstrauisch durch den Spalt. Als sie Isolde erkannte, zuckte sie zusammen. Wortlos starrte sie sie an.

»Entschuldigen Sie die Störung, Frau Pastor«, stammelte Isolde schließlich. »Ich würde Sie gern sprechen.«

Agathe Pastor gab keine Antwort. Isolde war sich nicht einmal sicher, ob die Frau ihre Worte gehört hatte. Aus einer der oberen Etagen ertönte eine laute Stimme, ein Kind schrie. Noch immer sprach Agathe Pastor nicht. Schließlich nickte sie und zog die Tür auf.

Isolde trat in eine helle, geräumige Diele, die mit glänzend polierten Möbeln aus Kirschholz ausgestattet war. Agathe drehte sich um und nahm Isolde Mantel und Hut ab, danach öffnete sie eine weitere Tür. Dahinter lag ein großer, eleganter Wohnraum. Farbenfrohe, weiche Teppiche dämpften Isoldes Schritte. Agathe deutete auf ein Sofa, das mit rotem Samt überzogen war. Isolde machte ein paar Schritte auf das Möbel zu, doch sie setzte sich nicht.

Auch Agathe blieb stehen. Endlich brach sie ihr Schweigen. »Nehmen Sie doch Platz, Fräulein Heinrich.«

Beim Klang ihrer Stimme zuckte Isolde zusammen. Als sie vor der Wohnungstür gestanden und gewartet hatte, waren kurzzeitig Zweifel über sie gekommen, doch jetzt war sie wieder ganz sicher. Agathe Pastor war die Frau, die sich als Geist der Jakobe von Baden ausgegeben hatte. Doch warum?

Beklemmung stieg in ihr auf. Sie erinnerte sich daran, was die Frau bei ihrer letzten Begegnung gesagt hatte: ›Ich weiß, was Ihr wollt! Ihr wollt es mir wegnehmen! Nein! Niemand nimmt es mir weg. Geht! Geht fort! Lasst mich in Ruhe!‹

Über die Verfolgungsjagd, die sich daran angeschlossen hatte, hatte Isolde die rätselhaften Worte beinahe vergessen. Sie hatte keine Ahnung, wovon die Frau gesprochen hatte. Mit einem Mal war Isolde sich sicher, dass Agathe Pastor tatsächlich verrückt war. Hieß es nicht, dass sie all ihre Kinder in ihrem Hinterhof begraben hatte? Woran waren sie eigentlich gestorben? Isolde brach der Schweiß aus. War nicht vor Jahren ein junges Mädchen nach dem sonntäglichen Kirchgang spurlos verschwunden? Sie erinnerte sich, dass Agathe Pastor angeblich eine der letzten Personen gewesen war, die das Mädchen gesprochen hatte, bevor es verschwand. Man hatte damals vermutet, sie sei mit ihrem heimlichen Geliebten, einem Handlungsreisenden aus dem Maingebiet, auf und davon. Doch vielleicht hatte sich alles ganz anders zugetragen. Vielleicht hatte Agathe Pastor das junge Ding zu sich nach Hause eingeladen, ihm Kaffee und Kuchen angeboten und es dann hinterrücks ermordet und im Hinterhof verscharrt. Gleich neben ihren Kindern.

»Kann ich Ihnen etwas anbieten, Fräulein Heinrich? Vielleicht eine heiße Schokolade?«, fragte Agathe. Kein Lächeln erhellte ihr Gesicht, im Gegenteil, sie sah aus, als erfülle sie eine lästige Pflicht.

Isolde schüttelte rasch den Kopf. »Nein, danke. Ich kann auch gar nicht lange bleiben. Die Witwe Weissenberg erwartet mich zum Kaffee.« Sogar für ihre eigenen Ohren hörten sich ihre Worte so an, als wolle sie betonen, dass man sie rasch vermissen würde, wenn ihr ein Unglück zustoßen sollte. Sie riss sich zusammen. »Ich glaube, Sie wissen, warum ich hier bin, Frau Pastor. Sie haben mir in den letzten Tagen mehrmals, in schwarze Gewänder gehüllt, beim Schlossturm aufgelauert und sich als Geist der Jakobe von Baden ausgegeben. Ich sollte dafür sorgen, dass die Suche nach den Gebeinen eingestellt wird. Warum haben Sie das getan, Frau Pastor?« Nervös rieb Isolde ihre Handflächen gegeneinander. Sie hatte das Zittern in ihrer Stimme nicht ganz unterdrücken können.

Agathe sah sie an. Ihre Augen verrieten nichts von ihren Gedanken. »Sie haben mich an meiner Stimme erkannt.« Es war eine Feststellung. Agathe blickte an die Wand neben der Tür. Dort hing das Porträt eines Mannes. Er trug ein altmodisches schwarzes Gewand und schulterlanges Haar, auf dem eine Kappe aus Samt ruhte. Seine Augen schauten gütig und weise auf Isolde und ihre Gastgeberin herab. »Adam Pastor«, erklärte Agathe. »Ein Vorfahr meines Mannes.«

Isolde schwieg.

Agathe wandte den Blick von dem Bildnis ab und seufzte. »Ich wusste einfach nicht, was ich tun sollte. Ich hatte es ihm doch versprochen. Auf seinem Totenbett hat er mich beschworen, der Magnus, Gott hab ihn selig. Was auch immer geschieht, Agathe, du musst es bewahren, es darf nicht in falsche Hände gelangen.«

Sie begann, langsam im Zimmer auf und ab zu laufen, während sie weitersprach. Sie wirkte fehl am Platz in dem prächtigen Salon, wie eine Krähe in einem goldenen Käfig.

Ihr schwarzes Taftkleid raschelte, das von grauen Strähnen durchzogene, achtlos frisierte Haar unter der Haube und die gebeugte Haltung ließen sie wie ein steinaltes Weib erscheinen, dabei war sie laut Isoldes Rechnung noch keine fünfzig Jahre alt. Der Tod ihrer Kinder hatte sie vor der Zeit altern lassen. Vielleicht auch das Versprechen, das sie ihrem Mann gegeben hatte.

»Es ging doch um die Herzogin Jakobe. Niemand darf je an ihrem Grab rühren, sonst geschieht ein großes Unglück.« Sie schlug ihre Hände vor das Gesicht. Isolde befürchtete, sie würde jeden Augenblick in Tränen ausbrechen. Dann ließ sie ihre Arme unvermittelt sinken. »Und der Schatz, er darf nie in falsche Hände gelangen.« Sie brach ab, starrte Isolde an. »Sie denken, ich bin verrückt.«

Isolde spürte, wie ihr die Farbe aus dem Gesicht wich.

Agathe straffte die Schultern. »Kommen Sie mit, Fräulein Heinrich.«

Sie ging auf die Tür zu, Isolde folgte ihr zögernd. Ihr Herz pochte, ihre Hände waren schweißnass.

»Nun kommen Sie schon. Ich fresse Sie nicht.«

Isolde zuckte zusammen, doch Agathe bemerkte es nicht, sie war bereits vorausgegangen in den Korridor. Mit langen Schritten, die so gar nicht zu der zerbrechlichen Gestalt passten, die eben noch im Salon auf und ab geirrt war, lief Agathe vor ihr her. Der Korridor machte einen Knick, hier war es dunkler und kälter als im vorderen Teil der Wohnung. Agathe trat auf eine Tür zu und öffnete sie. Wenig später standen sie im Hinterhof des Hauses. Hohe Mauern umgaben sie, an denen Efeu wucherte. Obwohl es noch nicht drei Uhr nachmittags war, lag der Hof in trübem Dämmerlicht, der dünne Schleier aus Schnee, der in der übrigen Stadt von der Wärme der Sonne aufgesogen worden war, lag hier noch nahezu unberührt auf dem Pflaster und dem kahlen Geäst der Sträucher. Ein Baum stand in der Mitte des Hofs, er trug kein Laub mehr, doch der Rinde nach musste es eine Kastanie sein.

In der hinteren rechten Ecke befand sich eine Art Beet. Agathe war darauf zugelaufen, Isolde war ihr zögernd gefolgt. Das Beet war unterteilt in fünf kleine, ordentlich gepflegte Felder, auf denen Astern ihre purpurfarben leuchtenden Köpfchen aus der zarten Schneedecke hervorreckten. Auf jedem Feld stand ein weißes Kreuz, beschriftet mit einem Namen. ›Jakob‹, ›Johann‹, ›Dorothee‹, ›Anton‹ und ›Gerda‹.

Isolde presste die Hände vor den Mund. Wortlos starrte sie auf die fünf Gräber.

»Meine Kinder«, sagte Agathe.

Isolde suchte nach Worten, doch ihre Stimme versagte ihr den Dienst.

»Sie kamen zu früh zur Welt«, sprach Agathe weiter. »Alle fünf. Sie hatten nicht die Kraft zu leben. Sie haben sie mir weggenommen. Ich weiß nicht, was sie mit ihnen gemacht haben. Sie waren nicht getauft, haben kein christliches Begräbnis bekommen. Dabei waren es doch meine Kinder. Ich habe sie gesehen. Sie hatten winzige Ärmchen und Beinchen, und schon ein richtiges Gesicht. Niemand wollte mich verstehen. Selbst Magnus nicht. Er sagte, ich müsse sie vergessen, es sei besser so. Doch wie kann es gut sein, wenn eine Mutter ihre Kinder verliert und nicht einmal ein Grab hat, an dem sie um sie trauern kann? Ich weiß nicht, wo ihre kleinen Körper sind. Doch für ihre Seelen bete ich hier.«

Sie blickte hinab auf die Astern, dann wandte sie sich ruckartig ab und schritt zurück zum Haus.

Isolde blieb noch eine Weile vor den leeren Gräbern stehen. Schließlich folgte sie Agathe, die in dem dunklen Korridor auf sie wartete.

»Ich möchte, dass Sie jetzt gehen, Fräulein Heinrich.«

Isolde räusperte sich. »Es tut mir leid, das mit Ihren Kindern. Ich verstehe Sie gut.«

»Gar nichts verstehen Sie. Lassen Sie mich jetzt allein.«

»Ich würde gern noch mit Ihnen über die Herzogin Jakobe sprechen. Und über ihren Geist.«

»Haben Sie nicht verstanden? Sie sollen gehen!«

Agathe verschwand um die Korridorecke. Isolde blieb stehen und überlegte fieberhaft, wie sie die Frau dazu bringen konnte, mit ihr zu sprechen. Ihr Blick glitt über die geblümte Tapete, wo zarte Rosen im Halbdunkel über die Wände zu schweben schienen, dann fiel er auf den Parkettboden, der matt schimmerte. Direkt neben der Tür zum Hof war ein kreisrunder, brauner Fleck, etwa so groß wie ein halber Stüber. Instinktiv bückte sich Isolde und fuhr mit dem Finger darüber. Die Substanz war hart und krustig wie eingetrocknete Farbe, doch als sie darüberrieb, blieb eine winzige Spur davon auf ihrer Haut zurück. Sie betrachtete die dunkle Schmiere, tippte vorsichtig mit ihrer Zungenspitze daran. Plötzlich lief es ihr eiskalt den Rücken herunter. Ohne weiter zu zögern, folgte sie Agathe zur Wohnungstür. Überstürzt verabschiedete sie sich von der Frau, entschuldigte sich erneut für die Störung und stürmte aus dem Haus.

KAPITEL XI

Morgen kommt *der seltsame Besucher, den Ernst mir angekündigt hat. Ich kann mir immer noch keinen Reim darauf machen, was er bei mir will. Doch ich habe keine Kraft mehr, Fragen zu stellen oder mich zu wundern. Noch einmal habe ich mich heute gegen diesen unsäglichen Wessel von Knippenberg durchgesetzt. Ich habe mit ihm und dem Koch gesprochen, das Essen war wieder ungenießbar. Zuerst hat Knippenberg großspurige Worte verlauten lassen, frech behauptet, ich hätte ihm nichts zu sagen. Aber dann hat er nachgegeben. Für morgen Abend, wenn mein geheimnisvoller Gast kommt, habe ich Fisch bestellt. Falls der Herrgott im Himmel überhaupt will, dass es für mich ein morgen Abend gibt.*

Elisabeth Heinrich saß aufrecht im Bett, als Isolde ihr Zimmer betrat.

»Du bist schon wieder wach?«, fragte Isolde erstaunt.

»Man hat mich nicht schlafen lassen.« Elisabeth lächelte ihre Tochter an. »Zweimal hat ein Bote geklopft und ein Schreiben überbracht. Einmal war es ein Bauernbursche mit einer Nachricht von Clara, das zweite Mal ein vornehmer Diener in Livree mit einem dicken versiegelten Brief. Du findest beide in der Küche.«

Isolde drückte ihrer Mutter einen Kuss auf die Stirn. »Ich hoffe, es war nicht allzu anstrengend für dich, an die Tür zu gehen und die Briefe entgegenzunehmen.«

Elisabeth schüttelte den Kopf und lehnte sich ins Kissen zurück. »Nein, Kind. Das war es nicht. Und nun mach schon. Geh nach deiner Post sehen!«

Isolde lief in die Küche. Die beiden Briefe lagen auf dem Tisch. Sie griff nach dem oberen und erkannte sofort Claras Handschrift. Rasch nahm sie den zweiten in die Hand. Ihr Herz klopfte. Konnte das schon die Antwort auf ihr Schreiben sein? Nein. Dazu war es zu früh. Sie entzifferte den Absender und ließ sich erschrocken auf einen Stuhl fallen. Die Nachricht war von Robert Weitering. Er hatte sie nicht mit der Post geschickt, sondern von einem Diener vorbeibringen lassen. Was mochte das zu bedeuten haben?

Isolde unterdrückte ihre Neugier und öffnete zunächst den Brief von Clara. Rasch überflog sie die wenigen Zeilen, die ihre Freundin offenbar in großer Eile zu Papier gebracht hatte.

Meine liebe Isolde,

ich hoffe, dieser Brief erreicht Dich noch, bevor du aufbrichst. Du hattest versprochen, mich heute am späten Nachmittag zu besuchen. Ich werde jedoch nicht zu Hause sein. Gustav und ich haben uns gestern Abend, nachdem Du und die Schwiegermutter gegangen waren, noch ausgesprochen. Er hat mir versichert, wie glücklich er ist, dass Gertrud wieder wohlauf ist, und dass er mir verziehen hat, dass ich ohne sein Einverständnis noch einmal einen Arzt ins Haus geholt habe. Da es der Kleinen heute noch ein wenig besser geht und die Sonne so wunderbar scheint, haben wir beschlossen, einen

Ausflug zu machen. Wir wollen ein wenig durch den Hofgarten spazieren und anschließend im Kaffeehaus der Witwe Hilgers eine heiße Schokolade trinken. Gertrud ist schon so aufgeregt, dass sie einen Hustenanfall nach dem anderen bekommt und Gustav sie schelten musste. Er hat ihr gedroht, sie müsse daheim bleiben, wenn sie sich nicht augenblicklich beruhige. Ganz lieb und still war sie daraufhin, wie Du Dir sicher denken kannst.

Ich hoffe, ich bringe Deine Pläne nicht allzu sehr durcheinander. Wir sehen uns bestimmt bald.

Alles Liebe
Deine Clara

Lächelnd legte Isolde den Brief auf ihren Schoß. Claras Worte klangen so heiter und glücklich. Es beunruhigte sie zwar ein wenig, dass die kleine Gertrud bei der Kälte draußen umherhüpfte, doch sie freute sich für ihre Freundin, dass sie so glücklich war.

Isolde faltete den Brief und legte ihn zurück auf den Tisch. Nachdenklich betrachtete sie das zweite Schreiben, das ungeöffnet daneben lag. Sie zögerte kurz, dann griff sie danach und erbrach das Siegel.

Verehrtes Fräulein Heinrich,

nachdem Sie gestern so unfreundlich meine Gesellschaft ausgeschlagen haben, möchte ich auf diesem Wege auf den Vor-

wurf eingehen, den ich aus Ihren Worten herauszuhören glaubte. Ich bitte Sie nur, diese Zeilen zu lesen, danach mögen Sie urteilen, wie es Ihnen beliebt.

»Ich bin kein ungebildetes, gutgläubiges Bauernmädchen, das es nicht besser weiß. Suchen Sie sich ein anderes Opfer!« – Das waren Ihre Worte. Ich weiß sehr wohl, dass Sie auf die unglückliche Kathie Mertens anspielten, an deren Schicksal, ich gebe es zu, ich nicht ganz unschuldig bin.

An dieser Stelle brach Isolde die Lektüre ab. Empört sprang sie vom Stuhl auf und trat ans Fenster. Der Himmel hatte sich zugezogen, dichte Wolken ballten sich über der Stadt, aus denen vereinzelte Schneeflocken segelten.

Er gab also zu, dass er nicht ganz unschuldig war am Schicksal der armen Kathie. Nicht ganz unschuldig! Was sollte das denn heißen? Wütend ballte Isolde die Fäuste, Tränen brannten in ihren Augen. Sie verabscheute diesen Robert Weitering, doch noch viel mehr verabscheute sie sich selbst, weil sie sich so in ihm getäuscht hatte. Weil sie ihm vertraut, ihn gemocht hatte.

Sie knüllte den Brief zusammen und schleuderte die Papierkugel in Richtung Herd, ohne sich vom Fenster abzuwenden. Zitternd starrte sie hinaus, wo das Schneetreiben immer dichter wurde. Die Flocken verschwammen vor ihren Augen, wurden zu bizarren weißen Strukturen, während Isolde vergeblich gegen den Sturm in ihrem Herzen ankämpfte. Schließlich hielt sie es nicht mehr aus. Schluchzend sank sie zu Boden, vergoss Tränen der Wut über ihre eigene Dummheit, und Tränen der Trauer um die unglückliche Kathie, die keinen anderen Ausweg mehr gesehen hatte als den Tod, um die fünf kleinen Kinder der Agathe Pastor, denen nicht einmal ein eigenes Grab vergönnt gewesen war, um ihre Schwester Sophie, die sich nie hatte verlieben dürfen, weil sie viel zu früh gestorben war und seit über zehn Jahren in der kalten Erde lag.

Auch nachdem die Tränen versiegt waren, stand Isolde lange nicht auf. Sie lag auf dem harten Steinboden, bis sie zu frieren begann. Schließlich erhob sie sich, strich sich das Haar aus dem Gesicht und klopfte ihr Kleid ab. Leise schlich sie ins Zimmer ihrer Mutter. Erleichtert stellte sie fest, dass diese tief und fest schlief. Sie blickte auf die Uhr. Es war bereits Viertel nach vier. Draußen schneite es immer noch heftig. Isolde lief in ihr Zimmer, wusch sich das Gesicht mit kaltem Wasser und brachte ihre Haare in Ordnung. Danach zog sie Stiefel, Mantel und Hut an und verließ rasch das Haus.

Der frische Schnee knirschte unter ihren Sohlen. Normalerweise hätte sie sich an dem Anblick der zuckrig bedeckten Straßen erfreut, an den gewölbten weißen Mützchen, die die Straßenlaternen trugen. Erinnerte sie der erste Schnee doch an ihre Kindheit, in der sie jeden Herbst sehnsüchtig darauf gewartet hatte, endlich den Schlitten aus dem Keller holen zu können. Doch heute verstärkte er lediglich ihre Traurigkeit. Sie begegnete nur vereinzelten Menschen auf ihrem Weg in die Carlstadt und traf nach wenigen Minuten bei der Witwe Weissenberg ein.

Diese wollte keine Entschuldigung für die Verspätung hören und servierte Isolde eine große Tasse heißen, süßen Tee. Sie verzichtete auf das Vorlesen und ließ sich stattdessen alles erzählen, was Isolde bedrückte. Isolde schüttete ihr ihr Herz aus, lediglich Claras Geheimnis verschwieg sie, und über Robert Weitering sagte sie auch nichts, ebenso wenig über den Brief, den sie am Vortag abgeschickt hatte.

Die Witwe lauschte schweigend, stellte nur hier und da eine Frage, um sicherzugehen, dass sie alles verstanden hatte. Nachdem Isolde geendet hatte, sah sie sie lange an.

»Ich möchte Sie nicht mit Allgemeinplätzen über das Leben langweilen, liebe Isolde«, sagte sie schließlich. »Die kennen Sie selbst zur Genüge. Jedes Schicksal ist einzigartig, und es hilft einem wenig, wenn man weiß, dass es anderen ähnlich ergeht, dass auf schlechte Zeiten gute folgen, dass jede Wunde irgendwann heilt.« Die alte Dame räusperte sich. »Ich glaube, dass Sie mir noch nicht alles erzählt haben. Kann das sein?«

Isolde betrachtete ihre Fingerspitzen.

»Sie brauchen mir nicht zu sagen, was es ist. Nicken Sie nur, wenn ich recht habe.«

Isolde nickte.

»Dachte ich es mir.« Sie nahm einen Schluck Tee. »Nun, was Ihre Freundin Clara angeht. Es ist ihr Leben, sie hat es so gewählt und sie muss es leben, nicht Sie, liebe Isolde. Sie können ihr beistehen, aber Sie können es ihr nicht abnehmen. Das Gleiche gilt für die arme Agathe Pastor.« Sie sah aus dem Fenster in die wirbelnden Schneeflocken. »Auch ich habe zwei Kinder verloren«, fuhr sie leise fort. »Aber ich bin nicht daran zerbrochen. Jede Frau trägt es anders. Agathe Pastor ist schwermütig geworden, ihr Verstand ist getrübt, aber sie ist nicht so verrückt, wie die Leute denken. Haben Sie eine Ahnung, was für ein Schatz es ist, den sie zu Hause hütet?«

Isolde blickte Frau Weissenberg überrascht an. »Ich dachte, es seien die Gräber ihrer Kinder.«

Die Witwe schüttelte den Kopf. »Es ist etwas, das sich seit Generationen im Besitz der Familie Pastor befindet. Ich glaube nicht, dass es sich um etwas Wertvolles handelt, zumindest nicht im materiellen Sinn. Aber es ist etwas, das der Familie immer viel bedeutet hat. Und jetzt quält sich die arme Frau damit, dass sie es bewahren und weitergeben muss an jemanden, der nach ihrem Tod darauf achtgibt. Vielleicht hat sie Sie deshalb angesprochen, Isolde. Sie ist auf der Suche nach einer vertrauenswürdigen Person, der sie die Last aufbürden, der sie den Schatz anvertrauen kann.«

»Glauben Sie das wirklich? Ich kenne die Frau doch kaum.«

»Ich habe mich vor ein paar Monaten einmal länger mit ihr unterhalten. Ich glaube, es war auf dem Jahrmarkt an Christi Himmelfahrt im letzten Mai. Sie stand unglücklich und allein am Rand der Festwiese, da habe ich sie auf einen Kaffee eingeladen. Damals habe ich sehr wohlwollend von Ihnen gesprochen, liebe Isolde. Vielleicht ist bei dieser Gelegenheit der Gedanke in ihr aufgekeimt, sie könne sich Ihnen anvertrauen. Wer weiß schon, was in ihrem verstörten Geist vor sich geht?«

»Und die Gebeine der Jakobe? Was hat es damit auf sich? Warum wollte sie verhindern, dass die gefunden werden?«

»Ich weiß es nicht.«

Ein Gedanke durchzuckte Isolde. »Das Grab war geplündert. Jemand hatte die Wand zur Gruft eingeschlagen und den Sargdeckel gewaltsam geöffnet. Könnte es sein, dass ein Mitglied der Familie Pastor an der Plünderung beteiligt war? Dass der Schatz aus einem Kleinod besteht, das einmal der Herzogin Jakobe gehörte? Dass die Pastors all die Jahre Angst hatten, ihre schändliche Tat würde offenbar, sobald die Gebeine gefunden würden? Das würde erklären, warum die Grabung um jeden Preis verhindert werden sollte.«

Frau Weissenberg nickte bedächtig. »Das wäre eine mögliche Erklärung. Agathe Pastor hat zwar selbst nichts mit dieser Tat zu tun. Doch ich könnte mir vorstellen, dass es sie arg bedrücken würde, wenn die Familie ihres Gatten in Verruf geriete.«

»Vielleicht weiß sie nicht einmal, worum es genau geht, vielleicht hat ihr Mann ihr nur gesagt, dass ein Unglück geschehe, wenn das Grab der Jakobe gefunden würde. Er meinte ein Unglück für seine Familie, sie glaubte, Unheil für die ganze Stadt.«

Als Isolde eine halbe Stunde später das Haus der Witwe Weissenberg verließ, fühlte sie sich seltsam gestärkt. Es hatte ihr neuen Mut eingeflößt, mit der alten Dame zu sprechen. Sie war eine verständige, lebenserfahrene Frau, die nicht vorschnell ein Urteil fällte.

Statt sofort nach Hause zurückzukehren, wandte Isolde sich nach links und lief durch den Schnee in Richtung Norden. Es fielen nur noch vereinzelte Flocken, die im Licht der Straßenlaternen wie Diamanten schimmerten. In der Marktstraße hatten die Händler den Schnee zu großen Haufen zusammengekehrt, damit der Zugang zu ihren Läden leichter war. Eine Kutsche war beim Abbiegen in einem solchen Schneehaufen stecken geblieben, vier Männer mühten sich ab, das Gefährt freizuschaufeln, während eine junge Dame in Pelzmützchen und Pelzkragen mit ängstlichen Augen aus dem Fenster sah.

Isolde erreichte die Ritterstraße. Ein paar Kinder bewarfen sich gegenseitig mit Schneebällen, schrien aus vollem Hals, wenn sie getroffen wurden, und schworen grausame Rache. Sie hatten sich in zwei Mannschaften unterteilt, die sich gegenseitig bekämpften, die Franzosen und die Preußen. Mit einer Mischung aus Rührung und Bitterkeit registrierte Isolde, dass Kinder sich alles, was sie in ihrer Umwelt wahrnahmen, ihrem Spiel einverleibten, sei es das Gehabe der Erwachsenen, seien es ihre Alltagserlebnisse, sei es der Krieg mit all seinem Grauen. Sie unterschieden nicht zwischen Gut und Böse, und das Töten der Feinde, wenn auch nur mit Schneebällen, war für sie ein ebenso lustiger Zeitvertreib wie das Kochen von Suppe aus Löwenzahn und Klee oder das Tauschen von altem Spielzeug und selbst gebastelten Steinschleudern.

Isolde fragte einen der ›Franzosen‹ nach dem Haus der Näherin Lohner, der daraufhin zu einem der ›Preußen‹ hinüberpfiff.

»Heda, Fritz! Da will eine zu deiner Mutter!«

Ein magerer, schmutziger Bursche von neun oder zehn Jahren kam zögernd auf Isolde zu.

»Zeigst du mir, wo du wohnst? Ich möchte deine Mutter besuchen.«

Fritz nickte wortlos und rannte auf ein Haus zu, das ein Stück die Straße hinunter auf die Mühlengasse zu lag. Er warf sich gegen die Haustür, die ohne Widerstand aufsprang und den Blick in ein enges, dunkles Treppenhaus freigab.

Der Junge deutete auf die Stufen. »Zweiter Stock links«, sagte er und stürmte davon, bevor Isolde sich bei ihm bedanken konnte.

Langsam stieg sie die knarrenden Stufen hoch. Durch die Türen drangen die Geräusche eng gedrängten Familienlebens. Eine Frau sang mit schiefer Stimme. Ein Vater beschimpfte seinen Sohn, Töpfe schepperten. Es roch nach scharf gebratenem Speck, Kohl und Zichorienkaffee.

Isolde klopfte an die linke Tür im zweiten Stock, hinter der alles still war. Ein dürres Mädchen mit großen Augen öffnete.

»Ist deine Mutter zu Hause?«, fragte Isolde.

Das Mädchen nickte, rührte sich aber nicht von der Stelle.

»Wer ist es denn, Lene?«, ertönte eine Stimme aus dem hinteren Teil der Wohnung.

»Ich weiß nicht«, rief das Mädchen zurück.

»Mein Name ist Isolde Heinrich!«, mischte sich Isolde ein. Sie sprach über den Kopf des Kindes hinweg, dorthin, wo die Stimme hergekommen war. »Ich würde mich gern mit Ihnen unterhalten, Frau Lohner.«

Isolde hörte ein Murmeln, dann näherten sich Schritte. Frau Lohner war beinahe genauso dünn und blass wie ihre Tochter. Sie trug ein schlichtes, schwarzes Kleid ohne Kragen und eine fleckige Schürze darüber. Ihre Haube saß lose, eine helle Haarsträhne hatte sich gelöst und fiel ihr ins Gesicht. Misstrauisch musterte sie Isolde von oben bis unten.

»Wie sagten Sie, war Ihr Name, gute Frau?«

»Isolde Heinrich.«

»Und was wollen Sie? Geht es um eine Näharbeit?«

»Nein. Ich möchte mit Ihnen sprechen. Es dauert auch nicht lange.«

Die Frau zögerte. »Also, meinetwegen. Kommen Sie rein. Aber ich hab nicht viel Zeit.«

Sie ging voran in eine enge Küche. Auf dem Tisch, auf dem eine einzelne Talgkerze brannte, lag eine angefangene Näharbeit. Daneben ein halb gestopfter Strumpf. Frau Lohner drehte sich zu ihrer Tochter um. »Du machst schön mit dem Strumpf weiter, Lene, während ich mit der Frau rede. Und beeil dich gefälligst ein bisschen.«

Das Kind setzte sich auf einen Stuhl und griff nach dem Stopfzeug.

»Seit mein Mann tot ist, muss ich die Familie allein durchbringen«, erklärte Frau Lohner und ließ sich ebenfalls nieder. »Nicht, dass der Dietrich, dieser Taugenichts, je viel zum Unterhalt beigetragen hätte. Aber sein Tod macht es auch nicht leichter.« Sie deutete auf einen Stuhl. »Wollen Sie sich nicht setzen?«

Isolde ließ sich nieder. »Zunächst einmal möchte ich Ihnen mein Beileid aussprechen, Frau Lohner.«

Die Frau winkte ab. »Ja, danke. Aber kommen Sie zur Sache, Fräulein Heinrich. Sie sind doch wohl kaum hier, um mit mir über meinen Dietrich zu plaudern?«

Isolde zögerte. Das Mädchen irritierte sie. »Ehrlich gesagt, doch. Es geht tatsächlich um Ihren Mann.«

Die Frau kniff die Augen zusammen. »Sind Sie etwa auch eine von denen? Sie sehen gar nicht so aus.«

»Eine von denen?«

»Mein nutzloser Gatte war sich nicht zu fein, mir auch noch Schulden zu hinterlassen, nach all dem Kummer, den er mir bereitet hat. Nicht bei den Wirten, da konnte er schon lange nichts mehr anschreiben lassen. Aber bei ein paar – Damen.« Sie spie das Wort förmlich aus. »Eine von denen war doch glatt so dreist und wollte sich das Geld bei mir holen! Hat mich hier in meiner eigenen Wohnung aufgesucht und ihre schmutzige Hand aufgehalten. Na, der habe ich aber Bescheid gesagt. Ein ganz junges, dummes Ding war das, konnte einem fast leidtun. Aber wer so naiv ist, Liebesdienste auf Pump anzubieten, der hat es nicht besser verdient.« Sie schüttelte den Kopf. »Also, wenn Sie auch noch Geld von dem alten Tunichtgut zu kriegen haben, vergessen Sie es.«

Isolde schluckte. »Es geht nicht um die Schulden Ihres Mannes. Nicht direkt, jedenfalls. Ich habe eine andere Frage: Haben Sie je von der Witwe Pastor gehört?«

»Die dolle Agathe?« Jetzt lachte Frau Lohner. »Wer hat nicht von der gehört? Lebt mit ihren fünf toten Kindern in einem Haus. So was Verrücktes. Unsereiner wäre froh, wenn er ein paar Mäuler weniger zu stopfen hätte.«

Isolde blickte rasch zu dem Mädchen hinüber, das stumm weiterstopfte, den Kopf tief über den Strumpf gebeugt. »Dann kannte Ihr Mann sie auch?«

»Natürlich. Ich sagte doch, jeder kennt sie. Mein Dietrich hat sogar öfter von ihr gesprochen. Immer wieder hat er von diesem Schatz angefangen. Tausendmal hab ich ihm erklärt, dass diese toten Blagen ihr Schatz sind, aber er wollte nichts davon hören. Er meinte, die Verrückte hocke auf irgendwelchen Reichtümern. Ich sage doch, er war ein Tunichtgut, hatte nichts als dumme Ideen im Kopf. Manchmal denke ich, der Krieg hat ihn kaputtgemacht. Vorher war er ein anständiger Mann, das können Sie mir glauben, Fräulein Heinrich. Aber seit er zurückkam aus Russland, war er nicht mehr derselbe. Manchmal habe ich gedacht, es wäre leichter gewesen, wenn er dageblieben wäre.«

Isoldes Finger verkrampften sich. Rasch brachte sie das Thema wieder auf Agathe Pastor. »Er glaubte also, Frau – die dolle Agathe besäße einen wirklichen Schatz? Etwas, das viel Geld wert sei?«

»Sagte ich doch gerade. Wozu fragen Sie das alles, Fräulein Heinrich? Was geht Sie das an? Hat der Dietrich Ihnen etwa weisgemacht, dass bei der dollen Agathe was zu holen wäre? Wollte er so seine Schulden bezahlen?«

»Nein, das ist es nicht. Ich – ich habe kürzlich …« Ratlos brach Isolde ab. Sie wollte Dietrich Lohners Witwe nicht erzählen, welchen Verdacht sie hatte. Fieberhaft suchte sie nach einer harmlosen Erklärung, doch die Frau schien überhaupt keine zu erwarten.

»War das alles?«, fragte sie barsch. »Ich muss nämlich das Kleid bis morgen fertig haben.«

Rasch stand Isolde auf. »Ja, das war es schon. Ich danke Ihnen für Ihre Geduld. Alles Gute für Sie und Ihre Kinder.«

Frau Lohner griff nach ihrer Näharbeit. »Sie finden allein hinaus, Fräulein Heinrich, nehme ich an. Und falls Sie die anderen sogenannten Damen zufällig treffen, können Sie denen was ausrichten: Es gibt kein Geld. Ich habe selbst nichts. Und wenn ich welches hätte, wüsste ich was Besseres damit anzufangen. Da haben sie eben Pech gehabt. Ist das klar?«

Isolde grüßte noch einmal, verließ die Wohnung und zog die Tür hinter sich zu. Sie atmete tief ein und aus, bevor sie die Treppe hinunterstieg und vor das Haus trat.

Kreispolizeiinspektor August Mindel starrte aus dem Fenster in den Schnee. Er konnte wirklich zufrieden sein. Gestern hatte er sich die beiden Ganoven vorgeknöpft. Der eine, der Mistkerl, der ihm beinahe ein Ohr abgeschnitten hätte, hatte verstockt geschwiegen, aber der andere, ein gewisser Ferdinand Krutz, hatte dafür umso mehr geredet. Er war gar nicht zu bremsen gewesen. Sie hatten erfahren, dass der Anführer der Bande ein junger Bursche war, der Gottfried Helmer hieß und sich in einer alten Scheune bei Gerresheim versteckt hielt. Von dort aus plante er seine Raubzüge und verhökerte die gestohlene Ware. Der Schlosskeller war nur ein Zwischenlager, in dem Helmer Ware aufbewahrte, die sich nicht unbemerkt transportieren ließ. Manchmal schiffte er sie des Nachts von dort aus ein Stück weiter den Rhein hinauf, manchmal schaffte er sie über Land aus der Stadt, auf einem Karren, verborgen zwischen den Fässern des Wirtes und Braumeisters Franz Schorn, der mit seinem Bier einige Schänken im Düsseldorfer Umland belieferte. Die Tagelöhner Fröhlich und Brügelmann gehörten angeblich nicht zu der Bande, sie hatten lediglich gegen Bezahlung von ein paar Stübern für Aufsehen gesorgt, ohne zu wissen, worum es ging.

Nur von dem Mord an Dietrich Lohner wusste der gesprächige Gauner angeblich nichts. Am Nachmittag hatten die Sergeanten mithilfe des Militärs das Versteck der Bande ausgehoben und tatsächlich alle Mitglieder erwischt. Zwei der Ganoven waren ums Leben gekommen, als die Soldaten die Scheune gestürmt hatten, alle anderen saßen jetzt im Berger Tor, wo Polizeiagent Jansen ein wachsames Auge auf sie hatte.

Auch Schorn war festgenommen worden und harrte mit seinen Spießgesellen im Gefängnis aus. Mindel und von Haupt hatten sich den Anführer noch am Abend vorgenommen, doch er hatte nur die Arme verschränkt und gelacht. Sollten sie ihn doch am nächsten Baum aufknüpfen, er würde nicht mit ihnen reden. Aber das war auch gar nicht nötig. Es gab genug Mitglieder der Bande, die sangen wie die Vögelein im Frühling. Alle bestätigten, was Ferdinand Krutz erzählt hatte. Doch angeblich wusste niemand, wer Dietrich Lohner erschlagen hatte.

Von Haupt hätte Schorn den Mord zu gern angehängt, doch der war der Einzige, der es mit Sicherheit nicht gewesen sein konnte. Er hatte zur Tatzeit mit dem Sergeanten Stübben ein Gläschen gehoben und war daher fein raus. Da er aber als Spießgeselle der Schurken überführt war, half ihm das auch nicht, seinen Kopf aus der Schlinge zu ziehen.

Mindel war sicher, dass Gottfried Helmer selbst den Dietrich Lohner ins Jenseits befördert hatte. Der Junge hatte so herablassend gegrinst, als der Inspektor ihn befragt hatte. Doch beweisen konnte er es nicht. Letztendlich war es sowieso gleich. Sie würden alle hängen, ob mit Mord oder ohne. Dennoch ärgerte es Mindel, dass der Fall so nicht vollständig aufgeklärt werden würde.

Er hatte am späten Vormittag mit Dr. Servaes gesprochen, der zu bedenken gab, dass der Täter auch jemand ganz anderes sein könnte, jemand, der nichts mit der Diebesbande zu tun hatte – man beachte die ungewöhnliche Tatwaffe. Doch davon hatte Mindel nichts hören wollen. Warum in eine klare Sache Verwirrung hineinbringen? Das mit der Tatwaffe stünde ja auch nicht eindeutig fest. Die Verletzung habe sehr stark darauf hingewiesen, dass der tödliche Hieb mit einem Bügeleisen verabreicht wurde, aber sicher könne man da nie sein. Und warum sollte ein ausgekochter Ganove wie Gottfried Helmer nicht absichtlich ein solches Tatwerkzeug wählen, um die Justiz zu verwirren? Alles war möglich. Für ihn war der Fall abgeschlossen. Mit einem kleinen Schönheitsfehler zwar, aber immerhin. Oberbürgermeister Schramm hatte ihm bereits gratuliert, er stand glänzend da.

KAPITEL XII

Oh, Herr! *Ich ertrage das nicht. Dieses furchtbare Kratzen an meiner Wange! Ich sehe nichts, die Nacht ist schwarz, doch ich spüre, wie etwas über mein Gesicht fährt, ganz langsam. Es ist rau und brennt auf meiner Haut. Oh, mein Gott, er ist es! Es sind seine Bartstoppeln, die mich zerkratzen! Ich schlage um mich, meine Hände zielen ins Leere. Ich rolle mich aus dem Bett, verkrieche mich zitternd in der hintersten Ecke des Zimmers. Lange höre ich nichts, doch dann ertönt draußen ein Lachen. Sein tausendfaches Echo hallt von den Wänden wider und sickert durch den Türspalt in meine Kammer. Ich hocke auf dem Boden, die Hände auf die Ohren gepresst, bis Gerhardgen am nächsten Morgen nach mir sieht.*

Der Montagvormittag war vergangen, ohne dass Isolde recht gemerkt hatte, wo die Zeit geblieben war. Bracht hatte sie mit einem Stapel Notizen erwartet, acht Berichte an die Regierung in Berlin sowie an verschiedene Amtsträger in Düsseldorf mussten verfasst werden. Auch am Nachmittag blieb noch einiges zu tun. Der Konsistorialrat verschwand für eine Stunde, um bei den Grabungen in der Kreuzherrenkirche nach dem Rechten zu sehen, während Isolde eine Kopie des bisherigen Berichts über den Fund der Gebeine anfertigte. Gegen fünf kam Bracht zurück, begleitet von Franz Wilhelm Custodis, der seine Zeichnung der Gruft und der Lage des Sargs darin ablieferte. Der Konsistorialrat studierte die Skizze aufmerksam und nickte zufrieden.

»Sehr gut, sehr gut«, murmelte er und reichte Isolde das Blatt. »Bitte fügen Sie das dem Bericht bei, Fräulein Heinrich. Und ergänzen Sie in Ihrer eigenen Zeichnung von der Kirche die Lage der Gruft der Jakobe.«

»Sehr wohl, Herr Konsistorialrat.« Isolde, die genug von Berichten an den Oberbürgermeister Schramm, den Regierungspräsidenten Freiherr von Pestel, den Staatsrat Jacobi und ähnlich hochgestellten Herren hatte, nahm sich sofort die Zeichnung vor und ergänzte mit viel Sorgfalt die Lage der Gruft. Dann fügte sie eine Beschriftung hinzu. Während sie am Schreibtisch saß und zeichnete, zogen sich die Herren in den Salon zurück, um bei einem Glas Cognac einige Details der Verwaltung des St. Hubertus Hospitals zu besprechen, in dessen Verwaltungskommission sie beide saßen.

Nachdem Custodis gegangen war, schickte Bracht auch Isolde nach Hause. »Sie können heute etwas früher gehen, Fräulein Heinrich. Ich muss die Witwe Engels besuchen. Sie wissen, sie leitet eine der Armenschulen. Sie will mich in einer Geldangelegenheit sprechen.« Er griff nach seinem Stock, der in der Ecke des Arbeitszimmers stand. »Lassen Sie die Papiere einfach so liegen, wenn Sie fertig sind. Guten Abend, Fräulein Heinrich, kommen Sie gut nach Hause.«

Isolde beendete die Beschriftung der Skizze, dann löschte sie die Lampe und verließ das Arbeitszimmer. Sie ließ sich von der Haushälterin ihren Mantel reichen, wünschte ihr einen schönen Abend und trat hinaus auf den Stiftsplatz, wo der Schnee immer noch knöchelhoch lag. Im Licht der Laternen schritt Isolde auf den Burgplatz zu und über die Marktstraße bis zur Bilker Straße. Ohne zu zögern trat sie in das Haus von Agathe Pastor und läutete die Glocke an der Wohnungstür. Wieder dauerte es unendlich lange, bis geöffnet wurde. Die Witwe Pastor lugte hinaus, sah Isolde und warf die Tür wieder zu. Doch Isolde blieb hartnäckig. Wieder und wieder läutete sie, bis die Witwe erneut an der Tür erschien.

»Fräulein Heinrich, lassen Sie mich in Ruhe!«, zischte sie aufgebracht. »Ich lasse Wachtmeister Overheid rufen, wenn Sie nicht auf der Stelle verschwinden.«

»Ich glaube nicht, dass Sie möchten, dass ich der Polizei erzähle, was ich mit Ihnen zu besprechen habe, Witwe Pastor«, erwiderte Isolde ruhig.

Die Frau wurde schlagartig blass. »Was soll das heißen?«, flüsterte sie entsetzt.

»Ich möchte mit Ihnen über Ihren Schatz sprechen. Den Schatz der Jakobe.«

Die Witwe hatte sich schnell von ihrem Schrecken erholt und verzog angewidert das Gesicht. »Ich weiß nichts von einem Schatz. Das ist das dumme Gerede der Leute. Ich hätte nicht gedacht, dass auch Sie etwas darum geben.«

»Im Gegensatz zu den Leuten weiß ich, worin der Schatz tatsächlich besteht.«

»Ach, wissen Sie das? Dann verraten Sie es mir.«

»Soll ich Ihnen das wirklich hier an der Wohnungstür erzählen?« Isolde blickte die Treppe hinauf zu den oberen Stockwerken, von wo gedämpfte Geräusche zu hören waren, dann zurück zur Haustür, durch deren Glasscheibe man auf die Straße sehen konnte. Ein junges Paar schlenderte vorbei, die Frau lachte vergnügt. Ein Mann zog einen kleinen Handwagen mit Kohlen durch den Schnee, zwei Jungen schoben von hinten. Vom Schwanenspiegel her rollte eine Kutsche vorbei. An den Seiten des Gefährts brannten Laternen, der Kutscher trug einen dicken Mantel und einen Zylinder, die Rösser schnaubten weißen Atem in die kalte Luft.

»Warum nicht? Ich habe nichts zu verbergen!«, entgegnete Agathe mit harscher Stimme.

»Immerhin sprechen wir von einem Verbrechen, Witwe Pastor.«

Agathe warf ihr einen erschrockenen Blick zu, dann kniff sie argwöhnisch die Augen zusammen. »Also gut, kommen Sie herein«, murmelte sie und zog die Tür auf. »Aber glauben Sie nicht, dass Sie mich aushorchen können.«

Wenig später befanden sie sich wieder in dem üppig ausgestatteten Salon, der in Isoldes Augen so wenig zu der schmalen, schwarz gekleideten Frau passte.

»Zunächst möchte ich Ihnen sagen, dass ich nicht in böser Absicht komme«, begann Isolde. »Im Gegenteil. Ich will Ihnen helfen, wenn ich kann.«

In Agathes Gesicht zuckte es, sie erwiderte jedoch nichts.

Isolde setzte sich ungefragt auf das Sofa. »Am besten erzähle ich Ihnen, was ich denke. Sie müssen nichts dazu sagen. Hören Sie einfach zu: Sie haben von Ihrem Mann einen Schatz geerbt. Irgendein kleines Päckchen, nehme ich an, eine Schachtel oder Schatulle, in der sich etwas Wertvolles befindet. Es ist Schmuck, vielleicht ein Ring oder ein anderes Kleinod, ich weiß es nicht genau. Das Schmuckstück ist einiges wert, aber kein Vermögen. Nicht für Sie.« Isolde ließ ihren Blick durch den Raum schweifen. »Sie haben genug Geld. Es ist die Herkunft dieses Stücks, die seinen eigentlichen Wert ausmacht. Denn es gehörte einst der Herzogin Jakobe von Baden.« Isolde hielt inne und musterte die Witwe erwartungsvoll, doch diese schwieg immer noch beharrlich. Sie war an den Sessel getreten, ohne sich zu setzen, umklammerte mit ihrer mageren, fleckigen Hand das Polster. Hinter ihrer Stirn schien es unaufhörlich zu arbeiten, ihre Pupillen schossen unruhig hin und her, allerdings konnte Isolde nicht ausmachen, ob die Frau ihr überhaupt zuhörte oder mit ihren Gedanken an einem ganz anderen Ort war, vielleicht bei ihren toten Kindern oder am Sterbebett ihres geliebten Mannes.

Isolde räusperte sich und fuhr fort. »Ihr Mann hat Ihnen gesagt, dass dieser Schatz etwas ganz Besonderes sei. Und dass niemals jemand die Gruft der Jakobe von Baden finden dürfe, weil sonst ein großes Unglück geschehe. Ich weiß nicht, ob er Ihnen auch den Grund dafür verraten hat. Wenn nicht, nehme ich an, Sie haben ihn herausgefunden. Einer der Vorfahren Ihres Mannes war ein Grabräuber. Er hat die Gruft der Jakobe geplündert, vielleicht während des Krieges, vielleicht nach der großen Überschwemmung. Viel wird nicht zu finden gewesen sein, schließlich wurde sie nicht gerade so bestattet, wie es ihr als Herzogin zugestanden hätte. Aber ihren Ehering und etwas persönlichen Schmuck, vielleicht ein Medaillon, das sie immer trug, wird man ihr gelassen haben. Doch nichts davon war in dem Sarg, der in der letzten Woche gefunden wurde. Das Grab war bis auf die Gebeine leer. Diese Stücke befinden sich in Ihrem Besitz, nicht wahr?«

Isolde suchte in Agathe Pastors Zügen nach einer Reaktion auf ihre Worte, doch diese starrte mit gefurchter Stirn aus dem Fenster, wobei sich ihre Lippen unaufhörlich bewegten, ohne dass ein Laut aus ihrem Mund drang. Eine Weile war nichts zu vernehmen außer dem Ticken einer Uhr, die auf dem Kaminsims stand, und dem entfernten, herzzerreißenden Heulen eines Hundes. Ein paar übermütige Burschen hatten sich offenbar auch vom Schnee nicht abhalten lassen und das gemeine Spiel mit den Laternen gespielt.

Schließlich sprach Agathe. »Sie liegen richtig, Fräulein Heinrich, was das Päckchen angeht. Es handelt sich tatsächlich um etwas, das der Jakobe von Baden gehörte. Auch was die Sorge meines Mannes betrifft, jemand könne die Gruft finden, haben Sie recht. Allerdings ist der Grund für seine Angst ein vollkommen anderer, als Sie annehmen. Weder mein Mann noch einer seiner Vorfahren hat sich je am Besitz der Jakobe von Baden vergriffen, zu ihren Lebzeiten nicht und auch nicht nach ihrem Tod. Der Schatz, den ich bewahre, wurde einem Vorfahr meines Mannes von der Herzogin selbst anvertraut.«

Isolde blickte die Frau überrascht an. »Tatsächlich? Worum handelt es sich denn?«

Agathe drehte sich langsam zu Isolde um. Wieder funkelte Misstrauen in ihren Augen.

»Das kann ich Ihnen nicht sagen«, stieß sie hervor.

»Warum nicht?«

»Ich habe es meinem Mann auf dem Sterbebett versprochen. Niemand darf etwas erfahren. Niemand darf es in die Hände bekommen.« Ihr rechtes Auge zuckte, ihr Blick wanderte rastlos von einer Zimmerecke in die andere, so als erwarte sie, jeden Moment die Mitglieder einer gefährlichen Räuberbande hinter den Vorhängen hervorspringen zu sehen, die ihr den Schatz rauben wollten.

Isolde nickte. »Ja. Ich weiß. Doch was wird aus dem Schatz, wenn Sie einmal nicht mehr sind? Irgendjemandem müssen Sie sich anvertrauen. Haben Sie jemals darüber nachgedacht?«

Agathe antwortete nicht, stattdessen setzte sie sich in den Sessel und studierte ihre Hände.

»Haben Sie?«, hakte Isolde nach.

»Ich kann niemandem trauen. Alle wollen sie es mir wegnehmen. Sie sind gierig, strecken ihre lüsternen Finger nach mir aus. Sie sind böse. Sie sind des Teufels.«

Sie blickte auf. Ihre Augen leuchteten mit einem Mal, als habe eine plötzliche Erkenntnis von ihr Besitz ergriffen.

»Ich glaube, ich weiß, was ich tun muss«, sagte sie langsam. »Ich lasse den Schatz einfach verschwinden. Ich verbrenne ihn. Dann kann niemand ihn stehlen. Dann habe ich Ruhe. Und er kann keinen Schaden mehr anrichten.«

»Wie könnte ein Ring oder überhaupt ein Schmuckstück Schaden anrichten?«, fragte Isolde erstaunt.

Zum ersten Mal lächelte die Witwe, doch es sah nicht heiter aus, eher verzerrt und gequält. »Sie sind eine gescheite junge Frau, Fräulein Heinrich.« Ihre Worte klangen jetzt vollkommen klar und vernünftig. »Aber Sie haben noch nicht ganz begriffen. Was ich bewahre, ist kein Schmuckstück.

Und auch sonst nichts, was man zu Geld machen könnte. Im Gegenteil – für die allermeisten Menschen ist es vollkommen wertlos.«

»Was ist es dann? Ich dachte, es sei etwas Kostbares, das einst der Jakobe von Baden gehörte?«

»Das ist richtig. Doch wie Sie schon richtig sagten, liegt sein Wert nicht in dem Material, aus dem es besteht, sondern in dem Wissen, wem es einst gehörte: Es ist ihr Tagebuch.«

Elisabeth Heinrich erwartete Isolde bereits ungeduldig, als diese die Wohnungstür aufstieß.

»Da bist du ja endlich, Kind. Ich habe uns Tee gekocht.« Stolz deutete sie auf die Kanne. Sie saß am Küchentisch, eine Stickarbeit lag vor ihr, an der sie seit dem Sommer nicht mehr gearbeitet hatte.

Isolde hängte den nassen Mantel an einen Haken in der Nähe des Herdes und setzte sich zu ihrer Mutter. »Es ist schön, nach Hause zu kommen und mit einer heißen Tasse Tee empfangen zu werden. Ich freue mich, dass es dir so gut geht, Mutter.« Sie goss sich ein. »Wie war dein Tag? Hat die Jungfer Katarine dir das Essen warm gemacht?«

»Ja, sie war hier. Hat mir das Essen ans Bett gebracht und mich mit allerhand Geschichten aus der Nachbarschaft unterhalten. Der Wagen des Eisenhändlers Rudger hatte auf der Landstraße nach Monheim einen Achsbruch. Mehrere Stunden lang konnte kein anderes Fahrzeug passieren. Und das bei dem Schnee. Und die Händelsche hat endlich ihr Kind. Ein kleiner Junge ist es. Sie soll sich furchtbar gequält haben, die Arme. Aber sie ist ja auch eine so zarte Person. Du wirst es da sicher leichter haben, mein Kind. Die Familie ist jedenfalls ganz aus dem Häuschen. Wo sie doch so lange auf Nachwuchs gewartet haben.«

»Das freut mich für sie.« Isolde pustete in ihren Tee, dann nahm sie vorsichtig einen Schluck.

»Und wie war es bei dir, mein Kind? Hattest du viel zu tun?«

Isolde stellte die Tasse auf den Tisch. »Ich musste unzählige Berichte für den Herrn Konsistorialrat schreiben. Schau her, meine Finger sind voller Tinte.« Sie streckte die Hände aus. »Aber dafür durfte ich am Schluss auch die Zeichnung von der Kirche beenden. Das war eine Arbeit nach meinem Geschmack.«

»Was für eine Zeichnung?«

»Na, die Skizze, auf der die Lage aller Grabstätten eingezeichnet ist, die wir im Verlauf der Suche gefunden haben.«

»Wir. Du sprichst, als hättest du an den Grabungen teilgenommen.«

»Das habe ich auch, Mutter. Ich habe zwar nicht den Spaten in die Erde gestoßen oder Steine geschleppt, das hat der Herr Konsistorialrat auch nicht getan. Doch ich hatte eine wichtige Aufgabe. Ich habe jeden Arbeitsschritt und jeden Fund schriftlich festgehalten.«

Elisabeth Heinrich schüttelte den Kopf. »Und du hattest Freude daran, mit all den Männern dort in der Kirche zu sein und Gräber zu öffnen?«

Isolde drückte die Hand ihrer Mutter. »Ja, das hatte ich.« Sie stand auf. »So, jetzt schmiere ich uns ein paar Schmalzbrote.

Möchtest du auch einen heißen Grießbrei? Mit Pflaumenmus? Oder Apfelkompott?«

Elisabeth schüttelte den Kopf. »Nein. Ein Brot genügt mir. Ich werde es im Bett essen, wenn es dir recht ist. Ich bin schon eine ganze Weile auf den Beinen und allmählich werde ich müde.«

Isolde brachte ihre Mutter zurück in ihr Zimmer, dann nahm sie das Brot aus der Speisekammer, schnitt drei Scheiben ab und bestrich sie dick mit Schmalz. Sie füllte die Teetassen nach, stellte die Brote und die Tassen auf das Tablett und trug alles ins Zimmer ihrer Mutter. Während sie aßen, berichtete Elisabeth in allen Details, was sie über die Entbindung der Händelschen wusste. Irene Händel war ein junges Mädchen, das vor drei Jahren den Handschuhmacher Händel geheiratet hatte, mit dem sie seither in der Wohnung über Elisabeth und Isolde Heinrich lebte. Seit der Hochzeit hatte die ganze Familie ungeduldig darauf gewartet, dass sich endlich Nachwuchs einstellte. Immer wieder hatte Irene die Witwe Heinrich und die Jungfer Katarine mit Fragen bestürmt, was sie denn noch tun könne, damit es endlich etwas werde, bis sie dann schließlich im Frühsommer überglücklich mitgeteilt hatte, dass es nun soweit sei. Über den Händels lebte die Jungfer Katarine, eine ältere Hebamme, die nur noch gelegentlich bei einer Entbindung half. Da sie nicht mehr gut zu Fuß war, besorgte Isolde ihre Einkäufe. Zum Dank dafür sah Jungfer Katarine einmal am Tag nach Isoldes Mutter, machte ihr das Essen warm, das Isolde vorbereitet hatte, oder brachte ihr einen Teller von der Suppe, die sie für sich selbst gekocht hatte.

Als sie gegessen hatten, trug Isolde das Tablett zurück in

die Küche. Sie half ihrer Mutter, sich zu waschen und das Haar zu bürsten, dann schüttelte sie ihr das Kissen auf und deckte sie zu.

Elisabeth blies die Kerze auf dem Nachttisch aus. »Geh auch bald zu Bett, mein Kind. Du siehst müde aus.«

»Das werde ich tun, Mutter. Schlaf gut!«

Isolde räumte die Küche auf und wusch das Geschirr ab. Danach holte sie den Besen und fegte den Boden. Als sie die Ecke neben dem Herd säuberte, rollte ein zusammengeknülltes Stück Papier hervor. Roberts Brief. Seufzend hielt sie inne und bückte sich. Abwägend hielt sie das Papier in den Händen. Gerade als sie die Ofenklappe öffnen und es hineinwerfen wollte, hörte sie ein lautes Schreien. Erschrocken fuhr sie zusammen und lauschte. Da wieder! Jetzt erkannte sie, dass es der kleine Säugling sein musste, der Junge, den die Händelsche heute zur Welt gebracht hatte. Isolde lächelte. »Also gut«, murmelte sie. »Wenn du unbedingt willst, werde ich ihn lesen. Aber danach wandert er ins Feuer. Da kannst du so viel schreien, wie du willst, du kleiner Bursche.«

Sie entfaltete die zwei Blätter, strich sie glatt und legte sie auf den Tisch.

Verehrtes Fräulein Heinrich,

nachdem Sie gestern so unfreundlich meine Gesellschaft ausgeschlagen haben, möchte ich auf diesem Wege auf den Vorwurf eingehen, den ich aus Ihren Worten herauszuhören glaubte. Ich bitte Sie nur, diese Zeilen zu lesen, danach mögen Sie urteilen, wie es Ihnen beliebt.

»Ich bin kein ungebildetes, gutgläubiges Bauernmädchen, das es nicht besser weiß. Suchen Sie sich ein anderes Opfer!« – Das waren Ihre Worte. Ich weiß sehr wohl, dass Sie auf die unglückliche Kathie Mertens anspielten, an deren Schicksal, ich gebe es zu, ich nicht ganz unschuldig bin.

Meine Schuld stellt sich jedoch etwas anders dar, als von den Leuten behauptet wird. Ich selbst bin dem armen Kind nie begegnet. Ihren Namen und ihr Schicksal kenne ich nur aus den Erzählungen Dritter. Doch ich sollte der Reihe nach berichten, damit Sie verstehen. Ich habe Ihnen an dem Tag, als wir uns das erste Mal begegneten, von meinen Schulfreunden erzählt, dem Franz und dem Harry. Ich hatte noch einen weiteren Freund, den ich Ihnen verschwieg, denn ich erinnere mich nicht gern an ihn. Er hieß Simon von Hagen, war Sohn des Advokaten Alfons von Hagen, von dem Sie vielleicht gehört haben. Simon war schon als kleiner Junge ziemlich wild und ungehobelt. Franz und ich mussten ihm so manches Mal aus der Patsche helfen, doch oft ist er trotzdem bei einer seiner Dummheiten erwischt worden. Dann hat es ordentlich Hiebe vom Lehrer gesetzt, und häufig auch noch von Advokat von Hagen, der sich redlich Mühe gab, seinen übermütigen Sohn zu einem ehrenhaften Mann zu erziehen. Ich war Simon trotz seiner Unbändigkeit ein treuer Freund, denn ich glaubte, dass er hinter all den Streichen und Flausen ein gutes Herz verbarg. Wie sehr habe ich mich getäuscht!

Eines Tages, wir waren inzwischen zu jungen Männern herangewachsen, erzählte er mir, dass er ein hübsches Bauernmädchen getroffen habe, das ihm ganz zu Willen sei. Wenn ich wollte, könne er mir auch eins besorgen. Empört lehnte ich seinen Vorschlag ab und verlangte, dass er die Affäre sofort beende. Wie könne er es wagen, ein so junges und unschuldiges Kind ins Unglück zu stürzen? Er lachte nur und nannte mich einen Moralapostel. Diese dummen Dinger seien dazu da, dass man sich mit ihnen vergnüge. Sie werde nachher schon einen armen Bauerntölpel finden, der sie ehelichte, auch wenn sie nicht mehr ganz unbefleckt sei. Außerdem habe sie sich ihm aus freien Stücken hingegeben.

Nun, ich möchte Sie nicht weiter mit Einzelheiten quälen, Fräulein Heinrich. Es sind genug der derben Worte gefallen. Es kam, wie es kommen musste: Schon bald war das Mädchen guter Hoffnung, und Simon wollte nichts mehr von ihr wissen. Ich versuchte zu vermitteln, hatte sogar eine Verabredung mit dem Fräulein Mertens, um mit ihr zu sprechen, ihr vielleicht ein wenig Geld zuzustecken, um die schlimmste Not zu lindern. Doch sie erschien nicht. Stattdessen erfuhr ich am nächsten Tag von ihrem Tod. Ich stellte Simon zur Rede, doch er wollte nicht mehr über die Angelegenheit sprechen, ja, er hatte sich sogar bereits ein neues Opfer ausgeguckt. Da sah ich mich gezwungen, mit seinem Vater zu reden. Der zog die Konsequenzen. Er kürzte seinem Sohn das Geld, schickte ihn zum Studium nach Frankfurt und rang mir das Versprechen ab, über alles Stillschweigen zu bewahren.

Das war mein Fehler. Dieses Versprechen hätte ich niemals geben dürfen. Und ich hätte früher eingreifen sollen. Ich hätte wissen müssen, worauf es hinauslaufen würde, schon als Simon mir das erste Mal von dem Mädchen erzählte. Doch irgendwo tief in mir konnte ich nicht glauben, dass er tatsächlich ein so schlechter Mensch ist. Darin liegt meine Schuld.

Ich weiß, dass ich mich verabscheuungswürdig verhalten habe. Es war nicht richtig, das widerwärtige Handeln meines Freundes zu decken und die armen Eltern der Kathie Mertens all die Jahre über die wahren Verhältnisse im Unklaren zu lassen. Das bereue ich zutiefst. Es war das Versprechen, das ich Alfons von Hagen gab, der falsche Stolz, mit dem ich mich an das Ehrenwort gebunden fühlte. Ich weiß nicht, ob Sie mir das verzeihen können, Fräulein Heinrich. Doch seien Sie gewiss, dass ich mein Handeln auf der Stelle rückgängig machen würde, wenn ich nur könnte. Noch heute werde ich nach Hamm reiten und Kathies Eltern um Vergebung bitten. Ich kann ihnen ihre Tochter nicht wiedergeben, aber ich kann ihnen zumindest die Wahrheit anbieten. Und meine aufrichtige Reue.

Ich wünsche Ihnen alles erdenklich Gute für die Zukunft, Fräulein Heinrich. Bitte verachten Sie mich nicht allzu sehr. Es wäre mir unerträglich.

Hochachtungsvoll
Robert Weitering

P. S.: Es mag Ihnen aufgefallen sein, dass ich mich in Gesellschaft ein wenig zurückhaltend Ihnen gegenüber verhalten habe. Dies war nur zu Ihrem eigenen Schutze. Ich würde es mir nie verzeihen, wenn Ihr Ruf meinetwegen Schaden nehmen würde.

Roberts letzte Worte verschwammen vor Isoldes Augen. Rasch trocknete sie die Tränen mit ihrem Ärmel. Noch dreimal las sie den Brief, dann dankte sie still dem Kind in der Wohnung über ihr, das sie durch eine seltsame Fügung davon abgehalten hatte, das Papier den Flammen auszuliefern.

Sie stand auf und goss sich etwas von dem Wein ein, den Albert letzte Woche für ihre Mutter mitgebracht hatte. War das wirklich erst letzte Woche gewesen? So viel war geschehen, dass es ihr vorkam wie in einem anderen Leben. Sie setzte Wasser auf und wartete, bis es heiß war. Dann goss sie es in die große Schüssel, die im Spülstein stand, holte Seife und wusch sich gründlich ihr Haar. Mit einem Handtuch rubbelte sie es, so gut es ging, ab und setzte sich vor den Herd, um es ganz zu trocknen. Während sie die feuchten Strähnen vor die heiße Glut hielt, trank sie den Wein und las den Brief aufs Neue. Bevor sie zu Bett ging, legte sie ihn in die oberste Schublade ihrer Kommode.

Lange lag sie wach. Der volle Mond schien genau auf ihr Kissen, von oben drang das Quäken des Säuglings in ihr Zimmer, doch das störte sie nicht. Heute Nacht konnte sie gar nichts stören. An Schlaf war sowieso nicht zu denken.

Als Isolde am nächsten Abend das Haus von Konsistorialrat Bracht verließ, um sich nach einem anstrengenden Arbeitstag auf den Heimweg zu machen, war der Schnee fast vollständig weggetaut. Einige braungraue matschige Reste hielten sich noch in den kältesten Ecken, drückten sich an die Nordseite von niedrigen Mauern oder verbargen sich auf dem Dach hinter dem Kamin. Von überall her tropfte und platschte es, kleine Rinnsale gluckerten den Bordstein entlang. Der erste Vorbote des Winters hatte sich noch einmal vertreiben lassen, doch es war nur eine Frage der Zeit, bis er wiederkam, und dann würde es kein Entrinnen mehr geben.

Isolde atmete die feuchte Luft ein und betrachtete die Lambertuskirche, die den Stiftsplatz dominierte. Im Dämmerlicht des Abends wirkte sie noch wuchtiger als bei Tag. Licht brannte im Inneren und warf dürre lange Strahlen durch die Fenster auf das Pflaster. Isolde dachte an die sterblichen Überreste der Jakobe, die sich jetzt seit vier Tagen in der Kirche befanden. Noch immer wussten die meisten Menschen in Düsseldorf nicht, wessen Gebeine in dem mit einem schwarzen Tuch abgedeckten Sarg ruhten, doch es waren bereits eine Reihe von Gerüchten im Umlauf. Der Mörder des Dietrich Lohner habe sich selbst gerichtet und sei dort aufgebahrt. Um seine hochangesehene Familie zu schützen, halte man seine Identität geheim. Eine berühmte Persönlichkeit sei auf der Durchreise im Gasthaus des Herrn Breidenbach auf der Friedrichstraße abgestiegen und unerwartet verschieden. Jetzt warte man auf die Kutsche aus Berlin, die die sterblichen Überreste abholen sollte. Isolde hatte ein paar dieser Gerüchte beim Einkaufen auf dem Markt aufgeschnappt und lächelnd dazu geschwiegen.

Ihr Blick glitt hinauf zum Kirchturm, der leicht gekrümmt in den Himmel ragte. Als die Franzosen im Oktober 1794 vom anderen Rheinufer aus die Stadt beschossen hatten, hatte er dem Feuer standhaft getrotzt. Während das Schloss fast vollständig niedergebrannt war, war die nahe gelegene Kirche unversehrt geblieben. Doch dann hatte zwei Jahrzehnte später ein Blitzschlag das angerichtet, was die Kanonen des Feindes vergeblich versucht hatten. An einem Januarmorgen geriet der 233 Fuß hohe Turm in Brand. Die ganze Stadt war auf den Beinen gewesen, um das Feuer zu löschen. Der Schlossermeister Wimmer und ein paar andere mutige Helfer hatten sich bis in die Spitze des Turms hinaufgewagt, mit Äxten und Sägen die brennenden Balken gelöst und sie hinabgeworfen. So war es gelungen, den Brand einzudämmen, bevor er auf das gesamte Gotteshaus übergreifen konnte. Isolde, die damals noch ganz in der Nähe der Kirche bei den Schwestern des Ursulinenklosters zur Schule gegangen war, hatte das Feuer selbst gesehen, und die todesmutigen Männer bestaunt, die in schwindelerregender Höhe ihr Leben aufs Spiel setzten.

Nach dem Brand war der Turm wieder instand gesetzt worden. Doch schon kurze Zeit nach der Fertigstellung hatte er angefangen, sich zu drehen, gerade so, als gefiele ihm der Platz nicht, auf dem er errichtet worden war. Die Menschen erzählten allerhand schaurige Geschichten darüber, warum der Turm sich derart gekrümmt hatte, manche behaupteten sogar, der Teufel sei hineingefahren vor Wut, weil das Gotteshaus den Flammen standgehalten hatte, die er ihm geschickt hatte. Doch Isolde vertraute lieber dem Zimmermann, der ihr vor einiger Zeit erklärt hatte, dass beim Neubau des Turms zu frisches Holz verwendet worden sei, das sich dann beim Trocknen zusammengezogen habe.

Isolde war so in Erinnerungen versunken, dass sie erschrocken zusammenfuhr, als sie spürte, dass jemand hinter sie trat. Überrascht drehte sie sich um, fürchtete und hoffte zugleich, dass es Robert Weitering sei, der sie sprechen wollte. Doch es war nicht Robert.

»Guten Abend, Isolde.« Albert verbeugte sich und zog den Hut.

»Albert!« Isolde blinzelte ihren Verlobten verwirrt an. Hatte er ihren Brief bereits erhalten oder war er zufällig hier?

Seine nächsten Worte beantworteten ihre unausgesprochene Frage. »Du hast mir geschrieben, dass du mich dringend sprechen möchtest, da dachte ich, dass ich mich gleich auf den Weg mache, zumal auch ich mit dir reden muss, Isolde.«

Isolde sah ihn an. Er wirkte müde und war ein wenig blass um die Nase, als habe er schlecht geschlafen.

»Ich muss gestehen, Albert, dass ich nicht so schnell mit dir gerechnet habe«, gab sie zu. »Aber vielleicht ist es das Beste so.« Sie überlegte. »Wir sollten uns einen ruhigen Ort suchen, an dem wir uns ungestört unterhalten können. Leider ist es schon zu dunkel, sonst wäre ich gern mit dir durch den Hofgarten spaziert.«

Albert deutete neben die Kirche, wo ein Landauer mit geschlossenem Verdeck wartete. »Ich bin mit der Kutsche meines Vaters da. Wir können eine kleine Spazierfahrt machen. Was meinst du?«

Isolde nickte. Eine Spazierfahrt würde es wohl kaum werden. Dennoch war der Landauer unter diesen Umständen der beste Ort für eine ruhige Unterredung. Albert half Isolde beim Einsteigen. Er rief dem Burschen auf dem Bock eine Anweisung zu und folgte ihr ins Innere.

Die Pferde trotteten los, die Kutsche bog in die Altestadt ein und fuhr dann über die Ratinger Straße auf das Ratinger Tor zu. Auf der Höhe der Mühlengasse drehte sich Isolde unwillkürlich zu dem Haus um, das einst ihr Heim gewesen war. Der Anblick versetzte ihr einen Stich. Wie glücklich war sie gewesen, als ihr Vater und ihre Schwester noch gelebt hatten! Sie hätte es mit der ganzen Welt aufnehmen können. So viel hatte sich seither verändert. Sie wusste nicht einmal, wer jetzt dort wohnte.

Albert brach das Schweigen. »Du wolltest reden, Isolde. Was ist los?«

Isolde räusperte sich. Sie überlegte kurz, dann entschied sie sich für klare Worte ohne Umschweife. »Ich kann dich nicht heiraten, Albert.«

»Wie bitte? Red nicht solch einen Unsinn. Natürlich kannst du das. Wir sind verlobt. Du hast mir dein Wort gegeben.«

Isolde seufzte. »Ja, das habe ich. Doch ich habe mich getäuscht und ich bitte dich, mich von meinem Wort zu entbinden. Es ist zu unser beider Wohl. Wir passen nicht zusammen. Es liegt nicht an dir, das musst du mir glauben, Albert. Du bist ein guter, anständiger Mann. Die Frau, die dich einmal zum Ehemann bekommt, darf sich glücklich schätzen. Doch ich bin diese Frau nicht. Wer weiß, vielleicht bin ich gar nicht für die Ehe geschaffen.«

»Das ist doch absurd, Isolde«, stieß Albert hervor. »Jede Frau ist für die Ehe geschaffen. Sie ist ihr Lebenszweck. Frauen sind dazu da, sich um die Familie zu kümmern und dem Mann zu dienen. So steht es schon bei Mose: ›Mit Schmerzen sollst du Kinder gebären! Nach deinem Manne wirst du verlangen; er aber soll dein Herr sein!‹«

Isolde schloss einen Moment lang die Augen. »Das mag für andere Frauen gelten, Albert«, erwiderte sie ruhig. »Es gilt nicht für mich.«

»Gottes Gesetz soll nicht für dich gelten, Isolde?«, schrie Albert. »Wer bist du denn, dass du dich über den Herrn erhebst?«

»So ist das doch nicht gemeint, Albert. Ich wollte nur sagen, dass ich dir keine gute Ehefrau wäre. Dass du eine bessere verdient hast.«

»Was für ein einfältiges Geschwätz! Ich habe doch gleich geahnt, dass diese Arbeit bei dem Konsistorialrat nichts Gutes bringt. Sie hat dir irgendwelche dummen Flausen in den Kopf gesetzt, und jetzt glaubst du, du müsstest hinaus in die Welt und dein Brot verdienen wie ein Mann.«

Isolde verschränkte die Arme vor der Brust. »Vielleicht muss ich das tatsächlich. Es ist mein Leben und meine Entscheidung.«

Albert ballte die Fäuste. »Du kannst mich nicht einfach abweisen, Isolde. Ich habe auch Pläne für mein Leben. Glaubst du, die kannst du eigenmächtig durchkreuzen? Seit zwei Jahren warte ich geduldig, bis du endlich bereit bist, einen Termin für die Hochzeit festzusetzen, und jetzt willst du mit einem Mal gar nicht mehr heiraten? Willst du mich zum Gespött der Leute machen? Die Cortes sind eine angesehene Familie in Solingen. Was glaubst du eigentlich, wer du bist?«

»Albert! Begreifst du überhaupt, was ich dir gesagt habe?«

Isolde griff nach seiner Hand, doch er schüttelte sie ab.

»Natürlich begreife ich. Du glaubst, du bist etwas Besonderes. Eine Frau, die lieber Medizin studieren möchte anstatt zu heiraten, das ist es doch?«

»Ich weiß nicht, ob ich etwas Besonderes bin, Albert. Aber es stimmt. Am liebsten würde ich Medizin studieren. Leider ist mir das verwehrt. Ich könnte das Medizinisch-Chirurgische Entbindungslehrinstitut besuchen und Hebamme werden. Vielleicht tue ich das sogar. Aber das wäre nicht das Gleiche. Ich möchte die Menschen von Grund auf verstehen. Ihre Leiden erkennen und heilen. Kannst du das denn gar nicht nachempfinden, Albert?«

Albert schüttelte den Kopf. »Nein. Das sind nicht die Gedanken einer Frau. Das sind nicht die Gedanken meiner Frau, meiner Isolde, mit der ich eine Familie gründen wollte. Medizinisch-Chirurgisches Institut! Das ist vielleicht etwas für Frauen, die gezwungen sind, für ihren eigenen Unterhalt zu sorgen. Aber doch nicht für die Gattin eines Corte. Ich verstehe nicht, was mit dir geschehen ist.«

Er blickte aus dem Fenster. Plötzlich wurden seine Augen schmal, er drehte sich zu ihr um und starrte sie feindselig an. »Dann hatte mein Vater doch recht«, sagte er bitter. »Von Anfang an war er misstrauisch, was dich betrifft. Hat dich für überheblich und vermessen gehalten. Und für liederlich.«

»Liederlich?«

»Der Apotheker Kahler hat dich gesehen, Isolde. Wie du mit einem reichen Schnösel herumpoussiert hast. Abends nach der Arbeit. Ganz offen auf der Straße habt ihr geturtelt, ohne die geringste Scham. Ich wollte es nicht glauben. Ich habe Vater gesagt, der Kahler müsse sich getäuscht haben. Meine Isolde sei anständig und treu. Meine Isolde! Die bist du schon lange nicht mehr, oder? Und? Hat dieser reiche Tunichtgut dir versprochen, eine Ärztin aus dir zu machen? Hat er dich damit geködert? Oder war es gar nicht nötig, dir irgendwelche Märchen zu erzählen? Hat die Schuhmachertochter sich dem Schönling einfach so an den Hals geworfen?«

Die ganze Zeit hatte Isolde versucht, die Tränen zurückzuhalten, doch jetzt gab sie den Widerstand auf. Sie bemühte sich nicht einmal, sie fortzuwischen. »Ich bin froh, dass du so offen gesprochen hast, Albert«, sagte sie leise. »Denn jetzt weiß ich, wie du über mich denkst. Wenn ich je Zweifel an meiner Entscheidung hatte, du hast sie alle hinweggefegt. Ich bedauere sehr, dass wir im Streit voneinander scheiden. Dennoch wünsche ich dir alles Gute für die Zukunft. Vielleicht können wir einander eines Tages wieder in die Augen sehen.« Sie klopfte gegen das Verdeck, um dem Kutscher anzuzeigen, dass er anhalten solle.

Albert packte sie am Handgelenk. »Glaub nicht, dass du so einfach aus dieser Sache herauskommst, Isolde. Ich lasse mich nicht von einer Frau an der Nase herumführen. Ich bin noch nicht fertig mit dir!«

Die Kutsche kam zum Stehen. Isolde versuchte, sich ihm zu entwinden, doch Albert verstärkte den Griff, ihr Arm begann zu schmerzen. Entsetzt starrte sie ihn an. »Lass mich los! Du tust mir weh!«

»Das tut noch gar nicht weh genug, Isolde! Eine Tracht Prügel sollte ich dir verabreichen, damit du zur Vernunft kommst. Dir fehlt die starke Hand des Vaters, das ist es.«

Wieder versuchte sie, ihr Handgelenk aus seinem Griff zu befreien, doch die Wut schien ihm ungeheure Kräfte zu verleihen. Einen endlosen Moment lang starrten sie sich schweigend an. Alberts Brustkorb hob und senkte sich, sein

Atem ging schwer. In seinen Augen loderte blanker Hass. Kalte Angst erfasste Isolde, sie wollte schreien, doch ihre Kehle war heiser und trocken.

Da stieß er ihren Arm plötzlich weg. »Verschwinde!«, zischte er verächtlich. »Verschwinde, bevor ich mich vergesse!«

Das ließ sich Isolde nicht zweimal sagen. Hastig entriegelte sie die Tür und stolperte auf die Straße. Kaum war sie draußen, da setzte sich das Gefährt wieder in Bewegung. Isolde blieb wie betäubt stehen, blickte der Kutsche mit tränenblinden Augen hinterher. Ihr Arm brannte wie Feuer.

Dann merkte sie, dass sie in der Nähe des Schwanenspiegels stand. Links von ihr glitzerten letzte Schneereste im braunen Gras, dahinter schimmerte dunkel der Teich. Sie hatte es nicht weit bis nach Hause.

Als Isolde durch das Tor auf den Hinterhof trat, sah sie, dass in der Dunkelheit vor der Haustür jemand wartete. Erschrocken verlangsamte sie ihre Schritte. War es Albert, der ihre Unterredung noch nicht als beendet betrachtete? Sie starrte zurück zur Neusser Straße, konnte jedoch nirgendwo eine wartende Kutsche ausmachen. Zögernd lief sie weiter, bis sie entdeckte, dass es sich bei der Gestalt vor dem Haus um eine Frau handelte. War es die Jungfer Katarine? Oder Clara, die in der Kälte ausharrte, weil Elisabeth Heinrich das Klopfen nicht gehört hatte?

Erst als Isolde bis auf wenige Fuß herangekommen war, erkannte sie, dass es Agathe Pastor war, die dort vor der Tür ausharrte.

»Witwe Pastor! Was für eine Überraschung.«

Die Frau sah sie an, doch ihr Blick schien durch sie hindurchzugehen. »Guten Abend, Fräulein Heinrich.«

»Möchten Sie mit hereinkommen? Ich koche uns einen Tee.«

»Die Frau schüttelte den Kopf. »Nein, danke, Fräulein Heinrich. Ich möchte Ihnen nur etwas übergeben.«

Isolde runzelte die Stirn. »Etwas übergeben?«

Die Witwe streckte den Arm aus und hielt Isolde ein kleines Päckchen hin. Isolde wusste sofort, worum es sich handelte. Ihre Finger zitterten, als sie das schwere, in Leder gebundene Buch ergriff.

»Ich habe gestern noch lange nachgedacht, Fräulein Heinrich«, erklärte Agathe mit fester Stimme. »Sie haben recht, irgendjemandem muss ich vertrauen und das Buch übergeben. Da kann ich es ebenso gut heute wie in zehn Jahren tun. Es macht keinen Unterschied. Außerdem bin ich der Verantwortung müde, die mit ihm verbunden ist. Zu viel Leid hat sie schon gebracht.«

»Leid?«

Agathe schüttelte den Kopf. »Geben Sie nicht zu viel um die Worte einer verwirrten, lebensmüden Frau. Nehmen Sie das Buch und verfahren Sie damit, wie es Ihnen richtig erscheint, Fräulein Heinrich. Sie tragen jetzt diese schwere Bürde.«

Sie wandte sich ab und schritt ohne ein weiteres Wort davon. Isolde schaute ihr ungläubig hinterher. Als Agathe durch das Tor verschwunden war, öffnete sie die Haustür und trat ein.

»Isolde, bist du das?«, hörte sie ihre Mutter aus ihrem Zimmer rufen.

»Ja, Mutter. Ich komme gleich zu dir. Ich möchte nur erst Mantel und Hut ablegen.«

Sie zog den Mantel aus, entzündete eine Kerze und lief in ihr Zimmer, wo sie das Buch eine Weile eingehend betrachtete. Ehrfürchtig fuhr sie mit den Fingerspitzen über das Leder des Einbands. Es war dunkelbraun, fast schwarz und glänzte matt. Die Seiten dazwischen waren gelblich und an den Rändern ein wenig rau, doch sie wirkten unversehrt. Vorsichtig, so als könnte das Papier bei der kleinsten Berührung zu Staub zerfallen, schlug sie das Büchlein auf. Sie versuchte, die ersten Worte zu lesen, doch die Handschrift war ungelenk, die Buchstaben kaum zu entziffern. Sie würde es später versuchen. Am Abend, wenn der Haushalt und die Mutter versorgt waren.

»Isolde?« Die Stimme ihrer Mutter klang dringlich. »Wo steckst du denn? Bist du enttäuscht, weil ich dich heute nicht mit Tee empfange? Ich bin aufgestanden, aber mir war ein wenig schwindelig, deshalb habe ich mich wieder hingelegt.«

Seufzend zog Isolde die oberste Schublade der Kommode auf und legte das Buch behutsam neben Roberts Brief. Sie warf einen Blick in den Spiegel und erschrak. Ihr Gesicht war schmal und bleich, die Augen noch immer gerötet vom Weinen. Rasch fuhr sie mit den Händen in die Waschschüssel und benetzte ihre Wangen mit dem eisigen Wasser. Dann rieb sie das Gesicht trocken, bis es eine halbwegs rosige Farbe hatte. Nach einem weiteren prüfenden Blick in den Spiegel nickte sie zufrieden und ging quer über den Korridor ins Zimmer ihrer Mutter.

Doch Elisabeth Heinrich ließ sich nicht täuschen. »Mein liebes Kind, du siehst furchtbar aus! Was ist passiert?«

»Nur der kalte Wind draußen, Mutter. Und vielleicht ein bisschen zu wenig Schlaf. Ich bin gestern Nacht doch später zu Bett gegangen, als ich vorhatte.«

Elisabeth wandte die Augen nicht von ihrer Tochter. »Der Schnee ist getaut, Isolde. Es ist milder geworden. Und Wind geht heute auch nicht. Ich beobachte seit Tagen, dass du in gedrückter Stimmung bist. Heute scheint es dir besonders schlecht zu gehen. Bist du krank? Hast du Schmerzen? Ich sehe doch, dass dir etwas fehlt. Möchtest du nicht mit mir darüber reden?«

Isolde setzte sich ans Bett. »Es ist nichts Schlimmes, Mutter. Und ich möchte dir keine Sorgen bereiten.«

»Ich sorge mich doch längst. Oder glaubst du, es geht mir gut, wenn ich weiß, dass du Kummer hast, aber dich mir nicht anvertrauen willst?«

Isolde senkte den Blick, sah auf ihre Hände, die eben noch das Tagebuch der Jakobe gehalten hatten. Am Ärmelansatz ihres Kleides lugte ein feuerroter Striemen hervor. Rasch zog sie den Stoff darüber.

»Hat es etwas mit deiner Arbeit zu tun, mein Kind? Ist der Konsistorialrat zu streng mit dir?«

»Nein, Mutter. Mit der Arbeit ist alles bestens. Sie bringt mir Freude. Auch wenn die vielen Berichte manchmal ein wenig langweilig sind.«

Ein leises Lächeln huschte über Elisabeth Heinrichs Züge, doch schnell wurden sie wieder ernst. »Was ist es dann? Hat es mit deiner Freundin Clara zu tun?«

Isolde schüttelte den Kopf.

»Mit Albert?«

Sie schwieg.

»Das ist es also.« Elisabeth versuchte, sich in den Kissen aufzurichten, so gut es ging. Isolde half ihr.

»Was ist mit ihm, mein Kind? Habt ihr gestritten?«

Stumm fuhr Isolde über ihr Handgelenk, das immer noch brannte.

»Isolde, es kommt vor, dass Menschen sich gegenseitig verletzen, selbst wenn sie einander sehr zugetan sind. Wenn du Albert verärgert hast, dann sag ihm, dass es dir leidtut. Er ist ein verständnisvoller Mann, bestimmt wird er dir verzeihen. Worüber habt ihr denn gestritten?«

Ein Hämmern gegen die Wohnungstür bewahrte Isolde davor, ihrer Mutter auf der Stelle antworten zu müssen. Hastig sprang sie auf und öffnete.

Ein junger Bursche stand vor dem Haus und hielt ihr ein Stück Papier entgegen. »Sind Sie Isolde Heinrich?«, fragte er.

Sie nickte stumm, eine dumpfe Angst schnürte ihr die Kehle zu.

»Dann ist das für Sie.« Er reichte ihr das Papier, machte kehrt und rannte davon.

Mechanisch entfaltete Isolde den Zettel. Sie las die wenigen Worte, die darauf geschrieben waren, ließ das Blatt fallen und sank zu Boden.

KAPITEL XIII

Heute Nacht habe ich geträumt, *dass Hans Philipp mich befreit. Ich sah ihn auf einem schwarzen Pferd durch die Gassen von Düsseldorf sprengen, weißer Schaum stand vor dem Maul des Tieres, das Fell glänzte nass vom Schweiß. Am Schlosstor versuchten Wachen, ihn aufzuhalten, doch er streckte sie alle mit einem einzigen Schwerthieb nieder. Leichtfüßig sprang er die Treppe des Turms hinauf bis zu meiner Kammer. Er stieß die Tür auf, packte mich und trug mich hinaus. Warm und kraftvoll fühlte sich sein Körper an. Und so jung. Seit damals in München war er keinen Tag gealtert. Sein helles, schulterlanges Haar schimmerte im Sonnenlicht, seine Augen blitzen klug und wach. Im Schlosshof setzte er mich auf dem Boden ab. Als sein Blick den meinen traf, wich er entsetzt zurück.*

»Du bist nicht meine Jakobe!«, rief er.

»Doch, Liebster, ich bin es«, schrie ich verzweifelt. »Bitte stoß mich nicht fort.«

»Meine Jakobe, meine Braut, ist eine junge, wunderschöne Prinzessin, deren Augen leuchten wie die prächtigsten Sterne am Himmel. Du bist ein hässliches altes Weib.«

»Oh, Hans Philipp, bitte versteh doch! Fünfzehn Jahre sind seit unserer letzten Begegnung vergangen. Ich bin dieselbe, auch wenn die Zeit ihre Spuren an mir hinterlassen hat!«

Er musterte mich einige Augenblicke lang abschätzend, dann wandte er sich angewidert ab, sprang auf seinen Gaul und preschte davon. Ich blieb fassungslos zurück. Als ich mich umdrehte, stand Sibylle im Eingang des Turms und lachte. Da sank ich kraftlos in den Staub und wollte sterben.

Tribunalrichter von Haupt lehnte sich zufrieden zurück und blies Rauchwolken in die Luft. »Gute Arbeit, Inspektor Mindel. Wirklich gute Arbeit, alles in allem. Und dem Schorn werde ich den Mord schon noch nachweisen, warten Sie ab.«

Mindel blinzelte unbehaglich und versuchte, nicht auf die nackten Körper zu blicken, die ihm von allen vier Wänden entgegenzuspringen schienen. Von Haupts Salon war nicht weniger mit praller Kunst ausgestattet als sein Arbeitszimmer. Im Gegenteil, noch mehr Wein trinkende, an Säulen oder Quellen ruhende halb nackte Jünglinge schmückten jeden freien Fleck, ein wahrhaftiges Sodom, in dem der Tribunalrichter sich sichtlich wohlzufühlen schien.

»Dr. Servaes ist nicht ganz überzeugt, dass die Diebesbande auch tatsächlich für den Mord verantwortlich ist«, wandte er ein, mehr, um überhaupt etwas zu sagen, als aus der Überzeugung, der Arzt könne richtig liegen.

»Unfug!«, polterte von Haupt. »Dr. Servaes ist Mediziner. Ein sehr guter, keine Frage. Aber mit Justiz hat er nichts am Hut. Mit einem derartigen Urteil sollte er sich besser zurückhalten. Ich erkenne einen Mörder, wenn ich ihm in die Augen sehe. Das können Sie mir glauben, Mindel.«

Der Inspektor nickte. »Ich stimme Ihnen zu. Auch ich denke, die Ganoven haben den Dietrich Lohner auf dem Gewissen.«

»Aber Sie glauben nicht, dass Schorn es war?« Von Haupt betrachtete nachdenklich seine Pfeife, dann hob er den Blick, in dem etwas Lauerndes lag.

Mindel rutschte auf dem Stuhl hin und her. »Nun ja. Letztendlich ist es egal. Die ganze Bande wird hängen. Das allein zählt.«

Von Haupt nickte. »Dieses vorwitzige Fräulein hat Servaes die Theorie mit dem Bügeleisen schmackhaft gemacht, ist es nicht so?«

»Welches Fräulein?«, rief der Inspektor überrascht. Er hatte nichts davon gehört, dass ein Fräulein in die Geschichte verwickelt war.

Von Haupt zog an der Pfeife. »Das Fräulein Heinrich, das für den Konsistorialrat arbeitet. Dr. Servaes erzählte mir, sie habe ihn auf die Idee gebracht, dass die Tatwaffe ein Bügeleisen sein könnte.«

»Tatsächlich?« Mindel staunte. »Wie kam sie denn darauf? Hat sie den Leichnam gesehen?«

»Eine ganze Menge Leute haben den Leichnam gesehen, als er aus dem Rhein gefischt wurde, erinnern Sie sich nicht, Mindel? Ich nehme an, sie war unter den Schaulustigen.«

»Und der Kreisphysikus hat sie ernst genommen?«

»Er hat offenbar ein Faible für die junge Dame. Scheint ja auch ein aufgewecktes Kind zu sein. Servaes sagt, sie hege den Wunsch, Medizin zu studieren.«

»Medizin?« Mindel richtete sich auf. »Ein solches Studium ist doch wohl kaum geeignet für das zarte Gemüt einer Frau. Und schicken würde es sich auch nicht. Was für eine befremdliche Neigung.« Unangenehm berührt schüttelte er den Kopf. Vage erinnerte er sich an die dunkelhaarige junge Person, die in der Kirche gestanden hatte, als er mit seinen Leuten zur Bewachung der Gebeine angerückt war. »Ich jedenfalls würde das meiner Tochter nie gestatten. Allein der Gedanke ist abstoßend.«

»Mal abgesehen davon, Mindel, dass Sie keine Tochter haben, wenn ich recht informiert bin, könnten Sie das auch gar nicht. Denn es ist Frauen ohnehin untersagt.« Wieder sog von Haupt an seiner Pfeife. »Allerdings bin ich mir nicht sicher, ob es tatsächlich so unschicklich wäre, den Frauen den Zutritt in die medizinischen Hörsäle zu gewähren. Ich habe den starken Verdacht, dass sie gar nicht so zart und empfindsam sind, wie wir Männer sie gern hätten.« Er strich sich über das Kinn. »Ich denke schon, dass es einige unter ihnen gibt, die dieser Aufgabe durchaus gewachsen wären.«

»Aber, mein lieber Herr Tribunalrichter!« Mindel begann zu schwitzen. Das Gespräch entglitt in Bahnen, die sich seiner Kontrolle entzogen. Und die Nackten an den Wänden taten ein Übriges, ihn zu verwirren. »Würden Sie sich etwa von einer Frau ärztlich behandeln lassen?«

Von Haupt lächelte. »Warum nicht? Eine Frau hat mich auf die Welt geholt. Und vor einem halben Jahr hat mir sogar eine Frau einen Zahn gezogen. Die Witwe Bläser, die Zahnärztin in der Neustraße. Sie hat ihre Sache gut gemacht.«

»Hebammen und Zahnärzte sind doch keine Mediziner! Das kann man doch nicht vergleichen.« Mindel lockerte den Sitz seines Halstuchs. »Wie dem auch sei, ich muss mich langsam auf den Weg machen.«

»Wie Sie meinen, Herr Inspektor«, antwortete von Haupt bedächtig. »Einen angenehmen Abend wünsche ich Ihnen.« Er läutete nach dem Hausmädchen, das den Polizisten zur Tür begleitete. Irritiert trat Mindel auf den Carlsplatz. Jedes Mal, wenn er das Haus des Richters verließ, lagen seine Nerven blank. Er nahm sich vor, Besuche, wenn es irgend ging, in Zukunft zu vermeiden. Sollte der Mann ihn doch in seinem Büro am Marktplatz aufsuchen, wenn er etwas von ihm wollte. Energisch schritt er aus. Die kühle Abendbrise trocknete den Schweiß auf seiner Stirn, doch er vertrieb nicht die Bilder der entblößten Leiber, die ihn bis in sein eigenes Wohnzimmer verfolgten.

Isolde rannte über die Felder. Die Laterne in ihrer Hand schaukelte gefährlich hin und her. Schon von weitem fand sie ihre letzte Hoffnung zunichte gemacht, sie könne die Notiz falsch verstanden haben, die der Bursche ihr gebracht hatte. Das Hinterhaus der Familie Rieder war hell erleuchtet, ein Einspänner stand im Hof, der dem Arzt gehören mochte.

Nachdem sie das Bewusstsein wiedererlangt hatte, war sie aufgesprungen, hatte ihrer Mutter rasch mitgeteilt, dass Clara ihre Hilfe brauche, und ihren Mantel übergezogen. Bevor sie das Haus verlassen hatte, hatte sie noch einmal die kurze Nachricht gelesen.

Verehrtes Fräulein Heinrich, bitte kommen Sie geschwind nach Bilk. Clara Rieder braucht Ihre Hilfe. Ihre Tochter Gertrud ist am Nachmittag verstorben.

Hochachtungsvoll
Dr. Dermeld, Arzt

Eine dralle, rotwangige Frau öffnete Isolde die Tür. Ihre Augen waren verweint, sie hielt den Säugling im Arm, der leise wimmerte. Isolde kannte die Frau flüchtig, es war Christa Thelen, eine Nachbarin von Clara, die selbst einen Haushalt mit sechs Kindern zu führen hatte.

»Fräulein Heinrich! Gut, dass Sie gekommen sind! Die arme kleine Gertrud! Ist das nicht furchtbar? Die Frau Rieder ist ganz außer sich. Sie weint und weint und will gar nicht mehr aufhören. Der Arzt hat ihr etwas zur Beruhigung gegeben.«

»Was ist denn passiert?«, stieß Isolde atemlos hervor. »Gertrud ging es doch schon wieder besser! Ich verstehe das nicht.«

»Sie haben am Sonntag einen Ausflug gemacht. Der Herr Rieder, seine Frau und die beiden Kinder. Und dann fing es plötzlich so heftig an zu schneien. Als sie endlich nach Hause kamen, war die arme Kleine vollkommen durchnässt und ausgekühlt. Noch in der Nacht hat sie wieder angefangen zu fiebern. Gleich gestern Morgen hat die Frau Rieder den Arzt gerufen, den Dr. Dermeld, aber der hat ihr nicht viel Hoffnung gemacht. Sie ist nicht mehr von Gertruds Bett gewichen. Bis die Kleine vor etwa zwei Stunden von uns ging. Da ist die arme Frau Rieder schreiend zusammengebrochen. In der ganzen Nachbarschaft hat man sie gehört.« Die Frau schüttelte kummervoll den Kopf und blickte hinunter auf den Säugling. »Ein Wunder, dass der Junge gesund geblieben ist.«

Isolde schob sich an Frau Thelen vorbei ins Haus. Im Flur begegnete sie Claras Schwiegermutter, die mit unbewegtem Gesicht an ihr vorbeistarrte, die Arme vor der üppigen Brust verschränkt. Durch die angelehnte Tür betrat Isolde das Trauerzimmer.

Gertrud lag in ihrem Bett, die Augen wie im Schlaf geschlossen. Sie trug ein weißes Spitzenkleid, ihr blondes Haar schimmerte, als wäre es frisch gebürstet. In die auf der Decke gefalteten Hände hatte jemand einen Rosenkranz mit einfachen braunen Holzperlen gedrückt. Zwei Kerzen brannten auf einem Schemel neben dem Bett, deren Flammen unruhig aufflackerten, als Isolde eintrat. Drei schwarz gekleidete Frauen hantierten mit einer Waschschüssel herum, die auf der Kommode an der rechten Zimmerwand stand, auf dem Boden lagen Tücher und ein schmutziges kleines Hemdchen. Offenbar hatten sie soeben den Leichnam gewaschen und gekleidet. Es roch nach Rauch und Seife sowie etwas Säuerlichem, das Isolde nicht einordnen konnte. Am Fußende des Bettes stand ein Priester, vermutlich der Pastor Binterim von der Kapelle zu Bilk. Er schien im Begriff zu gehen, wandte sich jetzt an eine der Frauen und sprach in verhaltenem Tonfall zu ihr.

Isolde blieb reglos bei der Tür stehen. Sie starrte auf die kleinen bleichen Hände, die den Rosenkranz hielten, und dachte daran, wie Gertrud noch vor wenigen Tagen in eben diesem Bett gesessen und stolz berichtet hatte, dass sie drei Schalen Brei gegessen habe. Sie hatte sich darauf gefreut, bald Schlittschuh zu laufen und wie eine Prinzessin über das Eis zu tanzen. Wie eine Prinzessin sah sie jetzt aus. Doch tanzen würde sie nie wieder. Rasch schloss Isolde die Augen, doch dem Sturm, der im Begriff war, sie fortzureißen, konnte sie damit nicht entkommen. Sie lehnte sich an den Türrahmen und atmete schwer.

»Ein Kind dürfte nie vor seiner Mutter gehen«, murmelte eine der Frauen. »Das ist nicht recht.«

Isolde riss die Augen auf und musterte die Frau. Sie war sehnig und stand leicht gebeugt, und das Haar unter ihrer Haube war längst ergraut, doch ihre blauen Augen leuchteten wachsam und klug.

»Die Wege des Herrn sind unergründlich, liebe Frau Krahe«, ermahnte der Priester sie sacht. »Er allein weiß, warum er die kleine Gertrud so jung zu sich berufen hat.«

»Amen.« Die Frau bekreuzigte sich. »Und dennoch ist es ein großes Unrecht«, fügte sie trotzig hinzu. »Ich bin Hebamme. Ich habe das kleine Würmchen auf die Welt geholt, so wie vor zwei Jahrzehnten ihre Mutter. Es war weiß Gott nicht leicht, das können Sie mir glauben. Falsch herum hat sie gelegen, die Kleine. Doch wir drei haben es geschafft, die Gertrud, die Clara und ich. Und wofür das alles?« Sie seufzte. »Ein Unrecht ist das, sage ich.«

Der Gottesmann hob streng die Augenbrauen, doch er erwiderte nichts.

Frau Krahes Blick fiel auf Isolde. »Ach, Fräulein Heinrich, wie gut, dass Sie da sind! Die arme Clara quält sich ja so. Haben Sie schon nach ihr gesehen?«

Isolde schüttelte den Kopf, unfähig zu sprechen. Noch immer drehte sich alles um sie herum. Die bleiche Gertrud, die klagenden Frauen, der Priester, das ganze Zimmer kam ihr vor wie ein furchtbarer Albtraum. Nicht wirklich, sondern lediglich ein Gespinst ihrer eigenen Ängste, eine Ausgeburt ihrer überbordenden Fantasie. Sie räusperte sich. »Ich werde nach ihr sehen«, murmelte sie tonlos und stürzte aus dem Raum.

Sie fand Clara im Schlafzimmer. Sie lag im Bett, Gustav saß an ihrer Seite und strich ihr über das Haar. Clara schien zu schlafen, Gustav sah um Jahre gealtert aus. Klein und zusammengesunken hockte er auf der Bettkante. Als er Isolde bemerkte, glitt eine Spur Erleichterung über seine Züge.

»Isolde! Wie gut, dass Sie da sind. Ich weiß nicht, was ich machen soll. Clara geht es so schlecht. Was, wenn ich sie auch noch verliere?«

In dem Augenblick schien Clara wieder zu sich zu kommen, ihre Lider flatterten. »Oh, Gustav, verzeih mir«, flüsterte sie mit matter Stimme. »Kannst du mir jemals verzeihen? Ich bin schuld. Ich bin schuld, dass die arme Gertrud sterben musste. Ich bin ein schlechter Mensch. Ich habe gesündigt. Bitte verzeih mir!« Ihre Augen wanderten ziellos hin und her, so als sähen sie Gustav gar nicht.

»Aber Clara!« Gustav tätschelte hilflos die Hand seiner Frau. »Quäl dich doch nicht so! Ich trage genauso viel Schuld wie du, wenn es hier überhaupt um Schuld geht. Wir konnten es doch nicht voraussehen. Niemand konnte ahnen, dass das Wetter so schnell umschlagen würde.«

»Ach, Gustav, ich rede doch nicht vom Wetter«, wandte Clara ein. Tränen schimmerten in ihren Augen. Immer noch sah sie ihren Mann nicht an. »Wenn nur darin meine ganze Schuld läge! Oh Herr, vergib mir!«

Isolde trat rasch ans Bett. »Bitte, Clara, beruhige dich!« Sie griff nach der Hand ihrer Freundin, die glühend heiß war. »Sie hat Fieber, Gustav. Wären Sie so lieb und würden dafür sorgen, dass mir jemand eine Schüssel kaltes Wasser und Tücher bringt? Ich werde ihr kühlende Wickel machen.«

»Selbstverständlich.« Er sprang auf. Die Freude darüber, etwas tun zu können, stand ihm ins Gesicht geschrieben. An der Tür drehte er sich noch einmal um und sah Isolde an, eine Mischung aus Trauer, Angst und Ratlosigkeit lag in seinem Blick. »Wissen Sie, was Clara meint? Von welcher Schuld hat sie gesprochen?«

»Nein, Gustav, ich weiß es nicht.« Isolde starrte an ihm vorbei zu der Wand, an der ein Kruzifix hing. »Vielleicht denkt sie, dass sie den Arzt zu spät gerufen hat.«

Clara öffnete den Mund, doch Isolde legte ihr sanft den Finger auf die Lippen. »Du bist jetzt schön still, Clara. Du darfst dich nicht so aufregen. Sonst wirst du auch noch krank. Dein Mann und dein Sohn brauchen dich.«

Sie wandte sich an Gustav, der immer noch abwartend auf der Schwelle stand.

»Sie fiebert. Wer weiß, was sie sich in ihrer Verzweiflung alles einredet. Nehmen Sie ihre Worte nicht allzu ernst, lieber Gustav. Sie ist außer sich. Sie hat gerade ihr Kind verloren.«

Gustav nickte und verschwand. Isolde biss sich auf die Lippe. Solange Clara in dieser Verfassung war, musste sie sie am Reden hindern. Wem half es, wenn sie jetzt im Sog der Trauer ein Geständnis ablegte, das niemandem mehr nützte, dafür aber sie und ihre Familie für den Rest ihres Lebens ins Unglück stürzen konnte?

Wenig später brachte Gustav eine Schüssel mit Wasser und einige Tücher. Wortlos stellte er das Wasser auf der Kommode ab, legte die Tücher daneben und zog sich zurück. Es war dieselbe Schüssel, die Isolde zuvor in der Kammer der toten Gertrud gesehen hatte. Sie versuchte, nicht daran zu denken. Clara war in einen unruhigen Schlaf gefallen, hin und wieder murmelte sie unverständliche Worte. Einmal schrie sie auf und ballte die Fäuste. Behutsam schlug Isolde die Decke zurück und schob Claras Kleid hoch. Sie knüpfte die Strumpfbänder auf und rollte die Strümpfe über die Waden. Danach erhob sie sich, tauchte zwei Tücher in die Schüssel, wrang sie aus und wickelte sie um Claras Unterschenkel. Um die nassen Tücher gab sie trockene, dann zog sie das Kleid herunter und deckte die Beine sanft wieder zu. Die ganze Nacht wachte Isolde am Bett ihrer Freundin, immer wieder erneuerte sie die Wickel, kühlte Clara die Stirn und sprach beruhigend auf sie ein, wenn sie aus dem Schlaf hochschreckte.

Während Isolde bei Clara saß, wurde es im Haus langsam stiller. Schließlich vernahm sie nichts mehr bis auf ein leises Wimmern in der Küche. Sie war selbst gerade eingenickt, den Kopf auf Claras Bettdecke gelegt, als ein Geräusch im Flur sie aufweckte. Sie blickte sich um und entdeckte Gustav bei der Tür. Er hatte rote Augen, das Haar stand wirr vom Kopf ab, Bartstoppeln ließen sein Kinn schmutzig aussehen.

»Ich habe alle fortgeschickt«, sagte er.

»Was ist mit Vinzenz?«, fragte Isolde.

»Meine Mutter hat ihn mitgenommen. Sie kümmert sich in den nächsten Tagen um ihn.« Er ließ sich auf der anderen Seite des Bettes nieder, das unter seinem Gewicht leise ächzte, und betrachtete Clara. Sie schlief jetzt ruhiger, auch das Fieber war gesunken.

»Wie geht es ihr?«, wollte er wissen.

»Ein wenig besser, glaube ich.«

Isolde fuhr sich erschöpft mit der Hand über die Stirn. Bisher hatte die Sorge um Clara sie davon abgehalten, an

Gertrud zu denken. Doch der Damm, hinter dem sie ihren Schmerz zurückhielt, wurde langsam brüchig. Mit aller Macht stemmte sie sich gegen die hereinbrechende Flut.

»Sie sind müde, Isolde«, sagte Gustav. »Möchten Sie nicht nach Hause gehen? Ich könnte jemanden rufen, der Sie begleitet. Es ist ja noch mitten in der Nacht.«

Isolde schüttelte den Kopf. »Nein. Ich möchte hier sein, wenn Clara aufwacht. Aber ich würde gern etwas Stärkendes trinken. Soll ich uns einen Kaffee kochen?«

Gustav nickte wortlos und stand auf. Sie gingen in die Küche, in der eine einsame Kerze auf dem Tisch für ein wenig Licht sorgte. Isolde setzte Wasser auf den Herd, Gustav suchte zwei Tassen aus dem Schrank. Wenig später setzten sie sich. Isolde umfasste die dampfende Tasse mit ihren Fingern. Gustav rührte Zucker in seinen Kaffee.

»Ich werde sie mehr vermissen als alles andere auf der Welt«, sagte er leise. »Sie war mein erstes Kind.«

Isolde war sich nicht sicher, ob er zu ihr sprach oder zu sich selbst. Sie schwieg, nippte an ihrem Kaffee.

»Es war so wunderbar, sie in den Armen zu halten. Ein neues Leben, hervorgegangen aus der Vereinigung zweier schon bestehender.« Er hörte auf zu rühren, Tränen liefen seine Wangen hinunter. »Ich weiß, es ist unsinnig, aber ich wünschte, ich könnte die Zeit zurückdrehen. Wären wir doch bloß am Sonntag zu Hause geblieben!«

Isolde starrte auf die Tischplatte. »Was hat der Arzt gesagt?«

Gustav warf den Kaffeelöffel auf den Tisch.

»Er sagt, dass sie vermutlich ohnehin hätte sterben

müssen. Gleich bei seinem ersten Besuch in der vergangenen Woche habe er nicht sehr viel Hoffnung gehabt. Vor allem, als er erfahren habe, dass sie seit Wochen mit dem Husten kämpfe und nachts oft schweißgebadet aufwache. Sie habe an der Schwindsucht gelitten, und zwar im fortgeschrittenen Stadium. Die Unterkühlung habe ihren Tod nur beschleunigt, ihr vielleicht ein langes Leiden erspart. Wie kann er das denn einfach behaupten?«

Er stützte die Ellbogen auf den Tisch, vergrub das Gesicht in den Händen und begann zu schluchzen wie ein kleines Kind. Hilflos sah Isolde zu, wie seine Schultern zuckten.

Schließlich beruhigte er sich wieder. Er wischte sich das Gesicht mit dem Ärmel seines Hemdes ab.

»Bitte verzeihen Sie, Isolde.«

»Da gibt es nichts zu verzeihen. Ich verstehe Sie gut.« Sie erhob sich. »Ich sollte wieder zu Clara gehen.«

Er nickte, musterte seine Hände. Isolde war schon bei der Tür, als er sie noch einmal zurückrief. »Isolde?«

»Ja?«

»Sie würden es mir doch sagen, wenn Sie etwas wüssten?«

»Wenn ich etwas wüsste?«

»Etwas über Clara. Die Schuld, von der sie ohne Unterlass spricht.«

Isolde trat zurück an den Tisch. »Bitte machen Sie sich nicht verrückt, lieber Gustav. Es gibt nichts, das Sie wissen müssten. Glauben Sie mir.«

Er nickte, ohne den Blick von seinen Händen zu lösen, und Isolde lief hastig zurück ins Schlafzimmer.

Die nächsten beiden Tage wurden von den Vorbereitungen für die Beerdigung bestimmt. Isolde ließ sich bei Konsistorialrat Bracht entschuldigen, der ihr eine Karte mit seinen aufrichtig empfundenen Beileidsbekundungen schickte. Isolde möge ohne zu zögern den Rest der Woche freinehmen, er käme wunderbar zurecht. Und sie solle ihm mitteilen, wenn er darüber hinaus von Nutzen sein könne.

Isolde half tatkräftig mit, wo sie gebraucht wurde, verbrachte ihre Tage in Bilk. Jungfer Katarine kümmerte sich indessen um Elisabeth Heinrich, die durch den Schock einen Rückfall erlitten hatte und von schlimmen Kopf- und Brustschmerzen gepeinigt in ihrem Bett lag.

Die kleine Gertrud wurde unter einem strahlend blauen Herbsthimmel beerdigt. Die Sonne schickte ihr wärmendes Licht durch das letzte gelb leuchtende Laub der Linden, die auf der Hauptallee des kleinen Bilker Friedhofs im Sommer Schatten spendeten, doch Isolde kam es grell und kalt vor. Sie stützte Clara, die kraftlos hinter dem Karren mit dem weißen Sarg herstolperte, der Blick leer, die Augen trocken. Sie hatte all ihre Tränen geweint.

Als Isolde an diesem Abend nach Hause kam, erlaubte sie sich endlich, auch zu trauern. Sie kroch in ihr Bett und weinte. Um die kleine Gertrud, die nie mehr wie eine Prinzessin über das Eis laufen würde. Um Sophie, der das Eis den Tod gebracht hatte.

Jungfer Katarine kam mit einem Teller heiße Brühe ins Zimmer und verbot ihr, aufzustehen und nach ihrer Mutter zu sehen. »Du hast genug durchgemacht in den letzten Tagen, mein Kind. Ich kümmere mich um deine Mutter, du musst jetzt nach dir schauen.«

Isolde war ihr dankbar und widersprach nicht. Lange lag sie wach. Irgendwann spät nachts fiel sie in einen tiefen, traumlosen Schlaf, aus dem sie erst die Glocke des Kohlenhändlers riss, der gegen neun am Vormittag mit seinem Wagen durch die Neusser Straße fuhr.

Zwei Wochen vergingen. Clara kam langsam zu Kräften. Sie begann, sich wieder um den kleinen Vinzenz und den Haushalt zu kümmern. Doch der Verlust hatte sie verändert. Isolde kam es so vor, als hätte Gertruds Tod die letzten Spuren der alten Clara vernichtet, des unbeschwerten jungen Mädchens, das den Tanz und das Theater so sehr geliebt hatte.

Isolde hatte wieder angefangen, bei Bracht zu arbeiten. Am Tag von Gertruds Beerdigung hatten die Arbeiter eine weitere Gruft in der Kreuzherrenkirche entdeckt, in der man eine ganze Reihe unterschiedlich großer Särge fand. Aufgrund der Anzahl der Särge und ihres Zustands glaubte Bracht jedoch nicht, dass diese etwas mit der Herzogin Jakobe zu tun haben könnten. Der Chor der Kirche war jetzt vollständig untersucht, und alle Beteiligten waren überzeugt, die richtigen Gebeine in die Kirche des heiligen Lambertus überführt zu haben. Der Konsistorialrat schloss die Untersuchung ab, Isolde stellte den Bericht fertig. Indessen gingen in der Lambertuskirche die Arbeiten weiter. Denn die Fürstengruft, in der die Herzogin beigesetzt werden sollte, befand sich bei ihrer Öffnung in einem erschreckenden Zustand. Hier musste zuerst aufgeräumt und geordnet werden, bevor man Jakobe zu ihrer ungeliebten Familie betten konnte. Die Regierung ging davon aus, dass sich die Aufräumarbeiten bis zum Beginn des kommenden Jahres hinziehen würden. Damit hatten jedoch weder Bracht noch Isolde etwas zu tun.

Manchmal zog Isolde nachts, bevor sie zu Bett ging, die Schublade ihrer Kommode auf, nahm das Tagebuch heraus, strich sanft über den Einband. Doch sie legte es zurück, ohne es aufzuschlagen. Die Handschrift der Jakobe war zu schwer zu entziffern und sie hatte nicht die Zeit, sich stundenlang damit zu beschäftigen. Das zumindest sagte sie sich, wenn sie das Buch behutsam wieder neben Roberts Brief legte. Der wahre Grund war jedoch ein anderer, und das war ihr sehr wohl klar. Sie hatte nicht die Kraft für ein weiteres trauriges Schicksal. Noch nicht.

Eines Abends im November hämmerte jemand energisch gegen die Wohnungstür. Isolde saß in der Küche über einer Näharbeit, ihre Mutter schlief bereits. Isolde erstarrte. Nicht noch eine Schreckensbotschaft! Sie nahm die Kerze und ging angsterfüllt auf die Tür zu, wo das Hämmern lauter und lauter wurde. Vorsichtig öffnete sie. Zunächst erkannte sie die Person gar nicht, die in der Dunkelheit vor ihr stand, das Gesicht von den Schatten der Nacht verhüllt. Erst als Fritz Corte sich ohne einen Gruß an ihr vorbei in die Wohnung schob, begriff sie, und ihr fröstelte.

Corte marschierte in die Küche und ließ seinen Blick abschätzend über das spärliche Mobiliar gleiten, bevor er zu sprechen anhob. Isolde war ihm gefolgt, stand frierend beim Tisch und betete verzweifelt, dass das Klopfen ihre Mutter nicht geweckt hatte. Noch hatte sie ihr nichts erzählt, hatte es immer wieder hinausgezögert, auf den richtigen Moment gewartet. Sie hatte ihn offenbar verpasst. Jetzt war es zu spät.

»Sie haben also die Verlobung mit meinem Sohn gelöst, Fräulein Heinrich?«

Sie wollte antworten, doch er gebot ihr mit einer Handbewegung zu schweigen.

»Und Sie glauben, das können Sie einfach so tun?« Seine Stimme war leise, das ließ seine Worte bedrohlicher klingen, als wenn er sie geschrien hätte. »Hören Sie mir ganz genau zu, junges Fräulein, denn ich sage das nur einmal: Ich habe Sie von Anfang an durchschaut, und ich habe meinen Sohn vor Ihnen gewarnt. Doch er war sich so sicher, dass Sie diejenige seien, die er heiraten will, und er beteuerte wieder und wieder, dass ich mich in Ihnen täusche und dass Sie eine ehrbare und anständige junge Frau seien. Ich habe ihn gewähren lassen. Das hätte ich nicht tun dürfen. Inzwischen hat er eingesehen, dass ich recht hatte. Sie sind ein eitles und unmoralisches Geschöpf. Doch das heißt nicht, dass ich mich von Ihnen an der Nase herumführen lasse. Ich gebe Ihnen hiermit die Gelegenheit, sich zu entschuldigen und alles zurückzunehmen. In zwei Wochen wird Hochzeit gefeiert. Wenn Sie erst Alberts Gattin sind, wird Ihnen Ihre Pflichtvergessenheit schon vergehen. Dafür werde ich sorgen.«

Isolde räusperte sich. »Ich entschuldige mich dafür, dass ich Ihren Sohn verletzt und enttäuscht habe. Aber ich kann meine Entscheidung nicht zurücknehmen.«

»Wie bitte?«

»Ich kann Albert nicht heiraten.«

»Wenn das Ihr letztes Wort ist, dann gnade Ihnen Gott. Ich genieße ein gewisses Ansehen und habe weitreichenden

Einfluss, auch hier in Düsseldorf. Ich werde Sie unmöglich machen! Sie werden keinen Fuß mehr vor die Tür setzen können, ohne dass die Leute vor Ihnen ausspucken. Und Sie werden keinen Mann finden, der Sie zur Frau nimmt. Selbst die Tagelöhner im Hafen werden sich angewidert abwenden, wenn Sie ihnen zu nahe kommen!«

Isolde hatte angefangen, unkontrolliert zu zittern, in ihrem Kopf summte es. »Ich kann Albert trotzdem nicht heiraten«, wiederholte sie mit leiser, aber fester Stimme.

»Das kann nicht Ihr Ernst sein!«, brüllte Corte. Er ballte die Faust, trat einen Schritt auf Isolde zu. »Sie sind noch viel verabscheuungswürdiger, als ich dachte! Nicht einen Funken Anstand haben Sie im Leib!«

Ein Knacken bei der Tür ließ beide herumfahren. Auf der Schwelle stand Elisabeth Heinrich im dünnen weißen Nachthemd, die Haube leicht verrutscht, eine Strähne ihres braunen, mit grauen Fäden durchzogenen Haares hing ihr in die Stirn. »Sie haben meine Tochter genug beleidigt, Herr Corte«, sagte sie. »Es reicht. Verlassen Sie auf der Stelle meine Wohnung.«

»Gute Frau«, setzte Corte an. »Sie wissen wohl nicht …«

»Doch! Ich weiß sehr genau. Sie haben die Antwort meiner Tochter gehört. Sie hat dem nichts mehr hinzuzufügen. Raus mit Ihnen!«

Corte blickte einmal kurz zu Isolde, dann wieder zu ihrer Mutter. In seinen Augen flackerte es. Abrupt wandte er sich ab, stürmte an Elisabeth vorbei aus der Wohnung und knallte die Tür hinter sich zu. Die Wände bebten.

Elisabeth Heinrich wankte. Isolde sprang gerade noch

rechtzeitig hinzu, um ihre Mutter aufzufangen. Behutsam führte sie sie zurück ins Schlafzimmer, half ihr ins Bett und deckte sie zu.

Immer noch am ganzen Körper zitternd, schockiert und beschämt setzte Isolde sich auf die Bettkante und wartete. Elisabeth schwieg lange. Als sie schließlich zu sprechen begann, klang ihre Stimme unendlich traurig. »Ach, Isolde«, sagte sie, »ich hatte mich so auf das Leben in dem großen Haus gefreut.«

»Es tut mir sehr leid, Mutter. Aber ich konnte einfach nicht anders. Bitte verzeih mir.«

»Unsinn, mein Kind. Ich habe dir nichts zu verzeihen. Das Leben, dem ich freudig entgegengesehen hatte, war ein Trugbild. Eine alberne Träumerei. Keine ruhige Minute hätte ich unter dem Dach dieses Scheusals verbracht.«

Isolde musste lächeln, doch ihre Mutter blieb ernst.

»Ich mache mir furchtbare Sorgen um dich, mein Kind«, fuhr sie fort. »Was soll denn jetzt aus dir werden? Ich zweifle nicht daran, dass dieser Mensch seinen Worten Taten folgen lässt. Ein junges Mädchen, das mir nichts, dir nichts seine Verlobung löst, hat ohnehin einen äußerst schweren Stand. Wenn dann noch schlimme Gerüchte kursieren, die von einem so respektablen Bürger wie Fritz Corte verbreitet werden, wird kein rechtschaffener Mann sich mehr für dich interessieren. Oh, mein Liebes, was sollen wir nur tun?«

Isolde beugte sich vor. »Bitte versuche, wieder zu schlafen, Mutter. Ich mache mir keine Sorgen um mich, also solltest du es auch nicht tun.«

»Du weißt nicht, was du sagst.«

»Bitte. Wir sprechen morgen darüber.«

Elisabeth nickte schwach. »Also gut. Aber ich glaube nicht, dass ich heute Nacht Ruhe finden werde.«

Isolde küsste ihre Mutter auf die Stirn und verließ das Zimmer. Auf der Schwelle drehte sie sich noch einmal zu ihr um. Schwach und hilflos sah sie aus in dem riesigen Bett, doch heute hatte Isolde zum ersten Mal seit Jahren wieder etwas von der alten Elisabeth Heinrich gesehen, jener starken, mutigen Frau, die sie als kleines Mädchen so bewundert hatte.

Am folgenden Tag blieb Isolde auf dem Heimweg von der Arbeit zögernd vor der Maxkirche stehen. Es gab etwas, das sie tun musste und das sie seit Tagen vor sich her schob. Die Auseinandersetzung mit Corte machte die Angelegenheit noch dringlicher als zuvor. Sie wollte sie erledigt wissen, bevor er seine Drohung wahr machte und niemand in der Stadt mehr einen Stüber auf das gab, was sie sagte. Sie musste eine Entscheidung treffen, und sie brauchte den Rat von jemandem, dem sie vertraute. Clara konnte sie im Augenblick nicht damit belasten. Ihre Mutter ebenso wenig, und die Witwe Weissenberg wollte sie keinesfalls in die Sache verwickeln. Sie hatte kurz darüber nachgedacht, den Konsistorialrat einzuweihen, doch den Gedanken rasch verworfen. Der Geistliche war klug und gerecht, doch er hatte strenge Prinzipien. Sie brauchte jemanden, der bereit war, ebenso unkonventionell zu denken wie sie selbst. Jemanden wie Robert. Allerdings hatten sie seit seinem Brief keinerlei Kontakt gehabt. Der Streit und Roberts schriftliche Rechtfertigung standen noch immer zwischen ihnen. Außerdem hatte ihre Bekanntschaft durch die Anschuldigungen des Apothekers Kahler ihre Unschuld verloren. Alles war plötzlich anders. Sie wusste nicht, wie sie sich ihm gegenüber verhalten sollte.

Und da war noch etwas: Sie traute ihren eigenen Gefühlen nicht. Wer war Robert für sie? Ein flüchtiger Bekannter? Ein Freund? Mehr als ein Freund? Sie mochte nicht darüber nachdenken, und dennoch kreisten diese Fragen ständig in ihrem Kopf herum.

Im Haus der Witwe Weissenberg hatte sie seinen Zeitungsartikel über die Grabung nach den Gebeinen der Jakobe gelesen. Und seinen Bericht über die Ergreifung der gefährlichen Diebesbande, die laut Angaben der Polizei auch für den Mord an Dietrich Lohner verantwortlich war. Zwischen den Zeilen hatte sie geglaubt, seine Skepsis zu erkennen, was ihren Entschluss bestärkt hatte, ihn ins Vertrauen zu ziehen. Doch jedes Mal, wenn sie in die Nähe seines Hauses kam, verließ sie der Mut.

Diesmal nicht. Entschlossen wandte Isolde sich nach rechts. Sie lief durch die Schulstraße und bog nach wenigen Schritten links in die Citadelle ab. Zu ihrer Rechten tauchte ein prächtiges Stadtpalais mit hohen Fenstern und einem wuchtigen Eingangsportal auf. Daneben befand sich das Tor für die Karossen, das offen stand und den Blick auf einen gepflegten Innenhof freigab, der von Stallungen, Kutscherhaus und weiteren Gebäuden gesäumt war. Isolde sah das Palais täglich auf ihrem Weg zur Arbeit, aber bis vor wenigen Wochen hatte sie sich nicht mehr dafür interessiert als für all die anderen prächtigen Bauten der vornehmen Gesellschaft, die an den verschiedensten Stellen der Stadt zu bewundern waren. Wo die Citadelle in die Berger Allee mündete, lag ein weiterer großzügiger Gebäudekomplex, das Spee'sche Palais, das den Wohnsitz der Weiterings sogar noch an Pracht übertraf.

Unsicher blieb Isolde stehen und musterte die Häuserfront. Sie hatte etwas Abweisendes, als stünde sie wie eine Wand zwischen Robert und ihr. Eben das tat sie wohl auch. Dieses Palais hatte nichts gemein mit der kleinen Wohnung im Hinterhaus, die Isolde ihr Zuhause nannte. Gerade wollte sie ihren Mut zusammennehmen und vor das Portal treten, als eine Dienstmagd mit einem Wäschekorb unter dem Arm vom alten Hafen her die Straße herunterkam.

»Kann ich Ihnen helfen, Fräulein?«, sprach sie Isolde an und musterte sie argwöhnisch von oben bis unten. »Wollen Sie etwas bringen? Kommen Sie von der Näherin? Dann klopfen Sie bitte am Dienstboteneingang.« Als sie nicht sofort eine Antwort erhielt, wurde die Magd ungeduldig. »Das gilt auch, wenn Sie betteln wollen, Fräulein. Die Herrschaft sieht es nicht gern, wenn dahergelaufenes Gesindel an der Tür läutet.« Sie warf Isolde einen warnenden Blick zu und verschwand durch das Tor im Innenhof.

Isolde starrte ihr fassungslos hinterher. Dann sah sie an sich herunter. Ihr Mantel war einfach und an den Ellbogen durchgescheuert, den Stiefeln merkte man an, dass sie schon viele Winter gesehen hatten. Außerdem war der Kummer der letzten Wochen nicht spurlos an ihr vorübergegangen. Sie war abgemagert, ihre Kleider saßen schlecht.

Die Magd hatte wohl recht. Wenn sie je in diesem Palais etwas zu erledigen haben würde, dann vermutlich am Dienstboteneingang. Jemanden wie sie ließ man hier nicht zur Vordertür herein. Da mochte sie mit Robert in so viele Keller gestiegen sein, wie sie wollte. Im Gegenteil, die Damen, die im Weitering'schen Salon empfangen wurden, würden vermutlich nie solch abwegige Dinge tun, wie Schlossgespenster durch die halbe Stadt jagen und Diebesverstecke ausheben. Dafür waren sie viel zu fein und wohlerzogen.

Isolde senkte den Kopf. Es wurde Zeit, dass sie nach Hause zurückkehrte. In ihre Welt. Als sie loslief, glaubte sie, eine Bewegung an einem der oberen Fenster wahrzunehmen. Hastig beschleunigte sie ihre Schritte. Nicht auszudenken, wenn Robert irgendwo dort war und mitbekommen hatte, wie sie vor seinem Haus gestanden und sich von der Dienstmagd hatte fortschicken lassen.

Als Isolde die Wohnung betrat, fand sie Jungfer Katarine in heller Aufregung vor. »Endlich, Isolde! Der Mutter geht es ja so schlecht! Du musst den Arzt kommen lassen, mein Kind!«

Isolde stürzte ins Zimmer ihrer Mutter. Elisabeth Heinrich lag mit geschlossenen Augen in ihrem Bett und stöhnte leise. Ihr Gesicht war weiß wie eine frisch gekälkte Wand, kleine Schweißperlen schimmerten auf ihrer Stirn, ihre schmalen Finger umklammerten das Betttuch.

»Mutter! Was fehlt dir?«

»Die Schmerzen, Isolde«, flüsterte Elisabeth und schlug

die Augen auf. »Heute sind sie schier unerträglich. Als läge eine tonnenschwere Last auf meiner Brust. Ich bekomme kaum Luft. Jeder Atemzug ist eine Qual.«

»Setz dich ein wenig aufrecht.« Isolde fasste die Schultern ihrer Mutter, zog sie behutsam hoch und schüttelte das Kissen auf.

»Ich kann nicht«, wimmerte Elisabeth. »Ich kann nicht sitzen, ich bin zu schwach.«

»Doch, Mutter. Du kannst. Nur einen Augenblick.« Isolde wandte sich an Jungfer Katarine, die mit besorgtem Gesicht bei der Tür stand. »Bringen Sie ein weiteres Kissen, bitte. Gehen Sie in meine Kammer und nehmen Sie das aus meinem Bett!«

Die alte Hebamme brachte das Kissen, Isolde platzierte es unter dem Kopf ihrer Mutter und bettete sie dann darauf.

»Siehst du, so ist es viel besser«, sagte sie sanft. »Und jetzt gehe ich den Arzt holen.« Sie erhob sich. »Jungfer Katarine, wären Sie so lieb, noch bei ihr zu bleiben, bis ich zurück bin? Vielleicht möchte sie etwas trinken, dann geben Sie ihr ein wenig Kräutertee. Fenchel oder Minze. Sie wissen ja, wo Sie alles finden.«

»Sie gehen selbst?«, fragte die Hebamme. »Wollen Sie nicht lieber jemanden schicken? Ich könnte den Gotthold Händel fragen, ob er eben in die Stadt läuft.«

»Nein, liebe Katarine. Ich erledige das selbst. Es dauert auch nicht lang.«

Sie sprach ein paar beruhigende Worte zu ihrer Mutter und verließ erneut das Haus. Ein feiner Nieselregen benetzte ihr Gesicht, als sie durch die spärlich erleuchtete Haroldstraße lief. Sie traf Dr. Bischof beim Abendessen an, das er allein in seinem Haus in der Grabenstraße einnahm. Er bot Isolde ein Glas Wein an, doch sie lehnte dankend ab. Dr. Bischof behandelte Elisabeth Heinrich bereits seit einigen Jahren. Er kannte ihr Leiden gut.

»Ist es wieder so weit, Fräulein Isolde? Was hat sie denn? Kopfschmerzen, Stechen in der Brust, Schlaflosigkeit?«

Isolde nickte. »Diesmal ist es wirklich arg, Dr. Bischof. Sie leidet sehr, kann kaum atmen. Ich weiß nicht, was ich machen soll.«

»Das werden wir gleich sehen.« Bischof leerte sein Weinglas und winkte dem Diener. »Ruf mir eine Droschke, es sieht nach Regen aus, da gehe ich nicht gern zu Fuß. Und bring mir meine Tasche.«

In der Droschke wandte sich Bischof an Isolde. »Wir beide wissen, dass ich nicht viel für Ihre Mutter tun kann, Fräulein Heinrich. Gegen die Krankheit, an der sie leidet, gibt es keine Medizin, denn sie sitzt nicht im Körper, sondern in der Seele.«

Isolde nickte. »Ich weiß. Dennoch beruhigt es mich, wenn Sie nach ihr sehen, Dr. Bischof. Heute ist es besonders schlimm um sie bestellt. Dabei war sie gerade auf dem Wege der Besserung. Sie hatte es sich sogar angewöhnt, am späten Nachmittag aufzustehen und für uns beide Tee zu kochen.«

»Was ist geschehen?«

»Wir hatten einen sehr – unerfreulichen Besuch gestern Abend. Mutter hat sich furchtbar aufgeregt.«

»Ich verstehe. Und davor fühlte sie sich wohl?«

»Für ihre Verhältnisse, ja. Sie war guter Dinge und hatte

gerade angefangen, so etwas wie Vorfreude zu empfinden. Auf ihr neues Leben in einem großen Haus. Auf ihre Enkel.«

»Sie wollen heiraten, Fräulein Heinrich? Das ist eine gute Nachricht.«

Isolde wandte sich ab und sah aus dem Fenster, an dem gerade der stille, dunkle Schwanenspiegel vorbeizog. »Ich wollte heiraten, Dr. Bischof. Doch meine Pläne haben sich zerschlagen, ich habe die Verlobung gelöst.«

Der Arzt öffnete den Mund, um eine Frage zu stellen, schloss ihn jedoch rasch wieder. »Ich verstehe«, murmelte er. »Ich verstehe.«

»Bisher weiß außer meiner Mutter niemand davon«, ergänzte sie rasch. »Ich wollte das Gerede der Leute nicht früher als nötig über mich ergehen lassen.«

Dr. Bischof sah sie an. »Bei mir ist Ihr Geheimnis sicher, Fräulein Heinrich. Seien Sie unbesorgt.«

Kurz darauf hielt die Kutsche an der Neusser Straße, Ecke Deichstraße. Jungfer Katarine riss die Tür auf, kaum waren sie durch das Hoftor vor das Hinterhaus getreten.

»Endlich, Herr Doktor. Ich habe mir solche Sorgen gemacht!«

Der Arzt untersuchte Elisabeth Heinrich eingehend, konnte jedoch keine körperliche Ursache für ihr Leiden feststellen. Er gab der Frau ein paar Tropfen, damit sie schlafen konnte, dann nahm er Isolde beiseite.

»Es steht wirklich nicht gut um Ihre Frau Mutter, Fräulein Heinrich. Doch ich weiß kein rechtes Mittel, ihr zu helfen. Hier stößt meine Kunst an ihre Grenzen. Alles, was ich Ihnen raten kann, ist, die liebevolle Pflege fortzuführen, die Sie ihr bereits angedeihen lassen, und sie vor zu viel Aufregung zu schonen. Ob sich ihr Zustand eines Tages bessert, weiß allein der Herr.«

»Ich danke Ihnen trotzdem, dass Sie gekommen sind, Dr. Bischof. Was bin ich Ihnen schuldig?«

»Nichts, Fräulein Heinrich. Nehmen Sie es als bescheidenen Akt der Nächstenliebe. Ich wünschte, ich könnte mehr für Sie tun.« Er verharrte kurz, dann setzte er seinen Hut auf. »Sie sehen selbst nicht besonders gut aus, Fräulein Heinrich, wenn ich mir die Bemerkung erlauben darf. Die Auflösung Ihres Verlöbnisses war sicherlich auch für Sie eine schmerzhafte Angelegenheit. Bitte denken Sie auch an sich! Ich möchte nicht eines Tages an Ihr Krankenbett gerufen werden.«

Zum ersten Mal wurde Isolde bewusst, wie jung der Arzt noch war. Er mochte höchstens Anfang dreißig sein, kaum zehn Jahre älter als sie selbst. Und zum ersten Mal wunderte sie sich, dass ein junger Mann in seiner Position und von seinem angenehmen Äußeren keine eigene Familie hatte.

Die Tropfen, die Dr. Bischof Elisabeth Heinrich verabreicht hatte, sorgten dafür, dass sie bald einschlief. Beruhigt begab sich Isolde in die Küche und bereitete sich eine kleine Mahlzeit zu. Sie hatte kaum Appetit, aber der Doktor hatte recht, sie musste bei Kräften bleiben.

Irgendwo im Haus schlug eine Uhr achtmal, als Isolde eine Entscheidung traf. Sie ging erneut ins Zimmer ihrer Mutter und vergewisserte sich, dass diese tief und fest schlief. Dann begab sie sich in ihre eigene Kammer. Sie zog das Kleid an, das sie eigentlich nur am Sonntag trug. Es war aus dunkelgrünem Samt, hatte einen tiefen Ausschnitt und modische Halbärmel.

Isolde bürstete ihr Haar und steckte es im Nacken zu einem Knoten hoch. Sie flocht die beiden vorderen Strähnen, die sie nicht hochgesteckt hatte, zu zwei Zöpfen und befestigte diese hinter den Ohren, sodass sie wie kleine Girlanden locker ihr Gesicht umrahmten. Aus der unteren Kommodenschublade holte sie ein Fichu aus weißem Tüll hervor, das sie um den Hals legte und vorn mit einer Brosche zusammensteckte. Zufrieden betrachtete sie ihr Werk im Spiegel. Sie sah immer noch zu mager aus, doch die schimmernden braunen Zöpfe ließen die Blässe ihrer Haut beinahe vornehm wirken.

Isolde begegnete keiner Menschenseele auf ihrem Weg über die Berger Allee, durch das Berger Tor und die Citadelle entlang. Viel schneller, als ihr lieb war, stand sie vor dem großen Stadtpalais der Familie Weitering. Bevor sie es sich anders überlegen konnte, stieg sie die Stufen zum Portal hinauf und zog an der reichlich verzierten Klingelschnur.

Wenig später öffnete ihr eine Dienstmagd. Erleichtert stellte Isolde fest, dass es nicht das junge Mädchen vom Nachmittag war, sondern eine ältere Frau, deren Gesichtszüge zwar streng waren, aber keine Kälte oder Geringschätzung ausstrahlten.

»Sie wünschen?«

»Guten Abend. Ich würde gern mit Herrn Weitering sprechen, wenn es möglich ist. Herrn Robert Weitering.«

»Erwartet der junge Herr das Fräulein?«

»Nein, das tut er nicht. Sagen Sie ihm doch bitte, dass Isolde Heinrich ihn zu sprechen wünscht.«

Kurz musterte musterte die alte Frau Isolde nachdenklich, dann zog sie die Tür auf.

»Ich werde dem Herrn Ihren Besuch melden, Fräulein Heinrich. Bitte warten Sie hier.«

Sie ließ Isolde in eine geräumige Eingangshalle eintreten, die mit nichts weiter ausgestattet war als einigen Porträts an den dunkel vertäfelten Wänden und einem rotbraun gemusterten Teppich auf dem Boden. Die Magd verschwand über eine breite geschwungene Treppe aus dunklem Holz im oberen Stockwerk, wo kurz darauf eine Tür geöffnet wurde und heiteres Stimmengewirr aus einem Zimmer quoll. Isolde verstand nicht, was gesagt wurde, doch sie vernahm ausgelassenes Gelächter und die übermütigen Rufe einer jungen Frau. Beklemmung machte sich in ihr breit. Wieder fühlte sie sich so fehl am Platz wie vor einigen Stunden, als die junge Magd sie für eine Bettlerin gehalten hatte. Am liebsten wäre sie rasch wieder davongelaufen, doch bevor sie einen Schritt Richtung Tür machen konnte, kam die alte Frau die Treppe hinunter.

»Fräulein Heinrich? Der junge Herr erwartet Sie. Kommen Sie bitte mit.«

Zögernd folgte Isolde ihr ins obere Stockwerk. Hoffentlich führte die Dienerin sie nicht in den Salon, in dem Robert sich offensichtlich mit Gästen vergnügte. Ihr war ganz und gar nicht nach solcher Gesellschaft, zumal sie nicht die geringste Ahnung hatte, wie sie sich in diesen Kreisen benehmen sollte. Sie kannte sich nicht aus mit den Gepflogenheiten der feinen Leute. Zudem erforderte ihr Anliegen ein Gespräch unter vier Augen. Die Dienstmagd ging durch einen langen dämmrigen Korridor auf die angelehnte Tür zu, hinter der das Stimmengewirr hervorplätscherte. Isolde verlangsamte ihre Schritte.

In dem Augenblick wurde die Tür ganz aufgestoßen, und im funkelnden Licht hell brennender Kronleuchter trat Robert hinaus in den Flur. »Fräulein Heinrich! Welch eine Freude!« Seine Augen zeugten von der Aufrichtigkeit seiner Worte und mit einem Mal fiel alle Spannung von ihr ab.

»Guten Abend, Herr Weitering. Ich bedauere, Sie so spät noch stören zu müssen. Ich habe nicht damit gerechnet, dass Sie Gäste haben.«

Robert machte eine wegwerfende Handbewegung. »Das macht überhaupt nichts. Außerdem ist die Gesellschaft erst mit Ihnen komplett.« Er deutete auf die Tür. »Wollen Sie vorangehen?«

Isolde blieb stehen. »Wenn es Ihnen nichts ausmacht, würde ich gern unter vier Augen mit Ihnen sprechen. Es dauert auch nicht lang.«

Robert hielt in der Bewegung inne und sah sie an. »Selbstverständlich«, sagte er leise. »Folgen Sie mir.«

Noch bevor er den ersten Schritt von der Salontür weg machen konnte, erschien eine junge Frau in einem blassblauen Seidenkleid auf der Schwelle. Ihre Augen leuchteten lebhaft, ihre Wangen waren gerötet. Sie trug das blonde Haar zu einer kunstvoll aufgetürmten Frisur hochgesteckt, ein Seidenband von der gleichen Farbe wie das Kleid wand sich um die golden schimmernde Pracht. Zwei akkurat geformte Locken rahmten ihr bildhübsches Gesicht.

»Robert? Wo stecken Sie nur? Wir warten auf Sie.« Ihr Blick fiel auf Isolde. »Ach, ist das Ihr Besuch, Robert?«

»Das ist Fräulein Isolde Heinrich.« Robert lächelte Isolde

an. »Fräulein Heinrich, darf ich Ihnen das Fräulein Martin vorstellen, sie ist die Tochter des Herrn Hofrat Martin.«

»Angenehm«, murmelte Isolde.

Fräulein Martin deutete wortlos eine Verneigung in Isoldes Richtung an und sprach dann wieder zu Robert. »Vielleicht möchte das Fräulein Heinrich ja mitspielen? Spielen Sie Vingt-et-Un, meine Liebe?«

»Nein, meine liebe Helene«, antwortete Robert an Isoldes Stelle. »Ich habe mit dem Fräulein Heinrich etwas zu besprechen. Bitte entschuldigen Sie mich für einen Augenblick. Sie finden sicher einen anderen Kavalier, den Sie das Fürchten lehren können.«

Die junge Frau zog einen Schmollmund. »Sie wissen doch, ich spiele nur mit Ihnen, Robert.«

»Dann müssen Sie sich ein Weilchen gedulden. Sie werden es verschmerzen.« Er wandte sich ab. »Kommen Sie, Fräulein Heinrich.«

Isolde folgte ihm. Sie spürte die Blicke von Fräulein Martin wie Nadelstiche in ihrem Rücken. Nicht, dass die Tochter des Hofrats Isolde als ernsthafte Konkurrenz um Roberts Gunst betrachtet hätte. Isolde war sicher, dass ihr ein einziger Blick genügt hatte, um zu der Überzeugung zu gelangen, dass von dieser Seite keine Gefahr drohte. Doch es schien sie zu ärgern, dass nicht alles nach ihrem Willen verlief.

Robert führte Isolde in einen kleinen Salon in einem Seitenflügel des Hauses, der ganz in Grün gehalten war. Die Tapete zeigte ein filigranes Muster aus Efeuranken, dunkelgrüne Damastbezüge bedeckten die Sitzmöbel, und auch der Vorhang vor den Fenstern, die zum Hof hinausgingen, schimmerte wie frisches Gras im Frühling.

»Das ist das Lieblingszimmer meiner Mutter«, erklärte Robert. Er deutete auf einen Sekretär, der zwischen den beiden Fenstern stand. »Hier erledigt sie ihre Korrespondenz.«

Mit einem Kopfnicken forderte er Isolde auf, sich auf das Sofa zu setzen. »Bitte, nehmen Sie Platz, Fräulein Heinrich.«

Sie gehorchte wortlos. Er ließ sich ihr gegenüber nieder und betrachtete sie. »Ich habe von Ihrer Freundin gehört«, begann er. »Es tut mir sehr leid, dass das kleine Mädchen verstorben ist. Sie müssen schmerzhafte Wochen hinter sich haben. Ich nehme an, Ihr Verlobter war Ihnen eine große Stütze in dieser schlimmen Zeit.«

Isolde senkte den Kopf.

»Wenn ich Ihnen irgendwie helfen kann, lassen Sie es mich wissen«, fuhr er fort.

Isolde starrte auf ihre Hände, die sie auf ihrem Schoß gefaltet hatte. Tintenkleckse, die der Seife hartnäckig standhielten, hafteten wie jeden Abend an den Fingern der rechten Hand. Das Gespräch hatte nicht den Anfang genommen, den sie geplant hatte. Das verwirrte sie. Als sie nichts erwiderte, ergriff Robert erneut das Wort.

»Sie haben meinen Brief bekommen, nehme ich an?«

Isolde spürte seinen fragenden Blick. »Ich möchte mich entschuldigen«, stieß sie unvermittelt hervor. »Für mein unfreundliches Betragen, als wir uns das letzte Mal begegnet sind.«

»Da gibt es nichts zu entschuldigen«, widersprach Robert.

»Sie haben nichts gesagt, das ich nicht verdient hätte zu hören.«

»Das ist nicht wahr. Ich habe leichtfertig den Gerüchten über Sie Glauben geschenkt. Sie für einen schändlichen Verführer gehalten. Dabei hatten Sie gar nichts getan.« Isolde hob die Augen.

»Nichts zu tun kann manchmal auch verwerflich sein«, entgegnete er leise. »Nicht nur die Tat ist sündhaft.«

»Aber Sie haben das junge Mädchen nicht verführt und in den Tod getrieben. Das war ein anderer. Bitte verzeihen Sie, dass ich Ihnen das zugetraut habe.«

Robert lächelte. »Nur wenn auch Sie meine Entschuldigung annehmen, für die falsche Solidarität, die ich mit einem Freund empfand, der letztendlich keiner war.«

»Angenommen.«

Er streckte die Hand aus. »Freunde?«

Zögernd legte sie ihre Hand in seine. »Freunde.«

»Ich bin stolz darauf, Sie als meine Freundin bezeichnen zu dürfen.« Er hielt immer noch ihre Hand.

Rasch entzog Isolde sie ihm. »Ich brauche Ihre Hilfe.«

»Gern. Worum geht es?«

»Es geht um den Mord an Dietrich Lohner.«

Überrascht legte Robert die Stirn in Falten, doch er erwiderte nichts, wartete geduldig auf ihre Erklärung.

»Ich glaube, ich weiß, wer ihn getötet hat«, fuhr Isolde fort. »Doch wenn ich recht habe, war es kein heimtückischer Mord. Es war mehr ein – ein Zusammentreffen unglücklicher Umstände.«

KAPITEL XIV

MIR ZITTERN DIE HÄNDE, *ich kann kaum schreiben, ich weiß nicht, ob es die Aufregung oder die Todesangst ist. In dem kleinen Salon nebenan wartet mein geheimnisvoller Besucher, Adam Pastor, mein Verbündeter, mein unerwarteter Retter. Neben mir auf dem Bett liegt ein Bündel Kleider, das ich anziehen soll. Ich muss mich sputen, die Zeit drängt, doch eine unsichtbare Macht lässt mich zögern.*

Dieser Herr Pastor erschien pünktlich zum Abendessen, begleitet von einem Diener mit schmalem Gesicht und großen, ängstlichen Augen. Sein Herr dagegen hat gutmütige, kluge Züge, die mir sofort Vertrauen einflößten. Ohne Scheu trat er auf mich zu, umfasste meine Hände und grüßte mich herzlich von meinem Vetter. Als ich ihn fragte, woher er Ernst kenne, winkte er ab und vertröstete mich auf nach dem Mahl. Wir aßen gebratene Forelle in Mandelsoße, dazu Pastete und zur Nachspeise einen süßen Pudding, ausnahmsweise mundete alles vorzüglich. Sogar der Wein. Ein Bursche aus der Küche trug auf, der Koch fragte, ob alles zur Zufriedenheit sei, und Gerhardgen stand bereit, um die leeren Teller und Schüsseln abzuräumen.

Nach dem Essen bat Pastor mich um ein Gespräch unter vier Augen. Ich schickte die Bediensteten fort, die zögernd gehorchten, lediglich der Diener meines Gastes blieb zu meiner Überraschung im Raum.

»Nun«, begann Pastor. »Ich hoffe, Ihr seid bereit. Wir

haben wenig Zeit, das Wagnis ist groß, und ich könnte verstehen, wenn Ihr nicht genug Mut aufbrächtet. Aber es ist Eure einzige Chance, liebe Herzogin.«

»Ich fürchte, ich verstehe nicht«, rief ich überrascht.

Er legte den Finger auf die Lippen. »Seid Ihr sicher, dass wir nicht belauscht werden?«

Ich zuckte mit den Schultern. »Ich weiß es nicht, werter Herr Pastor. Zutrauen würde ich meiner lieben Schwägerin alles. Doch was hat die Frage zu bedeuten? Was habt Ihr vor?«

»Euch aus den Klauen Eurer Widersacher zu erretten. Es ist alles bis ins letzte Detail geplant und abgesprochen. Mit Eurem Vetter. Und mit dem Grafen von Manderscheid.«

Mein Herz setzte aus. »Mit dem Grafen von Manderscheid?«

»Euch ist gewiss bekannt, dass Hans Philipp von Manderscheid-Blankenheim zu Gerolstein, Domherr zu Köln, augenblicklich in Spanien weilt?«

Ich nickte stumm.

»Er erwartet Euch dort. Alles ist vorbereitet für Eure Flucht.«

Ich sprang vom Stuhl auf. »Ich kann das Schloss nicht verlassen!«, rief ich mit bebender Stimme. Ich merkte, dass ich viel zu laut gesprochen hatte, und fuhr flüsternd fort. »Wie also stellt Ihr Euch das vor?«

Statt einer Antwort winkte Pastor dem Diener, der zögernd näher trat. »Nimm die Mütze ab!«

Der Diener tat, wie ihm geheißen. Neben der Mütze hob er auch seine zerzausten Haare vom Kopf, unter denen ein glatt gekämmter Zopf zum Vorschein kam und die hohe Stirn einer Frau. Und jetzt erkannte ich auch das Gesicht. Ich erstarrte. Es war mein eigenes.

»Darf ich vorstellen«, sagte Adam Pastor. »Elenor Lewin, eine junge Witwe aus Arnsberg. Eurem Vetter fiel sie auf dem Markt auf, wo sie Äpfel und Birnen feilbot. Die ungeheure Ähnlichkeit mit Euch, liebe Herzogin, erschien ihm als Geschenk unseres Herrn im Himmel. Sein Plan war rasch gefasst. Die Witwe wird Eure Rolle für genau vierundzwanzig Stunden spielen. Bis dahin muss Euer Vorsprung groß genug sein. Nach dieser Frist gibt sie ihre wahre Identität preis. Sie sagt, dass sie von einem unbekannten Mann überwältigt, entführt und gezwungen worden sei, in Eure Kleider zu schlüpfen, und dass sie nicht wisse, wohin Ihr geflohen seid.«

»Aber«, setzte ich an. »Aber was ist mit Euch, Herr Pastor? Man wird Euch auf die Schliche kommen.«

»Wie denn? Ich besuchte Euch mit meinem Diener, und ich verließ Euch in Begleitung desselben wieder. Macht Euch um mich keine Sorgen. Und jetzt geschwind, geht in Eure Schlafkammer und tauscht die Gewänder.«

Ich gehorchte wie benommen. Elenor Lewin folgte mir in meine Kammer, sie entkleidete sich, ohne ein Wort mit mir zu wechseln und schlüpfte in das Gewand, das ich ihr reichte. Danach stellte sie sich vor den Spiegel und frisierte ihr Haar nach meinem Vorbild.

Ich sah ihr zu und hoffte, sie möge ewig brauchen. Ich wollte Zeit gewinnen. Ich musste darüber nachdenken, ob es rechtens sei, was dieser Fremde von mir zu tun ver-

langte. Schließlich zog ich das Tagebuch aus seinem Versteck hervor und begann zu schreiben. Ich setzte mich auf die Bettkante, stellte das Tintenfass auf das Kissen und ließ die Feder über das Papier gleiten. Ich schrieb und schrieb, und ich schreibe noch immer, während die Fremde, die durch eine Laune der Natur meine Zwillingsschwester ist, mich fragend ansieht.

Zeit. Ich brauche Zeit. Ich kann doch nicht einfach so aus meinem bisherigen Leben fliehen. Sollte ich nicht darauf vertrauen, dass der Kaiser seine schützende Hand über mich hält? Muss ich nicht als treue Gemahlin und aufrichtige Katholikin ausharren und mein Schicksal annehmen?

Angst und Zweifel lähmen mir die Glieder. Dabei drängt die Zeit. Wenn ich es tatsächlich wagen, diesem Adam Pastor vertrauen will, dann muss ich rasch entscheiden. Dann darf ich nicht länger zögern. Elenor, meine Schwester, mein Zwilling, tritt neben mich und sieht mich an. Sie sagt nichts. Seit sie vor über zwei Stunden meine Gemächer betreten hat, ist kein Laut über ihre Lippen gekommen. Ich kenne nicht einmal den Klang ihrer Stimme, dennoch spricht sie zu mir, laut und deutlich.

Ich gehorche der stummen Aufforderung. Ich lege das Tagebuch zur Seite und greife mit bebenden Fingern nach der Perücke.

Robert hatte darauf bestanden, sie zu Hause abzuholen. Sie hatten sich für den späten Sonntagnachmittag verabredet, um gemeinsam der Witwe Agathe Pastor einen Besuch abzustatten.

Isolde war am Vormittag im Gottesdienst gewesen, hatte nach der Witwe Ausschau gehalten, sie aber nicht unter den Kirchenbesuchern entdeckt. Später hatte sie Clara aufgesucht, die sich tapfer hielt und Isolde ins Ohr raunte, wie dankbar sie ihr sei, dass sie sie davon abgehalten hatte, Gustav in ihrem Kummer die Wahrheit über Gertruds Herkunft zu beichten. Sie seien sich nähergekommen seit dem Tod ihrer Tochter, es gebe wahrhaft glückliche Momente. Gustav habe seine Mutter weitgehend aus dem Hause verbannt, ihr verboten, sich in Claras Haushaltsführung einzumischen. Das habe eine schwere Bürde von ihr genommen. Manchmal säßen sie abends zusammen, und Clara lese ihm eine Geschichte vor, meistens ein Märchen aus dem Band der Gebrüder Grimm, den sie sich bei der Witwe Kaufmann geborgt habe. Gustav wolle immer wieder das Märchen vom tapferen Schneiderlein hören, das er schon beinahe auswendig kenne, dafür gefalle ihm die Geschichte vom Fischer und seiner Frau ganz und gar nicht, richtig böse sei er geworden, als er sie zum ersten Mal gehört habe.

Am Nachmittag hatte Isolde wie immer Frau Weissenberg besucht. Das Bändchen über die ›Marquise von O.‹ hatten sie längst beendet, die Witwe hatte sich als Nächstes Goethes ›Wahlverwandtschaften‹ ausgeguckt. Isolde war nicht recht bei der Sache, und als Frau Weissenberg sie nach zwanzig Minuten unterbrach, weil es heute keine rechte Freude sei, ihr zuzuhören, gestand Isolde, dass sie später verabredet und in Gedanken der Zeit voraus sei.

Die Witwe hatte milde gelächelt. »Dann vertagen wir unsere Lesestunde auf nächste Woche, mein Kind.«

Isolde war nach Hause geeilt und hatte mit ihrer Mutter, der es ein wenig besser ging als am Vortag, einen Tee getrunken. Kurz bevor Robert eintreffen sollte, hatte sie sich angezogen und war über den Hof auf die Neusser Straße gegangen, um dort auf ihn zu warten. Er war überpünktlich, kam gerade von der Berger Allee her angelaufen, als Isolde durch das Tor schritt.

»Guten Tag, Fräulein Heinrich! Ich hoffe, Sie warten noch nicht lange?« Er zog den Hut und verneigte sich.

»Nein, ich bin eben erst vor die Tür getreten.«

Er bot ihr seinen Arm. »Sollen wir zur Tat schreiten?«

Sie hakte sich ein, und gemeinsam gingen sie zurück Richtung Berger Allee, von der aus sie wenig später in die Südstraße bogen. Vor dem Haus der Agathe Pastor auf der Bilker Straße angekommen, tauschten sie einen kurzen Blick. Dann betraten sie das Treppenhaus, das dämmrig und fast vollkommen still war. Als sie einen Augenblick innehielten und horchten, vernahmen sie lediglich gedämpftes Klavierspiel aus einem der oberen Stockwerke.

»Wem gehört das Haus?«, fragte Robert. »Wissen Sie etwas darüber?«

»Soweit mir bekannt ist, hat die Witwe Pastor es von ihrem Mann geerbt. Er war in der Zeit der Franzosen ein hoher Beamter, Regierungssekretär, glaube ich, hatte ein gutes Einkommen.«

Robert drehte den Klingelknopf. Nichts geschah. Er schellte noch einmal. Immer noch blieb alles still.

»Es dauert manchmal recht lang, bis sie die Tür öffnet«, erklärte Isolde.

Sie warteten geduldig etwa zehn Minuten, in regelmäßigen Abständen klingelten sie, doch in der Wohnung im Parterre regte sich nichts. Robert lief zurück vor das Haus und versuchte, einen Blick durch die Fenster zu erhaschen, hinter denen alles dunkel zu sein schien, doch sie lagen zu hoch, um von der Straße aus hineinsehen zu können.

»Vielleicht ist sie ausgegangen?«, meinte er schließlich, als er zurück ins Treppenhaus kam.

Isolde blickte auf die Tür. »Das glaube ich kaum. Wohin sollte sie gegangen sein? Sie verlässt das Haus nur zur täglichen Messe und zu gelegentlichen Besorgungen. Sie hat niemanden, den sie besuchen könnte.«

»Sie könnte sich zum Friedhof aufgemacht haben. Liegt ihr Mann auf dem neuen Friedhof auf der Golzheimer Heide?«

»Ich glaube, ja. Aber es dunkelt bereits, was sollte sie um diese Zeit dort wollen?«

Robert schaute Isolde an. »Wir könnten später wiederkehren. Oder …« Er suchte nach den passenden Worten. »Oder wir könnten nachsehen. Was meinen Sie, Fräulein Heinrich?«

Isolde zögerte nicht. »Nachsehen.«

Suchend blickten sie sich um. Zu ihrer Linken führte die Treppe hinauf in den ersten Stock, daneben gab es einen schmalen Durchgang, an dessen Ende sich eine weitere Tür befand.

Isolde deutete neben die Treppe. »Sollen wir es dort versuchen? Die Tür führt bestimmt auf den Hof hinaus.«

Robert nickte.

Isolde schlich voran. Ohne viel Hoffnung drehte sie den Knauf, zu ihrer Überraschung schwang die Tür nach außen. Lautlos stahlen sie sich hinaus. Es war bereits vollständig dunkel, nur das Licht aus den oberen Wohnungen erhellte den Hinterhof ein wenig. Im Parterre war alles finster.

»Sie scheint tatsächlich nicht zu Hause zu sein«, flüsterte Isolde. »Nirgendwo brennt eine Lampe.«

Robert antwortete nicht. Er stand in der Mitte des Hofs, den Blick auf die fünf weißen Kreuze geheftet.

»Wie grauenvoll«, murmelte er. »Zwar hatten sie mir davon erzählt, Isolde. Doch es mit eigenen Augen zu sehen, ist etwas ganz anderes.«

Stumm standen sie dort, hingen ihren Gedanken nach, bis Robert schließlich das Schweigen brach. »Sie haben recht, es scheint niemand zu Hause zu sein.« Er trat auf die hölzerne Tür zu, durch die Isolde mit Agathe den Hof betreten hatte. »Merkwürdig. Wo kann sie nur sein?«

»Im Gottesdienst heute ist sie mir auch nicht aufgefallen«, fiel Isolde plötzlich ein. »Ich habe nicht weiter darüber nachgedacht, es waren so viele Menschen dort, dass man leicht jemanden übersehen kann. Doch wenn ich es recht bedenke, sitzt sie immer an der gleichen Stelle, hinten links in der letzten Bank. Dort war sie heute ganz bestimmt nicht.«

»Dann sollten wir dem nachgehen.« Robert rüttelte an der Holztür. Sie war verschlossen. Suchend schaute er sich um.

»Was haben Sie vor?«, fragte Isolde leise.

»Ich habe das Gefühl, dass etwas nicht stimmt. Wann sind Sie Agathe zum letzten Mal begegnet?«

»Ich bin nicht sicher. Vermutlich, als sie mir das Tagebuch übergab.«

»Das war vor nahezu drei Wochen.«

»Vielleicht auch noch einmal im Gottesdienst letzten Sonntag. Ich weiß es nicht. Ich habe nicht darauf geachtet, ich hatte andere Sorgen.«

Robert bückte sich und stieß einen triumphierenden Laut aus. »Damit müsste es funktionieren.«

»Schscht! Seien Sie leise!«, raunte Isolde ihm zu.

»Ja, natürlich. Wie unvorsichtig von mir«, antwortete Robert schuldbewusst. Er hielt etwas in den Händen, das wie ein dünnes Stück rostiges Metall aussah, und trat erneut auf die Tür zu.

»Sie wollen einbrechen?«, flüsterte Isolde entsetzt.

Robert drehte sich zu ihr um. »Es wäre besser, wenn Sie zurück vor das Haus gingen. Sie sollten nicht dabei sein. Wenn ich mich täusche, und mit der Witwe Pastor alles in Ordnung ist, könnte es Unannehmlichkeiten geben. Auch wenn ich in bester Absicht handle.«

Isolde verschränkte die Arme. »Das könnte Ihnen so passen, Robert. Sie haben schon einmal versucht, mich allein draußen warten zu lassen, während Sie in ein Gebäude eingestiegen und einer interessanten Spur gefolgt sind.«

»Und damals ist es mir auch nicht gelungen«, seufzte Robert.

»Eben.«

»Dennoch sollten Sie an Ihren Ruf denken, Fräulein Heinrich. Immerhin handelt es sich um Einbruch, verübt gemeinsam mit einem unverheirateten Mann von zweifelhafter Reputation. Falls man uns erwischt, und ihr Verlobter bekommt Wind davon, wird er nicht gerade begeistert sein, nehme ich an.«

»Robert, das ist vermutlich nicht der richtige Augenblick, aber für den Fall, dass es Sie beruhigt, es gibt keinen Verlobten. Ich habe die Verlobung schon vor Wochen gelöst. Und jetzt öffnen Sie diese Tür!«

»Sie haben was?«

»Die Verlobung gelöst. Ich wüsste allerdings nicht, dass Sie das etwas anginge. Was ist denn nun mit der Tür? Können Sie sie öffnen oder nicht?«

Robert stieß einen Laut aus, den Isolde nicht recht deuten konnte, dann machte er sich an dem Schloss zu schaffen. Wenig später klickte es, und die Tür gab nach.

»Woher können Sie so etwas?«, wisperte Isolde erstaunt.

»Fragen Sie besser nicht, meine Liebe«, raunte Robert zurück. »Ich schrieb Ihnen doch, dass mein sogenannter Freund Simon von Hagen mich in allerhand prekäre Situationen gebracht hat. Mehr möchte ich dazu nicht sagen.«

»Aha.«

Hintereinander schlichen sie in die Wohnung. Alles war still und dunkel, ein schwerer, unangenehm säuerlicher Geruch hing in der Luft, der Isolde vage an das Trauerzimmer in Bilk erinnerte. Sie konnten kaum etwas erkennen, behutsam tasteten sie sich durch den Korridor. Nach wenigen Schritten stießen sie auf die Küche, im Herd entdeckten sie ein winziges Häuflein Glut, an dem Isolde eine Kerze entzündete. An die Küche grenzte eine kleine Spülküche mit einem Spülstein und einer Abstellkammer. Einer Eingebung folgend, öffnete Isolde die Tür zur Abstellkammer und sah sich darin um. In einem Regal fand sie, was sie suchte. Ein Bügeleisen, ähnlich dem, das sie selbst zu Hause benutzte. Vorsichtig nahm sie es herunter und betrachtete es im Schein der Kerze. Sie brauchte nicht lange zu suchen. Dunkle Flecken und auch ein paar Haare klebten an seiner Unterseite. Die Witwe hatte sich nicht einmal bemüht, die Spuren zu beseitigen. Stumm hielt Isolde das Eisen in Roberts Richtung. Er betrachtete es und zog scharf Luft ein.

»Sie haben tatsächlich richtig vermutet, Isolde«, sagte er leise. »Wird Zeit, dass wir diese Frau finden.«

Sie suchten alle Räume ab. Zuletzt betraten sie das Schlafzimmer. Hier war der säuerliche Geruch besonders beißend. Isolde unterdrückte den Drang zurückzuweichen, als sie über die Schwelle trat. Dann erblickte sie Agathe. Sie lag im Bett, die Augen geschlossen, die Hände auf der Decke gefaltet. Gerade so, als schliefe sie. Doch ihr Gesicht war reglos und starr. Schmerz und Angst zeichneten sich darauf ab.

»Robert!«, presste Isolde hervor. »Robert, kommen Sie schnell!«

Robert stürzte hinter ihr ins Zimmer.

»Oh, mein Gott.«

Isolde stellte den Kerzenleuchter auf dem Nachttisch ab. Behutsam legte sie ihre Hand auf Agathes Stirn. »Kalt. Sie muss schon eine Weile tot sein. Allerdings nicht allzu lange. Ein paar Stunden, einen Tag vielleicht. Sonst wäre der Gestank im Zimmer unerträglich.«

Robert schüttelte perplex den Kopf. »Sie sind eine ungewöhnliche Frau, Isolde.«

»Weil ich das Offensichtliche ausspreche? Ich hätte natürlich auch sagen können, dass wir sonst keine Glut mehr im Herd vorgefunden hätten. Wäre Ihnen das lieber gewesen?«

Isolde zog behutsam die Decke ein Stück zurück. Agathe trug ein weißes Spitzenhemd, eine cremefarbene Wollstola lag über ihren Schultern, ihre Nachthaube saß tadellos.

»Sie hat sich nicht viel bewegt, bevor sie starb«, murmelte Robert. »Es ist, als habe sie sich hingelegt und sei sogleich entschlafen. Ganz friedlich.«

»Aber ihr Gesicht wirkt nicht friedlich.« Isolde sah sich im Zimmer um. Ihr Blick fiel auf eine Tasse, die neben dem Kerzenleuchter auf dem Nachttisch stand. Sie griff danach und hielt sie sich an die Nase. »Hagebuttentee«, erklärte sie.

Sie stellte die Tasse zurück und entdeckte etwas anderes. »Oh, nein!«

»Was ist?«, wollte Robert wissen.

»Sie ist nicht sanft entschlafen. Sie hat ihrem Leben von eigener Hand ein Ende gesetzt. Mit Gift.« Isolde fuhr mit den Fingern über die Kommode und hielt Robert ihre Hand hin. Drei kleine Körner lagen darauf. Sie waren von dunkler Farbe, fast schwarz, und glänzten, ihre Oberfläche war runzelig wie die einer getrockneten Traube.

»Was ist das?«, wollte Robert wissen.

»Wenn ich mich nicht täusche, sind das Samen des blauen Eisenhuts. Sein Gift hat schon den großen Philosophen Sokrates dahingerafft.«

»Also war es Selbstmord.« Roberts Blick wanderte von den Samen an Isoldes Fingern zu Agathe. »Sie konnte nicht länger leben mit ihrer Schuld.« Plötzlich stutzte er, griff nach Agathes Händen und zog etwas darunter hervor. Es war ein kleiner Zettel. Hastig flogen seine Augen über das Papier.

»Was steht dort? Lesen Sie vor!«, rief Isolde.

»›Ich habe schwere Schuld auf mich geladen. Jetzt trete ich vor meinen Richter.‹«

»Die arme Frau«, sagte Isolde. »Ich hätte es ahnen müssen.«

»Sie können nichts dafür, Isolde, dass sie keinen anderen Ausweg sah. Immerhin hat sie einen Menschen getötet. Sie war eine Mörderin.«

»Sie hat sich nur gewehrt. Ihren Schatz verteidigt.«

»Was genau passiert ist, werden wir wohl nie erfahren. Wir sollten Tribunalrichter von Haupt rufen lassen. Und einen Arzt, der den Leichnam untersucht. Wegen des Giftes«, sagte Robert, doch er blieb unschlüssig im Zimmer stehen.

Isolde stand auf und trat ans Fenster, die Samen immer noch in ihrer Hand. »Die Mitglieder dieser Bande, sie haben mehrere Morde begangen. Ist es nicht so?«, fragte sie.

»Sie haben bei ihren Raubzügen jeden kaltblütig getötet, der sich ihnen in den Weg gestellt hat.«

»Also werden sie ohnehin zum Tode verurteilt«, spann Isolde den Faden weiter.

»Davon ist auszugehen.«

Isolde fuhr herum. »Ich möchte nicht, dass sie im Tod noch gedemütigt wird. Sie hat im Leben genug gelitten. Ich möchte, dass sie anständig beerdigt wird. Sie soll kein Eselsbegräbnis bekommen, verscharrt auf der Nordseite des Friedhofs, ohne Priester, in ungeweihter Erde.«

»Als Selbstmörderin wird ihr ein kirchliches Begräbnis nicht vergönnt sein, Isolde. Und als Mörderin schon gar nicht.«

»Und wenn niemand davon erfährt?«

Robert starrte sie wortlos an. Es war totenstill in dem stickigen kleinen Raum. Vor dem Fenster fuhr eine Kutsche vorbei, das monotone Klappern der Hufe, das Knallen der Peitsche und das Knirschen der Räder auf dem Pflaster hallten gespenstisch laut durch die dunkle Straße.

Schließlich räusperte sich Robert. »Und wie genau stellen Sie sich das vor, Isolde?«

»Sie würden mir also helfen?«

Er zuckte die Achseln. »Ich sehe nicht viel Sinn darin, um jeden Preis dem Recht Genüge zu tun, wenn es niemandem mehr hilft. Wenn Sie richtig vermuten, hat die arme Frau sich wirklich nur gewehrt. Und gerichtet hat sie sich selbst. Alles Weitere liegt in Gottes Hand. Ich glaube nicht, dass er uns allzu sehr zürnen würde, wenn wir die Öffentlichkeit in dieser Angelegenheit ein wenig täuschten. Ich weiß nur nicht, wie wir es anstellen sollen. Wir müssen einen Arzt rufen. Der wird zu der gleichen Erkenntnis kommen wie Sie, Isolde.«

»Auch wenn er die Samen nicht findet?«

»Das kann ich nicht beurteilen.« Robert starrte nachdenklich auf den Leichnam. »Ich bin kein Mediziner. Vielleicht gibt es andere Anzeichen. Und wenn herauskäme, dass wir das Gift weggeschafft haben, gerieten wir möglicherweise selbst in Verdacht. Das wäre zu gefährlich.«

»Also müssen wir jemanden einweihen.«

»Dr. Servaes hält große Stücke auf Sie, Isolde. Und er ist ein kluger Mann.«

»Ich weiß nicht.« Zerstreut rieb Isolde die Samen zwischen ihren Fingern.

»Das sollten Sie besser nicht tun!«, rief Robert.

»Was?«

»Die Samen zerreiben. Sie wirken auch über die Haut, habe ich gehört.« Besorgt sah Robert sie an.

»Oh! Sie haben recht.« Hastig ließ Isolde die kleinen Körner zurück auf die Kommode gleiten und fuhr sich mit den Fingern über den Mantel. »Wie dumm von mir.«

»Sie sollten sich die Hände waschen.«

»Nein, nein. Das ist schon in Ordnung.«

Wieder schwiegen sie.

»Soll ich Dr. Servaes rufen lassen?«, fragte Robert schließlich.

Isolde nickte. »Versuchen wir es.«

Sie verließen das Schlafzimmer. Robert zündete eine Lampe im Salon an und bestand darauf, dass Isolde sich auf dem Sofa niederließ. Er selbst ging vor die Tür, um nach einem Burschen Ausschau zu halten, den er zu dem Kreisphysikus schicken konnte.

Kurz darauf kam er zurück in die Wohnung. Während sie warteten, sprachen sie ab, was sie dem Arzt erzählen wollten. Sie einigten sich darauf, ihm die volle Wahrheit zu sagen. So würde er am ehesten ihre Beweggründe verstehen. Etwa zwanzig Minuten vergingen, bis es an der Tür schellte. Robert öffnete, und Dr. Servaes trat mit hastigen Schritten in den Flur, in der rechten Hand seinen Arztkoffer, in der linken einen Spazierstock. Überrascht blickte er Isolde an.

»Guten Tag, Fräulein Heinrich. Sie hatte ich nicht hier erwartet.«

»Guten Tag, Dr. Servaes. Gehen wir doch in den Salon. Ich möchte Ihnen etwas erzählen.«

Der Arzt runzelte die Stirn. »Ich dachte, ich sei zu einer Patientin gerufen worden. Es ist doch Agathe Pastor, die hier wohnt, oder nicht?«

»Sie haben vollkommen recht, verehrter Herr Doktor«, entgegnete Robert. »Sie würden uns dennoch einen großen Gefallen erweisen, wenn Sie zunächst anhören würden, was das Fräulein Heinrich zu erzählen hat. Danach führen wir Sie zu der Witwe Pastor.«

Dr. Servaes schaute argwöhnisch von Robert zu Isolde, doch er folgte ihnen bereitwillig in den Salon. »Sie machen mich neugierig«, gab er zu, legte den Mantel ab und ließ sich in einem Sessel nieder. »Wenn es eine Geschichte zu erzählen gibt, dann sollten wir das in aller Ruhe erledigen. Meinen Sie, in dieser Wohnung lässt sich ein guter Cognac auftreiben?«

Robert lächelte. »Eine hervorragende Idee.«

Er blickte sich suchend im Raum um und fand rasch, wonach er Ausschau hielt. Nach einem kurzen fragenden Blick zu Isolde schenkte er drei Gläser von dem bernsteinfarbenen Getränk ein und stellte die Karaffe auf dem Tisch ab. Danach reichte er jedem ein Glas.

Die Männer nahmen einen großen Schluck, Isolde nippte vorsichtig, dann räusperte sie sich. »Vor wenigen Wochen haben Sie und ich, Herr Doktor, die sterblichen Überreste der Herzogin Jakobe von Baden gesichtet und aufgelistet«, begann sie. »Ich nehme an, Sie sind in groben Zügen mit ihrem Schicksal vertraut? Mit ihr beginnt die Geschichte nämlich.«

Der Arzt verzog überrascht das Gesicht und nickte.

»Sie hat Tagebuch geführt, vermutlich hat sie viel von dem festgehalten, was ihr angetan wurde. Die Verleumdungen. Die Anklage. Vielleicht hat sie sogar geahnt, was mit ihr geschehen würde.«

»Es gibt zwei Niederschriften von ihr, soviel ich weiß, ein Gedicht, in dem sie ihr Leid beklagt, und eine Art Gebet, beide aus den letzten Wochen ihrer Gefangenschaft«, unterbrach Servaes. »Zudem existiert ein Protokoll, in dem sie ihre Lebensumstände festgehalten hat. Allerdings ist das Original verloren gegangen. Es liegen lediglich Abschriften vor. Also ist letztendlich unklar, ob es sich bei der Urheberin tatsächlich um die Herzogin handelt. Jeder könnte da etwas niedergeschrieben haben und es als Jakobes Aufzeichnungen ausgeben.« Er zuckte mit den Schultern.

»Davon habe ich gehört. Aber das meine ich nicht. Es geht um ein richtiges Tagebuch. Irgendwie hat Jakobe es geschafft, dieses Büchlein kurz vor ihrer Ermordung aus dem Schloss zu schmuggeln. Sie hat es einem Vertrauten übergeben lassen, einem Herrn Pastor, der ein Vorfahr von Agathe Pastors verstorbenem Gatten Magnus war.«

Der Arzt atmete scharf ein, doch er schwieg.

»Das Buch wurde seither in der Familie aufbewahrt und von Generation zu Generation weitergegeben. Es galt als eine Art Familienschatz, von dem niemand wissen durfte. Zu Anfang war das sicher richtig, denn der Besitz von Jakobes Tagebuch, in dem möglicherweise brisante Informationen über ihre Feinde zu finden waren, war nicht ungefährlich. Im Laufe der Zeit wurden der Schatz und das Geheimnis, das um ihn gemacht wurde, zum Selbstzweck. Von dem Tagebuch ging keine unmittelbare Gefahr mehr aus, dennoch wurde es gut versteckt. Zudem verbreitete sich in der Familie der Aberglaube, die Jakobe könne erzürnen, sollte irgendwer beginnen, Nachforschungen über sie anzustellen. Magnus Pastor starb als Letzter der Familie kinderlos. Sie haben sicherlich davon gehört, dass die arme Agathe Pastor fünf Säuglinge tot zur Welt brachte, die sie in ihrem Hinterhof betrauert.«

Isolde schwieg, der Arzt nickte.

»Bevor er starb, vertraute Magnus Pastor das Tagebuch, den sogenannten ›Schatz‹, seiner Frau an. Sie war gebrochen, hatte keine Freude mehr am Dasein, das Versprechen, das sie ihrem Gatten gab, war das Einzige, was sie am Leben hielt. Der Gedanke quälte sie, dass sie eines Tages ebenfalls sterben würde und niemanden hatte, dem sie das Buch übergeben konnte. Sie begann, nach Personen Ausschau zu halten, die ihr vertrauenswürdig erschienen. Eine davon war offenbar ich. Und dann geschah etwas Tragisches. In der Nacht vor dem Beginn der Arbeiten in der Kreuzherrenkirche prügelten sich drei Männer vor dem Wirtshaus zum ›Schiffchen‹. Zwei von ihnen waren dafür bezahlt worden, der dritte, Dietrich

Lohner, hatte keine Ahnung, worum es überhaupt ging. Zudem war er reichlich angetrunken, wie üblich zu dieser späten Stunde. Er hatte große Geldsorgen und war vermutlich verärgert darüber, dass die beiden anderen gerade für eine gut bezahlte Arbeit angeheuert worden waren – die Grabungsarbeiten in der Kirche – er aber leer ausgegangen war. Irgendwann, nachdem seine Kumpane und die Schaulustigen längst wieder im Schankraum verschwunden waren, kam ihm wohl die Idee, wie er selbst zu einer hübschen Summe Geld kommen könne, und das ganz ohne Arbeit. Schon öfter hatte er davon gehört, dass die wunderliche Witwe Pastor in ihrer Wohnung einen Schatz verberge. Er war fest davon überzeugt, dass es sich dabei um etwas handeln müsse, das sehr viel Geld wert sei. Und das wollte er an sich bringen. Er drang in die Wohnung der Frau ein. Vielleicht überraschte Agathe Pastor ihn bei seiner Suche nach dem Schatz, vielleicht bedrohte er sie und forderte die Übergabe von ihr, ich weiß es nicht. Jedenfalls fühlte die Frau sich an ihr Versprechen gebunden, niemals hätte sie diesem verlausten Saufbold den Schatz übergeben. Es kam zu einem Handgemenge, Agathe schlug mit dem ersten Gegenstand zu, den sie zu fassen bekam. Es war ihr Bügeleisen. Dietrich Lohner brach tot zusammen.«

»Du meine Güte!«, rief Servaes. Sein Blick sprang zwischen Isolde und Robert hin und her, dann zur Tür, als erwarte er, dass Agathe Pastor jeden Moment hereinkommen könne, das Eisen in der Hand. »Ich wusste doch, dass es nicht diese Räuber waren. Wo ist die Frau jetzt?«

»Bitte hören Sie die Geschichte zu Ende«, bat Robert. Er

griff nach der Karaffe. Servaes blinzelte misstrauisch, doch er hielt ihm sein Glas hin.

Isolde schüttelte den Kopf, als Robert ihr nochmals von dem Cognac anbot, und fuhr mit ihrer Erzählung fort. »Agathe war zu Tode erschrocken, doch sie handelte rasch. Sie karrte den Leichnam zum alten Hafen und warf ihn ins Wasser. Vermutlich hoffte sie, er würde von der Strömung des Flusses mitgerissen. Unglücklicherweise verhakte er sich jedoch in der Uferböschung, sodass er am nächsten Morgen noch genau an derselben Stelle schwamm. Vielleicht war es Lohner gewesen, der ihr davon erzählt hatte, vielleicht hatte sie es auch von anderer Seite erfahren, jedenfalls wusste Agathe, dass die Gebeine der Herzogin Jakobe ausgegraben und umgebettet werden sollten. Damit hatte sie sogleich ein weiteres Problem. Hatte ihr Mann nicht oft genug betont, dass dies nie geschehen dürfe? Sie wollte die Grabungen verhindern, und in ihrer Verzweiflung fiel ihr nichts Besseres ein, als mir als Geist zu erscheinen und zu drohen.«

»Wie bitte?«, rief Servaes erstaunt.

Isolde nickte. »Dreimal ist sie mir auf dem Heimweg erschienen, hat so getan, als sei sie der Geist der Herzogin, und mit furchtbarem Unheil gedroht, sollten ihre Gebeine ausgegraben werden. Ich habe niemandem davon erzählt. Die Grabungsarbeiten hätte ich mit Sicherheit nicht aufhalten können, und an einen Geist habe ich ohnehin nicht geglaubt. Ich erkannte die Witwe Pastor schließlich an ihrer Stimme und stellte sie zur Rede. Sie erzählte mir von dem Tagebuch, über den Tod von Dietrich Lohner sprachen wir an dem Tag nicht, doch ich entdeckte auf dem Boden in der

Nähe der Tür, die zum Hof hinausführt, einen Fleck, den ich als Blutfleck identifizierte. Bei meinem nächsten Besuch erzählte sie mir die Wahrheit über den Schatz. Einen Tag später stand die Witwe vor meiner Haustür, als ich heimkam, und übergab mir das Tagebuch. Sie wollte, dass ich es von nun an aufbewahrte.«

»Haben Sie es gelesen?« Servaes beugte sich neugierig vor.

Isolde schüttelte den Kopf. »Die Handschrift der Herzogin ist nicht leicht zu entziffern. Ich habe einen kurzen Blick hineingeworfen, mit Mühe ein paar nichtssagende Zeilen entschlüsselt, es aber bald wieder zur Seite gelegt, weil ich anderes zu tun hatte. Danach überschlugen sich die Ereignisse und ich kam nicht mehr dazu, die eben erst begonnene Lektüre fortzusetzen. Am selben Tag, an dem ich das Tagebuch erhielt, starb die kleine Tochter meiner Freundin. Ich hatte den Kopf so voll mit anderen Dingen, dass mir das Schicksal der Herzogin vergleichsweise unbedeutend erschien.« Isolde verstummte, starrte auf den Teppich. Schließlich fuhr sie fort. »Ich war davon überzeugt, dass Agathe etwas mit Dietrich Lohners Tod zu tun hatte, und ich wollte sie zur Rede stellen, jedoch nicht allein. Deshalb bat ich Herrn Weitering um Hilfe. Wir suchten die Witwe gemeinsam auf, doch sie öffnete die Tür nicht. Mir fiel ein, dass sie am Morgen nicht im Gottesdienst gewesen war, und ich bekam es mit der Angst zu tun. Wir betraten die Wohnung und …« Isolde brach ab.

Servaes sprang auf. »Was ist mit der Witwe?«

»Sie ist tot«, erwiderte Robert. »Sie hat sich das Leben genommen. Mit Gift.«

»Wo ist sie?« Servaes griff nach seiner Tasche.

»Die werden Sie nicht brauchen«, sagte Robert.

»Das entscheide ich gern selbst. Führen Sie mich auf der Stelle zu ihr!«

Robert ging voran, Servaes folgte dicht hinter ihm. Isolde leerte ihr Cognacglas und lief ebenfalls ins Schlafzimmer. Der Arzt brauchte nur wenige Augenblicke, um den Leichnam zu untersuchen. Noch über ihn gebeugt, drehte er den Kopf zur Tür.

»Wie kommen Sie auf Gift?«, fragte er schroff in Isoldes Richtung. Stumm schritt sie zum Nachttisch und deutete auf die Körner.

Der Arzt nickte. »Ich verstehe.«

»Ich möchte, dass sie ein anständiges Begräbnis bekommt«, sagte Isolde mit fester Stimme.

Servaes musterte sie wortlos.

»Es würde niemandem nützen, wenn wir sie jetzt als Mörderin und Selbstmörderin entlarvten«, fügte sie hinzu. »Und es tut niemandem weh, wenn die Wahrheit im Verborgenen bleibt.«

Nachdenklich blickte Servaes zunächst Isolde an, dann die tote Witwe und schließlich Robert. »Was sagen Sie dazu, Herr Weitering?«

»Ich möchte Fräulein Heinrich beipflichten, Herr Doktor. Und ich ließ Sie rufen, weil ich Sie für einen klugen und besonnenen Mann halte.«

»Sie wollen mir Honig um den Bart schmieren.«

»Ich möchte an Ihr Herz appellieren.«

»Ich riskiere meine Approbation.«

»Es wird ein Geheimnis zwischen den drei Menschen bleiben, die sich jetzt in diesem Raum befinden.«

Der Arzt sah Isolde fragend an, die wortlos nickte. Angstvolle Minuten lang verharrte Servaes still und schwieg. Schließlich kam Bewegung in ihn. »Wir brauchen einen zuverlässigen Bestatter«, stellte er fest und pickte die Samenkörner von der Kommode. »Und die lasse ich am besten sofort verschwinden.« Er holte ein Gläschen mit einem Schraubverschluss aus seiner Tasche, ließ die Körner hineinfallen und verschraubte den Deckel. »Ich wüsste da jemanden, der sehr diskret ist und mir zudem noch einen Gefallen schuldet. Wir müssen natürlich Kontakt zu Frau Pastors Verwandten aufnehmen. Sie werden sich um die Beerdigung kümmern wollen. Doch ich denke, sie werden nicht böse sein, wenn das Wesentliche bereits in die Wege geleitet ist.«

»Heißt das, Sie sind dabei?«, fragte Isolde.

»Das heißt es wohl«, entgegnete Servaes. Mit zusammengekniffenen Augen musterte er sie. »In Ihnen hat die Natur sich getäuscht, Fräulein Heinrich. Sie hätten als Mann zur Welt kommen müssen.«

»Die Natur täuscht sich nicht, Dr. Servaes«, widersprach Isolde. »Lediglich die Menschen tun das. Immerhin sind sie in der Lage, ihre Fehler zu korrigieren. Eines Tages werden Frauen ebenso studieren und wichtige Ämter bekleiden wie Männer. Da bin ich mir ganz sicher.«

Noch am gleichen Abend holte Isolde das Tagebuch aus der Kommodenschublade und begann, darin zu lesen. Doch wie bei ihrem ersten Versuch fiel es ihr schwer, die ungelenke Handschrift zu entziffern. Schon nach wenigen Absätzen gab sie auf und nahm sich vor, das Buch noch einmal in Ruhe zu studieren, wenn sie mehr Zeit hatte.

Drei Tage vergingen. Agathe Pastor wurde feierlich beigesetzt. Auf einem Leichenwagen, gezogen von einem Ross mit schwarz glänzendem Fell, wurde der Sarg mit ihren sterblichen Überresten durch den knirschenden Neuschnee zur Grabstätte auf dem Golzheimer Friedhof gefahren. Mehr als drei Dutzend Menschen folgten ihm, viele wohl nur aus Neugier, doch einige wenige voller Respekt für die unglückliche Witwe. Zu ihnen gehörten auch Isolde, Robert und Dr. Servaes. Agathe hatte einen Bruder gehabt, der im Bergischen einen kleinen Gasthof leitete und zu dem der Kontakt seit Jahren abgebrochen war. Begleitet von seiner Ehefrau und drei halbwüchsigen Söhnen war er angereist und schritt mit undurchdringlicher Miene hinter dem Leichenwagen her. Er hatte nicht viele Fragen gestellt, als man ihm die Nachricht vom Tod seiner Schwester überbracht hatte. Er schien beinahe ein wenig erleichtert, dass dieses Kapitel seines Lebens damit endgültig abgeschlossen war. Er verkaufte das Haus in der Bilker Straße samt dem Mobiliar in der Parterrewohnung und verschwand schon nach wenigen Tagen wieder auf der Landstraße in Richtung Gerresheim.

Am Freitag erhielt Isolde einen kurzen Brief von Robert mit einer Einladung für den Sonntagnachmittag. Sie freute sich darüber, doch der Gedanke an das große, vornehme Haus bereitete ihr Unbehagen. Sie hatte sich dort fehl am

Platz gefühlt, auch wenn Robert sie herzlich und unvoreingenommen empfangen hatte. Dennoch nahm sie die Einladung an. Sie ließ der Witwe Weissenberg mitteilen, dass sie nicht kommen könne, zog ihr bestes Kleid an und stapfte durch den Schnee über die Berger Allee. Auf ihr Klingeln erschien die gleiche ältere Dienstmagd an der Tür, die ihr beim ersten Mal geöffnet hatte.

»Guten Tag, Fräulein Heinrich. Treten Sie ein. Sie werden erwartet.« Sie nahm Isolde Mantel und Hut ab und führte sie in den Salon im ersten Stock, von dessen Pracht Isolde bei ihrem letzten Besuch nur einen kurzen Blick erhascht hatte.

Robert trat ihr entgegen. »Ich freue mich, dass Sie gekommen sind, Fräulein Heinrich. Erlauben Sie, dass ich Ihnen meine Mutter vorstelle?«

Er wandte sich um. Nervös folgte Isolde ihm. Sie hatte nicht damit gerechnet, weiteren Personen vorgestellt zu werden. In Roberts Gegenwart allein fühlte sie sich recht unbefangen, doch andere Menschen in dieser Welt, die ihr so fremd war, bereiteten ihr Unbehagen. Erleichtert stellte sie fest, dass außer der Frau, die ihr zum Gruß die Hand entgegenstreckte, niemand im Raum war.

Roberts Mutter hatte ein schmales, fein geschnittenes Gesicht und große, dunkelbraune Augen, die ihr einen fast kindlichen Ausdruck verliehen. Ihr Haar war hochgesteckt und ihr dunkelblaues Kleid strahlte lässige Eleganz aus.

»Fräulein Heinrich. So viel habe ich schon von Ihnen gehört. Wie schön, dass ich Sie endlich kennenlerne.«

»Ganz meinerseits, Frau Weitering.«

»Setzen Sie sich doch.«

Alle drei ließen sich an einem Tisch nieder, der in der Nähe der großen Fenster stand. Er war mit feinem weißen Porzellan eingedeckt, ein Teller mit Kuchen stand bereit, ebenso eine Kanne mit heißem, duftenden Kaffee. Frau Weitering ließ es sich nicht nehmen, ihre Besucherin selbst zu bewirten. Robert plauderte munter drauflos und erzählte, wie Isolde und er sich zum ersten Mal begegnet waren. Seine Mutter unterbrach ihn immer wieder mit einer Frage oder einer Anmerkung. Beide waren so gelöst und heiter, dass Isolde allmählich ihre Scheu verlor. Neugierig blickte sie sich in dem Salon um. Eine gelb und goldfarben gemusterte Tapete schmückte die Wände, an denen zahlreiche Gemälde hingen, einige Jagdszenen, zwei Porträts und eine idyllische Landschaft an einem Fluss. In der Mitte des Raums stand ein großer weißer Flügel, von dem offenbar häufig Gebrauch gemacht wurde, ein Stapel Noten türmte sich auf dem Boden daneben. In einer Ecke stand ein Spieltisch mit vier Stühlen, hier hatte das Fräulein Martin offenbar gesessen und mit Robert Vingt-et-un gespielt. Die Erinnerung an die Begegnung mit der hübschen, störrischen Tochter des Hofrats versetzte Isolde einen unerwarteten Stich. Rasch konzentrierte sie sich wieder auf das Gespräch zwischen Robert und seiner Mutter.

Plötzlich beugte Frau Weitering sich vor. »Wie geht es denn Ihrer Frau Mutter, meine Liebe? Ich habe gehört, sie soll bettlägerig sein. Ist das wahr?«

Isolde nickte. »Sie ist sehr entkräftet. Leidet an starken Kopf- und Brustschmerzen. An manchen Tagen geht es ihr so gut, dass sie aufstehen und mit mir gemeinsam die Mahlzeiten einnehmen kann, aber die meiste Zeit verbringt sie im Bett.«

»Die Ärmste! Was für eine Schande. Dabei war sie immer die Lebhafteste von uns allen.« Frau Weitering schaute Isolde voll Bedauern an.

»Sie kennen meine Mutter?«, fragte Isolde erstaunt.

»Selbstverständlich, meine Liebe. Elisabeth und ich sind gemeinsam zur Schule gegangen, bei den Schwestern des Ursulinenklosters. Wir waren befreundet. Ich habe sie oft zu Hause besucht. Vor allem im Sommer. Ihre Eltern hatten einen der schönsten Gärten in Pempelfort. Mit einem wunderbaren Apfelbaum, in dem eine Schaukel hing. Was haben wir diese Schaukel geliebt!«

»Oh.«

»Wir haben die Elisabeth alle sehr bewundert damals, als sie ihrem Herzen gefolgt ist und durchgesetzt hat, einen einfachen Schuhmacher zu heiraten. Wir fanden das sehr romantisch. Zu bedauerlich, dass sie den armen Mann in den Krieg gezwungen haben. Einen Familienvater sollte man nicht an die Front schicken. Das ist unrecht. Sie vermissen ihn sicherlich sehr?«

Isolde senkte den Kopf.

»Mutter, wir sollten von etwas anderem sprechen«, warf Robert hastig ein.

»Oh, mein Kind«, sagte Frau Weitering und legte Isolde die Hand auf den Arm. »Ich wollte nicht Ihren Kummer schüren. Bitte vergeben Sie mir meine Gedankenlosigkeit! Manchmal rede ich schneller, als ich denke.«

»Es ist schon in Ordnung«, antwortete Isolde leise. Sie lächelte. »Ich bin nur so überrascht, dass Sie meine Mutter kennen. Darf ich sie von Ihnen grüßen? Es würde sie sicherlich freuen.«

»Aber natürlich! Und mehr noch. Wenn es ihr besser geht, würde ich mich geehrt fühlen, sie als meinen Gast zu begrüßen. Wir könnten über die alten Zeiten plaudern. Das wäre einfach herrlich.«

Robert zwinkerte Isolde zu und sie musste lachen. Mit einem Mal war ihr das große vornehme Haus nicht mehr fremd. Es hatte alles Furchteinflößende verloren, denn es gehörte zur Welt ihrer Mutter, zu der Welt, in der ihre Mutter aufgewachsen war und in der sie sich mit der gleichen Selbstverständlichkeit bewegt hatte wie Frau Weitering und ihr Sohn.

Wochen vergingen. Das Weihnachtsfest kam, dann das neue Jahr. Elisabeth Heinrich ging es wieder besser. Anfang Februar fühlte sie sich so kräftig, dass sie einen Besuch bei ihrer alten Schulfreundin wagte. Frau Weitering ließ sie mit der Kutsche abholen und empfing sie überschwänglich an der Haustür. Zwei Stunden lang plauderten die beiden Frauen, dann wurde Elisabeth müde und die Kutsche brachte sie wieder heim.

Mitte Februar teilte Clara Isolde aufgeregt mit, dass sie wieder ein Kind erwarte. Sie war ein wenig runder im Gesicht und auch um die Hüften geworden und alberte gern mit ihrem Sohn herum, der prächtig gedieh. Nur das Thema Gertrud mied sie hartnäckig. »Ach, lass gut sein, Isolde!«, rief sie ungeduldig, wann immer ihre Freundin sie darauf ansprach. »Ich kann schließlich nicht ewig trauern. Ich möchte nicht immerzu an die Vergangenheit denken. Sie lässt sich nun einmal nicht ändern.«

»Wie du meinst, Clara«, antwortete Isolde dann. Doch es tat ihr im Herzen weh, dass Clara ihre Tochter aus ihrer Erinnerung verbannt hatte. Und manchmal machte sie auf dem Heimweg einen Abstecher auf den Bilker Friedhof, um der kleinen Gertrud ein paar Frühlingsblumen aufs Grab zu legen und ihr zu sagen, dass sie sie nie vergessen würde.

Anfang März wurde der Räuberbande der Prozess gemacht. Er dauerte nur zwei Tage. Alle sechs wurden zum Tod durch den Strang verurteilt, lediglich der Wirt Schorn, dem man keine Beteiligung an den Raubzügen nachweisen konnte, erhielt zwanzig Jahre Kerkerhaft wegen Beihilfe, die er – welch eine Ironie des Schicksals – nur wenige Schritte von seinem Wirtshaus entfernt im neuen Gefängnis am alten Hafenbecken absitzen würde.

Am Tag der Hinrichtung hallte das monotone Bimmeln der Totenglocke durch die Straßen der Stadt. Isolde, die gerade dabei war, einen Brief für den Konsistorialrat zu verfassen, legte die Feder zur Seite und lauschte. Stumm sprach sie ein Gebet für die todgeweihten Männer.

Nach der Arbeit besuchte sie das Grab der Witwe Pastor, legte einen kleinen Strauß Narzissen auf die feuchte, dunkle Erde und erzählte ihr, dass nun endgültig alles vorbei sei.

Am vierundzwanzigsten März sollten die Gebeine der Herzogin Jakobe von Baden endlich zur letzten Ruhe gebettet werden. Drei Tage vor dem feierlichen Requiem in der Lambertuskirche beschloss Isolde, noch einmal zu versuchen, das Tagebuch zu entziffern. Sie setzte sich an den Küchentisch und schlug die erste Seite auf. Nach zehn Minuten streckte sie sich gähnend. Sie hatte lediglich drei Seiten geschafft, und die Eintragungen erschienen ihr, wie auch schon bei ihren vorangegangenen Leseversuchen, reichlich langatmig und banal. Die Herzogin jammerte über das ungenießbare Essen, die Schlampereien ihrer Kammermagd und die Frechheiten eines gewissen Knippenberg. Ungeduldig schlug Isolde eine Seite mitten im Buch auf und versuchte es erneut. Diesmal packten sie bereits die ersten Worte.

KAPITEL XV

ICH KANN ES *immer noch nicht fassen. Hier sitze ich, Jakobe, Herzogin von Jülich-Kleve-Berg, geborene Markgräfin von Baden, an meinem Sekretär und tauche die Feder in das Tintenfass. Nur noch ein kleiner Rest ist übrig, ich hoffe, dass sie mir das Fässchen nachfüllen, wenn die Tinte zur Neige geht. Ich bin ihren Launen hilflos ausgeliefert, denn ich bin Gefangene in meinem eigenen Schloss. Verleumdet von meinen Gegnern, verraten von denen, die ich für meine Freunde hielt. Ich stehe auf, trete ans Fenster des Turms, der seit so vielen Monaten schon mein Kerker ist, und blicke hinunter auf den Rhein, jenen Fluss, der mich einst hierher trug, aus meiner Heimat herauf bis vor die Tore dieser Stadt, die mir immer fremd blieb. Das Wasser ist trüb und kräuselt sich zu kleinen, launischen Wellen, die an den Wänden der schwer beladenen Kähne lecken. Manchmal stelle ich mir vor, ich wäre Schiffer auf einem dieser Gefährte, könnte auf dem Rhein abwärts reisen bis zum Meer. Städte und Dörfer würden an mir vorbeiziehen, wären nichts weiter als bunte Farbkleckse auf der Landkarte meines Lebens.*

Ich balle die Hände zu Fäusten und wende mich ab. Werde ich je wieder frei sein, in den Fluren des Schlosses umherwandeln dürfen, wie es mir beliebt? Durch die Gärten spazieren, wenn die Knospen an den Rosensträuchern aufgesprungen sind und ihren betörenden Duft aussenden? Das dröhnende Summen der Bienen als einziger Laut in meinen

Ohren, die köstlichen wärmenden Strahlen der Sonne auf meinem Gesicht?

Ich fürchte, nein. Ich werde in diesem Verlies hocken bis zum Ende meiner Tage, und manchmal erwache ich des Nachts und sehe dieses Ende so dicht vor mir stehen, dass ich meine, danach greifen zu können. Ich halte den Atem an und lausche, und ich bin mir sicher, dass ich nicht allein in meiner Kammer bin. Ich rufe den Namen meiner Zofe.

»Gerhardgen, bist du das?«

Ich erhalte keine Erwiderung. Doch ich weiß, jemand ist dort in der Dunkelheit. Ist es der Leibhaftige höchstpersönlich, der mich holen kommt? Ja, ich glaube er ist es. Und er steht dort in Gestalt des Pfundkeeß, jenes Teufels in Menschengestalt, der mir mehr als jeder andere das Leben zur Hölle macht. Ich weiß, wenn ich dereinst vor meiner Zeit aus diesem Leben scheide, dann wird er es sein, der meinen Kahn ans jenseitige Ufer lenkt. Er ist der Fährmann in die Unterwelt. Und namenlose Furcht ergreift mich, wann immer ich seine schweren Stiefel vor meiner Kammertür poltern höre.

»Oh Herr, hab Erbarmen«, flüstere ich in die Dunkelheit. »Wenn du mich zu dir holen willst, dann mach, dass es schnell geschieht. Lass mich nicht länger leiden als nötig!«

Ich falte die Hände, starre mit aufgerissenen Augen in die Schwärze der Nacht. Irgendwann schlafe ich wieder ein, und am nächsten Morgen wache ich auf, ein weiterer grauer Tag küsst meine schweißnasse Stirn, und ich verfluche mich dafür, dass ich immer noch lebe.

Ohne Unterbrechung las Isolde, bis sie spät in der Nacht die letzte Seite beendet hatte. Danach schrieb sie hastig eine Notiz an Robert, die sie am Morgen auf dem Weg zur Arbeit an seiner Tür abgeben wollte. Sie musste ihn unbedingt sprechen. Die Stunden bei Bracht erschienen ihr endlos. Als sie schließlich Feierabend machen durfte, rannte sie die ganze Strecke von der Lambertuskirche bis zur Citadelle.

Robert empfing sie mit einem amüsierten Lächeln auf den Lippen. »Ihre Nachricht klang, als stünden die Kosaken erneut vor Düsseldorf.«

»Wenn es nur das wäre.«

»Sie machen mich neugierig.« Er führte sie in das grüne Zimmer im ersten Stock. Sie ließen sich auf dem Sofa nieder, Robert bot an, Tee heraufschicken zu lassen, doch Isolde lehnte ab.

»Wie Sie meinen. Dann erzählen Sie, was los ist. Sagen Sie nicht, Sie hätten schon wieder einen Mord aufgeklärt.«

»In gewisser Weise könnte man es sogar so ausdrücken«, antwortete Isolde und zog das dunkle, in Leder gebundene Buch hervor, das sie mitgebracht hatte.

»Ist das etwa das Tagebuch der Jakobe?«, fragte Robert.

»Ja.«

»Dann haben Sie es also endlich gelesen?«

Isolde nickte. »Ich hatte es bereits versucht, aber die Handschrift war so schlecht zu entziffern, und der Inhalt erschien mir eintönig und trivial. Allerdings war ich nie über die ersten Seiten hinausgekommen.«

Robert beugte sich vor. »Und danach wird es interessanter?«

»Hören Sie selbst.« Isolde schlug das Buch auf. Kurz erläuterte sie, was im ersten Teil stand, danach begann sie zu vorzulesen.

Ich muss Abschied nehmen. Abschied von dieser Stadt, die mir nie eine Heimat war. Abschied von der Herzogin Jakobe, die ich nie mehr sein werde. Abschied von diesem kleinen Buch, das mir in den schwärzesten Stunden meines Lebens oft der einzige Trost war. An seinen Seiten, an den Worten, mit denen ich sie gefüllt habe, habe ich mich festgehalten, wenn ich glaubte, die Angst und die Einsamkeit würden mich erdrücken. Jetzt lasse ich zum letzten Mal die Feder über das Papier gleiten. Ich sitze im Haus des Adam Pastor, in seinem Arbeitszimmer, an seinem kleinen Sekretär, und verfasse diese Zeilen voller Hast, denn mein Retter drängt mich zur Eile. Wir müssen im Schutz der Nacht den Rhein überqueren. Am anderen Ufer erwartet mich ein treuer Diener mit zwei Pferden. An seiner Seite werde ich auf geheimen Wegen über die Grenze reiten, durch die spanischen Niederlande, danach quer durch Frankreich bis zu den Pyrenäen, an deren Fuß Hans Philipp mich erwarten wird. Hans Philipp. Nie hätte ich mir erträumt, ihn je wieder zu sehen. Und nun ist er zu meinem Verbündeten geworden, zu meinem sicheren Hafen.

Ich denke an die Frau, die an meiner Stelle im Schlossturm gefangen ist. Zum Abschied habe ich sie in den Arm genommen wie eine Schwester, ihren weichen, warmen Körper an meinen gepresst. Ich wollte ihr danken, doch kein Wort kam über meine Lippen. Ich hoffe, sie hat auch so verstanden.

Nie werde ich mich für das erkenntlich zeigen können, was sie für mich tut. Ich bete dafür, dass ihr kein Leid geschehen mag, dass sie nicht die Rache zu spüren bekommt, die für mich bestimmt ist.

Es klopft an die Tür, ich muss Schluss machen. Ich werde dieses Büchlein Herrn Pastor überreichen, ich wage nicht, es mitzunehmen. Er soll damit verfahren, wie es ihm richtig erscheint. Herr im Himmel, halte deine schützende Hand über mich und alle, die zu meiner Rettung ein so großes Wagnis eingegangen sind! Behüte auch meinen armen Gemahl, schenke ihm Kraft und Zuversicht und überlasse ihn nicht willenlos den Launen meiner Feinde. Ich reise einem unbekannten Ziel entgegen, einem Leben, das ich mir im Augenblick kaum vorzustellen vermag. Ich lege mein Schicksal in deine Hände, Herr, verfahre mit mir, wie du es für gut und gerecht befindest. Deine treue Dienerin, Jakobe, Herzogin von Jülich-Kleve-Berg.

Robert lehnte sich zurück. »Das ist unfassbar. Die Herzogin Jakobe von Baden ist aus der Gefangenschaft entkommen und eine andere Frau wurde an ihrer Stelle ermordet. Vermutlich hat Jakobe ihr Leben friedlich in Spanien beendet, an der Seite ihres ehemaligen Verlobten. Ich kann es nicht glauben.«

»Zumindest müssen wir das aus diesen Zeilen schließen«, fügte Isolde hinzu. »Und aus der Tatsache, dass die letzte Eintragung im Haus des Adam Pastor verfasst wurde.«

»Wenn Jakobe sie selbst geschrieben hat.«

»Das hat sie bestimmt. Das Schriftbild ist identisch.«

»Vielleicht wurde die Tote deshalb so rasch und heimlich

beerdigt. Man bemerkte den Betrug, aber da war es schon zu spät. Also versuchte man, den Fauxpas zu vertuschen.«

»Glauben Sie nicht, dass Adam Pastor in arge Schwierigkeiten gekommen wäre, wenn jemand den Tausch bemerkt hätte? Schließlich ist bekannt, dass er Jakobes letzter Besucher war.«

»Da mögen Sie recht haben, Isolde. Also ist damals niemandem aufgefallen, dass die falsche Frau ermordet wurde.«

»Ich bin überzeugt davon, dass es so war. Ein Gesicht verändert sich im Tod, vor allem, wenn er gewaltsam herbeigeführt wurde. Denken Sie an die arme Agathe Pastor. Wie sehr ihre Züge verzerrt waren. Und es gab damals schließlich keinen Grund, daran zu zweifeln, dass die Tote die Herzogin ist.« Sie überlegte. »Das erklärt auch, warum in der Familie Pastor eine so furchtbare Angst davor herrschte, dass jemand sich die Gebeine der Herzogin noch einmal genau ansehen könnte. Hätte irgendwer den Betrug aufgedeckt, wäre es Adam Pastor an den Kragen gegangen. Spätere Generationen wussten nur noch um die Gefahr, doch sie kannten nicht mehr den Grund dafür.«

»Es sei denn, sie hätten das Tagebuch gelesen«, warf Robert ein.

»Das ist richtig. Doch Agathe hat es offenbar nicht getan, sonst hätte sie gewusst, dass die Grabungen in der Kirche keine Bedrohung mehr darstellten. Weder für sie selbst, noch für sonst jemanden.«

Robert atmete tief ein und aus. »Das bedeutet, dass morgen mit einem feierlichen Requiem die Gebeine einer gewissen Elenor Lewin in der herzoglichen Gruft beigesetzt werden.«

Isolde nickte.

»Unfassbar.«

»Meine Frage ist«, sagte Isolde bedächtig, »ob wir nicht melden müssen, was wir wissen. Es geht schließlich nicht nur um diese Frau, sondern um die Geschichte der Stadt. Was meinen Sie, Robert?«

Robert stand auf und trat zum Fenster.

»Und was wollen Sie den hohen Herren darüber erzählen, wie das Tagebuch in Ihre Hände gelangt ist?«

»Vielleicht müssen wir doch die ganze Wahrheit beichten.«

Robert fuhr herum. »Und Dr. Servaes ans Messer liefern? Keinesfalls! Wir haben unser Wort gegeben.«

Isolde erhob sich ebenfalls und stellte sich zu Robert ans Fenster. »Ich stimme Ihnen zu. Das geht nicht. Ich frage mich die ganze Zeit, ob es nicht einen anderen Weg gibt, der Wahrheit zu ihrem Recht zu verhelfen.«

Robert drehte sich zu ihr und ergriff ihre Hände. »Es tut niemandem weh, wenn die Wahrheit im Verborgenen bleibt. Waren das nicht Ihre Worte, Isolde?«

Sie lächelte. »Wenn Sie es sagen, Robert. Und wer vermag schon mit letzter Sicherheit zu entscheiden, was die Wahrheit ist? Womöglich ist dieses Tagebuch eine Fälschung. Für seine Echtheit bürgt lediglich die Behauptung einer verwirrten alten Frau. Das ist als Beweis recht dürftig.« Sie senkte nachdenklich den Kopf. »Vielleicht gibt es ja in ferner Zeit neue Untersuchungsmethoden, mit denen sich die Identität eines Menschen feststellen lässt, auch wenn nur noch seine Gebeine übrig sind. Und vielleicht gibt es dann jemanden, der neugierig genug ist, sich die sterblichen Überreste der Herzogin Jakobe noch einmal genau anzusehen. Bis dahin bleibt die Wahrheit oder das, was wir dafür halten, unser beider Geheimnis.«

Robert zog Isolde näher zu sich heran. »Es ist mir eine Ehre, ein Geheimnis mit Ihnen zu teilen, Fräulein Heinrich.«

»Ich fühle mich geschmeichelt.«

»Und was haben Sie als Nächstes vor, wenn die Frage erlaubt ist?«

Isolde straffte die Schultern. »Ich weiß noch nicht wie, aber ich werde Medizin studieren.«

Robert zog die Augenbrauen hoch, doch er sagte nichts.

»Sie zweifeln?«, fragte Isolde.

»Wie wollen Sie das anstellen?«

»Das weiß ich noch nicht. Vielleicht borge ich mir von Ihnen ein paar Männerkleider, was meinen Sie?«

Robert lachte. »Sie sind unmöglich, Fräulein Heinrich. Aber ich fürchte, Sie meinen es ernst.«

»In meinem ganzen Leben war mir noch nie etwas so ernst, Robert.« Sie schmunzelte. »Bis auf das mit Ihren Kleidern vielleicht. Die wären mir nämlich zu lang und zu weit, fürchte ich.«

»Dann muss ich Sie also eines Tages mit ›Fräulein Doktor Heinrich‹ ansprechen?«

»Robert, Sie dürfen immer Isolde zu mir sagen. Doktor Isolde, versteht sich.«

Er beugte sich vor und küsste ihre Hände. »Ich nehme Sie beim Wort, Doktor Isolde.«

»Das will ich hoffen.« Sie lächelte. »Und jetzt könnte ich eine Tasse Tee gebrauchen.«

Drei Tage später fand das feierliche Requiem für die Herzogin Jakobe von Baden statt. Die Lambertuskirche war zum Bersten gefüllt. Der Pfarrer sprach fromme Worte. Bracht hielt eine kurze ergreifende Ansprache. Er betonte die stille Duldsamkeit, mit der diese tapfere, tief gläubige Frau ihr schweres Los ertragen hatte bis in den Tod, und Isolde musste sich auf die Lippen beißen, um nicht mit ihrem Wissen herauszuplatzen. Als sie vor die Kirche trat, blinzelte ihr die wärmende Märzsonne ins Gesicht. Robert trat zu ihr, bot ihr seinen Arm und lud sie zu einem Spaziergang im Hofgarten ein. Während sie sich bei ihm einhakte, beobachtete sie aus den Augenwinkeln, wie Frau Geisler sie anstarrte, das Gesicht verzog und Käthe Weinfeld etwas zuraunte. Es war nicht schwierig zu erraten, was die beiden Frauen beschäftigte. Isolde war aufgefallen, dass einige bekannte Gesichter sie während der Feier argwöhnisch von der Seite gemustert hatten. Auch in Brachts kurzem Gruß hatte eine ungewöhnliche Schärfe gelegen. Vermutlich hatte Fritz Corte seine Drohung inzwischen wahr gemacht. Die nächsten Wochen würden nicht leicht für sie werden. Doch in diesem Augenblick war ihr das vollkommen gleichgültig.

NACHWORT

NATÜRLICH ist ›Die schwarzseidene Dame‹ reine Fiktion. Alle Figuren und Ereignisse entspringen allein meiner Fantasie. Doch im Gegensatz zu manch anderen Geschichten ist vieles in diesem Buch von realen Geschehnissen und Persönlichkeiten inspiriert. So hat es tatsächlich Personen gegeben wie etwa den Konsistorialrat Johann Vinzenz Bracht, den Kreisphysikus Franz Servaes, den Schriftsteller und Tribunalrichter Theodor von Haupt oder den Kreispolizeiinspektor Carl Heinrich August Mindel (dessen Buch ›Wegweiser von Düsseldorf‹ mir übrigens wertvolle Dienste beim Recherchieren leistete). Gleiches gilt für die Hebamme Frau Krahe, den Pfarrer Binterim, den Apotheker Corte, den Wachtmeister Overheid und viele andere. Allerdings habe ich diesen Schatten der Vergangenheit, von denen heute nicht viel mehr übrig ist als ein Name in einem verstaubten Buch, neues Leben eingehaucht, ihnen eine äußere Erscheinung, Charaktereigenschaften, Ängste, Wünsche und Träume angedichtet, die sie vermutlich nie besaßen.

In der Zeitebene der Herzogin Jakobe habe ich nur eine einzige Figur erfunden – Elenor Lewin. Alle übrigen Namen tauchen in alten Dokumenten auf, ihre Träger haben damals die gleiche Position bekleidet, die sie heute in meinem Roman innehaben. Dies gilt auch für Adam Pastor (oder war es ein Pastor namens Adam?), Jakobes geheimnisvollen letzten Besucher, über den die Geschichtsschreibung nichts weiß außer der Tatsache, dass er wenige Stunden vor ihrem mutmaßlichen Tod mit der Herzogin zu Abend speiste, und den ich deshalb vorzüglich als ihren Retter einsetzen konnte. Vielleicht war er es ja tatsächlich.

Die Grabungsarbeiten in der Kreuzherrenkirche im Oktober 1819 sind ausführlich dokumentiert. Ich habe mich in diesen Szenen weitgehend an die tatsächlichen Ereignisse gehalten, mit der Ausnahme, dass der Konsistorialrat vermutlich keine junge Frau als Schreibkraft beschäftigte. Was Isolde in Brachts Auftrag niederschreibt, ist wörtlich dem damals angefertigten Protokoll entnommen.

Die Geschichte um die Ausgrabung der Gebeine der Herzogin Jakobe hatte übrigens ein Nachspiel in mehreren Akten: Schon bald nach der Umbettung der sterblichen Überreste stellte man fest, dass das Porträt, das man zur Identifizierung des Schädels benutzt hatte, gar nicht die Jakobe von Baden, sondern Elisabeth von Bourbon zeigte. Weitere Zweifel kamen hinzu, sodass man sich im Jahr 1880 ein zweites Mal in der Kreuzherrenkirche auf die Suche machte, allerdings ohne Erfolg.

Nach dem zweiten Weltkrieg wurde dann nochmals ein Versuch gemacht, die Gebeine zu identifizieren, und zwar mit den damals neuen Methoden der Videotechnik. Ein Foto des Schädels wurde über zwei Porträts projiziert, die beiden einzigen übrigens, die als gesicherte Bildnisse der Herzogin gelten. Interessanterweise ergab sich nur bei dem sogenannten ›Scherzbild‹, einer Art Karikatur, eine Übereinstimmung der Schädelformen.

Eine endgültige Identifizierung der Gebeine, etwa mit Hilfe der Gentechnik, steht bis heute aus.

So blieb genug Raum für dichterische Freiheit und die Möglichkeit, der Herzogin Jakobe über 400 Jahre nach ihrer mutmaßlichen Ermordung die Chance zu geben, ihren Widersachern ein Schnippchen zu schlagen.

GLOSSAR

Bottelier Verwalter des Proviants im Schloss. Ihm unterstehen Keller und Vorratsräume sowie das Küchenpersonal.

Fichu Ein dreieckiges Halstuch, zumeist aus weißem Stoff, das wie eine Art Stola über die Schultern gelegt und häufig mit einer Brosche über der Brust verschlossen wird.

Fliegende Brücke Eine Art Fähre, bestehend aus einem großen Floß, das in der Mitte des Flusses an Ankertauen befestigt ist und mithilfe der Strömung von einem Ufer zum anderen treibt.

Fuss/Schuh Eine Maßeinheit, die je nach Region oder Epoche sehr unterschiedlich ausfallen konnte. Der sogenannte Rheinfuß in Preußen betrug 313,85 Millimeter. Der heute noch gebräuchliche englische Fuß beträgt 304,8 Millimeter.

Konsistorialrat Ein kirchliches Amt, das es sowohl in der katholischen als auch in der evangelischen Kirche gibt. Im Fall des Konsistorialrat Bracht handelt es sich um den Amtsinhaber einer katholischen Verwaltungsbehörde.

Münze Düsseldorf war seit dem 17. Jahrhundert Münzprägestätte. Zu Anfang des 19. Jahrhunderts war das preußische Münzamt in einem Flügel des alten Schlosses untergebracht und wurde von Münzinspektor Zabel und Münzmeister Noelle geleitet.

SCHRÖDER Bier- und Weinfässer mussten mit besonderer Sorgfalt verladen werden, damit sie nicht undicht wurden. Auf diese Arbeit war der Schröder spezialisiert.

SCHWARZSEIDENE DAME So bezeichnet Heinrich Heine die Herzogin Jakobe in den Erinnerungen an seine Kindheit in Düsseldorf. Oft wird sie auch als ›Weiße Frau‹ beschrieben. Ob sie nun als schwarz oder weiß gewandetes Gespenst um den Schlossturm spukt, bleibt umstritten.

SERGEANT Der zweitniedrigste Dienstrang bei der Polizei im preußischen Rheinland. Der nächsthöhere Rang war der des Wachtmeisters.

STÜBER Eine Währungseinheit, die vor allem im Nordwesten Deutschlands in Gebrauch war. Es gab Münzen zu einem und zu einem halben Stüber. Ihr Wert war wie folgt:

1 Taler = 24 Groschen = 72 Stüber = 288 Pfennige

Für einen Taler konnte man 12 Kilogramm Brot, 2 Flaschen Champagner oder ein Paar Schuhe erwerben. Der Jahresverdienst eines mittleren Beamten betrug etwa 100 Taler, der eines einfachen Soldaten 24. Ein Handwerksmeister konnte bis zu 600 Taler verdienen. Friedrich Schiller bekam als Geschichtsprofessor 200 Taler im Jahr ausgezahlt.

Dank an Antje Kahnt, Annelie Kreuzer, Christine Klewe, Martin Conrath und das Team vom Düsseldorfer Stadtarchiv für Hilfe, Ratschläge und Anregungen.

Weitere Krimis finden Sie auf den folgenden Seiten oder im Internet: www.gmeiner-verlag.de

Das neue KrimiJournal ist da!

2 x jährlich das Neueste
aus der Gmeiner-Krimi-Bibliothek

In jeder Ausgabe:

- Vorstellung der Neuerscheinungen
- Hintergrundinfos zu den Themen der Krimis
- Interviews mit den Autoren und Porträts
- Allgemeine Krimi-Infos
- Großes Gewinnspiel mit ›spannenden‹ Buchpreisen

ISBN 978-3-89977-950-9
kostenlos erhältlich in jeder Buchhandlung

KrimiNewsletter

Neues aus der Welt des Krimis

Haben Sie schon unseren KrimiNewsletter abonniert?
Alle zwei Monate erhalten Sie per E-Mail aktuelle Informationen aus der Welt des Krimis: Buchtipps, Berichte über Krimiautoren und ihre Arbeit, Veranstaltungshinweise, neue Krimiseiten im Internet, interessante Neuigkeiten zum Krimi im Allgemeinen.
Die Anmeldung zum KrimiNewsletter ist ganz einfach. Direkt auf der Homepage des Gmeiner-Verlags (www.gmeiner-verlag.de) finden Sie das entsprechende Anmeldeformular.

Ihre Meinung ist gefragt!

Mitmachen und gewinnen

Wir möchten Ihnen mit unseren Krimis immer beste Unterhaltung bieten. Sie können uns dabei unterstützen, indem Sie uns Ihre Meinung zu den Gmeiner-Krimis sagen! Senden Sie eine E-Mail an gewinnspiel@gmeiner-verlag.de und teilen Sie uns mit, welches Buch Sie gelesen haben und wie es Ihnen gefallen hat. Alle Einsendungen nehmen automatisch am großen Jahresgewinnspiel mit ›spannenden‹ Buchpreisen teil.

GMEINER

Wir machen's spannend

Alle Gmeiner-Autoren und ihre Krimis auf einen Blick

ANTHOLOGIEN: Tödliche Wasser • Gefährliche Nachbarn • Mords-Sachsen 3 • Tatort Ammersee (2009) • Campusmord (2008) • Mords-Sachsen 2 (2008) • Tod am Bodensee • Mords-Sachsen (2007) • Grenzfälle (2005) • Spekulatius (2003) **ARTMEIER, HILDEGUND**: Feuerross (2006) • Katzenhöhle (2005) • Drachenfrau (2004) **BAUER, HERMANN**: Karambolage (2009) • Fernwehträume (2008) **BAUM, BEATE**: Ruchlos (2009) • Häuserkampf (2008) **BECK, SINJE**: Totenklang (2008) • Duftspur (2006) • Einzelkämpfer (2005) **BECKMANN, HERBERT**: Die indiskreten Briefe des Giacomo Casanova (2009) **BLATTER, ULRIKE**: Vogelfrau (2008) **BODE-HOFFMANN, GRIT / HOFFMANN, MATTHIAS**: Infantizid (2007) **BOMM, MANFRED**: Glasklar (2009) • Notbremse (2008) • Schattennetz • Beweislast (2007) • Schusslinie (2006) • Mordloch • Trugschluss (2005) • Irrflug • Himmelsfelsen (2004) **BONN, SUSANNE**: Der Jahrmarkt zu Jakobi (2008) **BOSETZKY, HORST [-KY]**: Unterm Kirschbaum (2009) **BUTTLER, MONIKA**: Dunkelzeit (2006) • Abendfrieden (2005) • Herzraub (2004) **BÜRKL, ANNI**: Schwarztee (2009) **CLAUSEN, ANKE**: Dinnerparty (2009) • Ostseegrab (2007) **DANZ, ELLA**: Kochwut (2009) • Nebelschleier (2008) • Steilufer (2007) • Osterfeuer (2006) **DETERING, MONIKA**: Puppenmann • Herzfrauen (2007) **DÜNSCHEDE, SANDRA**: Friesenrache (2009) • Solomord (2008) • Nordmord (2007) • Deichgrab (2006) **EMME, PIERRE**: Pasta Mortale • Schneenockerleklat (2009) • Florentinerpakt • Ballsaison (2008) • Tortenkomplott • Killerspiele (2007) • Würstelmassaker • Heurigenpassion (2006) • Schnitzelfarce • Pastetenlust (2005) **ENDERLE, MANFRED**: Nachtwanderer (2006) **ERFMEYER, KLAUS**: Geldmarie (2008) • Todeserklärung (2007) • Karrieresprung (2006) **ERWIN, BIRGIT / BUCHHORN, ULRICH**: Die Herren von Buchhorn (2008) **FOHL, DAGMAR**: Das Mädchen und sein Henker (2009) **FRANZINGER, BERND**: Leidenstour (2009) • Kindspech (2008) • Jammerhalde (2007) • Bombenstimmung (2006) • Wolfsfalle • Dinotod (2005) • Ohnmacht • Goldrausch (2004) • Pilzsaison (2003) **GARDEIN, UWE**: Die Stunde des Königs (2009) • Die letzte Hexe – Maria Anna Schwegelin (2008) **GARDENER, EVA B.**: Lebenshunger (2005) **GIBERT, MATTHIAS P.**: Eiszeit • Zirkusluft (2009) • Kammerflimmern (2008) • Nervenflattern (2007) **GRAF, EDI**: Leopardenjagd (2008) • Elefantengold (2006) • Löwenriss • Nashornfieber (2005) **GUDE, CHRISTIAN**: Homunculus (2009) • Binärcode (2008) • Mosquito (2007) **HAENNI, STEFAN**: Narrentod (2009) **HAUG, GUNTER**: Gössenjagd (2004) • Hüttenzauber (2003) • Tauberschwarz (2002) • Höllenfahrt (2001) • Sturmwarnung (2000) • Riffhaie (1999) • Tiefenrausch (1998) **HEIM, UTA-MARIA**: Wespennest (2009) • Das Rattenprinzip (2008) • Totschweigen (2007) • Dreckskind (2006) **HUNOLD-REIME, SIGRID**: Schattenmorellen (2009) • Frühstückspension (2008) **IMBSWEILER, MARCUS**: Altstadtfest (2009) • Schlussakt (2008) • Bergfriedhof (2007) **KARNANI, FRITJOF**: Notlandung (2008) • Turnaround (2007) • Takeover (2006) **KEISER, GABRIELE**: Gartenschläfer (2008) • Apollofalter (2006) **KEISER, GABRIELE / POLIFKA, WOLFGANG**: Puppenjäger (2006) **KLAUSNER, UWE**:

GMEINER

Wir machen's spannend

Alle Gmeiner-Autoren und ihre Krimis auf einen Blick

Pilger des Zorns • Walhalla-Code (2009) • Die Kiliansverschwörung (2008) • Die Pforten der Hölle (2007) **KLEWE, SABINE**: Die schwarzseidene Dame (2009) • Blutsonne (2008) • Wintermärchen (2007) • Kinderspiel (2005) • Schattenriss (2004) **KLÖSEL, MATTHIAS**: Tourneekoller (2008) **KLUGMANN, NORBERT**: Die Adler von Lübeck (2009) • Die Nacht des Narren (2008) • Die Tochter des Salzhändlers (2007) • Kabinettstück (2006) • Schlüsselgewalt (2004) • Rebenblut (2003) **KOHL, ERWIN**: Willenlos (2008) • Flatline (2007) • Grabtanz • Zugzwang (2006) **KÖHLER, MANFRED**: Tiefpunkt • Schreckensgletscher (2007) **KOPPITZ, RAINER C.**: Machtrausch (2005) **KRAMER, VERONIKA**: Todesgeheimnis (2006) • Rachesommer (2005) **KRONENBERG, SUSANNE**: Rheingrund (2009) • Weinrache (2007) • Kultopfer (2006) • Flammenpferd (2005) **KURELLA, FRANK**: Der Kodex des Bösen (2009) • Das Pergament des Todes (2007) **LASCAUX, PAUL**: Feuerwasser (2009) • Wursthimmel • Salztränen (2008) **LEBEK, HANS**: Karteileichen (2006) • Todesschläger (2005) **LEHMKUHL, KURT**: Nürburghölle (2009) • Raffgier (2008) **LEIX, BERND**: Fächertraum (2009) • Waldstadt (2007) • Hackschnitzel (2006) • Zuckerblut • Bucheckern (2005) **LOIBELSBERGER, GERHARD**: Die Naschmarkt-Morde (2009) **MADER, RAIMUND A.**: Glasberg (2008) **MAINKA, MARTINA**: Satanszeichen (2005) **MISKO, MONA**: Winzertochter • Kindsblut (2005) **MORF, ISABEL**: Schrottreif (2009) **MOTHWURF, ONO**: Taubendreck (2009) **OTT, PAUL**: Bodensee-Blues (2007) **PELTE, REINHARD**: Inselkoller (2009) **PUHLFÜRST, CLAUDIA**: Rachegöttin (2007) • Dunkelhaft (2006) • Eiseskälte • Leichenstarre (2005) **PUNDT, HARDY**: Deichbruch (2008) **PUSCHMANN, DOROTHEA**: Zwickmühle (2009) **SCHAEWEN, OLIVER VON**: Schillerhöhe (2009) **SCHMITZ, INGRID**: Mordsdeal (2007) • Sündenfälle (2006) **SCHMÖE, FRIEDERIKE**: Fliehganzleis • Schweigfeinstill (2009) • Spinnefeind • Pfeilgift (2008) • Januskopf • Schockstarre (2007) • Käfersterben • Fratzenmond (2006) • Kirchweihmord • Maskenspiel (2005) **SCHNEIDER, HARALD**: Erfindergeist • Schwarzkittel (2009) • Ernteopfer (2008) **SCHRÖDER, ANGELIKA**: Mordsgier (2006) • Mordswut (2005) • Mordsliebe (2004) **SCHUKER, KLAUS**: Brudernacht (2007) • Wasserpilz (2006) **SCHULZE, GINA**: Sintflut (2007) **SCHÜTZ, ERICH**: Judengold (2009) **SCHWAB, ELKE**: Angstfalle (2006) • Großeinsatz (2005) **SCHWARZ, MAREN**: Zwiespalt (2007) • Maienfrost • Dämonenspiel (2005) • Grabeskälte (2004) **SENF, JOCHEN**: Knochenspiel (2008) • Nichtwisser (2007) **SEYERLE, GUIDO**: Schweinekrieg (2007) **SPATZ, WILLIBALD**: Alpendöner (2009) **STEINHAUER, FRANZISKA**: Wortlos (2009) • Menschenfänger (2008) • Narrenspiel (2007) • Seelenqual • Racheakt (2006) **SZRAMA, BETTINA**: Die Giftmischerin (2009) **THÖMMES, GÜNTHER**: Das Erbe des Bierzauberers (2009) • Der Bierzauberer (2008) **THADEWALDT, ASTRID / BAUER, CARSTEN**: Blutblume (2007) • Kreuzkönig (2006) **VALDORF, LEO**: Großstadtsumpf (2006) **VERTACNIK, HANS-PETER**: Ultimo (2008) •Abfangjäger (2007) **WARK, PETER**: Epizentrum (2006) • Ballonglühen (2003) • Albtraum (2001) **WILKENLOH, WIMMER**: Poppenspäl (2009) • Feuermal (2006) • Hätschelkind (2005) **WYSS, VERENA**: Todesformel (2008) **ZANDER, WOLFGANG**: Hundeleben (2008)